Charlotte Jacobi

Die Patisserie am Münsterplatz – Neuanfang

PIPER

Charlotte Jacobi

Die Patisserie am Münsterplatz

Neuanfang

Roman

PIPER

Mehr über unsere Autoren und Bücher:
www.piper.de

Wenn Ihnen dieser Roman gefallen hat, schreiben Sie uns unter Nennung des Titels »Die Patisserie am Münsterplatz – Neuanfang« an *empfehlungen@piper.de*, und wir empfehlen Ihnen gerne vergleichbare Bücher.

Inhalte fremder Webseiten, auf die in diesem Buch hingewiesen wird, macht sich der Verlag nicht zu eigen und übernimmt dafür keine Haftung.

Von Charlotte Jacobi liegen im Piper Verlag vor:
Elbstrand-Saga:
Band 1: Die Villa am Elbstrand
Band 2: Sehnsucht nach der Villa am Elbstrand
Band 3: Sturm über der Villa am Elbstrand

Die Kuchenkönigin von Straßburg:
Band 1: Die Patisserie am Münsterplatz – Zeitenwandel
Band 2: Die Patisserie am Münsterplatz – Schicksalsjahre
Band 3: Die Patisserie am Münsterplatz – Neuanfang

Die Douglas-Schwestern

Unser Versprechen für mehr Nachhaltigkeit
• Klimaneutrales Produkt
• FSC®-zertifiziertes Papier
• Hergestellt in Europa

FSC www.fsc.org
MIX
Papier aus verantwortungsvollen Quellen
FSC® C083411

Originalausgabe
ISBN 978-3-492-31713-9
September 2021

Redaktion: Kerstin von Dobschütz
Satz: Eberl & Koesel Studio GmbH, Krugzell
Gesetzt aus der Adobe Garamond
Druck und Bindung: CPI books GmbH, Leck
Printed in the EU

ÜBERSICHT DER WICHTIGSTEN FIGUREN

Ida und Lucien Picards Familie

Ida Picard, geborene Tritschler (* 2. November 1874 in Stuttgart), Patisserieverkäuferin

Lucien Picard (* 9. September 1872 in Straßburg), Biologieprofessor, ihr Ehemann

Marcel Picard (* 19. Mai 1889 in Niederbronn-les-Bains), Adoptivsohn von Ida und Lucien Picard, Patissier

Ruth Picard, geborene Picard (* 1. August 1898 in Straßburg), Marcels zweite Ehefrau

Anne Bernadette (verwitwete) Renaud, geborene Picard (* 28. Februar 1915 in Straßburg), Tochter von Marcel und seiner ersten Frau Odette, Schneiderin

Noée Renaud (* 10. Juni 1934 in Straßburg), Annes Tochter

Louise Picard (* 12. April 1920 in Straßburg), Tochter von Ruth und Marcel Picard

François Picard (* 31. Mai 1925 in Straßburg), Sohn von Ruth und Marcel Picard, Schüler

Paul Tritschler, geborener Picard (* 21. Juni 1894 in Straßburg), Sohn von Ida und Lucien Picard, Jurist, NSDAP-Hauptbefehlsleiter

Klara »Klärle« Tritschler, geborene Teufel (* 27. Mai 1900 in Strümpfelbach), seine Frau, Mutter seiner fünf Kinder

Joséphine Bouvier, geborene Picard (* 22. Februar 1899 in Straßburg), Tochter von Ida und Lucien Picard, Ärztin

Trystan Bouvier (* 3. Juli 1896 in Colmar), Joséphines Ehemann, Bäckermeister

Susette Bouvier (* 23. Januar 1921 in Straßburg), Tochter von Joséphine und Trystan, Krankenschwester

Clément Bouvier (* 7. Mai 1922 in Straßburg), Sohn von Joséphine und Trystan, Schüler

Elise Tritschler, geborene Nägele (* 11. Juli 1853 in Sindelfingen), Idas Mutter, Backwarenverkäuferin

Franz Tritschler (* 7. April 1850 in Stuttgart), Idas Vater, Großbäcker im Ruhestand

Weitere Figuren

Oskar Tritschler (* 23. Februar 1873 in Stuttgart), Idas Bruder, Rechtsanwalt

Claire Tritschler, geborene Goldschmidt, geschiedene Picard (* 29. Juni 1853 in Nantes), Oskar Tritschlers Ehefrau, Ex-Frau des Jacques Picard

Konrad Struve (* 11. September 1900 in Offenburg), Rechtsanwalt

Dr. Claude Favreau (* 30. Mai 1889 in St.-Marie-aux-Mines), Chirurg

Georg Holzinger (* 21. März 1916 in Stuttgart-Heslach), Oberstleutnant der Wehrmacht, Paul Tritschlers Adjutant

Nicolas Rolland (* 26. August 1897 in Metz), Landwirt

Esther Levy (* 30. April 1921 in Colmar), Apothekerstocher, Aushilfe in der Feinbäckerei Tritschler

Marcel Weinum (* 5. Februar 1924 in Brumath), Schüler

Alphonse Adam (* 9. Dezember 1918 in Schiltigheim), Literaturstudent

Eric Thompson (* 30. Mai 1905 in New York), General der U. S. Army

Walter Kupfer (* 28. Februar 1916 in Köln), Steinmetz

PROLOG

Juli 1930

Hm, lecker«, schwärmte die zehnjährige Louise Picard und schloss genießerisch die Augen. »Schmeckt himmlisch nach Orange, die musst du auch probieren.«

Die Bäckerstochter, deren blonde, mit einem Blumenkranz geschmückte Locken in der Julisonne glänzten, reichte die Bonbontüte ihrem zwei Jahre jüngeren Cousin Clément.

Der Knabe mit den leuchtend grünen Augen griff hinein und holte ein gelbes Bonbon in Form einer Fruchtscheibe hervor. »Ich nehm lieber Zitrone, sauer macht lustig«, entgegnete er grinsend. Als er es sich in den Mund geschoben hatte, sah Louise ihn erwartungsvoll an. Er strich sich eine Strähne seines widerspenstigen, immer etwas zu langen schwarzen Haars aus dem Gesicht und nickte anerkennend. »Schmeckt aber auch süß.«

»Irgendwann mache ich selbst Bonbons«, kündigte seine Cousine im Brustton der Überzeugung an und deutete auf den Kranz aus Margeriten in ihrem Haar. »Bonbons, die so aussehen wie Blumen.«

»Und die verkaufen wir dann in unserem Laden. Mit den Kuchen, die ich backe«, schlug der Konditorsohn vor. Er sah hinüber zu dem Baum, unter dem seine Schwester und sein Vater nebeneinandersaßen und sich an der schönen Aussicht auf den Fluss Ill erfreuten. Im Hintergrund war der Turm des Straßburger Münsters zu sehen. Mit gesenkter Stimme ergänzte Clément nun: »Und du bist dann meine Frau.«

Louise nickte errötend. Sie hatte ihren jüngeren Cousin sehr lieb, aber über ihre geheimen Hochzeitspläne in der Anwesenheit anderer zu sprechen war ihr etwas peinlich. Andererseits waren Onkel Trystan und dessen Tochter Susette wohl außer Hörweite. In diesem Moment wandte Susette sich aber zu ihnen um und sah sie eindringlich an.

»Warum beobachtet deine Schwester uns denn so genau?«, erkundigte sich Louise argwöhnisch bei Clément.

»Ach, die passt auf, dass ich nicht ins Wasser falle, hat sie Maman versprochen«, erklärte der Junge abfällig. »Bildet sich was drauf ein, dass sie im Januar schon zehn geworden ist.«

»Das bin ich auch«, entgegnete Louise stolz und versprach fürsorglich: »Ich passe auf dich auf.«

»Das schaffe ich schon selbst«, meinte Clément. »Bin ja bald neun, und schwimmen kann ich besser als ihr alle.«

Eigentlich war ihr Cousin erst im Mai acht geworden, doch Louise wollte seine gute Laune nicht verderben, indem sie ihn darauf hinwies. Stattdessen erinnerte sie ihn daran, dass sein Vater ja heute Geburtstag hatte. »Komm, wir pflücken weiter Blumen für deinen Papa, er hat noch gar keine gekriegt.«

»Dafür ist seine Torte richtig schön«, flüsterte Clément verschwörerisch. »Onkel Marcel hat sie mir schon gezeigt.«

»Ja, ich habe Papa gestern dabei geholfen«, verriet Louise. »Wir haben extra viel Marzipan reingemacht. Das mag Onkel Trystan doch so gern.«

Unter dem Apfelbaum lehnte sich Susette indes zufrieden zurück. Ihr Bruder schien mit ihrer Cousine brav in der Wiese zu bleiben und dem Fluss nicht zu nahe zu kommen.

»Na, alles in Ordnung, Prinzessin?«, fragte Susettes Vater Trystan liebevoll lächelnd.

Das Mädchen nickte. »Ja, Papa. Sie pflücken bloß Blumen.«

Dann sah sie ihren Vater in vager Sorge an.

»Meinst du, dein Rücken tut bald noch mehr weh, jetzt, da du so alt bist?«, fragte sie.

Der Patissier lachte auf und strich sich eine dunkle Strähne aus der Stirn. Haar- und Augenfarbe hatte sein Sohn ebenso von ihm geerbt wie bestimmte Gesten. »Na ja, weißt du, ältere Leute wie Oma Ida zum Beispiel würden sagen, dass vierunddreißig noch jung ist.«

»Ja, aber Uropa Franz meint immer, das Alter ist nichts für Feiglinge. Sein Rücken tut oft so weh, dass ihm die Arbeit in der Backstube keinen Spaß mehr macht«, gab Susette zu bedenken.

»Ach, ich glaube, die wird mir immer Spaß machen«, meinte Trystan abwinkend. »Und wenn ich in die Backstube kriechen muss. Aber bis dahin dauert es hoffentlich ganz lang.«

»Und dann bin ich ja groß und Ärztin so wie Mama. Da kann ich deinen Rücken wieder heil machen«, versicherte Susette.

Trystan schmunzelte und ließ sich nach hinten fallen, um den weißen Schäfchenwolken am blauen Sommerhimmel nachzuschauen. »Na, siehst du, dann ist ja alles gut.«

Susette tat es ihrem Vater gleich und seufzte zufrieden. Ja, alles war gut.

TEIL 1

1940

1

Straßburg war zur Geisterstadt geworden. Gespenstisch leer sah die Elsass-Metropole an diesem 17. Juni 1940 aus, so als sei ihre Seele verschwunden, als kümmere sich keine liebende Hand mehr um sie. Hier lachten keine Kinder, keine Paare schlenderten Arm in Arm durch die Straßen und Gässchen. Obwohl der Himmel grau war, lag eine bleierne Hitze über der leeren Stadt. Zwischen den Pflastersteinen vor dem mächtigen Münster wuchs das Gras, manch eine Fensterscheibe der umliegenden Fachwerkhäuser war eingeschlagen. Außer ein paar Tauben schien es kein Leben mehr zu geben, seit die französische Regierung den Großteil der Bewohner wegen der nahenden Front evakuiert hatte.

Doch dann traten zwei Frauen aus der Rue Mercière auf den menschenleeren Münsterplatz: eine rotblonde junge um die zwanzig und eine Mittsechzigerin mit dunklen Locken, durch die sich einige weiße Strähnen zogen. Zwischen sich schleppten sie eine alte Standuhr.

»Zum Glück kam die Postkarte von deiner Mutter durch«, meinte Ida Picard, die Ältere der beiden. »Sonst hätte ich das Ding völlig vergessen, und dann wäre es in nächster Zeit vermutlich kaputtgegangen. Wir können froh sein, dass noch nichts weiter passiert ist.«

Ihre Enkeltochter Louise nickte.

Die französischen Soldaten waren teilweise nicht sonderlich sorgsam mit dem Eigentum der evakuierten Straßburger umgegangen, in deren verlassenen Häusern man sie zur Verteidigung der Stadt einquartiert hatte. Laut Idas Adoptivsohn Marcel, Louises Vater, waren sie in die Patisserie in der Rue Mercière eingedrungen, hatten den Weinkeller geleert und einige Nippsachen gestohlen. Daher waren die Frauen nun hinübergegangen, um die Standuhr ins Haus am Münsterplatz zu holen. Das alte Stück erinnerte die Familie stets an den seligen Großvater Jacques und hatte daher einen hohen ideellen Wert.

Louise hatte den Patissier Jacques Picard nie kennengelernt, er war zwei Jahre vor ihrer Geburt gestorben. Die von ihm geerbte Feinbäckerei in der Rue Mercière hatte die Familie zu Beginn des Krieges aufgegeben. Erstens, weil sie in solch schwierigen Zeiten keine zwei Geschäfte würden halten können, und zweitens, weil das inzwischen geschlossene Geschäft nach einem jüdischen Vorfahren benannt gewesen war: Goldschmidt. Und es stand zu befürchten, dass mit den Deutschen auch deren Judenhass nach Straßburg kommen würde.

Als Louise und ihre Großmutter Ida mit der alten Standuhr ihre zweite Patisserie, direkt gegenüber dem imposanten Straßburger Münster, fast erreicht hatten, bat Ida: »Können wir das Ding kurz abstellen und eine Verschnaufpause einlegen?«

»Natürlich«, erwiderte die Enkelin schuldbewusst. Ida war immer äußerst agil und voller Tatendrang, weshalb Louise bisweilen völlig vergaß, dass ihre Grand-mère inzwischen bereits sechsundsechzig Jahre alt war.

Die Frauen setzten die Uhr vorsichtig ab und sahen zum Eingang ihrer Feinbäckerei und deren leeren Schaufenstern hinüber.

»Eigentlich hab ich davon geträumt, dass wir dieses Jahr umbauen können«, seufzte Louise wehmütig. »Die Fensterrahmen golden streichen und dann eine große Drehtür anbringen – so wie im Grandhotel *Rothes Haus* am Place Kléber. Als Zeichen dafür, dass auch bei uns alle Welt ein und aus geht. Und unser Sortiment wollte ich um selbst hergestellte Bonbons erweitern. In allen Farben und Formen.«

»Tja, solche Träume werden wir in absehbarer Zeit nicht verwirklichen können«, räumte Ida ein. »Aber wir sollten sie dennoch nicht vergessen. Eines Tages wird vielleicht doch noch etwas daraus.«

Louises Großmutter hatte ihre Träume ja bereits über einen Weltkrieg hinwegretten können, die junge Backwarenverkäuferin selbst war hingegen weniger zuversichtlich. »Im Moment wird bei uns ja nicht mal gebacken.«

»Aber dein Vater und Onkel Trystan werden zurückkehren. Da bin ich mir ganz sicher«, tröstete Ida.

Ihr Adoptivsohn Marcel war mit den Frauen in der Stadt geblieben, als Straßburg im Herbst vergangenen Jahres evakuiert worden war: In ihrer Patisserie Picard hatten Ida und ihre Enkeltochter die französischen Soldaten, die gekommen waren, um die Stadt im Zweifelsfall vor den Deutschen zu verteidigen, mit den von Marcel zubereiteten Backwaren versorgt. Der zweite Bäckermeister der Familie, Idas Schwiegersohn Trystan, war freiwillig in den Kriegsdienst zurückgekehrt, den er 1918 nur knapp überlebt hatte, diesmal allerdings nur als Feldbäcker. Ihm verdankten es Ida und Louise, dass sie auch in dieser Zeit des Mangels genug vitaminreiche Kost bekamen, denn Trystan hatte vor ein paar Jahren im Hinterhof des Patisseriegebäudes mit viel Liebe ein großes Gemüse- und Kräuterbeet angelegt, um das sich die beiden Frauen inzwischen kümmerten. Aus Solidarität war sein Schwager Marcel regelmäßig an die Front gefahren, um die Früchte seiner Arbeit auch den dort stationierten Truppen zu bringen. Nachdem sich im sogenannten *Drôle de guerre,* dem Sitzkrieg, nichts bewegt hatte, war die anfangs sehr besorgte Ida allmählich ein wenig entspannter geworden, zumal Marcel berichtete, wirklichen Hass auf den Feind gebe es unter den Soldaten selbst an der Front nicht. Vielmehr schienen beide Seiten den Angriffsbefehl alles andere als herbeizusehnen. Bis auf ein paar kleinere Grenzgefechte und Täuschungsmanöver war bisher glücklicherweise noch nichts passiert, so hatte Idas Adoptivsohn berichtet; die Truppen machten es sich hinter der jeweiligen Frontlinie gemütlich, und man sei sich nicht unsympathisch. Ida war froh darüber – allzu oft hatten Kriege zwischen Deutschland und Frankreich und deren Folgen ihre Familie schwer belastet.

Doch dann war die Lage brenzliger geworden: In der Nacht vom 14. auf den 15. Juni hatten die französischen Truppen die sogenannte Maginot-Linie, ein aus Bunkern bestehendes Verteidigungssystem entlang der Außengrenze Frankreichs, geräumt. Marcel war an jenem Abend nach der Backwarenlieferung nicht nach Hause gekommen! Ida wurde seither von großer Sorge geplagt, glaubte aber fest an die Heimkehr ihres »Jungen«.

»Er wird nach Frankreich geflohen sein«, hatte Louise vermutet. »Er rechnet sicher nicht damit, dass wir hier auf ihn warten.«

Ida hatte den Kopf geschüttelt. »Marcel würde nicht ohne seine Mutter gehen. Ich bleibe. Aber du, du solltest vielleicht wirklich besser …«

Doch die Enkelin war genauso stur wie die Großmutter: »Nein, Grand-mère. Ich weiche nicht von deiner Seite.«

Die beiden Frauen hatten einander beinahe trotzig angesehen und die eigene Entschlossenheit in den Augen der anderen wiedererkannt.

»Gut«, hatte Ida schließlich gesagt, »dann bleiben wir beide.«

Und so waren sie immer noch hier – und gerade im Begriff, die Standuhr zu retten, die sie nun mit vereinten Kräften wieder anhoben, um sie vollends in die Patisserie Picard zu schleppen.

Dort saßen sie kurz darauf am großen Stammtisch und wischten sich den Schweiß von der Stirn.

»Hoffentlich regnet es bald«, seufzte Louise.

Sie stand auf und öffnete die Ladentür.

»Was machst du?«, fragte Ida ängstlich.

»Ich lasse nur ein wenig frische Luft herein«, erklärte Louise beruhigend. »Gerade windet es endlich ein bisschen.«

Tatsächlich wehte den beiden Frauen sogleich ein angenehmer Luftstrom ins Gesicht. »Draußen vor der Stadt grünt und blüht es, als könne der Krieg der Natur nichts anhaben.«

»Kann er ja auch nicht«, sagte Ida. »Die Natur ist stärker als Bomben und Krieg. Stärker als wir Menschen. Sie siegt immer.«

»Und das ist wunderbar«, fand Louise.

»Ja«, entgegnete Ida und lächelte. »Ja, das ist es.«

In diesem Moment krachte eine Bombe in der Ferne, und das Pfeifen von Granaten war zu hören.

Louise zuckte erschrocken zusammen. »Sollen wir lieber in den Keller gehen?«

Ida schüttelte den Kopf. »Sie sind weit weg. Ich glaube, die haben es auf unseren Bahnhof und die Eisenbahnlinie nach Molsheim abgesehen.«

»Nicht auf das Münster?«, vergewisserte sich Louise angstvoll.

»Aber nein!«, rief Ida und warf der ihrem Haus gegenüberstehenden Kathedrale, die ihr schon so viele Jahrzehnte lang Trost und Kraft spendete, einen wehmütigen Blick zu. Solange das Münster stand, würde am Ende doch alles gut werden.

»Wollen wir nach oben gehen?«, fragte Louise schließlich. »Es wird bald dunkel.«

Ida nickte. »Mit Kerzen in der Backstube und im Treppenhaus ist es mir schon etwas unheimlich«, gestand sie.

Seit zwei Tagen gab es in der Stadt kein fließend Wasser, kein Gas und keinen elektrischen Strom mehr, und auch die Telefonleitungen waren tot. Straßburg war vollkommen von der Außenwelt abgeschnitten.

»Zumindest haben wir genügend Wasser«, tröstete sich Louise, die am Nachmittag Kanne um Kanne von dem Brunnen auf dem Münsterplatz geholt hatte, den die Stadtverwaltung dankenswerterweise noch in die Straße geschlagen hatte.

»Darf ich wieder bei dir schlafen?«, bat sie ihre Großmutter kleinlaut, als sie oben angekommen waren.

Ida lächelte. »Du würdest mir sogar einen Gefallen tun«, versicherte sie. »Ich mag auch nicht allein in meinem Bett liegen in dieser gespenstischen Stadt. Und letzte Nacht haben wir uns ja nicht gestört.«

»Im Gegenteil«, betonte Louise. »Ich habe mich selten so geborgen gefühlt.«

»Das liegt sicher daran, dass du als kleines Mädchen auch oft zu mir und deinem Großvater ins Bett geschlüpft bist, wenn deine Eltern mal wieder frühmorgens in der Backstube zugange waren«, erwiderte Ida. »Es ist doch schön, dass wir füreinander da sind und uns Halt geben.«

»Ja«, sagte Louise. »Und der Gedanke, dass die anderen auch irgendwo zusammen sind, tröstet mich.«

Im Gegensatz zu Ida, Louise, Marcel und Trystan hatte die restliche Familie Straßburg im vergangenen Herbst verlassen, um, wie fast eine halbe Million weiterer Frauen, Kinder und nicht wehrpflichtiger Männer, nach Südwestfrankreich ins Périgord zu gehen. Und das schon, bevor Frankreich Deutschland am 3. September den Krieg erklärt hatte. Auch neunundsiebzig Dörfer und Weiler im Ober- und hundertsieben im Unterelsass waren verlassen, hinzu kamen zweihunderteinunddreißig im Département Moselle in Lothringen. Sie alle lagen zu nahe entlang der Grenze zum Rhein oder zur Maginot-Linie.

Bevor sie ihre Kerzen ausbliesen, küsste Ida wie jeden Abend liebevoll das Bild ihres Mannes Lucien Picard, das auf dem Nachtschränkchen stand. Louise wusste, dass diese Fotografie zwei Jahre alt war, seinen jungenhaften Charme hatte sich ihr inzwischen siebenundsechzigjähriger Großvater bis heute bewahrt.

Lucien befand sich aufgrund seiner jüdischen Mutter Claire Goldschmidt in noch größerer Gefahr als alle anderen. Trotz seines fortgeschrittenen Alters lehrte er noch immer als Biologieprofessor an der Straßburger Universität, mit deren übrigem Personal er nach Clermont-Ferrand evakuiert worden war. Dieser Ort lag glücklicherweise viele Hundert Kilometer südlich der Front.

»Bleibt nur zu hoffen, dass auch mein Vater inzwischen in Sicherheit ist«, flüsterte Louise, als sie die Augen schloss.

RUMS! Um vier Uhr morgens schraken Louise und ihre Großmutter Ida aus dem großen Doppelbett hoch.

»Was war das?«, fragte Louise voller Angst.

Im nächsten Moment ertönte erneut ein Knall, der so brachial war, dass das ganze Haus zu beben schien.

»Bombardieren sie uns jetzt?«

»Nein.« Ida drückte beruhigend die Hand der jungen Frau. »Bomben klingen ganz anders. Ich vermute, sie sprengen die Brücken am Westausgang der Stadt. Als sie die anderen zerstört haben, klang das ganz genauso.«

»Mitten in der Nacht?«

»Im Krieg spielt die Uhrzeit wohl keine Rolle mehr«, seufzte Ida. »Wir sind nicht in Gefahr, glaub mir.«

»Dann versuche ich noch ein bisschen zu schlafen«, murmelte Louise und kroch wieder unter ihre Decke. »Darf ich mich an dich kuscheln?«

»Aber sicher!« Ida zog die Enkelin beschützend in ihre Arme.

2

Am nächsten Tag wurden die letzten beiden Bewohnerinnen der Patisserie Picard von Langeweile geplagt. Minute um Minute verging in quälender Behäbigkeit, und immer wenn Ida zur Standuhr sah, schüttelte sie verwundert den Kopf. »Es ist unglaublich, dass der Zeiger so langsam vorankriecht«, sagte sie. »Sonst fliegt die Zeit doch nur so dahin.«

»Das liegt daran, dass wir nichts zu tun haben, als zu warten und uns Sorgen zu machen«, meinte Louise.

Auch heute hatten sie nichts von ihrem Vater Marcel gehört, und die Angst der beiden Frauen wuchs. Außerdem war ihnen bewusst, dass die Lieben in Südfrankreich sicherlich ihrerseits sehr besorgt um sie waren.

Die Stadt lag tot und leer in der warmen Nachmittagssonne. Doch auf einmal störte etwas das stille Bild: Zwei deutsche Soldaten fuhren auf einem Motorrad auf den Münsterplatz, stiegen ab, sahen sich um und warfen dann in einer ausladenden Geste die Arme gen Himmel. Sieg!, sollte das wohl bedeuten.

»Es ist so weit«, flüsterte Louise, »sie sind da.«

Unwillkürlich zog sie ihre Großmutter ein Stückchen vom Fenster weg.

»Keine Angst«, versicherte Ida. »Die können uns nicht

sehen. Und selbst wenn, würden sie uns nichts tun. Ich bin Deutsche und du zur Hälfte ja auch.«

Louise war nicht überzeugt, dass diese Tatsache ihnen helfen würde. »Mir ist trotzdem unwohl.«

Die Männer auf dem Platz diskutierten und deuteten immer wieder zum Münster hinauf.

Dann sahen sie sich um. Diskutierten weiter. Und kamen schließlich geradewegs auf die Patisserie zu.

»Woher wissen die, dass wir da sind?«, fragte Louise angstvoll.

»Ich habe keine Ahnung«, sagte Ida ratlos. »Sie können uns nicht gesehen haben. Ich gehe jetzt runter und begrüße sie auf Deutsch. Uns wird nichts geschehen.«

»Ich begleite dich.«

Hocherhobenen Hauptes schritt Ida Picard, geborene Tritschler, hinunter in die Patisserie, die ihr Vater Franz vor fast fünfzig Jahren gegründet hatte. Er war im 1870er-Krieg gegen die Franzosen ins Feld gezogen, hatte dabei zwei Finger verloren – und sich trotzdem in Straßburg verliebt.

Louise folgte ihrer Großmutter. Sie kamen zeitgleich mit den beiden Soldaten bei der Ladentür an.

»Bonjour, Madame«, sagte der ältere der beiden verblüfft und tippte sich an die Stirn. »Ich hätte nicht erwartet, hier jemanden anzutreffen.« Er nickte Louise zu, die hinter ihrer Großmutter stehen geblieben war.

»Nicht?«, fragte Ida in akzentfreiem Deutsch. Die gebürtige Stuttgarterin hatte fast ein halbes Jahrhundert in Straßburg gelebt und fühlte sich daher viel mehr als Elsässerin denn als Schwäbin, doch ihre Muttersprache hatte sie nicht verlernt. »Warum sind Sie denn dann so zielstrebig auf unser Haus zumarschiert?«

»Sie sind Deutsche?«, stellte der Soldat eine Gegenfrage.

»Ja«, bestätigte sie. »Meine Eltern sind 1893 eingewandert und haben die Bäckerei gegründet.«

Er nickte. »Verstehe.«

»Was wollten Sie denn nun in unserem Haus?«

»Na ja, da es in dieser Bäckerei offenbar auch ein Café gibt, hatten wir gehofft, hier eine Tischdecke zu finden.«

»Und da wollten Sie sich einfach bedienen?«, platzte Louise heraus – ebenfalls in gutem, wenn auch nicht ganz akzentfreiem Deutsch. Ihre Großmutter sah sie warnend an.

Doch der Wehrmachtsoffizier schien ihr die Frage nicht übel zu nehmen.

»Sie haben recht«, sagte er. »Wenn Sie nicht da gewesen wären, hätten wir uns … nun ja … Zutritt verschafft.«

Gewaltsam, fügte Louise im Geist hinzu.

»Aber da wir Sie nun angetroffen haben, wollten wir höflich anfragen, ob Sie uns eine Tischdecke borgen können«, bat der jüngere.

»Aber sicher«, sagte Ida und trat einen Schritt zur Seite. »Kommen Sie herein.«

Erst als die Männer an ihnen vorbeigingen, bemerkte Louise, dass der jüngere sehr gut aussehend war. Groß, muskulös, blond, blauäugig und, wie sie schätzte, etwa Mitte zwanzig. Er sah sie auf so seltsam eindringliche Weise an, dass sie eine Gänsehaut bekam. Ob dieses Gefühl ein angenehmes war, konnte die junge Frau noch nicht festmachen. Auf jeden Fall war sie erstaunt, dass der Soldat so höflich, ja, fast schüchtern wirkte. Eigentlich eilte der Wehrmacht ein anderer Ruf voraus.

»Darf ich wissen, wofür Sie die benötigen?« Ida überreichte den Herren eine der typischen karierten elsässischen Tischdecken.

Die beiden sahen sich skeptisch an. »Haben Sie vielleicht

eine weiße?«, erkundigte sich der ältere Soldat, ohne ihre Frage zu beantworten.

Ida nickte und kramte ein säuberlich gefaltetes und gebügeltes Leinentuch mit Hohlsaumstickerei aus dem Schrank.

Sie seufzte beim Anblick des Familienstücks, die Großmutter ihres Mannes hatte es ihnen vor über zwei Jahrzehnten geschenkt. Liebevoll strich sie darüber.

»Die ist perfekt«, unterbrach der ältere der beiden Soldaten Idas Gedanken an die 1928 kurz nach ihrem hundertsten Geburtstag verstorbene Bernadette. Er nahm ihr die Decke aus der Hand. »Haben Sie zufällig ein Stück Kohle?«

»Sicher«, antwortete Ida überfordert und zum Unwillen ihrer Enkelin. »Aber was …?«

»Ich geh schon«, sagte Louise rasch und drängte sich an den anderen vorbei, um in den Keller zu eilen und die gewünschte Kohle zu holen, bevor einer der Männer auf die Idee kam, sie zu begleiten. Sie war froh, den eindringlichen Blicken des jungen Soldaten für einen Moment zu entkommen.

Unten im Keller schob sie das Regal mit den leeren Einmachgläsern beiseite und holte die Kohle aus dem dahinterliegenden Hohlraum. Dort hatte sie ihre Schätze im letzten Winter besorgt versteckt, nachdem sie gesehen hatte, dass die französischen Soldaten Türen und Fensterläden der leer stehenden Häuser zu Brennholz verarbeiteten. Sie wusste genau, wie viel Kohle sich noch in der Nische befand. Der Haufen war mächtig geschrumpft. Seufzend schloss sie ihre Finger um ein Stück und nahm es mit nach oben.

»Bitte schön«, sagte sie und fügte leicht vorwurfsvoll hinzu: »Wir haben so gut wie keine mehr.«

»Nun schauen Sie nicht so streng, Fräulein«, grinste der

ältere Soldat. »Sie bekommen es zurück. Zumindest den größten Teil.«

Louise sah ihn fragend an. Was um alles in der Welt hatte der Mann vor?

»Sie erlauben?« Der Deutsche breitete das Tischtuch mit einer weit ausholenden Bewegung über dem einstigen Stammtisch aus.

Dann nahm er das Stück Kohle und malte ein riesiges Kreuz auf die Tischdecke. Ida zuckte ob dieser Behandlung des Familienerbstücks schmerzvoll zusammen. Als er an jedem der vier Enden weitere Linien hinzufügte, wurde den beiden Frauen klar, dass vor ihren Augen ein Hakenkreuz entstand.

»Aber Sie können doch nicht einfach …«, setzte Ida an zu protestieren.

»Kohle geht wieder raus«, sagte der jüngere Soldat entschuldigend, was Louise, die innerlich vor Wut kochte, ein wenig beschwichtigte. »Ich würde es Ihnen allerdings nicht empfehlen. Sie sollten das gute Stück als Andenken behalten, wenn wir es Ihnen wieder zurückgeben.«

»Aber was haben Sie denn damit vor?«, fragte Ida wieder.

»Dieses Tischtuch«, verkündete der ältere deutsche Soldat feierlich, »dieses Tischtuch ist eine Fahne. Die erste Hakenkreuzfahne, die statt des Gallischen Hahns vom Münster wehen wird. Habe die Ehre.«

Sprach's und war, gefolgt von seinem blonden Untergebenen, der Louise beim Gehen noch ein vieldeutiges Lächeln schenkte, zur Tür hinaus. Verwundert sahen Louise und Ida den beiden nach, wie sie, das tritschlersche Tischtuch zwischen sich tragend, auf das Münster zusteuerten.

»Zum Glück muss die alte Bernadette das nicht mehr erleben«, meinte Ida resigniert.

Schweigend standen die beiden Frauen nebeneinander und warteten. Es dauerte eine ganze Weile, bis sie sahen, wie die Fahne mit dem Gallischen Hahn verschwand und kurz darauf die durch das Hakenkreuz entweihte Tischdecke im Wind wehte.

Keine fünf Minuten später waren die beiden Wehrmachtssoldaten wieder unten auf dem Münsterplatz angekommen und überzeugten sich davon, dass die Hakenkreuzfahne gut zu sehen war. Dann kamen sie wieder auf die Patisserie zu.

»Nochmals vielen Dank für die großzügige Leihgabe«, sagte der ältere Soldat, und der jüngere fügte hinzu: »Morgen werden unsere Truppen einmarschieren und eine richtige Fahne aufhängen. Dann sorge ich persönlich dafür, dass Sie Ihr Tischtuch zurückerhalten.« Dabei sah er Louise an, die nur kühl nickte.

»Also dann: Heil Hitler!«, verabschiedeten sich die Männer, doch weder die ältere noch die jüngere Frau erwiderten den Gruß. Sie blickten nur zum Münster hinauf, auf dem nun ihre Tischdecke flatterte.

*

»Jetzt kommen sie alle.«

Am späten Vormittag des 19. Juni standen Ida und ihre Enkeltochter wieder nebeneinander am Fenster der Patisserie Picard, die früher, als Straßburg noch deutsch gewesen war, Tritschler geheißen hatte. Sie sahen hinaus auf den Münsterplatz: Drei Motorräder mit je zwei Deutschen darauf fuhren auf die Kathedrale zu. Bei einem der hinteren Männer handelte es sich, wie Louise erkennen konnte, um einen General, der eine Hakenkreuzfahne unter dem Arm hielt.

»Hoffentlich halten sie Wort, und wir bekommen Grandmère Bernadettes Tischtuch zurück«, murmelte Ida mit wankender Stimme. Dann sah sie ihrer Enkelin beschwörend in die Augen: »Du musst vorsichtiger sein, wenn du mit diesen Männern sprichst.«

»Oma«, sagte Louise mitleidsvoll und legte den Arm um ihre bleiche Großmutter. »Hast du solche Angst vor den Deutschen? Du bist doch ihre Landsmännin!«

»Ich glaube, die Deutschen sind nicht das, was sie einmal waren«, meinte Ida bang. »Die da draußen«, sie deutete auf den Münsterplatz, wo nun auch ein Panzer einrollte, »die da draußen kann man nicht mit den Männern der Kaiserzeit vergleichen. Diesmal könnten sie auch Südfrankreich erreichen. Nach allem, was man so über sie hört … Ich habe Angst um deinen Großvater.«

Louise wusste nichts Tröstliches darauf zu erwidern. Tatsächlich schien nichts und niemand Hitlers Truppen aufhalten zu können. Und als Halbjude war Idas Gatte Lucien in besonderer Gefahr. Zum Glück musste man sich wenigstens nicht um dessen Mutter Claire Goldschmidt sorgen: Die war trotz ihres biblischen Alters von siebenundachtzig Jahren mit ihrem wesentlich jüngeren Mann längst in die neutrale Schweiz geflohen.

Eine Viertelstunde später sahen sie, dass das tritschlersche Tischtuch verschwand. Kurz darauf wurde auf der Spitze des Turms die rot-weiß-schwarze Hakenkreuzfahne entrollt.

Stumm beobachteten die beiden Frauen das Treiben der Männer draußen vor der Tür. Es tickte deutlich hörbar. War das Geräusch lauter als sonst? Ida wandte sich zu der großen Standuhr um, die neben der Ladentheke an der hinteren Wand des Geschäfts ihren Platz gefunden hatte.

Nachdenklich erzählte sie: »Vor zweiundzwanzig Jahren habe ich etwas ganz Ähnliches erlebt. Damals zogen die Deutschen ab, und die Franzosen kamen. Dein Urgroßvater Jacques Picard war ein überzeugter Nationalist, hatte 1871 im Krieg gegen die Preußen seinen Arm verloren. Er konnte sich nie mit der deutschen Herrschaft abfinden. Und das Erste, was er tat, als 1918 die Franzosen einmarschiert sind, war, die Uhr auf französische Zeit umzustellen.«

Sie sah wieder aus dem Fenster, als wolle sie sich an der Uhr am Münsterturm überzeugen, ob diese noch französisch oder schon deutsch tickte, da rief sie erstaunt: »Paul!« Louise blinzelte. Tatsächlich. Da stiefelte ihr Onkel Paul, an den sie sich kaum noch erinnern konnte, von dem aber eine Fotografie jüngeren Datums auf der Anrichte im Wohnzimmer stand, über den Platz. Grand-mère Ida hatte erzählt, dass er bei der NSDAP inzwischen zum Hauptbefehlsleiter aufgestiegen war. Sein leicht humpelnder Gang zeugte von einer Prothese. Louise wusste, dass Paul im letzten Krieg auf deutscher Seite gegen Frankreich gekämpft und sein linkes Bein verloren hatte. Danach war sein Hass auf die Franzosen so groß gewesen, dass er das Elsass nach deren Einmarsch vor zweiundzwanzig Jahren verlassen und den deutschen Mädchennamen seiner Mutter angenommen hatte.

Und nun war er also wieder da. Neben ihm ging – Louise musste noch mal blinzeln – der gut aussehende Soldat, der gestern in der Patisserie gewesen war, um das Tischtuch zu holen.

»Paul!« Ida hatte Tränen in den Augen. »Mein Junge!«

Louise war gerührt. Kaum jemand sprach je von Onkel Paul, der mit seiner französischen Familie gebrochen hatte, was Ida und Lucien, wie ihre Mutter ihr einmal erzählt hatte, fast das Herz zerriss. Und nun marschierte er ganz selbstverständlich auf sein Elternhaus zu.

Ida fiel ihm um dem Hals.

Paul war diese Zuneigungsbekundung offenbar peinlich, er

stand steif wie ein Stock und klopfte der tief bewegten Ida nur verlegen auf den Rücken. »Ist ja schon gut, Mutter.«

Louise sah derweil den Offizier an, der ihr die notdürftig zusammengelegte Tischdecke mit einer feierlichen Geste überreichte.

»Bitte schön. Wie versprochen bringe ich Ihnen hier das Symbol unseres Sieges zurück.«

»Danke«, antwortete sie knapp.

»Das ist übrigens Oberstleutnant Georg Holzinger, mein Adjutant«, erklärte Paul. »Ihr habt ihn ja bereits kennengelernt.«

»Kommen Sie doch mit herein«, bot Ida an.

Sie ließ Paul los und hielt ihm, seinem jungen Kameraden und Louise die Tür zur Patisserie auf.

»Ach, Paulchen«, sagte Ida, nachdem sie den Tee eingeschenkt hatte. Sie konnte ihre Augen gar nicht von dem schmalen Mittvierziger lassen, dessen Uniform etwas zu groß für ihn geraten schien. »Mein Paulchen.«

Louise beobachtete, wie es um die Mundwinkel seines hünenhaften Begleiters zuckte, und Paul schien die verniedlichende Ansprache seiner Mutter ziemlich peinlich zu sein, passte sie doch so gar nicht zu einer hochrangigen Respektsperson der NSDAP.

Als Ida ihrem Sohn nun auch noch sacht über die Wange streicheln wollte, wischte er ihre Hand mit einer unwirschen Geste weg.

»Lass das doch, Mutter!«, zischte er, und sie wich erschrocken zurück.

Louise sah Ida an, wie verletzt sie war. Grober Kerl, dachte sie.

»Was machst du eigentlich hier?«, fragte sie, um ihrer Großmutter eine Verschnaufpause zu gönnen.

Paul schien seine Nichte erst jetzt zu bemerken. »Wer bist du denn?«, fragte er, und es klang unhöflich.

Sie runzelte die Stirn. »Louise«, sagte sie. »Die Tochter von Ruth und deinem Bruder Marcel.«

»Sieh an, sieh an. Da hat die hübsche Ruth ein noch hübscheres Töchterlein bekommen«, sagte er versonnen und musterte Louise anzüglich von oben bis unten. Seine Blicke waren ihr furchtbar unangenehm. Ihre Mutter hatte ihr einmal erzählt, dass Paul ihr nachgestellt und zunächst durch eine Intrige verhindert hatte, dass sie und sein Adoptivbruder Marcel zusammengekommen waren. Zum Glück hatte sich dann nach dem Großen Krieg alles geklärt und in Wohlgefallen aufgelöst.

»Du hast ja vielleicht mitbekommen, dass unsere Wehrmacht in Straßburg einmarschiert ist, liebe Louise«, schickte sich Paul voll beißender Ironie an, ihre Frage zu beantworten. »Ich werde hier die rechte Hand von Robert Wagner sein, dem neuen Gauleiter des Elsass.«

Nun nahm er wieder seine Mutter ins Visier. »Weißt du noch, was ich dir geschworen habe, als ich damals von hier fort bin? Ich werde dafür sorgen, dass das Elsass wieder deutsch wird, sagte ich. Und wie du siehst, habe ich mein Versprechen gehalten, Mutter.«

»Ja, das hast du wohl«, entgegnete Ida knapp, und Louise konnte ihrer Großmutter ansehen, dass sie, nun, da die erste Wiedersehensfreude vorbei war, alles andere als begeistert war.

Paul warf sich in die Brust. »Der Führer wird in zehn Tagen ebenfalls hier eintreffen.«

»Adolf Hitler kommt nach Straßburg?«, vergewisserte sich Louise entsetzt.

»Ja, was für eine Ehre, nicht wahr?«, meinte Paul und verkündete stolz: »Ich soll ihn durchs Münster führen.«

»Glückwunsch«, sagte Ida nur, und Louise musterte sie mitleidsvoll. Ihre Großmutter war der herzlichste und gutmütigste Mensch, den sie kannte. Dass sie nun so einsilbig und zurückhaltend war, zeigte, wie sehr ihr Sohn Paul sie mit seiner Zurückweisung verletzt haben musste.

Sie beschloss, später mit Ida darüber zu sprechen, doch nun richtete sie ihre Aufmerksamkeit auf ihren Onkel, der ankündigte: »Selbstverständlich werden auch mein Klärle und die drei kleinen von unseren fünf Kindern hierherkommen. Ich denke, du freust dich, wenn du deine Enkelkinder wiedersiehst?«

»Das … ja …«, Ida blinzelte heftig, »natürlich.«

Louise wusste, wie sehr Ida und ihr Mann Lucien darunter gelitten hatten, dass der Kontakt zu Paul und seiner Familie so locker gewesen war. Anfangs war sie noch viermal im Jahr nach Stuttgart gereist, dann war es immer weniger geworden. Sie sei dort nicht willkommen, hatte sie nach ihrer Rückkehr nur kurz angebunden erzählt. Sie hatte ohnehin nie direkt bei Paul und seiner Familie gewohnt, sondern anfangs bei dessen Schwiegervater Kurt Teufel, einem ehemaligen Lehrling der Tritschlers, und später bei ihren eigenen Eltern, die inzwischen beide über neunzig waren und in ihrer schwäbischen Heimat den wohlverdienten Ruhestand verbrachten.

»Platz dürfte wohl genug sein«, fuhr Paul fort. »Die anderen sind ja ohnehin nicht da, und dann kannst du Klärle ein bisschen mit den Kindern helfen.«

Louise war sprachlos. Wie dreist er war! Erst meldete er sich zwei Jahrzehnte lang kaum bei seiner Mutter, behandelte sie bei deren Besuchen zudem reichlich abwertend, und dann verfügte er ganz selbstverständlich über sie und ihr Haus. Dass er nun auch noch verlangte, Ida solle seiner Frau zur Hand gehen, schlug dem Fass den Boden aus.

Ida starrte ihren Sohn nur stumm an. Doch Paul schien gar keine Antwort zu erwarten. Es war für ihn wohl auch keine Frage gewesen, sondern ein Befehl.

Dann fiel sein Blick auf die Standuhr, und er durchmaß mit großen Schritten den Raum, um die Zeiger eine Stunde nach vorn zu drehen. »Nun herrscht hier wieder deutsche Zeit«, sagte er zufrieden. »Darauf habe ich mehr als zwanzig Jahre gewartet.«

»Das kann ich mir vorstellen«, ertönte in diesem Augenblick eine abfällige Stimme vom Eingang, die Ida und ihre Enkelin sofort erkannten. Sie fuhren herum und sahen zur Ladentür. Dort stand ein muskulöser, braunhaariger Mann, dem man seine einundfünfzig Jahre nicht ansah.

»Papa!«

»Geht es dir gut?«, fragte Louise, nachdem ihr Vater sie und seine Adoptivmutter mit all der Herzlichkeit in die Arme geschlossen hatte, zu der Paul nicht in der Lage gewesen war.

»Bestens, tut mir leid, dass ihr euch sorgen musstet, aber der Lieferwagen war defekt und ich habe kein Ersatzteil bekommen«, erklärte Marcel und wandte sich dann Paul zu. Der schien alles andere als erfreut, seinen Adoptivbruder zu sehen. Für Louise war die alte Rivalität der beiden sofort spürbar.

»Salut, Paul«, sagte er. »Maman hat berichtet, dass du ein hohes Tier geworden bist.«

»Dafür hast du eine schöne Tochter. Kommt ganz nach ihrer Mutter«, erwiderte Paul anzüglich. »Wo ist die eigentlich?«

»In Sicherheit«, sagte Marcel mit versteinertem Gesichtsausdruck.

Ida, die einen Streit befürchtete, erzählte rasch: »Paul ist jetzt die rechte Hand des neuen Gouverneurs, er hat gefragt, ob er mit seiner Familie hier einziehen kann.«

»Das ist doch …«, setzte Marcel an, doch Ida fiel ihm mit flehendem Blick ins Wort: »Wir haben genug Platz, für die Goldschmidt drüben ist ja noch kein Käufer gefunden.«

»Es wäre mir recht, wenn ich *hier* wohnen könnte, in meinem Elternhaus«, verkündete Paul. »In meiner Position sollte ich wohl kaum in das Haus eines französischen Juden abgeschoben werden.«

Louise bemerkte, wie sich die Hand ihres Vaters zur Faust verkrampfte, als er knurrte: »Wir haben kein Problem damit, dort zu wohnen. Allerdings werden wir hier backen und verkaufen.«

»Ach, meine Familie und meine Männer haben gewiss nichts dagegen, ein bisschen von euch verwöhnt zu werden«, entgegnete Paul grinsend.

Louise bekam wegen der judenfeindlichen Worte ihres Onkels eine Gänsehaut. Sie dachte an die Anschläge vom November 1938 zurück, als in ganz Deutschland die Synagogen gebrannt hatten. Wenn dieser Geist bald auch in Straßburg wehte, wäre es wohl besser, das Schild »Patisserie Goldschmidt« am Haus in der Rue Mercière so rasch wie möglich zu entfernen.

3

Eine Ehre ist es dem Mann, dem Streit fernzubleiben; aber die gerne streiten, sind allzumal Toren.«

Louise nickte zustimmend bei dem Bibelspruch, den der katholische Priester im Liebfrauenmünster in seiner Predigt soeben zitiert hatte. Der Geistliche gab der Hoffnung auf baldigen Frieden Ausdruck, und zum Glück sah es ja gerade so aus, als sei die Besetzung Straßburgs ohne allzu großes Blutvergießen vonstattengegangen. Früher hatte der Kirchgang Louise eher gelangweilt, doch seit dem Kriegsausbruch im letzten Herbst betete sie immer öfter für die Lieben in der Ferne.

Da fiel ihr Blick auf einen jungen Mann, der sich, von ihr unbemerkt, am anderen Ende der Bankreihe niedergelassen hatte. Sofort ging ihr Puls schneller. Das war Georg Holzinger, der Adjutant ihres Onkels! Er wirkte ganz anders als sonst, zum einen, da er heute statt der Uniform ein weißes Hemd und eine graue Stoffhose trug, zum anderen, weil er, so tief ins Gebet versunken, auf einmal seltsam zerbrechlich aussah.

Louise war hingerissen und konnte den Blick gar nicht von ihm lassen, doch schließlich schien er zu bemerken, dass er beobachtet wurde, und sah zu ihr hinüber. Auch er erkannte sie und strahlte so hocherfreut, dass sich die Geschwindigkeit ihres Pulses gleich noch mal steigerte.

Als Louise nach der Messe mit der recht überschaubaren Anzahl der Kirchgänger die Kathedrale verlassen hatte, schlenderte Holzinger auf sie zu.

»Guten Morgen, Fräulein Tritschler, so eine freudige Überraschung«, grüßte er lächelnd.

Sie dachte an die Warnung ihrer Großmutter und korrigierte ihn nicht. Dass Onkel Paul eigentlich Picard mit Nachnamen hieß – und sie eben auch –, war im Augenblick vielleicht ja nicht so wichtig. Und so sagte sie nur: »Tag, Herr Holzinger.«

»Sie sehen heute noch schöner aus als sonst.« Anerkennend ließ er seinen Blick über sie gleiten, musterte das in großen Wellen frisierte rotblonde Haar und das figurbetonte petrolfarbene Sommerkleid, dem man sein Alter zum Glück nicht ansah. Louise war froh, sich am Morgen solche Mühe mit ihrem Aussehen gegeben zu haben, was mit den bescheidenen Mitteln, die ihr derzeit zur Verfügung standen, gar nicht so einfach war. Sein Kompliment machte die junge Backwarenverkäuferin verlegen, sie sann nach einem anderen Gesprächsthema. »Ich war erstaunt, Sie hier zu treffen. Ich dachte, in Schwaben herrscht das Evangelische vor«, sagte sie, weil ihr nichts anderes einfiel.

»In Stuttgart und Umgebung haben wir auch mehrere katholische Kirchen«, erklärte der Deutsche. »Was haben Sie denn heute Schönes vor?«

Sie zuckte mit den Achseln. »Ach, nicht viel, ich werde meiner Großmutter und meinem Vater vielleicht ein wenig bei der Vorbereitung für morgen zur Hand gehen, da beginnt ja der Back- und Verkaufsbetrieb wieder. Und Sie?«

»Es ist so angenehm warm heute, ich wollte ein wenig ins Grüne radeln und in der Ill schwimmen gehen«, antwortete er.

»Oh, wie schön«, platzte es spontan aus Louise heraus; sie musste daran denken, dass sie mit ihren Geschwistern und Cousin Clément vor den Toren Straßburgs viele herrliche Sommertage am Flussufer verbracht hatte, mit Bonbons, Erdbeeren und Kirschen und wilden Wasserschlachten. »Da war ich viel zu lange nicht mehr.«

»Dann begleiten Sie mich doch!«, schlug Georg Holzinger zu ihrer Überraschung vor.

Louise zögerte. Es war gewiss nicht schicklich, als junge Elsässerin allein mit einem deutschen Oberstleutnant schwimmen zu gehen. Und ihr Vater würde es nie erlauben, denn es war ja zurzeit auch wirklich nicht ungefährlich.

Ehe sie absagen konnte, wurde Georg von einem Kügelchen an der Wange getroffen, beide erschraken über die unerwartete Attacke. Sie fuhren herum und sahen einen etwa zehnjährigen Jungen mit einem Röhrchen davonlaufen. Doch der Kleine hatte die Rechnung ohne seinen Vater gemacht, einem hageren Mann in zu großem Sonntagsanzug. Mit zwei großen Schritten hatte er den Knaben erreicht und grob am Arm gepackt.

»Bist du verrückt geworden? Dein Blasrohr mit in die Kirche zu nehmen!«, schnauzte er und verpasste dem Kind eine derart schallende Ohrfeige, dass es zur Seite stolperte.

Louise wurde augenblicklich von heftigem Mitleid erfasst, als dem Kleinen die Tränen in die Augen schossen und er in Erwartung eines weiteren Schlags schützend seine Hände vors Gesicht hob.

Zu ihrer Erleichterung war Georg blitzschnell bei dem Vater angelangt und hielt ihn am Arm fest, als dieser zu einer erneuten Ohrfeige ausholte.

»Lassen Sie das, bitte! Mir ist doch nichts passiert, es war ein harmloser kleiner Streich. Das kennen Sie bestimmt aus Ihrer eigenen Kindheit«, sagte er eindringlich, ohne den eisernen Griff um das Handgelenk des Kirchgängers zu lockern. »So, wie Sie ihn schlagen, kann dem Buben das Trommelfell platzen.«

Der Mann sah ihn mit schwindendem Zorn an und blickte dann fast bestürzt auf seinen Sohn, der ihn mit großen ängstlichen Augen ansah.

Georg ließ den Vater los, und statt eines weiteren Schlags nahm dieser die Hand des Knaben, um mit ihm, nach einem kurzen Nicken in Georgs Richtung, den Münsterplatz zu verlassen.

Louise sah den jungen Offizier gerührt an. Es war wirklich sehr lieb von ihm gewesen, das Kind zu schützen.

Als sie bei der Patisserie Picard ankam, wurde Louise das Gefühl nicht los, den Mund zu voll genommen zu haben. Nachdem er so heldenhaft für den Knaben in die Bresche gesprungen war, hatte sie Georg Holzinger nämlich spontan zugesagt, ihn zu begleiten: Er könne sie um zwei Uhr nachmittags abholen, sie würde das Vélo ihres Bruders leihen und mit zum Baden kommen. Papa und Grand-mère bekommst du schon überredet, hatte eine kecke innere Stimme leichtfertig behauptet. Doch je näher sie dem Fachwerkgebäude kam, desto mehr verschwand diese zuversichtliche Stimmung und machte berechtigten Zweifeln Platz.

Sie wollte gerade die Tür zum Treppenhaus aufschließen, als sie von einem Jungen gerufen wurde: »Louise!«

Sie drehte sich um und sah einen adrett gekleideten Sechzehnjährigen mit braunem Haar und Nickelbrille auf sich zukommen.

»Marci«, erkannte sie Marcel Weinum, einen Klassenkameraden ihres jüngeren Bruders François. Da dieser denselben Vornamen hatte wie der Vater der Picard-Geschwister, gestattete der junge Weinum den beiden, ihn zur besseren Unterscheidung »Marci« zu nennen.

»Was führt dich her?«, fragte Louise. »François ist noch nicht aus dem Périgord zurück.«

»Ich weiß«, erklärte der Mitschüler, »ich bin hier, weil ich dich um etwas bitten möchte.«

»Aha«, kam es verdutzt von der Schwester seines besten Freundes, »um was denn?«

»François hat in seinem Schatzkästchen doch noch den Schlüssel zum Münster«, begann Marci.

Louise nickte. Ja, der Schlüssel zum Turmaufgang war ein Relikt aus dem Nachlass von Professeur Max Fouché, einem alten Freund ihrer Großeltern, der einst mit dem Küster des Gotteshauses zusammengewohnt hatte. 1922 war der Bibliothekar hochbetagt gestorben, und in seiner Wohnung hatten Louises Großeltern, die seine Alleinerben waren, unter anderem den alten Schlüssel gefunden. Sie hatten ihn im Lauf der Jahre vergessen – nicht so ihre Enkelkinder. Louise wusste, dass François und seine Freunde mithilfe dieses geheimen »Sesam, öffne dich« nachts des Öfteren als Mutprobe ins Münster geschlichen waren. Sie selbst hatten die Jungs zu ihrem Leidwesen nie mitgenommen. »Das ist nichts für Mädchen«, war stets die Antwort ihres Bruders auf ihre Überredungsversuche gewesen.

»Ich wollte fragen, ob ich ihn mir am Donnerstagabend ausleihen darf«, sagte Marcel Weinum nun mit gesenkter Stimme, wobei er sich nervös umsah.

»Wozu denn?«, wollte Louise wissen.

»Am Freitag kommt doch der Adolf Hitler zur Besichtigung ins Münster«, flüsterte Marci. »Ich wollte mich ganz frühmorgens dort verstecken – und mir dieses Ungeheuer dann von der Empore aus anschauen.«

Den »Führer« insgeheim von oben beobachten – was für eine verrückte Idee!

»Also gut, unter einer Bedingung«, sagte sie nach kurzem Zögern.

Marci Weinum sah sie über den Rand seiner Nickelbrille hinweg fragend an.

Louise holte tief Luft und erklärte dann: »Du nimmst mich mit!«

*

Wie gut es tat, am Ufer der Ill in der Natur zu liegen und die angenehme Wärme dieses Junisonntags zu genießen! Doch Louise hatte einen Grund dafür, bei dem Sonnenbad nicht wie sonst die Augen zu schließen. Vielmehr ließ sie das rechte möglichst unauffällig einen Spaltbreit offen, um den neben ihr auf seiner Decke liegenden Georg Holzinger zu bewundern. Der hochgewachsene Oberstleutnant machte mit seinem gestählten nackten Oberkörper eine ausgesprochen gute Figur. Die Wassertropfen auf seiner Haut glitzerten im Sonnenlicht.

Louise bereute es nicht, ihrem Vater und Grand-mère Ida nur die halbe Wahrheit gesagt zu haben. Als sie gebeten hatte, sich am Ufer der Ill sonnen zu dürfen, war von ihrer Großmutter sofort die bange Frage gekommen: »Allein?«

»Natürlich nicht. Ich bin in Begleitung«, hatte die Enkelin geantwortet, »ich bin mit Marci Weinum verabredet.«

Da sie François' sechzehnjährigen Schulfreund gut kannten, waren Marcel und Ida beruhigt. Louise brauchte ihnen ja nicht auf die Nase zu binden, dass ihre Aussagen zwar beide der Wahrheit entsprachen, aber streng genommen nicht das Geringste miteinander zu tun hatten.

Sie wurde wirklich begleitet – allerdings nicht von Weinum, sondern von einem Wehrmachtsoffizier. Und es stimmte ebenfalls, dass sie mit Marci verabredet war – allerdings nicht für heute zum Baden, sondern am Freitag, um heimlich Adolf Hitler im Münster zu beobachten. Mit den Teilwahrheiten machte sie ihrem Vater und Ida jedenfalls keine Sorgen, und unter Georgs Schutz fühlte Louise sich auch wirklich vollkommen sicher.

»Gehen Sie oft in die Kirche?«, erkundigte sie sich nun.

»Ich habe meiner Mutter versprochen, immer für unser Wiedersehen zu beten, das tut sie daheim auch«, erwiderte er etwas verlegen.

Louise war gerührt, dass ein solches Bild von einem Mann sich derart zartfühlend zeigte.

»Natürlich stand in letzter Zeit nicht immer eine Kirche zur Verfügung«, fuhr Georg fort. »Aber oft hat dafür der Feldgeistliche sonntags eine schöne Predigt gehalten.«

»Sie vermissen Ihre Familie bestimmt sehr«, vermutete Louise.

»Ja, zumindest meine Mutter und meine drei kleinen Schwestern. Mein Vater hat uns schon vor fünf Jahren sitzen lassen. Aber er fehlt uns nicht, im Gegenteil. Als er ausgezogen ist, haben wir gefeiert.«

Louise kam ein Verdacht. Ihr war aufgefallen, dass Georg manchmal den Kopf drehte, als höre er auf einem Ohr schlecht. Dass einem Kind durch Schläge das Trommelfell platzen konnte – wusste er das vielleicht, weil sein Vater ihm in der Kindheit ebenfalls eine folgenschwere Backpfeife verpasst hatte?

»Wir fünf wohnen in einem winzigen Haus in Heslach im

Süden von Stuttgart«, fuhr er fort. »Sehr eng, aber gemütlich. Ihr Onkel Paul meinte, bei Ihnen ist es normalerweise auch voller?«

Louise lächelte bei der Erinnerung an die fröhlichen Tage, als beide Häuser von Leben erfüllt gewesen waren.

»Ja, früher habe ich nicht nur mit meinen Eltern, Großeltern und beiden Geschwistern in unserem Haus am Münsterplatz gewohnt. Bis vor zehn Jahren waren sogar meine Urgroßeltern noch bei uns, die sind dann aber zurück in ihre Stuttgarter Heimat, da hatten sie früher auch zwei Bäckereien«, erklärte sie. »In der Rue Mercière lebten meine Tante Joséphine und ihr Mann Trystan mit ihren beiden Kindern.«

»Und wo ist der Rest Ihrer Familie jetzt?«, erkundigte sich Georg.

Es schmeichelte Louise, dass er sich so für ihr Leben interessierte, sie holte ein kleines Familienfoto aus ihrem Portemonnaie. Die Aufnahme hatten sie einst beim Fotografen machen lassen, um sie Urgroßvater Franz zum neunzigsten Geburtstag zu schenken.

Sie deutete zuerst auf eine hübsche dunkelhaarige Frau Anfang vierzig, die neben ihrem Vater Marcel stand, den Georg ja bereits kannte. »Das ist meine Maman Ruth, sie ist letztes Jahr nach Südwestfrankreich ins Périgord evakuiert worden.«

Als Nächstes zeigte Louise auf eine Mittzwanzigerin mit braunem Pagenkopf. »Das ist meine Halbschwester Anne und das auf ihrem Arm ihr Töchterchen Noée, die ist inzwischen schon sechs Jahre alt. Die beiden wohnen in der Pariser Wohnung meiner Urgroßmutter.«

»Und der Junge neben Ihnen?«, erkundigte sich Georg, und Louise bildete sich ein, dass es ein wenig eifersüchtig klang. Aber das war gewiss nur Wunschdenken!

»Das ist mein kleiner Bruder François, der ist heute fünfzehn und will unbedingt Bäcker werden. Auf dem Foto war er noch vierzehn.«

»Sieht älter aus«, stellte Georg fest. »Ist er noch mit Ihrer Mutter im Périgord?«

»Ja, er geht da zur Schule, hat aber geschrieben, dass er seine Klassenkameraden hier vermisst«, berichtete Louise.

»Bald wird er zurückkommen können«, kommentierte Georg derart überzeugt, dass Louise erstaunt aufhorchte.

»Sind Sie sicher?«

Der Deutsche nickte. »Das neue, endlich wieder deutsche Straßburg wird die Elsässer mit offenen Armen empfangen, das ist alles fest geplant. Der Führer will doch keine leeren Städte, er will, dass die Menschen seines großen Reichs gut und in Frieden leben können. Sie werden es sehen, wenn er am Freitag kommt.«

Louise konnte das nicht so recht glauben, wollte aber nicht streiten und fuhr daher mit dem Exkurs durch ihre große Familie fort, der ihm Spaß zu machen schien: Sie zeigte auf eine blond gelockte Frau um die vierzig, die auf dem Foto neben Großmutter Ida und deren Mann Lucien stand.

»Das ist meine Tante Joséphine Bouvier, sie arbeitet als Ärztin am Universitätskrankenhaus in Clermont-Ferrand. Ihr Vater ist auch in dieser Stadt. Mein Opa Lucien ist mit seinen siebenundsechzig Jahren noch Ehrenprofessor an der Straßburger Universität. Der gesamte Hochschulbetrieb mitsamt Personal ist nach Clermont-Ferrand evakuiert worden. Der Dunkelhaarige neben Joséphine ist ihr Mann Trystan.«

Louise verschwieg Georg Holzinger, dass ihr Onkel seit letztem Herbst Feldbäcker in der französischen Armee war. Es wäre ihr eigenartig vorgekommen, dem deutschen Offizier davon zu erzählen.

»Und die Frau, die vor ihnen sitzt?«, hakte er nach. »Sie sieht aus wie eine jüngere Version Ihrer Tante.«

»Ja«, bestätigte Louise lächelnd. »Das ist meine Cousine Susette. Sie lässt sich gerade zur Rotkreuzkrankenschwester ausbilden. Und nach dem Krieg will sie Medizin studieren – wie ihre Mutter früher.«

Auch hier verschwieg sie wieder einen Teil der Wahrheit – nämlich dass Susette derzeit an der Front war, um französische Soldaten zu versorgen.

Ein Familienmitglied auf dem Foto hatte Louise bei ihrer Aufzählung ganz bewusst ausgelassen: einen hübschen jungen Mann mit widerspenstigem dunklem Haar, der inzwischen achtzehn Jahre alt war. Auf der Schwarz-Weiß-Aufnahme war es nicht zu sehen, aber er hatte ebenso schöne grüne Augen wie sein Vater Trystan. Clément Bouvier! Kurz bevor man ihn mit seiner Familie evakuiert hatte, war zwischen ihm und seiner Cousine Louise die Hoffnung auf etwas mehr als Freundschaft aufgekeimt. Er hatte ihr zum Abschied eine selbst gemachte Marzipanrose geschenkt und sie ihm ihren Glücksbringer: ein Medaillon mit einem Foto ihrer gemeinsamen Urgroßmutter Bernadette Picard.

Leider war Georg Louises Zögern nicht verborgen geblieben. Er legte seinen Zeigefinger auf Cléments Gesicht. »Und dieser junge Mann?«

Louise spürte, wie sie errötete. »Das ist mein Cousin. Der arbeitet im Périgord als Aushilfsbäcker, meine Mutter hat ihn dorthin mitgenommen, weil Tante Joséphine als Ärztin kaum Zeit für die Familie hat. Es wäre so schön, wenn sie wirklich alle bald zurückkehren dürften. Es passt nicht zu dieser Stadt, dass sie so menschenleer ist.«

»Bekomme ich von Ihnen mal eine Führung?«, bat Georg sie, »durch Straßburg, wie Sie es lieben?«

Louise lächelte. »Gern.«

4

Adolf Hitler! Wie angekündigt betrat er inmitten einer Entourage von Männern in langen Mänteln aus Stoff oder Leder das Straßburger Münster, dessen wertvolle Fenster vor der nahenden Front in Sicherheit gebracht worden waren. Hitlers Einfluss hatte das Gotteshaus also schon beschädigt, bevor er Straßburg überhaupt betreten hatte. Zunächst konnten Louise und Marci von ihrem Versteck in einer Kanzel aus nicht genau verstehen, was die Nazigrößen miteinander sprachen. Der Führer schien aber bestens gelaunt, sein Lachen war deutlich zu vernehmen. Schließlich kamen die Männer am Altar an und konnten von den beiden heimlichen Zeugen besser belauscht werden.

»Das ist ein großartiger Bau«, hörte Louise Hitler sagen. »Ich werde ihn zum Nationalheiligtum des deutschen Volkes machen.«

»Aber was ist dann mit den Gottesdiensten?«, gab einer der Männer in seiner Begleitung zu bedenken.

»Die werden wir natürlich verbieten«, entgegnete Hitler gereizt. Dieses Gotteshaus entreißen wir den Katholiken!«

Marci und Louise wechselten einen empörten Blick.

Als Nächstes ließen sich der Reichskanzler und seine Gefolgschaft fotografieren. Ihren Onkel Paul suchte Louise in der Reihe vergeblich, offenbar war er doch nicht ganz so bedeutend, wie er es dargestellt hatte.

»Der Führer im Münster zu Straßburg«, schwärmte der beflissene Fotograf. »Das können wir als Postkarte herausbringen.«

Als die Männer die Kathedrale verlassen hatten und draußen Jubel und Applaus aufbrandeten, machte Marci Weinum seinem Ärger Luft: »Dieses Schwein schreckt wirklich vor gar nichts zurück. Macht aus einer uralten Kirche ein Denkmal für sich selbst. Die Nazis müssen rigoros bekämpft werden.«

»Aber was können wir schon tun?«, fragte Louise resigniert. »Wir sind doch viel zu jung und ohne jede Macht.«

Weinum widersprach: »Wenn man entschlossen genug ist, kann jeder etwas bewirken.«

*

»Sie kommen! Sie kommen tatsächlich zurück!«, rief Ida und ließ den Brief sinken, den der Postbote gerade gebracht hatte.

Louise ahnte bereits, worum es ging, und eilte zu ihrer Großmutter. Sie stand am Fenstertisch in der Patisserie, die inzwischen wieder »Tritschler« hieß. Nachdem Paul vor nunmehr einem Monat die Uhr neben der Ladentheke auf die deutsche Zeit gestellt hatte, war seine zweite Amtshandlung gewesen, das in der Backstube hängende alte Schild mit der Aufschrift »Patisserie Tritschler« zu begutachten. Natürlich müsse die Patisserie Picard nun wieder Tritschler heißen, unter diesem Namen sei sie schließlich von seinem Großvater gegründet worden, bevor die Franzosen sie gezwungen hatten, einen französischen Namen zu wählen. Eigentlich hatte er das alte Schild wieder aufhängen wollen, doch er störte sich an dem Begriff »Patisserie«.

»Feinbäckerei Tritschler muss das heißen«, hatte er schnaubend erklärt und Georg, seinen schmucken Adjutanten, angewiesen, ein Schild in Auftrag zu geben, auf dem genau das stand.

Und in ebenjener Feinbäckerei gingen inzwischen die Wehrmachtssoldaten ein und aus, während von der einstigen Straßburger Bevölkerung herzlich wenig zu sehen war. Doch nun hatten tatsächlich Louises Familienmitglieder ihre Rückkehr aus dem Périgord angekündigt.

»Kommen sie alle wieder?«, fragte sie aufgeregt.

Ida schüttelte den Kopf. »Susette ist ja mit dem Roten Kreuz irgendwo an der Front, und Lucien und Joséphine bleiben natürlich auch in Clermont-Ferrand. Vorerst kommt deine Maman Ruth mit eurem François und Clément.«

Louise bemerkte, dass ihr Herz bei der Erwähnung von Cléments Namen nicht denselben Sprung machte wie früher. Ihr Cousin war so lange fort gewesen, und sie musste zugeben, dass Georg wesentlich intensivere Gefühle in ihr auslöste. Er war so ganz anders, als sie sich einen Wehrmachtsoffizier vorgestellt hatte. Er schien offenbar ähnlich für sie zu empfinden, machte ihr inzwischen unverhohlen den Hof. Täglich kam er in die Patisserie, die nun Feinbäckerei genannt wurde, um bei ihr eine Brezel und Kaffee zu bestellen und ihr flammende Blicke zuzuwerfen. Er war mit seinen vierundzwanzig knapp sechs Jahre älter als ihr Cousin Clément, und Louise empfand es als äußerst schmeichelhaft, dass ein so selbstbewusster, erwachsener Mann ihr seine Aufmerksamkeit schenkte. Er imponierte ihr ungemein. Was er alles wusste! Zweimal war sie bereits mit ihm in der Stadt unterwegs gewesen, und die Soldaten, denen sie begegnet waren, hatten ihn alle ehrerbietig gegrüßt. Louise war ziemlich stolz, die Frau an seiner Seite zu sein, und sie genoss es, wie er ihr den

Hof machte. Ihr Blumen brachte, ein besticktes Taschentuch, Schokolade. Dennoch freute sie sich natürlich auch, ihren Vetter bald wiederzusehen.

»Ich habe nur ein wenig Angst, Clément zu sagen, dass wir von Onkel Trystan nichts mehr gehört haben«, meinte Louise leise. »Bestimmt hofft er, nach dem Waffenstillstand seinen Vater hier zu treffen.«

Ida nickte. »Davor ist mir auch ziemlich bang.«

»Wenn Trystan tot wäre, hätten wir es erfahren, die Gefahr ist für einen Feldbäcker ja auch eher gering«, ließ sich in diesem Moment Marcel vernehmen, der in der Backstube zugange gewesen und von den Frauen unbemerkt herübergekommen war. »Und wenn er gefangen genommen wurde, lassen sie ihn sicher bald wieder frei, das Elsass ist ja jetzt deutsch. Wir werden ihnen die Heimkehr ordentlich versüßen. Das gehört sich so.«

Er strahlte bis über beide Ohren, und Louise wusste, warum er so gut gelaunt war: Er platzte fast vor lauter Vorfreude auf die angekündigte zeitnahe Rückkehr von Ehefrau, Sohn und Neffe.

»Wenn jetzt noch Anne und Noée heimkehren, dann ist zumindest dieser Teil der Familie wieder vollständig«, sagte Ida. Marcel nickte. Anne war seine Tochter aus erster Ehe und Noée deren Tochter. »Sie wird mit der Kleinen sicherlich nicht lange im besetzten Paris bleiben wollen«, vermutete er und kratzte sich mit der für ihn so typischen Geste am Hinterkopf.

»Was zaubern wir ihnen denn nun Feines? Ich würde ja Puits d'amour vorschlagen.«

»Die dürfen wir erst backen, wenn wir alle wieder zusammen sind. Mit Lucien«, bat Ida, der die Sorge um ihren Ehemann deutlich anzumerken war, »das ist doch unser Gebäck.«

»Da hast du recht«, stimmte ihr Sohn zu.

»Was schlägst du stattdessen vor?«, fragte Louise.

Ein Lächeln umspielte Marcels Mundwinkel. »Ich habe da so eine Idee. Als deine Mutter und ich schon ineinander verliebt, aber noch kein Paar waren, hat sie mich einmal mit Frankfurter Brenten überrascht.«

»Brenten? Goethes Brenten? Aber dafür braucht man doch Marzipan«, gab Louise verwundert zu bedenken. »Gab es so was denn im letzten Krieg?«

Marcel schüttelte den Kopf. »Nein, aber sie hatte Mandeln von einem Verehrer geschenkt bekommen und daraus Marzipan hergestellt. Ich war furchtbar eifersüchtig, aber die Brenten haben trotzdem geschmeckt.«

»Und am Ende hat sie sich ja für dich entschieden«, tröstete Louise.

»Zum Glück«, sagte er zufrieden, »sonst würdest du heute hier nicht stehen.«

»Du willst also Brenten backen?«, wiederholte Ida. »Aber wir haben doch keine Mandeln. Allerdings …«, sie sah ihre Enkeltochter verschmitzt an, »gibt es wieder einen Verehrer von der Besatzungsmacht. Der Verehrer deiner Mutter gehörte auch zu den einmarschierten Soldaten. Du kannst deinen Georg mal nach Mandeln fragen.«

Sie stieß ein leises Kichern aus, und Louise, die eigentlich empört hatte reagieren wollen, prustete los. Die Vorstellung, Georg um Mandeln zu bitten, war absurd.

»Wobei ihm das vielleicht schon gefallen würde, wenn ich Goethe ins Spiel bringe«, sagte sie, »auf den ist er bestimmt stolz.«

Dann sah sie nachdenklich durch das Fenster auf das altvertraute Münster hinüber. Ihre Großmutter hatte neulich, als Paul die Uhr umgestellt hatte, gemeint, dass sich alles wiederhole. Das schien in vielerlei Hinsicht zu gelten: Auch ihre Mutter hatte ja einst zwischen ihrem Cousin Marcel und einem Besatzer geschwankt. Warum, fragte sich Louise, war das Schicksal so ein einfallsloser Regisseur und spielte immer und immer wieder das gleiche Stück mit unterschiedlichen Akteuren? Vielleicht, dachte sie, dauerte das so lange, bis sie aus den Fehlern ihrer Vorfahren gelernt hatten und ihr Schicksal selbst in die Hand nahmen? Dafür sorgten, dass endlich dauerhafter Frieden herrschte?

»Kunst-Marzipan«, unterbrach ihr Vater in diesem Moment triumphierend ihre Gedanken. »Wir backen eine Torte aus Kunst-Marzipan. Ich habe neulich ein Rezept dafür gefunden. Und wenn sie morgen schon kommen, fange ich am besten gleich an. Die Torte schmeckt viel besser, wenn sie ein bisschen durchgezogen ist.«

»Das will ich sehen.« Louise folgte ihrem Vater neugierig in die Backstube. Dass sie seine Liebe zum Backen geerbt hatte, war schon in ihren Kindertagen deutlich geworden.

»Aus was machst du das Marzipan?«

»Kartoffeln«, erklärte er. »Wie das geht, wirst du schon sehen. Wir müssen sie nur erst mal kochen.«

»Wir haben oben noch gekochte Kartoffeln«, sagte Louise, »ich wollte eigentlich heute Abend Bratkartoffeln machen.«

»Umso besser«, freute sich Marcel, »die nehmen wir. Und für heute Abend fällt mir schon was anderes ein.«

Louise strahlte. »Wir«, hatte ihr Vater gesagt. Das bedeutete, dass er sich mit an den Herd stellen würde – und keiner kochte so gut wie er. Als Feldkoch hatte er gegen Ende des Großen Krieges in einem Gefangenenlager gelernt, aus wenigen Zutaten äußerst schmackhafte Gerichte zu zaubern.

Sie lief nach oben und kehrte mit einem Topf voller gekochter und bereits geschälter Kartoffeln zurück.

»Wunderbar«, freute sich Marcel, »dann wollen wir mal.«

»Darf ich?«, bettelte Louise und fühlte sich wieder wie das kleine Mädchen, das nichts lieber tat, als seinem Vater in der Backstube zu helfen. Und Marcel reagierte wie damals, weshalb sie sich wunderbar geborgen fühlte. Es war, als gäbe es keinen Kummer, keinen Krieg und kein Leid.

»Es ist besser, wenn du die Kartoffeln zweimal durchstampfst«, riet er, »die Masse muss ganz fein sein.«

Sie nickte eifrig und machte sich an die Arbeit.

Marcel wog hundertfünfundzwanzig Gramm Zucker ab und holte den Vanillezucker aus seinem Gewürzregal. »Das verknetest du jetzt mit der Kartoffelmasse. Am Schluss gibst du das Bittermandelaroma dazu.« Er reichte ihr ein kleines gläsernes Fläschchen.

Louise nickte. Wie gut, dass ihre Backstube so hervorragend ausgestattet war.

Marcel, der inzwischen mit geübten Händen den Biskuitteig zubereitet und in den Ofen geschoben hatte, machte sich nun daran, die Creme vorzubereiten: Er rührte das Vanillepuddingpulver mit drei Esslöffeln süßem Apfelmost an, schmeckte den restlichen Saft mit Zucker und Zitrone ab, nickte zufrieden, brachte alles zum Kochen, gab unter Rühren das vorbereitete Puddingpulver hinzu, nahm den Topf von der Kochstelle und rührte weiter, während die Creme langsam erkaltete.

Schließlich bemerkte er den bewundernden Blick seiner Tochter und sah lächelnd zu ihr auf: »Was schaust du denn so?«

»Wie du das alles machst«, sagte sie, »so geschickt.«

Er lachte: »Pudding zu kochen ist nun wirklich keine Kunst.«

»Ich meine die Idee mit dem Kartoffelmarzipan«, sagte sie.

»Daraus könnte man auch kleine Würfel machen und in Schokolade tauchen.«

Er holte den Biskuit aus dem Ofen und stellte ihn zum Auskühlen auf ein Gitter.

»Dein Traum von einer Bonbon- und Pralinenmanufaktur?«, fragte er.

Sie nickte mit leuchtenden Augen. »Ich stelle mir das einfach so schön vor, lauter kleine Kunstwerke, die man essen kann.«

»Dann lass dich von deinem Traum nicht abbringen und arbeite daran, ihn zu verwirklichen. Das haben wir in unserer Familie schon immer getan.«

Sie nickte. »Aber es ist Krieg. Wer hat da schon Sinn für edle Süßigkeiten?«

Marcel sah sie nachdenklich an. »Das ist jetzt bereits der dritte Krieg, den diese Familie erlebt. Kriege haben unsere Geschicke schon immer gelenkt, aber sie haben keinen von uns je aufhalten können. Sei mutig und geh deinen Weg, meine Kleine.«

Er küsste sie auf die Stirn und begann dann, den Biskuit zweimal quer durchzuschneiden.

»Hier.« Er reichte seiner Tochter die glatt gerührte rote Marmelade und bat sie, diese auf dem untersten Tortenboden zu verteilen. »Nun kannst du das Kartoffelmarzipan draufstreichen – aber nur ein Drittel.«

Als sie damit fertig war, legte er die zweite Biskuitschicht darauf und hieß Louise, ein weiteres Drittel der Creme draufzustreichen. Obenauf legte er den letzten Biskuitboden, und seine Tochter verteilte das restliche Marzipan ringsum auf der Torte.

»Was machst du?«, fragte sie ihren Vater, der inzwischen am Herd stand und etwas in einer Pfanne briet.

»Ich bräune die Haferflocken in Fett«, sagte er, »die kannst du dann noch draufstreuen.«

Während sie warteten, dass die Haferflocken abkühlten, sagte Marcel voller Überzeugung: »Ich glaube wirklich, du solltest deinen Traum weiterverfolgen, Louise. Gerade im Krieg, da wir nicht so viel haben, kommt es auf die kleinen Dinge an, über die wir uns freuen können. Küchlein, Bonbons und Pralinen sind perfekt dafür: Sie sparen Zutaten, und durch deine Liebe und dein Geschick kannst du sie zu wahren Kunstwerken machen.«

Louise nahm die inzwischen erkalteten Haferflocken und streute sie über die Torte. »Ich habe so viele Ideen«, sagte sie, »ich würde am liebsten gleich anfangen.«

»Nur zu! Meine Unterstützung hast du.«

»Danke, Papa.« Sie gab ihm einen Kuss.

5

»Wie es wohl sein wird, wieder nach Hause zu kommen?«, fragte Ruth Picard beklommen, als sich der Zug ihrer Heimatstadt näherte. Das Gesicht der schönen Einundvierzigjährigen mit den kinnlangen braunen Locken wirkte besorgt.

Auch die beiden jungen Männer, die ihr gegenübersaßen, blickten verunsichert drein. Fast ein Jahr war es her, dass sie überstürzt hatten aufbrechen müssen. Sie waren ins Périgord evakuiert worden und hatten dort in einer mehr als bescheidenen Unterkunft Quartier bezogen. Die Menschen in jener Provinz im Südwesten Frankreichs waren schlecht auf die ihnen zugeteilten Flüchtlinge vorbereitet, die aus dem fernen Elsass in ihre Dörfer kamen und ihnen fremd und unheimlich waren. Ihr Dialekt erinnerte sie an den germanischen Feind, weswegen sie die Neuankömmlinge als »Boches«, also als Deutsche beschimpften und sie »Ja-Jas« nannten. Nein, die Elsässer waren ihnen nicht willkommen, und das hatten sie diese spüren lassen.

»Hauptsache, wir haben wieder ein Klo und eine Küche im Haus«, ließ sich Ruths schmächtiger fünfzehnjähriger Sohn François vernehmen. Ein Grinsen huschte über sein hübsches Gesicht unter dem blonden Haarschopf. »Ich bin wirklich nicht verwöhnt, aber keinen Abort zu haben, das ist schon schwierig.«

»Jetzt hast du ja bald wieder den Komfort von zwei Häusern und insgesamt sechs Toiletten zur Auswahl«, sagte sein zwei Jahre älterer Cousin Clément grinsend und strich sich eine widerspenstige dunkle Haarsträhne aus dem Gesicht.

»Wenn sie denn noch stehen«, murmelte Ruth ängstlich. »Die Nachrichten, die aus der Heimat kamen, waren ja nicht so gut.«

»Louise hat doch geschrieben, dass beide Häuser unversehrt sind«, sagte Clément und konnte nicht verhindern, dass sein Herz beim Gedanken an seine schöne Cousine etwas schneller schlug. Instinktiv griff er nach dem Medaillon in seiner Tasche. Es hatte seine Wirkung nicht verfehlt, bisher war ihm ja nichts passiert. »Onkel Marcel und Grand-mère Ida werden schon gut auf alles aufgepasst haben. Und Papa auch, solange er noch da war.«

»Ja, Trystan …«, murmelte Ruth, die beim Gedanken an ihren Schwager von noch größerer Sorge erfasst wurde. Hoffentlich war ihm als Armeebäcker bis zum Waffenstillstand nichts passiert. Clément entging nicht, wie sich ihr Blick verdunkelte.

»Du hängst sehr an meinem Papa, nicht wahr?« Er sah seine Tante fragend an.

»Ja«, sagte sie, »ja, natürlich. Er ist für mich der Bruder, den ich mir als Einzelkind immer gewünscht habe. Wir waren so lange getrennt.«

»Wir sind gleich da«, stellte François in diesem Moment aufgeregt fest.

Kurz darauf fuhr der Zug in die Bahnhofshalle ein.

»Was ist denn das?«, fragte Clément und deutete verblüfft aus dem Fenster.

Der ganze Bahnhof war voller Wehrmachtssoldaten, die allerdings nicht darauf zu warten schienen, in einen Zug zu steigen, sondern dem ihren erwartungsvoll entgegensahen. Standen die Deutschen etwa Spalier, um sie willkommen zu heißen?

Clément kletterte hinter seiner Tante Ruth, deren Gepäck er trug, und François als Letzter aus dem Wagen. Da hörte er Blasmusik, die wohl ihnen zu Ehren erklang, und er spürte eine heftige Reaktion der Abwehr in sich aufsteigen.

»Widerlich«, zischte er.

François warf ihm einen verwunderten Blick zu. »Warum? Ist doch nett, dass sie uns so begrüßen. Besser als der frostige Empfang von unseren eigenen Landsleuten im Süden.«

»Der war wenigstens ehrlich«, knurrte Clément. »Die hier haben uns unsere Stadt weggenommen und heißen uns jetzt scheinheilig willkommen. Wenn, dann sollten *wir* sie willkommen heißen.«

»Freu dich doch lieber über all die Leckereien und die hübschen Mädchen«, schlug sein Cousin vor und lächelte einer blonden Rotkreuzschwester zu, die Häppchen an die Ankömmlinge verteilte.

»Haben Sie das alles vorbereitet?«, fragte er beeindruckt.

Die Rotkreuzschwester schüttelte den Kopf. »Nein, wir sind hier nur im Einsatz«, informierte sie ihn. »Der Elsässische Hilfsdienst organisiert den Empfang der Evakuierten. Man will die Heimgekehrten begrüßen und ihnen die Wiedereingliederung so leicht wie möglich machen.«

»Das fällt durch Sie leichter«, sagte François, und Clément amüsierte sich im Stillen darüber, dass der erst Fünfzehnjährige versuchte, mit der jungen Krankenschwester anzubandeln – wobei er sich, wie er zugeben musste, ziemlich gut anstellte.

Doch die Erheiterung darüber wurde von einem bitteren Gefühl getrübt. Vor allem, das war Clément klar, wollten sich die Besatzer bei den Heimkehrern einschmeicheln, damit sie das neue System möglichst ohne Schwierigkeiten anerkannten.

In diesem Moment stieß Ruth einen erfreuten Schrei aus. »Marcel!« Sie rannte den Bahnsteig entlang und lag kurz darauf in den Armen ihres Mannes. »Endlich, endlich, endlich«, wisperte sie unter Tränen und Küssen. »Ich hätte es keine Sekunde länger ohne dich ausgehalten.«

»Das geht mir genauso«, bestätigte er sichtlich gerührt, »zehn Monate sind viel zu lang.«

Im nächsten Moment erblickte er seinen Sohn. »Und an dir sieht man, was die Zeit alles vollbringt«, sagte er und nahm ihn ebenfalls in die Arme. »Bist ja ein richtiger Mann geworden.«

Als Nächstes war Clément dran, der sich bisher respektvoll zurückgehalten hatte. Er wollte das Wiedersehen der Familie seines Onkels nicht stören. Diese war – bis auf die wohl noch in Paris weilende Anne und deren kleines Töchterchen – nun wieder vollzählig. Clément musste sich eingestehen, dass es ihm ein wenig ins Herz schnitt, dass die Bouviers hingegen noch in alle Winde verstreut blieben.

Doch da zog ihn sein Onkel Marcel in seine, wenn schon nicht väterliche, so doch sehr freundschaftliche Umarmung. »Clément, mein Junge«, sagte er und schlug ihm auf die Schultern. »Immer noch willens, nach dem Abitur an meiner Seite die Patisserie weiterzuführen?«

»Mehr denn je«, versicherte Clément, und endlich strahlte auch er.

Ida war in Tränen aufgelöst, als sie die kleine Gruppe auf die Feinbäckerei Tritschler zusteuern sah.

»Hoffentlich werde ich nicht die ganze Zeit heulen«, sagte sie und schnäuzte sich in ihr spitzenbesetztes Taschentuch, in das ihr Monogramm eingestickt war und das ihre Mutter Elise ihr einst als Aussteuer gegeben hatte.

»Wenn du weinen müsstest, wäre es nicht schlimm, Grand-mère«, befand Louise, die ob der bevorstehenden Rückkehr ihrerseits ganz weiche Knie hatte. »Es sind ja Freudentränen.«

Kurz darauf ging die Tür auf – die nächsten zehn Minuten gehörten der Wiedersehensfreude. Bis alle einander umarmt und ihre Erleichterung zum Ausdruck gebracht hatten, dauerte es seine Zeit.

Einzig Clément war danach ein wenig enttäuscht. Die Begegnung mit Louise hatte sich anders gestaltet als erhofft – seltsam linkisch und von ihrer Seite aus recht verlegen und zurückhaltend. Einmal hatte er aus dem Augenwinkel gesehen, dass sie ihn von oben bis unten musterte. Täuschte er sich, oder lag in ihrem Blick etwas Abschätziges? Fragte sie sich, was sie einmal an ihm gefunden hatte? Was konnte er denn dafür, dass er nach der Zeit in der Fremde etwas abgerissen aussah? Und sie wirkte ja nun auch nicht gerade wie das blühende Leben! Der Krieg hatte bei seiner Cousine ebenfalls Spuren hinterlassen, es war einfach keine Zeit, in der man zum Friseur ging oder neue Kleidung kaufte.

Ida klatschte in die Hände. »Oben in der guten Stube ist der Kaffeetisch schon gedeckt.«

»Lecker!«, freute sich François. »Papas Backkünste hab ich ganz besonders vermisst.«

»Warum habt ihr denn oben eingedeckt?«, erkundigte sich Ruth erstaunt. »Wir können die Patisserie doch nicht so einfach allein lassen.«

»Das heißt jetzt nicht mehr Patisserie, sondern Feinbäckerei«, belehrte Louise sie.

Clément warf ihr einen irritierten Blick zu. Meinte sie das ernst?

»Unsere Louise nimmt es damit ganz genau«, sagte Ida erklärend in die Runde. »Sie hat ja jetzt einen schmucken Verehrer unter den Besatzern, einen ganz wichtigen. Der ist direkt Paul unterstellt.«

Daher weht also der Wind, dachte Clément, und sein Magen begann zu brennen. Ein schmucker und wichtiger Boche! Da war er wohl nicht mehr gut genug.

Er warf seiner Cousine einen enttäuschten Blick zu, dem diese mit hochrotem Kopf auswich.

»Ihr habt ja geschrieben, dass Paul wieder da ist«, sagte Ruth. »Wie … ist er denn so?«

Ida ließ sie mit einem Blick wissen, dass sie besser nicht fragen solle. In diesem Moment öffnete sich die Tür, und Esther Levy, das Nachbarsmädchen mit den prächtigen schwarzen Locken, kam herein.

»Esther passt so lange auf den Laden auf«, sagte Ida und scheuchte ihre Familie nach oben. »Muss ja nicht jeder sehen, wie gut wir es haben.«

Louise freute sich, dass auch Esthers Familie zurückgekehrt war. Ihr Vater betrieb die Apotheke am Münsterplatz. Die Neunzehnjährige hatte schon öfter im Laden ausgeholfen, wenn Not am Mann gewesen war.

»Schön, dass du wieder da bist«, flüsterte Louise der Freundin zu.

Die nickte ernst. »Ich weiß nicht, wie lange. Neulich haben sie meinen Vater angespuckt und auf die Scheibe von der Apotheke ›Saujud‹ geschrieben.«

Louise sah sie ungläubig an. Sollte es damit nun etwa wirklich auch in Straßburg losgehen?

Oben in der guten Stube brachen angesichts von Marcels Konditorkünsten alle in Begeisterungsrufe aus.

»Und dann haben wir hier noch diese Pralinen aus Kartoffelmarzipan, ummantelt von gerösteten Haferflocken«, pries der Feinbäcker die kleine Köstlichkeit an, die seine jüngere Tochter auf jedem Teller platziert hatte.

»Bravo, Louise, Liebes, die sind ja wundervoll«, rief Ruth anerkennend, nachdem sie eine probiert hatte. Und auch die anderen waren voll des Lobes.

Louise schaffte ein dankbares Lächeln, doch in Gedanken war sie bei Esther, die nun allein unten im Laden stand und auf Kundschaft wartete.

Da fiel ihr auf, dass Clément als Einziger seine Praline nicht angerührt hatte.

Sie ahnte nicht, dass es ihn allergrößte Überwindung kostete. In Zeiten von Not und Entbehrung auf etwas derart köstlich Aussehendes zu verzichten brauchte allergrößte Willenskraft. Aber wenn er etwas hatte, dann das.

Clément blieben Louises enttäuschte Blicke nicht verborgen, und sie taten ihm gut. Das hatte sie sich selbst zuzuschreiben! Sollte sie doch für ihren Wehrmachtssoldaten Pralinen herstellen!

»Du und Clément habt ja schon als Kinder davon geträumt, die Patissierkunst zu erlernen«, schwelgte Ruth in Erinnerungen und gebrauchte dabei ganz selbstverständlich das französische Wort.

Offenbar spürte sie die Spannungen zwischen Cousin und Cousine und trachtete danach, sie aufzulösen. Lächelnd blickte sie von einem zum anderen.

»Wie oft habt ihr euch ausgemalt, dass ihr mal zusammen ein Café mit eigener Bonbonkocherei führen würdet.«

»Kinderträume«, sagte Louise wegwerfend, und Clément

ärgerte sich, dass es ihm so wehtat. »Das waren doch nur Kinderträume.«

»Ach ja?«, fragte ihre Mutter erstaunt. »Das klang damals aber gar nicht so.«

Obwohl er so verletzt war, musste Clément schmunzeln. Er kannte seine Tante Ruth gut genug, um zu wissen, dass sie ihre Tochter, Wiedersehensfreude hin oder her, nicht so einfach davonkommen lassen wollte.

»Jedenfalls«, erklärte Ida vermittelnd und schob sich genüsslich ihre Praline in den Mund, »jedenfalls hättest du das Zeug dazu. Du könntest eine Kartoffelmarzipanmanufaktur eröffnen. Ich wäre eine treue Kundin.«

»Du würdest jede einzelne Praline geschenkt bekommen, Grand-mère«, versicherte Louise.

Als die Familie Marcels Kartoffelmarzipantorte bis auf den letzten Krümel verspeist hatte, seufzte François zufrieden. »Ach, ist das schön, wieder hier zu sein. Jetzt freue ich mich auf mein Bett – und ein ausgiebiges Bad. Ich werde dieses Haus nie mehr verlassen!«

»Na ja …«, druckste Ida ein wenig herum.

»Was denn?«, fragte Ruth beunruhigt. »Ist etwas passiert?«

»Also«, ergriff Marcel für seine Adoptivmutter das Wort, »euer Onkel Paul beansprucht dieses Gebäude für sich und seine Familie. Es sei sein Elternhaus, und als ranghohes Besatzungsmitglied stehe es ihm zu, hier zu residieren«, erklärte er. »Bis auf die beiden erwachsenen Töchter reist bald die ganze Sippschaft aus Stuttgart an, seine Frau mit drei kleinen Jungs.«

Ruth sah ihren Mann ungläubig an. »Er kommt nach all der Zeit hier an und wirft uns raus?«

»Beruhige dich, ma chère«, sagte Marcel. »Ich habe mich anfangs genauso darüber geärgert wie du. Aber sieh mal, es ist die Sache nicht wert. Das ist doch alles nur eine Übergangslösung, und bis Trystan und Joséphine zurückkehren, sollte jemand drüben in der Krämergasse wohnen. Wenn das Gebäude leer steht, kommen die Deutschen vielleicht auf dumme Gedanken.«

Ruth lachte bitter auf. »Das ist schon absurd. Als die Franzosen vor zweiundzwanzig Jahren einmarschiert sind, hat unser eigener Großvater Joséphine und Ida aus dem Haus geworfen, weil sie Deutsche beziehungsweise Halbdeutsche waren. Und jetzt schmeißt mein Herr Cousin mich aus meinem Zuhause.«

»Die Dinge wiederholen sich. Immer und immer wieder«, murmelte Ida, »es hört niemals auf.«

»Machst du dir große Sorgen?«, fragte Ruth mitleidsvoll, und ihre Schwiegermutter, die sonst immer für jeden ein tröstendes Wort übrig hatte, nickte resigniert. »Vor allem um euren Vater, mein Kind. Er ist ganz allein in der Fremde.«

»Aber das ist Grand-père ja gewöhnt«, mischte sich Louise aufmunternd in das Gespräch. »Denk doch an die vielen Expeditionen, die er im Laufe seines Lebens gemacht hat.«

»Das war etwas anderes«, meinte Ida. »Wo die Deutschen sind, herrscht auch ihre Art Politik. Ihr wisst, was das für die jüdische Bevölkerung bedeutet.«

»Er ist doch aber in Frankreich in Sicherheit«, sagte Ruth und versuchte, zuversichtlicher zu klingen, als sie war.

Ida schüttelte den Kopf. »Das stimmt nicht – selbst in Paris ist die Wehrmacht ja schon einmarschiert.« Sie holte tief Luft. »Es war wichtig, hier auf alles achtzugeben und die Stellung zu halten, damit niemand unsere Häuser plündert. Aber nun, da ihr alle wieder da seid, kann ich guten Gewissens gehen. Sobald die Behörden es mir erlauben, werde ich Lucien nach Clermont-Ferrand folgen. Ich habe einfach Angst, dass er dort zu sehr in seine Forschung vertieft ist. Dann bemerkt er das Vorrücken der Deutschen erst, wenn es zu spät ist, um weiter in den Süden zu fliehen.«

»Du hast recht, Ida«, gab Ruth mit belegter Stimme zu. »Wie sich die Geschichte wiederholt, das ist fast unheimlich. Im letzten Krieg waren es deine Eltern, die man aus Straßburg vertrieben hat. Jetzt sind es die Großeltern meiner Kinder.«

Ida nickte. »Und auch meine Mutter wollte damals nicht gehen, trotzdem ist sie meinem Vater gefolgt. Aber zu guter Letzt sind sie zurückgekehrt. So wird das auch mit uns sein. Wir kommen wieder. Am Ende wird alles gut werden.«

Louise wollte ihr nur zu gern glauben. Doch sie machte sich trotz des Waffenstillstands Sorgen, ob ihre Großmutter die gefährliche Reise in den noch nicht besetzten Teil Frankreichs heil überstehen würde.

6

Da die Ankunft von Pauls Frau Klara, genannt Klärle, und deren drei minderjährigen Jungen in Kürze erwartet wurde, wollten Ruth und François in wenigen Tagen zu Marcel und Clément in die dreistöckige Wohnung über der einstigen Patisserie Goldschmidt ziehen. Ida erklärte, für sie lohne sich ein Umzug nicht, in Kürze werde sie ja ohnehin zu Lucien reisen; Louise verkündete, sie werde bei ihrer Großmutter bleiben und erst nach deren Abreise ins goldschmidtsche Haus nachkommen.

Clément war von dem Umstand, dass sie nicht, oder zumindest nicht gleich, zu ihnen ziehen würde, ebenso erleichtert wie enttäuscht. Denn auch wenn er wütend auf sie war, begann sein Herz doch weiterhin schneller zu klopfen, wann immer sie ihm über den Weg lief. Zum Glück hatte er einen Grund gefunden, ihr möglichst oft nahe zu sein: Gleich am Tag nach ihrer Ankunft hatte sein Onkel ihn gebeten, in der Patisserie auszuhelfen. »Ich möchte meine Mutter gern entlasten, und wenn sie nun bald zu Lucien reist, brauchen wir Ersatz für sie«, hatte Marcel erklärt. »Du liebst es, zu backen, und willst nach dem Abitur im Familienbetrieb anfangen. Die Schule hat ja noch nicht wieder begonnen – du könntest uns also helfen und dabei gleich noch etwas lernen.«

Clément hatte begeistert zugesagt. Und entsprechend war er recht fröhlicher Stimmung, als er nun auf die Patisserie, die er jetzt albernerweise Feinbäckerei nennen sollte, zumarschierte. Doch diese gute Laune war mit einem Schlag verflogen, als er Paul Tritschler am Tisch sitzen sah. Er hatte seinen Onkel bisher nur einmal kurz getroffen – und er war ihm mehr als unsympathisch gewesen. Dieser Eindruck wurde auch jetzt nicht revidiert. Paul fläzte, die *Straßburger Neuesten Nachrichten* vor sich ausgebreitet, am besten Tisch der Patisserie am Fenster und hatte sich soeben von Louise bedienen lassen. Vor ihm standen eine Butterbrezel und eine Tasse Kaffee. Paul sah auf, als er seinen Neffen erblickte.

»Ah, der Clemens«, betonte er die deutsche Version von Cléments Namen, »nimm sofort diese alberne Mütze ab!«

Sein Neffe musste sich Mühe geben, nicht augenblicklich in die Luft zu gehen. Er schaffte es inzwischen meistens ganz gut, sein überbordendes Temperament in den Griff zu bekommen. Doch daran hatte er hart arbeiten müssen. Als kleiner Junge hatte er wegen seiner häufigen Prügeleien immer wieder Ärger mit den Lehrern gehabt. Was zu Cléments Leidwesen nie jemand verstanden hatte: Diese Raufereien hatten immer einen guten Grund gehabt. Er brach nur dann einen Streit vom Zaun, wenn er etwas als ungerecht empfand. Wenn jemand, der in Not war, Hilfe brauchte zum Beispiel. Dann war Clément da, um sich für ihn einzusetzen. Nur leider wollte das keiner einsehen – bis auf seine Eltern. Joséphine und Trystan hatten ihm in langen Gesprächen erklärt, dass sie stolz auf ihn seien, weil er sich für die Schwächeren starkmachte. Dass er aber viel mehr erreichen würde, wenn er diese Wut in sich bündelte und die daraus entstehende Kraft nutzte, um sie mit kühlem Kopf einzusetzen. Dann, so hatte seine Mutter erklärt, könne er damit Berge versetzen. In der Folge war Clément immer seltener in Prügeleien verwickelt gewesen. Trotzdem hatte er sich noch vor die Schwachen gestellt und sie durch seinen Beistand geschützt.

Und jetzt dieser Onkel! Ein hohes Tier bei den Nationalsozialisten, deren bloße Anwesenheit in Cléments Augen schon eine Ungerechtigkeit sondergleichen darstellte. Noch nie war er so wütend auf jemanden gewesen. Und noch nie war es ihm so schwergefallen, diese Wut zu zügeln. Doch er dachte an die Worte seiner Mutter und versuchte, seinen Zorn in Kraft umzuwandeln.

»Mein Name ist Clément«, korrigierte er seinen Onkel daher nur kühl, »und meine Baskenmütze gehört zu unserer Kultur.«

Paul lief feuerrot an. Er scheint ein ähnliches Problem mit seinem Zorn zu haben wie ich, dachte Clément fast ein wenig amüsiert. Aber im Gegensatz zu ihm hatte sein Onkel sich nicht im Griff. Impulsiv sprang er auf, wobei seine Kaffeetasse umkippte. Die braune Brühe ergoss sich über das gräuliche Zeitungspapier, das die Flüssigkeit sofort gierig aufsog.

»Da siehst du, was du angerichtet hast«, brüllte Paul und tat humpelnd ein paar Schritte auf ihn zu. »Es ist wichtig, dass ich über die Nachrichten des Tages informiert bin!«

»Das hast du selbst angerichtet«, sagte Clément kurz angebunden. »Ich stehe hier nur und habe dir meinen Namen genannt. Du scheinst ihn vergessen zu haben, was ja kein Wunder ist, schließlich hast du mich erst einmal getroffen. Und es ist auch kein Wunder, dass du unsere Kultur nicht kennst. Du warst ja seit über zwanzig Jahren nicht mehr hier.«

Er spürte, dass es ihm wieder gelang: Die lodernde Wut in seinem Innern wurde zu einer Kraft, die ihm half, diesem Mann ruhig und gelassen entgegenzutreten.

»Ich weiß sehr wohl, wie du heißt«, schnauzte Paul.

Die erschrockene Louise hatte die Szene von der Theke aus verfolgt und machte sich daran, den Tisch trocken zu wischen. Flüchtig fragte sich Clément, was sie wohl über das Streitgespräch und ihn selbst dachte, doch dann konzentrierte er sich wieder auf seinen Onkel.

»Das ist nicht unsere Kultur. Nicht die Kultur von uns Deutschen«, erklärte dieser wütend. »Das ist die Kultur, die die Franzosen euch aufgezwungen haben. Aber damit ist jetzt Schluss. Du nimmst diese Gehirnverdunkelungsmatte sofort ab. Wir werden die Entwelschung vorantreiben! Die Elsässer sind ein germanischer Volksstamm und durch die französische Zeit besudelt.«

Er machte eine rasche Bewegung nach vorne und wollte Clément die Baskenmütze vom Kopf fegen. Doch der war schneller und hielt seinen Onkel am Handgelenk fest.

Sekundenlang standen sie so und starrten einander hasserfüllt in die Augen.

»Wag es nicht!«, sagte Clément sehr leise. »Ihr seid nicht im Recht, du und deine … deine Witzfiguren da draußen. Euer Einmarsch hier ist ein eklatanter Verstoß gegen internationales Recht.« Er zog Paul an dessen Handgelenk noch etwas näher zu sich heran und sagte: »Im Waffenstillstand vom 22. Juni steht kein Sterbenswörtchen von einer Abtretung französischer Gebiete links des Rheins. Du wirst mich in Zukunft Clément nennen. Einen Clemens kenne ich nicht. Wenn du mich so nennst, werde ich nicht reagieren.«

»Baskenmützen sind verboten«, keuchte Paul mit hochrotem Gesicht, »und das Tragen französischer Namen ebenfalls.«

»Ach ja?«, fragte eine weibliche Stimme von der Tür her. »Wie soll ich denn dann heißen? Susanne? Damit bin ich nämlich ganz und gar nicht einverstanden.«

»Susette!« Clément ließ Paul so plötzlich los, dass dieser ins Wanken geriet, eilte auf seine neunzehnjährige Schwester zu und schloss sie in die Arme. »Du bist zurück! Du bist endlich zurück!«

Auch Louise kam herbei, um ihre blond gelockte Cousine zu begrüßen. »Ein Glück, dass du da bist«, flüsterte sie ihr in der Umarmung zu. »Die beiden gehen sich gleich an den Kragen.«

»Das habe ich mitbekommen.« Susette wandte sich herausfordernd an Paul. »Darf ich fragen, wer Sie sind?«

Clément grinste. Seine große Schwester war einfach wunderbar! Sie war ein ebensolcher Hitzkopf wie er selbst und kämpfte leidenschaftlich für ihre Überzeugungen. Aber wenn sie jemanden nicht mochte, dann konnte sie kalt sein wie Eis. Und ihr Onkel war ihr offenbar auf Anhieb unsympathisch. Ihre Augen, die ebenso grün funkelten wie Cléments, nahmen Paul ins Visier, als sie ungeduldig fragte: »Nun?«

»Ich bin hier der Hausherr«, knurrte Paul. »Und du bist wohl die Schwester vom Clemens.«

»Ich kenne keinen Clemens«, ließ Susette ihn wissen. »Und wenn Sie hier der Hausherr wären, wüsste ich das. Der Herr dieses Hauses ist mein Großvater Lucien Picard. Er ist Halbjude, und wegen diesem Wahnsinn hier«, sie deutete nach draußen, »wurde er nach Innerfrankreich evakuiert. Wenn Sie mir nun also freundlicherweise mitteilen würden, wer Sie sind?«

Paul taumelte zum Tisch zurück und setzte sich. Sein unversehrtes Bein schien zu schmerzen, und offenbar war er auch Susettes Selbstbewusstsein nicht gewachsen. »Ich bin dein Onkel Paul.«

»Ah.« Susette tat, als hätte sie das nicht schon längst aus der Situation geschlossen.

Dann setzte sie sich ihm gegenüber und sah ihn eindringlich an. »Schon ziemlich blöd, stimmt's, Paul?«

»Was?«, fragte der, vollkommen überfordert und irritiert. »Was ist ziemlich blöd?«

»Da bist du nun so ein hohes Tier in der Partei – und trotzdem zu einem Viertel Jude.«

Paul konnte ein entrüstetes Keuchen nicht unterdrücken, und Clément wechselte einen besorgten Blick mit Louise. Ihre persönlichen Spannungen waren in diesem Moment vergessen.

»Wissen die das in der Partei?«, fragte Susette.

Paul schwieg. Man sah ihm an, dass es in ihm arbeitete. Mit einem Mal war er weiß wie die Wand und regelrecht in sich zusammengesunken.

»Hör zu«, sagte er gedämpft, »wir müssen über all das Schweigen bewahren. Nur so kann es gelingen, meinen Vater Lucien zu schützen. Es ist bloß eine Frage der Zeit, bis unsere Truppen auch den Rest Frankreichs eingenommen haben.«

Susette und Clément wechselten einen verständnisinnigen Blick. Beiden war völlig klar, dass es Paul nicht im Allergeringsten um seinen Vater ging, zu dem er vor über zwei Jahrzehnten den Kontakt weitestgehend abgebrochen hatte, sondern einzig und allein darum, nicht selbst in Gefahr zu geraten.

Paul sprach nun so leise, dass nur Susette und Clément ihn hören konnten. Inzwischen war Kundschaft in den Laden gekommen. Louise eilte, sie zu bedienen.

»Wir müssen jetzt zusammenhalten«, raunte er.

Auf einmal, dachte Clément abfällig, sah die Lehre seiner Mutter aber wieder einmal bestätigt. Es konnte gelingen, das Gegenüber durch die Kraft des unterdrückten Zorns kleinzukriegen, wenn diese Wut in klare Worte verwandelt wurde.

»Es gibt da eine Verordnung der Reichsverwaltung, die erleichtert den Nachweis über die arische Abstammung«, sagte Paul im Flüsterton. »Beim kleinen Ariernachweis, der die Abstammung bis hin zu den Großeltern vorsieht, reicht für NSDAP-Mitglieder die Bescheinigung des zuständigen Kreisleiters aus. Na ja, ich bin ja seit der ersten Stunde mit dabei, und mir hat jemand einen Gefallen geschuldet. Ich habe selbstverständlich einen absolut reinen Ariernachweis.«

»Ich schäme mich, dass du mein Onkel bist«, sagte Clément angeekelt. »Du bist selbst zu einem Viertel Jude und lässt zu, dass deine Männer sie jagen?«

Pauls Gesicht lief wieder rot an.

Susette legte ihre Hand auf die ihres Bruders. Sie spürte die Wut, die in ihm loderte, und wollte ihn beruhigen, die Berührung war aber gleichermaßen eine Warnung. Lass es gut sein, schien sie zu sagen. Mach es nicht kaputt.

»Wir schweigen nur aus einem einzigen Grund, Paul«, sagte sie und sah ihn durchdringend an. »Um unseren Großvater, deinen Vater Lucien, zu schützen. Du wirst dafür sorgen, dass ihm nichts geschieht. Ansonsten lassen wir alles auffliegen.«

Paul nickte eingeschüchtert. »Verstanden.«

»Gut, dann sind wir uns ja einig«, sagte Susette. »Und jetzt entschuldige mich bitte, ich möchte Grand-mère, Onkel Marcel und Tante Ruth begrüßen.«

Clément erhob sich ebenfalls, drehte sich dann aber noch einmal zu seinem Onkel um.

»Noch etwas, Paul«, sagte er. »Du wirst mich auch in Zukunft Clément nennen. Und meine Baskenmütze behalte ich auf.«

*

Ida war außer sich vor Freude, als Clément mit Susette im Schlepptau vor ihr stand. »Mein Kind, mein liebes Kind«, sagte sie und nahm ihre Enkeltochter in die Arme. »Wie schön, dass ich dich vor meiner Abreise noch einmal sehen darf.«

Während Marcel unten in der Backstube arbeitete, packte Ida mit Ruth oben in der Wohnung die Sachen zusammen, die sie mitnehmen wollte. Ohnehin galt es, den Umzug in die Krämergasse vorzubereiten, denn in einer Woche wurden Pauls Frau Klara und die Kinder erwartet. Nachdem auch Ruth ihre Nichte herzlich begrüßt, Teewasser aufgesetzt und rasch den Frühstückstisch gedeckt hatte, verabschiedete sich Clément. »Ich bin ja eigentlich gekommen, um Onkel Marcel in der Backstube zu helfen. Ich überlasse euch Frauen mal euch selbst.«

Grinsend lüftete er seine »Gehirnverdunkelungsmatte« und verschwand nach unten.

»Nun erzähl aber, wie es dir ergangen ist«, drängte Ida. »War es sehr schlimm?«

»Na ja, ein Vergnügen war es nicht gerade«, gestand Susette. Sie war vor dem Krieg an der Medizinischen Akademie in Straßburg eingeschrieben gewesen, um Krankenschwester zu werden, und hatte für den Kriegsfall eine Verpflichtung als Militärkrankenschwester unterzeichnet. Als letztes Jahr der Krieg ausgebrochen war, hatte sie ihr Studium unterbrechen müssen und war als militärische Krankenschwester in Mont Sainte-Odile eingesetzt worden. Nun war ihre Demobilisierung erfolgt.

»Ich bin wirklich stolz auf dich«, sagte Ida voller Zuneigung, »und deine Mutter ist es auch.«

Susette nickte. »Wo ist denn eigentlich Vater? Ich möchte ihn gerne begrüßen.«

Ida schluckte. »Nun, meine Kleine, es ist so …«

Ruth legte die Hand auf Susettes und antwortete für ihre Schwiegermutter: »Von Trystan haben wir leider nichts mehr gehört. Wir befürchten, dass er in deutsche Gefangenschaft geraten ist.«

Susette nahm die Nachricht gefasst auf. Sie hatte an der Front zu viel gesehen, als dass sie das schockieren könnte.

»Er wird sicher bald freigelassen«, beeilte sich Ida zu sagen. »Und deine Mutter kommt bestimmt auch demnächst zurück.«

»Nur dich werden wir dann sehr vermissen, Grand-mère«, sagte Susette liebevoll. »Es ist so schade, dass du gehst. Und gleichzeitig so gut und so richtig, dass du dann bei Großvater bist.«

Ida stimmte ihr zu. »Als Sohn von Claire Goldschmidt ist er eben in besonderer Gefahr.«

»Nicht unbedingt«, versicherte Susette, »eigentlich könnte er sogar ganz unbesorgt wieder hier leben.«

»Wie das?«, fragte Ida verständnislos.

Susette berichtete ihr von der Auseinandersetzung mit Paul und dass er seinem Vater helfen würde; den Umstand, dass sie den Onkel im Grunde dazu erpresst hatten, ließ sie jedoch außen vor. Susette wusste, dass Ida immer unter dem schlechten Verhältnis zu Paul gelitten hatte und wie sehr sie sich stets bemühte, doch noch etwas Gutes an ihrem Sohn zu finden. Das musste Mutterliebe sein. Es würde ihr wehtun, wenn sie die Wahrheit erführe. So aber konnte sie, selbst wenn sie die wahre Geschichte vielleicht ahnte, doch zumindest ein wenig stolz auf ihren Sohn sein. Auf Susettes Bericht hin schimmerten Tränen in den Augen der Patriarchin.

»Ich bin sehr erleichtert, dass Paul jetzt seine schützende Hand über Lucien hält. Aber dass er zurückkehrt, glaube ich nicht. Die Situation ist trotzdem zu gefährlich. Vielleicht bekommt es irgendjemand doch heraus, und dann … dann kann auch Paul nichts mehr ausrichten.«

Der würde ohnehin nichts tun, als seine eigene Haut zu retten, dachte Susette voller Abscheu, doch sie sprach es Ida zuliebe nicht aus.

»Außerdem wird er bestimmt die Universität nicht verlassen wollen«, vermutete Ruth. »Forschung und Lehre sind ja sein Leben.«

»O ja.« Ida nickte. »Ich denke, er wird bis zu seiner letzten Stunde entweder forschen oder im Hörsaal stehen.«

»Dann heißt es also wirklich schon wieder Abschied nehmen«, meinte Susette betrübt. »Wann wirst du gehen?«

»Heute, mein liebes Kind«, sagte Ida traurig. »Schon heute Nachmittag wird mich dein Onkel zum Zug bringen. Es ist gottgewollt, dass wir uns noch einmal gesehen haben.«

Susette schluckte. Das klang so endgültig.

Sie fiel ihrer Großmutter um den Hals: »Aber bald haben wir uns alle wieder, Grand-mère. Da bin ich ganz sicher.«

7

»Ich bin ja so glücklich, dass ihr wieder hier seid«, sagte Louise zu Susette, als sie im Wohnzimmer über der Patisserie Goldschmidt Staub wischte. »Und dass ihr Mama, Papa und François in eurem Zuhause aufgenommen habt.«

»Ist ja auch ihr Zuhause«, sagte Susette lächelnd. »Das war doch schon immer so: Wir haben uns irgendwie auf die beiden Häuser verteilt. Ich finde es nur unmöglich, dass Paul uns jetzt einfach vertreibt.«

»Ach, ich glaube, er meint das gar nicht so böse. Er hat bestimmt schöne Erinnerungen an sein Elternhaus. Auch wenn er mit seinem Vater gebrochen hat«, nahm Louise ihren Onkel ein wenig in Schutz. Seit sie Georg besser kannte, glaubte sie fest daran, dass es auch anständige Nationalsozialisten gab. Und die Schweine, die Esther Levys Vater bespuckt und dessen Laden besudelt hatten, würden sowohl Georg als auch Paul gewiss aufs Schärfste verurteilen.

Ein peinliches Schweigen entstand, dann sagte Susette: »Platz haben wir genug, und ich bin ohnehin die meiste Zeit nicht zu Hause. Muss ja morgen meinen Dienst als Lazarettschwester antreten.«

»Darf ich dich um einen Gefallen bitten?«, fragte Louise.

»Jeden.«

»Sie benennen doch jetzt die ganzen Straßen um.«

»Ja«, schnaubte Susette, »dabei zeigt sich mal wieder, wie wenig Ahnung sie haben. Die übersetzen einfach, ohne den Hintergrund zu kennen.«

Louise sah sie fragend an: »Was meinst du?«

»Zum Beispiel die Rue des Veaux. Die nennen sie jetzt Kälberstraße. Aber sie wurde nach der berühmten Straßburger Familie von Kalb benannt – und nicht nach Rindviechern!«

Louise musste lachen. »Da hast du allerdings recht.«

»Und die Rue de l'Ail, die nach der Druckerdynastie benannt ist, nennen sie jetzt Knoblauchstraße!«

»Das ist wirklich lächerlich«, gab Louise zu. »Meine Mutter hat mir erzählt, dass vor zweiundzwanzig Jahren die Straßen schon mal umbenannt worden sind. Vom Deutschen ins Französische – und sie fand sich in ihrer eigenen Stadt nicht mehr zurecht.«

»Und was für einen Gefallen soll ich dir nun tun? «

Louise sah ihre Cousine bittend an. »Heute wird der Place Kléber in Karl-Roos-Platz umbenannt. Würdest du mich begleiten? Ein Offizier hat mich eingeladen, aber er wird da ja anderes zu tun haben, als sich um mich zu kümmern.«

Susette hob eine Augenbraue. »Ein *deutscher* Offizier?«

Louise seufzte: »Ja, aber ein sehr netter. Onkel Pauls Adjutant Oberstleutnant Holzinger. Er ist kinderlieb und kann keiner Fliege was zuleide tun. Ich hoffe, du verachtest mich jetzt nicht wie dein Bruder.«

»Tut er das denn?«

»Na ja, begeistert war er jedenfalls nicht, als Grand-mère es ihm verraten hat«, berichtete Louise. »Also, würdest du mich begleiten?«

Susette nickte. »Klar, sehen wir uns diesen Wahnsinn mal

aus nächster Nähe an. Ich muss mich ja erst morgen zum Dienst melden.«

*

Auf dem kurz vor seiner Umbenennung stehenden Place Kléber herrschte dichtes Gedränge. Louise hatte Schwierigkeiten, Georg zu finden, denn zwischen den wehenden Hakenkreuzfahnen reihte sich auf dem von Säulen umstandenen Platz Uniform an Uniform. Andererseits wäre es ihr auch ein wenig peinlich gewesen, sich mit ihrem Schwarm zu unterhalten, da Ruth spontan beschlossen hatte, Tochter und Nichte zu begleiten. Und wer poussierte schon gern vor den Augen seiner Mutter?

Über all dem Gewimmel erhob sich das Grandhotel *Rothes Haus,* das mit seinen beiden Türmchen sehr schmuck wirkte. Darin nächtigte Onkel Paul bis zum Eintreffen seiner eigenen Familie.

»Hier wollte ich immer mal wohnen«, erzählte Louise und deutete hinauf. »Wenn es nicht so absurd wäre, in der eigenen Stadt ein Hotel zu besuchen, hätte ich es sicher längst getan. Und so eine Drehtür wünsche ich mir für unsere Patisserie.«

Von ihrer Cousine unbemerkt, lächelte Susette ihrer Tante Ruth verschwörerisch zu. Vielleicht würden sie Louise ja an deren Geburtstag mit einem Hotelgutschein oder gar mit einer Drehtür für ihre Feinbäckerei überraschen – sofern der Krieg bis nächstes Jahr im April bereits zu Ende war.

»Auskunft für obdachlose Heimkehrer«, las Louise im nächsten Moment vor, was ein auf einer Leiter stehender Mann in Schreibschrift auf eine Schaufensterscheibe pinselte. »Auch wenn Onkel Paul und seine Familie bald eines davon besetzen: Wir haben schon wirklich Glück, dass unsere Häuser heil geblieben sind – und wir nicht obdachlos. Während des *Drôle de guerre* waren die französischen Soldaten hier ja nicht gerade zimperlich mit dem Eigentum der Evakuierten.«

Susette nickte verärgert. »Eine ganz große Sauerei ist das.«

In diesem Moment ertönte eine Fanfare, und die Menschen auf dem Platz verstummten.

»Schön, dass ihr da seid«, sagte eine Stimme hinter ihnen. Die Frauen drehten sich um.

»Onkel Paul«, erkannte Louise, und sie bemerkte, dass Susette alles andere als erfreut war, ihn zu sehen.

»Das ist ja ein großer Tag für dich«, sagte sie kühl.

»Für uns alle«, erwiderte Paul feierlich. »Endlich werden wieder die korrekten deutschen Namen verwendet. Und unsere Feinbäckerei heißt Tritschler statt Picard. Mein Großvater Franz wird sich sicher auch freuen, dass sie nun wieder seinen Namen trägt.«

»Urgroßvater ist so etwas vollkommen egal«, war Susette überzeugt. »Ihm ging es schon immer um die Menschen und nie um Macht oder Namen oder *Prestige.*« Sie betonte das französische Wort mit voller Absicht, und es verfehlte seine Wirkung nicht, Paul zuckte zusammen: »Französisch ist jetzt verboten!«

»Soso«, mischte sich Ruth ins Gespräch. »Dabei gab es mal eine Zeit, da konnte es dir mit dem Französischlernen nicht schnell genug gehen.«

Susette sah fragend von einem zum anderen. Offenbar spielte Ruth auf etwas an, das nach der französischen Besetzung vor zweiundzwanzig Jahren geschehen war, und Paul schien dies ausgesprochen unangenehm zu sein.

»Dazu war man damals ja leider gezwungen, aber mir war immer klar, dass das Elsass zu Deutschland gehört«, behauptete er einmal mehr. »Und jetzt ist es endlich auch offiziell wieder so. Ich bin heilfroh, dass wir den Erlass zur Wiedereinführung unserer Muttersprache erlassen haben.«

»Ihr habt einen Erlass erlassen«, sagte Susette spöttisch. »Na dann. Die deutsche Sprache ist wirklich zu schön.«

Sie bemerkte erstaunt, wie verunsichert Paul war. Das war schon neulich so gewesen, als sie ihn in der Patisserie zur Rede gestellt hatte, aber Ruth gegenüber schien er besonders befangen zu sein. Sie nahm sich vor, ihre Tante später darauf anzusprechen.

»Vielleicht hättet ihr die alten Straßenschilder erst mal abmontieren sollen, bevor ihr die neuen anbringt«, ließ Ruth nicht von Paul ab. »Sieht ziemlich blöd aus, wenn unter dem deutschen Schild noch das größere französische zu erkennen ist. Die Deutschen sind doch sonst so korrekt!«

»Das … das wird noch gemacht«, stammelte Paul. »Wir müssen ja Hunderte Straßen umbenennen, das ist ein hoher verwaltungstechnischer Aufwand. Aber wir werden«, sagte er nicht ohne Stolz, »Männer der deutschen Geschichte ehren.«

In diesem Moment ertönte erneut eine Fanfare, Paul verabschiedete sich hastig. »Also dann, ich werde gebraucht.«

Ruth prustete los, als er ihnen den Rücken zugedreht hatte und davongehumpelt war. »Was war denn das?«, fragte sie.

»Ach, er geht mir einfach furchtbar auf die Nerven«, gestand Susette.

»Das hat man gemerkt«, sagte Ruth.

»Er hingegen scheint alles daranzusetzen, dich zu beeindrucken«, war Susette aufgefallen. »Was sollte denn deine Anspielung mit dem Französischlernen?«

Ruth sah sie verständnislos an.

»Du hast zu Paul gesagt, dass er es damals ja ganz eilig hatte mit dem Französischlernen, und ihm war das offensichtlich sehr unangenehm.«

»Ach so!« Sie lachte. »Paul wollte nach dem Einmarsch der Franzosen unbedingt, dass ich ihm Sprachunterricht gebe. Das war aber nur ein Vorwand, um in meiner Nähe zu sein. Er hat früher für mich geschwärmt, und als ich seine Gefühle nicht erwidert habe, hat er intrigiert und damit vielen Menschen viel Leid zugefügt.«

»Wie das?«, wollte Susette wissen.

»Marcel und ich waren schon vor dem Großen Krieg ineinander verliebt«, sagte Ruth. »Paul wusste das und hat Marcel erzählt, ich sei verlobt. Daraufhin hat er Odette geheiratet, Annes Mutter.« Sie lächelte traurig. »Nur durch einen Zufall fanden wir es nach Odettes Tod heraus und sind dann doch noch zusammengekommen. Aber wir haben anfangs beide sehr gelitten.«

»Ein Gutes hatte es immerhin«, sagte Louise tröstend. »Es gäbe meine Halbschwester Anne heute nicht, wenn Paul nicht intrigiert hätte. Und das wäre wirklich schade.«

»Das stimmt allerdings«, bestätigte Ruth, von der Louise wusste, dass sie Marcels Tochter aus erster Ehe von Anfang an wie ein eigenes Kind geliebt hatte.

»Pst«, machte eine Frau, die in der Reihe vor ihnen stand und sie über die Schulter strafend ansah, denn die Festreden hatten begonnen. Der Redner, Oberstadtkommissar Ernst, erklärte gerade das Offensichtliche: Dass der Place Broglie in Adolf-Hitler-Platz, der Place de la République in Bismarck-Platz und nun eben der Place Kléber in Karl-Roos-Platz umbenannt worden sei. »Für die Elsässer ist diese Umbenennung der Straßen Straßburgs keine äußerliche Angelegenheit«, tönte der Redner. »Es ist ein Vorgang, der alle auf das Tiefste bewegt. Es ist Ausdruck dafür, dass mit all dem Fremden, das in schwerem Schicksal durch Jahrhunderte aufgezwungen worden ist, endgültig Schluss gemacht wird.«

Ruth und Susette wechselten einen genervten Blick. »Das ist ja kaum zu ertragen«, sagte Susette laut zu Louise und wurde dafür erneut zornig von der vor ihr Stehenden angefunkelt.

Susette lächelte ihr nonchalant zu.

Da endlich hatte Louise ihren Georg in der Menge ausgemacht. Auch er hatte sie gesehen, ein Strahlen erhellte sein Gesicht, und sie winkte ihm verlegen zu.

»Ist er das?«, fragte Susette neugierig.

Ihre Cousine nickte mit hochrotem Kopf.

»Der sieht ja aus wie aus Stein gemeißelt«, räumte Susette ein. »Ein bisschen wie ein Bilderbuch-Nazi, aber wirklich ein schöner Mann. Und wenn er auch noch kinderlieb ist …«

»Ist er«, bestätigte Louise.

»Woher weißt du denn das?«, erkundigte sich Ruth argwöhnisch.

Überrumpelt stockte Louise kurz, fing sich dann aber wieder. Sie wollte ihrer Mutter jetzt lieber noch nicht offenbaren, dass sie Georg schon zweimal allein getroffen hatte. Daher beschränkte sie sich auf den harmlosen Teil der Wahrheit: »Na ja, Georg ist Pauls Adjutant. Und er kommt jeden Tag, um bei uns in der Feinbäckerei eine Brezel zu essen. Da hat er mir erzählt, dass er Kinder sehr mag.«

Zu ihrer Erleichterung schien Ruth sich mit dieser Antwort zufriedenzugeben.

8

Anders als in der Feinbäckerei Tritschler, wo inzwischen wieder reges Leben herrschte, blieben die Pforten der Patisserie Goldschmidt geschlossen. Marcel und Ruth spielten allerdings mit dem Gedanken, sie eventuell doch wieder zu öffnen, wenn Trystan aus dem Krieg zurückgekehrt war und sie genug Personal hatten. Ein Verkauf des Gebäudes war ja undenkbar geworden, seit Paul das Haus am Münsterplatz für sich und seine Familie beansprucht hatte. Aber einstweilen blieb die Goldschmidt verwaist, was Clément in diesem Fall jedoch sogar gelegen kam: Auch wenn es ihm immer besser gelang, seine Wut unter Kontrolle zu bringen, brodelte es in ihm doch unentwegt. Die Nationalsozialisten mit ihrem selbstherrlichen Gehabe reizten ihn bis aufs Blut, und es dürstete ihn, sich mit Gleichgesinnten auszutauschen. Er wusste auch, wo er diese finden konnte: Seine Schulkameraden am Katholischen Gymnasium dachten wie er. Schon vor der Evakuierung hatten sie sich des Öfteren darüber ausgetauscht, was sie von den Nationalsozialisten hielten. Für den Spätnachmittag hatte er sie deshalb in die leeren Räume der Patisserie eingeladen, eine hervorragende Gelegenheit, sich in der Backstube selbst auszuprobieren. Mit seinem Onkel in der Patisserie Tritschler zu backen bereitete ihm ungeheure Freude, und er lernte viel, aber dort musste alles schnell und nach Plan gehen. Alles war aufeinander abgestimmt, alles musste wie am Schnürchen laufen, damit die Regale gefüllt waren, wenn die Kunden kamen. Zum Experimentieren blieb da wenig Gelegenheit – und abgesehen davon fühlte er sich in Louises Nähe immer ein wenig befangen. Obendrein musste er versuchen, seine Wut auch dort unter Kontrolle zu bekommen, denn Georg, dieser Gockel, tauchte inzwischen täglich in der Patisserie auf, und Louises albernes Gekicher bei den Gesprächen dieser Turteltäubchen ging ihm furchtbar auf die Nerven.

Er war eine Stunde vor dem erwarteten Besuch seiner Freunde in die Backstube gegangen, um »braune Kugeln« herzustellen. Was Louise mit ihrem Marzipan konnte, konnte er schon lange. Und wenn sie kein Interesse mehr daran hatte, ihren gemeinsamen Traum in die Tat umzusetzen, dann würde er das eben alleine tun! Er gab das Roggenmehl in eine erhitzte Pfanne ohne Fett und atmete tief ein. Es duftete herrlich. Nachdem er das Mehl eine Weile geröstet hatte, schüttete er Kakaopulver und Zucker dazu, verrührte alles, goss etwas Milch und etwas Fett hinein und ließ die Masse abkühlen. Dann nahm er ein kleines Stück des Teigs zwischen seine Handflächen und bewegte sie in kreisenden Bewegungen, sodass sich dazwischen eine kleine Kugel bildete. Anschließend wälzte er die Kugel in Zucker und ließ sie trocknen. Eine probierte er – und war zufrieden mit seinem Werk.

In diesem Moment ging die Tür auf, und Ruth steckte erstaunt den Kopf herein. »Clément? Was machst du denn hier? Ich dachte, du erholst dich von der Frühschicht.«

»Das hier ist Erholung, Tante Ruth«, sagte er vergnügt lächelnd und reichte ihr eine der braunen Kugeln. »Probier mal!«

Sie steckte sich eine in den Mund und blinzelte überrascht.

»Die sind köstlich«, lobte sie, »erstaunlich, was du mit den wenigen Zutaten zaubern kannst.«

»Genau wie Louise«, murmelte er spontan, und rasch fügte er verlegen hinzu: »Ihre Pralinen neulich …«

Da er nun stockte, beendete Ruth vorsichtig seinen Satz für ihn: »… die waren großartig. Da fällt mir euer gemeinsamer Kindertraum wieder ein.«

Er nickte, erleichtert, jemanden gefunden zu haben, mit dem er darüber sprechen konnte.

»Warum hat sie sich so verändert, Tante Ruth?«, fragte er. »Was ist mit ihr geschehen, als ich weg war? Liegt es nur an ihrem Verehrer?«

Louises Mutter seufzte. »Ich denke«, sagte sie, »weil ihre eigenen Ansichten noch nicht so gefestigt sind, übernimmt sie ein Stück weit die ihres Schwarms. Nicht jeder ist darin so klar wie du und deine Schwester, Clément. Viele junge Menschen müssen sich ihre Meinung erst noch bilden und sind beeinflussbar. Und wenn sie dann auf eine sehr dominante Person treffen, übernehmen sie manchmal auch deren Einstellung.«

Clément sah sie bestürzt an. Seit seiner Rückkehr war er Louise einfach nicht mehr nähergekommen, sie waren sich fremd geblieben, und er war eifersüchtig auf diesen Georg. Aber dass sie dessen Ansichten übernehmen könnte, auf die Idee war er noch nicht gekommen – und sie entsetzte ihn. »Du meinst, sie könnte das gut finden, was die Nationalsozialisten hier tun?«

Ruth zuckte die Achseln. »Ich weiß es nicht. Ich weiß nur, dass mir diese Entwicklung gar nicht gefällt und ich diesen Georg, unter uns gesagt, ganz schrecklich finde.«

Sie steckte sich noch eine braune Kugel in den Mund und eröffnete ihm kauend: »Du wärst mir sehr viel lieber.«

»Vielen Dank«, grinste er. »Aber ich bin natürlich nicht so schön und schmuck und groß wie er.«

»Weißt du«, sagte sie nachdenklich, »du solltest einfach nicht so schnell aufgeben. Als ich in Louises Alter war, habe ich mich auch in einen Besatzer verliebt. Er hieß Stéphane, war gut aussehend, gebildet, großzügig und belesen. Meine Welt war durch vier Jahre deutsche Militärregierung ziemlich trist, er brachte sie wieder zum Leuchten.«

»Und du meinst …«

Sie nickte. »Genau. Georg bringt Louises Welt zum Leuchten. Sie war zehn Monate mit ihrem Onkel und ihrer Großmutter quasi allein in der Geisterstadt, von den teilweise marodierenden französischen Soldaten einmal abgesehen. Und dann kam er auf einem Motorrad vorgefahren, der strahlende Sieger in nagelneuer Uniform. Er hat sie beeindruckt und ihr Hoffnung gegeben. So ging es mir mit Stéphane damals ja auch – allerdings eben nur vorübergehend.«

»Und am Ende kamst du doch mit dem Mann zusammen, den du schon immer geliebt hast.« Clément lächelte. »Damit willst du mir Hoffnung machen, es könnte auch mit Louise und mir noch so kommen?«

»Genau. Und ehrlich gesagt, hoffe ich das selbst. Ich habe nämlich keine Lust auf diesen Georg als Schwiegersohn.«

Clément lachte. »Vielleicht wird ja unser Traum, selbst gemachte Bonbons in der Patisserie zu verkaufen, irgendwann doch noch wahr. Oder wir machen Pralinen. Wir lieben ja beide diese kleinen Köstlichkeiten.«

Er sah sich in der Backstube um. »Die Patisserie tut mir immer leid, wie sie so verlassen daliegt. Ich würde sie so gern zu neuem Glanz führen, und am liebsten zusammen mit Louise. Der Louise von früher.«

»Ich weiß genau, wie du dich fühlst«, versicherte ihm Ruth.

»Weißt du eigentlich, dass ich es war, die die Patisserie Goldschmidt seinerzeit aus ihrem Dornröschenschlaf erweckt hat?«

Er lachte. »Hast du eine Ahnung, wie oft mir Maman diese Geschichte erzählt hat! Genau wie die, in der du Großvater Picard mit Frankfurter Brenten davon überzeugt hast, dass er dich backen lässt.«

»Die Mandeln für diese Brenten hatte ich übrigens von ebenjenem Verehrer«, vertraute Ruth ihrem Neffen an, »er war also doch zu was gut.«

»Na, dann lassen wir uns mal überraschen, ob dieser Georg auch für irgendwas gut ist.«

*

»Guten Morgen, Louise.«

Als sie das Café aufschloss, kam aus Richtung des Münsters ihr Onkel Paul mit einem Koffer auf sie zu.

Sie erwiderte die Begrüßung knapp: »Heute ziehst du also ein?«

»Ja, wie mit deinem Vater abgesprochen«, entgegnete er. »Das Grandhotel am Karl-Roos-Platz ist ja gut und schön, aber auch teuer. Außerdem kommen heute meine Frau und die Kinder an.«

»Ich weiß, wir haben alle Zimmer vorbereitet.«

»Das ist lieb von euch«, lobte Paul. »Leider haben wir noch immer kein Hausmädchen. Aber mein Klärle kann unmöglich alles allein machen. Ich möchte, dass sie sich hier wohlfühlt. Würdest du ihr vielleicht etwas zur Hand gehen? Dann könntest du auch hier im Haus bleiben.«

»Aber ich habe meine Sachen schon alle ins andere Haus gebracht«, gab sie zu bedenken. »Meine Schlafstube hier sollte doch eins eurer Kinderzimmer werden.«

»Das ist richtig«, stimmte Paul zu. »Aber es gibt ja noch die ehemaligen Dienstbotenzimmer unter dem Dach. Die sind noch nicht verplant.«

Louise versuchte, ihre Empörung über seinen Vorschlag zu verbergen. Sie sollte in die Dachkammer verbannt werden und für ihn als Dienstmädchen arbeiten! Aber sie schwieg. »Ich würde deiner Frau und euren Kindern ja gern helfen«, sagte sie diplomatisch, »aber ich arbeite doch in der Pati… in der Feinbäckerei. Ich hab also leider nur sehr wenig Zeit.«

»Na ja, ich denke, meine Cousine Ruth wird es sich nicht nehmen lassen, im Laden mitzuarbeiten«, meinte Paul. »Und so groß ist das Kundenaufkommen ja offensichtlich noch nicht. Also was meinst du? Nur, bis wir ein Hausmädchen gefunden haben. Es soll dein Schaden nicht sein.«

Louise zögerte. Wollte er ihr etwa Geld anbieten?

»Georg Holzinger ist mir ja direkt unterstellt. Er wird in meinem Haus ein und aus gehen, viel mehr noch als bisher. Wenn du auch bei uns lebst, werdet ihr euch automatisch häufig begegnen.«

Louise war von dem Themenwechsel überfordert. Natürlich war es verlockend, Georg öfter zu sehen, doch wieso hatte Onkel Paul ihre Gefühle für seinen Adjutanten durchschaut? Hatte ihm Georg vielleicht sogar selbst davon erzählt?

»Also gut, ich helfe euch«, sagte sie schließlich um des lieben Friedens willen. »Aber nur vorübergehend. Bis ihr ein Mädchen gefunden habt. Und dass du nur nicht denkst, es ist wegen deinem Herrn Holzinger.«

»Nein«, lachte Paul, »natürlich nicht.«

*

In der Mittagspause fegte Louise den Laden. Ihre Mutter hatte ihr tatsächlich erlaubt, Pauls Familie unter die Arme zu greifen. »Es sind schon mehr als neunzigtausend Straßburger zurückgekehrt«, war ihr Argument gewesen. »Viele suchen eine Beschäftigung , da wird der gute Paul schnell ein Stubenmädchen finden.«

Sie hatte ihre Arbeit gerade beendet, als draußen ein Taxi vorfuhr.

Drei semmelblonde Knaben sprangen aus dem Automobil, kaum dass es zum Stehen gekommen war. Sie rannten auf die Schaufensterscheibe zu und starrten gierig auf die ausgestellten Leckereien. Schließlich kletterte Paul aus dem Auto und half einer drallen vierzigjährigen Dame in elegantem, aber etwas zu engem Kostüm beim Aussteigen. Sie trug einen blonden Haarknoten und sah skeptisch an der Fachwerkfassade hinauf. Louise öffnete die Tür. Die Jungen rannten sie fast über den Haufen, um ins Ladeninnere zu schlüpfen.

»Herzlich willkommen«, wandte sie sich freundlich lächelnd an die Gattin ihres Onkels.

Die nickte nur und musterte die junge Backwarenverkäuferin abschätzig von oben bis unten.

»Louise, das ist meine Frau Klara. Klärle, das ist meine Nichte Louise«, stellte Paul sie einander vor. »Sie ist so nett und wird dir hier zur Hand gehen.«

Nachdem er und Louise die vom Taxifahrer ausgehändigten Koffer in den Laden getragen hatten, seine Frau hatte keinen Finger gekrümmt, deutete Paul stolz auf die drei Knaben, die sich ungefragt von einer Etagere mit Pralinen bedienten. »Und das sind Siegbert, Friedrich und Wilhelm.«

Louise musste mit sich kämpfen, die ungezogenen Bälger nicht lautstark zu rügen. Pralinen kosteten derzeit schließlich ein Vermögen!

»Sie sind fünf, sieben und zehn Jahre al…«, setzte Klara Tritschler an, wurde jedoch vom etwas pummeligen Siegbert vorlaut und mit schwäbischer Klangfarbe unterbrochen: »Mr secht aber Siggi, Fritzle und Willi zu ons.«

Klärle überging den Sohn und fuhr mit bemüht unterdrücktem Dialekt fort: »Unsere Töchter Gudrun und Erika sind ja schon zwanzig und achtzehn Jahre alt – und selbstverständlich beide unter der Haube. Schließlich müssen wir Frauen dem Führer Kinder schenken.«

Da öffnete sich die Backstubentür, und Marcel trat heraus.

»Na, jetzt grüß Gott«, sagte er leicht spöttisch.

»Marcel, das ist meine Frau Klara«, sagte Paul betont gelangweilt. »Klärle, das ist dein …« Er sah den Bäcker mit gespielter Ratlosigkeit an. »Tja, als was soll ich dich bezeichnen? Gibt es das Wort ›Adoptivschwager‹?«

Marcel grinste breit und knurrte: »Nun, zumindest wüsste ich, als was ich dich bezeichnen würde, Paulchen. Und dein Fraule darf mich beim Vornamen nennen. Gehört ja schließlich zur Familie, nur deshalb wohnt sie ja hier – vorübergehend.«

Nun streckte auch Clément den Kopf aus der Tür. Die drei Jungen nutzten, angelockt vom Geruch nach frisch Gebackenem, die Gelegenheit, sich an ihm vorbeizuquetschen und in die Backstube zu stürmen.

»Bassed uff, do ischs doch älles voller Mehl!«, rief Klärle schrill, in ihrer Hysterie komplett ins breiteste Schwäbisch verfallend. Louise wunderte sich darüber, dass der eigentlich warme und charmante Klang des Dialekts, den sie an ihrer Urgroßmutter einst so geliebt hatte, so furchtbar unangenehm erscheinen konnte.

Doch Siggi, Fritzle und Willi machten sich bereits über die soeben fertiggestellten Plätzchen auf dem Backblech her.

»He, Finger weg!«, rief Marcel in seltener Strenge und stürmte zur Arbeitsplatte. »Sofort raus hier!«

Er packte Siggi am Kragen, nahm den kleinen Willi grob auf den Arm und beförderte sie zurück in den Verkaufsbereich, wo der Kleinste Zeter und Mordio schrie.

»Fasset Se meine Buba net o, die werret ja ganz dreckich!«, fauchte Klärle. »Paul, jetzt sech doch du au amol ebbes!«

Nun kam als Letzter Fritzle wieder aus der Backstube und teilte altklug mit: »I han scho bessere Gutsle gessa!«

Paul wandte sich gereizt an seine Frau: »Komm jetzt, Klärle, ich zeig dir die Wohnung! Louise, kümmere dich bitte ums Gepäck!«

Mit diesen Worten stapfte das Paar ins Treppenhaus, gefolgt von Fritzle und Siggi. Louise sah ratlos auf die drei riesigen Koffer und die zahlreichen Hutschachteln, während neben ihr der kleine Willi schniefte, der achtlos zurückgelassen worden war. Die Bäckerstochter konnte nicht anders: Sie streichelte ihm tröstend die Wange und gab ihm eines der Bonbons, die sie letzte Woche selbst hergestellt hatte. Louise wusste aus eigener Erfahrung, dass beim Lutschen der Tränenfluss recht schnell versiegte.

Clément schüttelte den Kopf. »Na, da kann man dir wohl nur gute Nerven wünschen.«

Bevor die beiden Konditoren wieder in der Backstube verschwanden, sagte Marcel zu seiner Tochter: »Das Gepäck rührst du nicht an, ich werde meinem sauberen Herrn Bruder nachher sagen, wo er es sich hinstecken kann.«

Da ertönte in der Patisserie das Glöckchen, und der Blick zu Grand-père Jacques' Uhr machte Louise klar, dass die Pausenzeit in der Tat bereits vorbei war.

»Du wartest hier auf mich«, sagte sie hastig zum schlotzenden Willi und eilte nach vorne. »Ich bin gleich wieder da.«

»Einen wunderschönen guten Tag, Louise.« Zu allem Überfluss handelte es sich bei dem sie anstrahlenden Gast um

Oberstleutnant Georg Holzinger. »Ist die Frau Tritschler schon angekommen? Ich wollte sie begrüßen.«

»Ja, die ist da, mitsamt ihren Buben«, seufzte Louise. »Vielleicht freut sie sich ja jedenfalls, *dich* zu sehen. Komm mit!«

»Du siehst übrigens bezaubernd aus, wie immer«, raunte er, während sie an ihm vorbeiging, und strich ihr dabei sanft über den Rücken. Wie schon so oft scheuchte seine Berührung einen ganzen Schwarm von Schmetterlingen in ihrem Innern auf, und sie fragte sich wieder einmal, wann er sie endlich küssen würde.

»Danke!«, lächelte sie und öffnete die Tür zum Treppenhaus. Erst jetzt fiel es ihr auf: Der kleine Willi war nicht mehr da! Verdammt! Hoffentlich war er nicht durch die Nebentür nach draußen entwischt! Andererseits, dachte Louise, hatte sie keinen Auftrag gehabt, auf ihn zu achten. Paul war einfach nach oben abgerauscht und Klara ihm gefolgt wie eine wütend schnatternde Gans.

Als sie oben in der Wohnung ankamen, sah sie zu ihrer Erleichterung, dass alle drei Jungen bei ihren Eltern waren. Paul und sein Klärle standen mit ihnen im Flur und trösteten den aufgebrachten Fünfjährigen.

»Ich muss schon sagen, Louise, ich bin ziemlich enttäuscht und auch entsetzt. Ich hatte dich doch ausdrücklich gebeten, meiner Frau unter die Arme zu greifen. Und dann ereignen sich gleich zu Anfang solche Dinge.«

»Was denn für Dinge?«, konterte Louise verärgert. Wie konnte er sie vor Georg so bloßstellen!

»Des frogsch du no?«, rief Klärle in breitestem Schwäbisch, »Dr Willi hädd dod sei kenna, wenn der nausgrennt wär …«

»Das hat er aber nicht getan, ist schließlich ein hervorragend erzogener deutscher Junge«, mischte sich in diesem

Moment Georg in das Gespräch ein. »Wilhelm ist hinauf zu seiner bezaubernden Mutter. So, wie es sein sollte.«

Klärle hatte den charmanten jungen Mann bisher noch nicht gesehen. Blitzschnell nahm sie Haltung an.

»Sie missad scho entschuldiga«, sagte sie zu Georg. »Als Muadr macht mer sich hald emmr Sorga om d'Jonge.«

»Aber natürlich«, sagte Georg. »Das macht eine deutsche Mutter aus.«

Klärle errötete geschmeichelt.

»Gestatten Sie, dass ich mich vorstelle? Oberstleutnant Georg Holzinger, ich bin sozusagen die rechte Hand Ihres geschätzten Gatten.«

»Sehr erfreut, Herr Oberstleutnant«, sagte Klärle, nun in gestelzt klingendem Hochdeutsch. »Ich würde Sie ja hereinbitten, aber wir sind eben erst angekommen und …«

»Ach, machen Sie sich doch keine Umstände, sehr geehrte Frau Tritschler«, entgegnete Georg. »Ich bin nur gekommen, um Sie auf das Herzlichste willkommen zu heißen im schönen Straßburg.«

»Mein Mann wird Ihnen bald eine Einladung zum Abendessen übermitteln«, versprach Klärle verschwörerisch.

»Es wäre mir eine Ehre. Dann darf ich mich jetzt empfehlen?« Georg deutete eine Verbeugung an.

»Ich begleite d... Sie nach unten«, sagte Louise rasch und zog die Tür hinter sich zu.

»Ha, warum hat des domme Deng jetzt dui Koffer net mit naufbracht? Paul, so gohd des fei net«, hörten sie Klärle noch zetern, doch sie beachteten sie gar nicht.

Auf der Treppe drehte Georg sich grinsend nach ihr um, rollte mit den Augen und formte mit den Lippen den Satz: »Die ist ja furchtbar.«

Ein Lächeln breitete sich auf Louises Gesicht aus. Wenn sie

nicht schon in Georg verliebt gewesen wäre – spätestens jetzt wäre es um sie geschehen! Wie charmant er Klärle um den Finger gewickelt hatte! Sie war unter seinen Blicken ja regelrecht dahingeschmolzen. Aber er gehörte ihr, nur ihr!

9

Im Gefangenenlager war es glücklicherweise nicht so schlimm wie an der Front, resümierte Susette müde und erschöpft, aber auch ein wenig erleichtert, als sie nach einer nicht enden wollenden Schicht den Heimweg antrat. In der Nähe der Kampflinien war es furchtbar gewesen. Die Menschen hatten unsagbare Schmerzen gelitten, ja, waren teilweise rasend gewesen vor lauter Qual, allzu vielen hatte man nicht mehr helfen können. Im Gefangenenlager in der Straßburger Orangerie, in dem sie nun eingesetzt war, gab es zum Glück keine Schwerverwundeten, trotzdem taten ihr die Menschen hier auch leid. In den Blicken dieser Männer, die irgendwo an der Front in deutsche Kriegsgefangenschaft geraten waren und nun über Straßburg nach Deutschland gebracht werden sollten, lag so viel Trauer und Hoffnungslosigkeit. Und ja, auch Angst. Sie wussten nicht, welches Schicksal sie erwartete. Es war völlig unsicher, ob und wann sie ihre Frauen, ihre Kinder, ihre Eltern oder schlicht ihre Heimat wiedersehen würden. Sie hatten allerdings alle davon gehört oder es bereits am eigenen Leib erfahren, dass die Deutschen nicht gerade zimperlich mit ihren Gefangenen umgingen. Susette tröstete, sprach Mut zu, schenkte Zuversicht, wo es nur ging, spürte jedoch, dass das zu wenig war. Viel zu wenig.

Vielleicht, überlegte sie, würde es ihr gelingen, kleine, besonders nahrhafte Backwaren ins Lager zu schmuggeln, damit die Männer wenigstens bei Kräften blieben? Die meisten waren schrecklich unterernährt. Kurz überlegte sie, ob sie Louise, die ja neulich alle mit der Herstellung der kleinen Marzipankugeln beeindruckt hatte, um Hilfe bitten sollte, doch sie verwarf den Gedanken rasch wieder. Es stand zu befürchten, dass die Cousine sich weigerte, irgendetwas zu tun, das die Nazis ahnden würden, sobald sie davon erführen. Und was wäre, wenn sie sich bei diesem furchtbaren Georg verplappern würde, den sie aus unerfindlichen Gründen Clément vorzog? Der Adjutant würde es garantiert sofort an Paul weitergeben. Nein, das kam nicht infrage. Ob sie ihren Onkel Marcel bitten könnte? Sie kannte kaum jemand Großherzigeren als ihn und war sich sicher, dass er sie unterstützen würde. Andererseits war es nicht ungefährlich, die Waren in der tritschlerschen Backstube herzustellen, da nun Paul und seine Frau über alles wachten. Sie würden es vielleicht bemerken, wenn Ware verschwand, und unangenehme Fragen stellen. Nein, das ging auch nicht.

Clément! Ihr Bruder! Warum war sie nicht gleich darauf gekommen? Ihm konnte sie uneingeschränkt vertrauen, und er war sicherlich ebenso wie sie darauf erpicht zu helfen. Obendrein ließen sich die Kugeln ja in der verwaisten goldschmidtschen Backstube fast unbemerkt herstellen. Keines der Familienmitglieder, die dort lebten, würde sie verraten. Zumal Louise nun ja zu Onkel Paul und Tante Klärle gezogen war, um ihnen mit den Kindern zu helfen. Das passte!

Beschwingt beschleunigte sie ihre Schritte, als jemand plötzlich ihren Namen rief: »Susette!«

Sie drehte sich um, konnte aber niemanden sehen.

Da war es wieder: »Susette!«

Nun erkannte sie eine hochgewachsene dunkelhaarige Mittzwanzigerin.

»Lucienne!«, rief sie verblüfft.

»Wie schön, dich wiederzusehen«, sagte Lucienne Welschinger und war etwas außer Atem, als sie bei Susette ankam. »Es ist ja ewig her.«

»Stimmt«, erwiderte Susette erfreut und umarmte die Freundin herzlich. »Wann haben wir uns das letzte Mal gesehen?«

»Das muss bei den Pfadfindern gewesen sein«, überlegte Lucienne und fügte dann leiser hinzu: »Es war sicher bei den Pfadfindern. Wir waren alle dort.«

»Wer ... alle?«, fragte Susette.

»Pst«, machte Lucienne und sah sich unauffällig um. In der Nähe standen zwei Soldaten und beobachteten sie.

Lucienne hakte Susette unter und ging mit ihr plaudernd die Straße hinunter.

»Dein Cousin François hat erzählt, dass du jetzt beim Roten Kreuz bist?«, erkundigte sie sich, nunmehr auf Deutsch. »Wie wunderbar, dass du dich um das Wohl unserer tapferen Kriegsversehrten kümmerst.«

Susette hatte begriffen und spielte mit.

»Ja«, sagte sie, als sie an den Wehrmachtssoldaten vorübergingen, die ihnen höflich zunickten. »Es ist unglaublich, was diese Männer für unser Vaterland leisten. Da ist es selbstverständlich, dass wir alle uns auch einsetzen.«

»Ich sehe, du hast verstanden«, sagte Lucienne leiser, als sie sich davon überzeugt hatte, dass niemand mehr in der Nähe war. »Wir bauen eine Widerstandsorganisation auf, Susette. Und wir brauchen Menschen, die uns helfen. Menschen, denen wir vertrauen können. Ich weiß, dass du für Gerechtigkeit kämpfst und dass du helfen willst.«

»Erzähl mir mehr.«

»Hör zu. Als die Deutschen gekommen sind, haben sie auch den GdF aufgelöst.«

»Ich weiß.« Susette hatte nach ihrer Rückkehr davon erfahren, dass der Mädchenpfadfinderverband Guides de France, in dem sie ihre halbe Kindheit verbracht hatte, auf Befehl des NS-Regimes nicht mehr existierte.

»Wir haben aber weitergemacht. Du erinnerst dich noch an Emmy?«

»Emmy Weisheimer?«, vergewisserte sich Susette.

»Genau«, bestätigte Lucienne. »Aber wir sind noch mehr geworden. Auch Lucie Welker ist dabei, außerdem Marcelle Engelen, Alice und Marie-Louise Daul.«

Susette nickte. Sie kannte all diese Namen, und ihr war klar, welchen Vertrauensbeweis es bedeutete, dass Lucienne sie ihr nannte.

»Wir haben uns zur Équipe Pur-Sang zusammengeschlossen«, verriet Lucienne. »Es gibt ein paar Leute im Hintergrund, die unserer Gruppe helfen. Unser Ziel ist es, Menschen aus Gefangenenlagern zu holen und über die Grenze zu bringen.«

Lucienne sprach nun sehr schnell und sehr leise: »Wir haben eine Stelle in den Vogesen ausfindig gemacht, die kaum bewacht ist. Eisenbahner kooperieren mit uns, und die Besitzer von ein paar einsamen Bauernhöfen auf dem Weg machen auch mit.«

Susette spürte, dass ihre Hände schweißnass wurden vor Aufregung. Hier war eine echte Chance, zu helfen und für mehr Gerechtigkeit einzutreten oder, wie ihre Tante Ruth sagen würde, das Universum ein kleines Stück gerechter zu machen. Und sie hatte eben noch überlegt, wie sie Backwaren ins Lager schmuggeln konnte! Das hier war besser. Viel besser.

»Was muss ich tun?«

Lucienne musterte sie ernst. »Ich wusste, dass du dabei bist, sonst hätte ich nie gewagt, dich zu fragen. Es ist gut, dass du im Gefangenenlager arbeitest. Nahezu perfekt«, flüsterte sie. »Was du direkt tun kannst, ist, dafür zu sorgen, dass unsere Organisation unter den Gefangenen bekannt wird.«

Susette wusste bereits, wie sie das anstellen würde. Heute war sie mit einem der Gefangenen ins Gespräch gekommen, und er hatte sie auch schon offen um Hilfe angefleht. Der Mann schien im Lager gut vernetzt zu sein. Über ihn könnte sie die Nachricht streuen, dass es nun eine Fluchthilfeorganisation gab.

»Was soll ich konkret sagen?«

»Pass auf, hör mir ganz genau zu. Es ist wichtig, dass du dir alles genau so merkst, wie ich es erzähle. Und es ist wichtig, dass du kein Wort davon aufschreibst. Nur so können wir verhindern, dass die Informationen in falsche Hände gelangen.«

*

Louise war nervös. Es war schon Mittag, und Georg hatte sich heute noch nicht blicken lassen. Ob ihn Pauls Frau doch abgeschreckt hatte? Verständlich wäre es, aber auch ungerecht, zumal sie seit dem gestrigen Mittag noch mehr an ihn denken musste als zuvor.

Ungeduldig blickte sie auf die Standuhr. Die Zeit für die Pause nahte. Und die würde sie vermutlich einsam in der Bäckerei verbringen, denn ihre Eltern waren heute über Mittag bei dem Müller, der sie mit Mehl belieferte. Aber alles war besser, als beim nervigen Klärle mit ihren unerzogenen Bengeln zusammenzusitzen. Die nahmen keinerlei Rücksicht, und sie musste ihnen trotz ihrer Arbeit im Laden ständig hinterherräumen.

Sie überlegte, ob sie in die Goldschmidt gehen sollte, verwarf aber auch diesen Gedanken wieder. Dort fühlte Louise sich irgendwie nicht mehr zugehörig und spürte genau, dass ihre Eltern und auch Susette Georg ablehnten. Ihr schien es, als stünden Clément und Susette ihren Eltern näher als sie selbst, und das verletzte sie. Darauf, Clément zu sehen und sich seinen schrägen Blicken auszusetzen, hatte sie ohnehin keine Lust. Der Einzige, der noch so etwas wie Zuneigung für sie zu empfinden schien und auch Georg offenbar bewunderte, war François, aber der war ja noch ein halbes Kind.

Sie wollte gerade seufzend die Ladentür abschließen, als diese schwungvoll aufgestoßen wurde und Georg eintrat. »Meine Schöne«, sagte er, »es ist so herrliches Wetter, und da dachte ich mir: Fragst du mal, ob dein Herzensmädchen seine Mittagspause mit dir verbringen will.«

Louise strahlte. »Schöne« hatte er sie genannt. Und »Herzensmädchen«.

»Und ob es will«, rief sie begeistert und hakte sich bei ihm unter.

Wenig später spazierten sie durch die Stadt. Sie wollte die Gelegenheit nutzen, ihn auf das anzusprechen, was ihrer Nachbarin Esther Levy und deren Vater widerfahren war.

»Wiedereröffnung der Feinwursterei«, las sie auf einem Schild, das gerade angebracht wurde. »Das würde Onkel Trystan freuen. Der liebt Fleisch und Wurst.«

»Und ich dachte immer, Bäckermeister mögen es süß«, sagte er und sah sie liebevoll an.

Louise schüttelte lachend den Kopf. »O nein, ganz im Gegenteil. Ich kann oft auch nichts Süßes mehr sehen und lobe mir eine Brezel mit schön viel Salz drauf.«

»Das kann ich mir bei deiner zarten Statur auch nicht vorstellen – dass du zu viel Süßes isst«, sagte er, und Louise lächelte geschmeichelt. Den Hinweis, dass sie vor dem Krieg durchaus ein paar Kilo mehr auf den Rippen gehabt hatte, ersparte sie sich.

»Wohin gehen wir?«, fragte sie ihn stattdessen. »Hast du ein bestimmtes Ziel?«

»Ich dachte, der Schlossplatz wäre schön für einen Mittagsspaziergang. Der hat mir bei deiner Führung am besten gefallen.«

Sie nickte eifrig. Den Schlossplatz hatte sie schon als Kind geliebt. Von ihm war, wie sie fand, stets ein ganz besonderer Zauber ausgegangen. Vor allem im Sommer, wenn die Mittagssonne auf die Pflastersteine brannte. Und durch Georgs Begleitung war es noch wesentlich romantischer.

Louise stellte sich mitten auf den Platz und schloss die Augen. »Als Kind habe ich hier immer barfuß gestanden«, erzählte sie. »Dann hatte ich das Gefühl, dass die Hitze von oben und unten durch mich hindurchfließt.«

»Weil die Pflastersteine durch die Sonne so aufgeheizt sind?«, vermutete er.

»Genau«, bestätigte sie. Als sie die Augen wieder öffnete, nahm sie seinen Blick wahr, der voller Zuneigung auf ihr ruhte.

»Du siehst wunderschön aus, wie du da inmitten des hellen Sonnenlichts stehst. Ein deutsches Mädel wie gemalt.«

Ein elsässisches Mädel, protestierte eine leise Stimme in ihrem Innern, doch Louise hieß sie schweigen. Und als sich ihre Lippen dann wie selbstverständlich fanden und er sie endlich küsste, hatte die leise Stimme überhaupt keine Chance mehr, in irgendeiner Weise aufzubegehren.

Louise wusste nicht, wie lange sie dort gestanden und sich geküsst hatten – es wirkte auf sie, als sei die Zeit stehen geblieben, und ihr war völlig egal, ob die Uhren nun nach der deutschen oder nach der französischen Zeit tickten. Als er von ihr abließ, sah er sie voller Verlangen an. »Was für ein Glück, dass ich damals als Erster in Straßburg einmarschiert bin. Sonst wäre ein anderer Offizier in eure Bäckerei spaziert und hätte das Tischtuch geholt – wenn er überhaupt auf die Idee gekommen wäre.«

»Aber spätestens durch Onkel Paul hätten wir uns doch kennengelernt«, wandte sie ein, doch er schüttelte den Kopf. »Den Posten bei ihm habe ich ja genau deshalb bekommen«, erklärte er. »Weil ich einer der ersten beiden war, die in die Stadt kamen, und weil ich die Fahne auf dem Münster gehisst habe.«

»Ach so«, sagte Louise, »dann war es vielleicht wirklich Schicksal, wer weiß?«

Inzwischen waren sie ein Stückchen weitergegangen, bis zu der steinernen Balustrade, unter der die graugrüne Ill gemächlich dahinfloss. Fischer standen am Ufer oder kauerten in ihren Nachen, ihre Angeln in die Flut getaucht. Von der anderen Seite grüßten die grauen Häuser am Schiffleutstaden herüber, von ferne hörte man das Tosen des Verkehrs. Auf einer Bank saß eine Frau, ihr Strickzeug in der Hand, Kinder spielten im Sand und backten Kuchen. Wie friedlich es hier ist, dachte Louise. Als gäbe es keinen Krieg auf der Welt, kein Unrecht und keinen Hass. Georg und sie bewiesen es doch – Frieden zwischen Deutschen und Franzosen war möglich. Die Sache mit Esthers Vater würde sie ihm ein anderes Mal erzählen.

*

Die braunen Kugeln, die Clément gebacken hatte, hielten nur wenige Minuten, dann waren sie von Cléments Schulkameraden ratzeputz aufgegessen.

»Hast recht, wenn du nach dem Abitur bei deiner Familie in die Patisserie einsteigen willst«, befand Marcel Weinum kauend.

Cléments braunhaariger Freund war der Mittelpunkt der Versammlung in der Patisserie Goldschmidt.

»Dieser Hitler ist ein Ungeheuer«, sagte er nun übergangslos, »gegen den müssen wir was unternehmen.«

»Da bin ich ganz deiner Meinung«, entgegnete Clément grinsend, »sowohl was meine Backkünste als auch was Hitler angeht.«

Weinum nickte zufrieden.

»Ich finde es unmöglich, dass die Deutschen sich jetzt wirklich allen Ernstes erdreistet haben, die christlichen Gottesdienste im Münster zu verbieten«, ließ sich ein Rothaariger vernehmen, dessen Namen Clément immer vergaß, von dem er aber wusste, dass er, ebenso wie sein Cousin François und Marcel Weinum, als Messdiener im Münster gedient hatte.

»Unser altehrwürdiges Gotteshaus als Hitlers Nationaltempel«, empörte sich auch Marci. »Dieser Kerl hat es durch seinen Besuch entweiht, wenn ihr mich fragt.« Er blickte dabei so ärgerlich drein, als habe der deutsche Reichskanzler ihn durch sein Erscheinen in der Kathedrale persönlich zutiefst beleidigt – was wahrscheinlich auch der Fall war.

»Ich finde vor allem schlimm, wie sie mit den Juden umgehen«, mischte sich ein junger Mann ein, von dem Clément wusste, dass er René Kleinmann hieß und eine Klasse unter ihm besuchte. »Als die ersten Soldaten kamen, vor ein paar Wochen, da haben wir schon gewusst: Sie verfolgen die Juden, sie unterdrücken die Kirche, und sie bringen ihren Nachbarländern Gewalt und Tod. Ich weiß nicht, wie es bei euch zu Hause ist. Aber meine Familie ist stolz auf Frankreich, stolz auf das Vaterland, stolz dazuzugehören. Frankreich, das bedeutet Freiheit, Gleichheit und Brüderlichkeit, die Ideale unserer Revolution.«

»Ja«, sagte Clément ernst, »für mich auch. Und das heißt, dass wir diese Werte gegen die Nationalsozialisten verteidigen müssen. Das schulden wir unseren Ahnen, die in der Revolution gekämpft haben.«

»Wir müssen etwas unternehmen, um ihnen zu zeigen, dass wir nicht einverstanden und dass sie nicht willkommen sind. Sie tun ja so, als würden alle Elsässer sie mit offenen Armen empfangen. Dabei treten sie unsere Kultur und unsere verdienten Landsleute mit Füßen. Stürzen unser Kléber-Denkmal.« Der junge Weinum hatte sich in Rage geredet. Schließlich holte er Luft und verkündete: »Wir brauchen eine Widerstandsgruppe.«

Die vier jungen Männer sahen einander ernst an. Sie waren wild entschlossen, für ihre Überzeugungen einzutreten – auch wenn sie dabei ihr Leben riskieren sollten.

»Dann brauchen wir noch einen Namen«, meinte Marcel Weinum schließlich. »Was haltet Ihr von La Main Noire?«

»Die Schwarze Hand«, erwiderte Clément, »das ist gut.«

10

Louise war tief in ihren Gedanken versunken, als sie die Plätzchen in den Backofen schob. Es war Sonntag, und gleich würden Clément, Susette und François kommen. Vor der Evakuierung hatten die jungen Bouvier-Picards sich jeden Sonntag in der Tritschler getroffen, und diese Tradition wollten sie nun wieder aufleben lassen. Doch im Gegensatz zu früher freute Louise sich heute nicht sonderlich auf das Treffen. Die Bouvier-Geschwister, die sich jetzt nach dem Willen der Deutschen eigentlich »Hirt« nennen sollten, was sie aber nicht taten, verunsicherten sie. Bei Clément lag ihre Nervosität sicher auch in ihrer gemeinsamen Geschichte begründet. Doch es war noch mehr. Er und seine Schwester Susette gaben ihr immer das Gefühl, dass sie diejenigen waren, die auf der richtigen Seite standen, das Richtige taten, einfach durch und durch richtig waren. Das war schon früher so gewesen: Sie hatte Susette immer bewundert, sich neben ihr aber auch stets etwas unzulänglich gefühlt. Susette war die, der alles gelang, die gut in der Schule war, sich um Menschen in Not kümmerte, die immer zur Stelle war, wenn die Großeltern Hilfe benötigten. Bevor Louise überhaupt bemerkte, dass es in der Familie ein Problem gab, hatte Susette es schon gelöst. Und nun war es noch schlimmer geworden. Auch wenn die Geschwister es nicht ausgesprochen hatten: Louise war nicht entgangen, dass sie Georg nicht mochten und sie verurteilten, weil sie ihren Vornamen nun ohne »o« schreiben und ihren französischen Nachnamen eindeutschen wollte. Wobei – was hieß denn wollte? Das war schließlich eine Vorschrift, und an die hielt sie sich eben.

In diesem Moment klopfte es ans Fenster der Backstube, Louise schrak zusammen. Esther stand dort und sah verzweifelt aus. Louise bedeutete ihr, sie solle zum Seiteneingang kommen, wischte sich die Hände ab und eilte nach draußen. Sie ahnte, warum die Freundin so verzweifelt war: Mitglieder der Hitlerjugend hatten die Synagoge am Quai Kléber niedergebrannt. Als sie davon gehört hatte, war Louise entsetzt gewesen. Das war mehr als ein Streich dummer und unreifer Jugendlicher, es bedeutete, dass auch dieser schreckliche Teil deutscher Politik im Elsass angekommen war!

Wenn das ihre hochbetagte Urgroßmutter Claire in Zürich erführe, würde ihre seit der Flucht ohnehin angeschlagene Gesundheit gewiss noch mehr in Mitleidenschaft gezogen. Claires Vater Aaron Goldschmidt war in der Synagoge immer sehr aktiv gewesen.

»Komm rein«, begrüßte sie ihre Freundin, doch die schüttelte den Kopf. »Nein. Ich muss nach Hause, meine Mutter ist außer sich vor Angst. Ich wollte dir nur danken.«

»Mir danken? Wofür?«, fragte Louise verwundert.

»Dass du zu mir hältst. Dass du dich nicht abwendest.« Esther beugte sich vor und küsste die Freundin auf die Wange. Dann drehte sie sich um und eilte davon. Louise sah ihr erschüttert nach.

*

»Jetzt komm!« Susette knuffte ihren Bruder in die Seite. »Stell dich nicht so an. Vor dem Krieg hast du unsere sonntäglichen Treffen doch kaum erwarten können.«

Damals war Louise auch noch eine andere, dachte Clément bei sich, aber er sprach es nicht aus.

»Wo ist eigentlich François?«, fragte er stattdessen und schob sich seine verbotene Baskenmütze zurecht. »Ich dachte, er wollte mitkommen.«

»Ich habe ihn auch schon gesucht«, berichtete Susette, »vielleicht ist er früher los.«

Tatsächlich war François bereits in der Bäckerei, als die Bouvier-Geschwister ankamen.

»Wir haben dich gesucht«, sagte Susette.

»Entschuldigt«, erwiderte François mit breitem Grinsen. »Ich habe noch einen Spaziergang gemacht und bin dann direkt hierhergekommen.«

»Einen Spaziergang? Du? Allein und freiwillig?«, lachte Clément. »Das glaubst du doch selbst nicht. Da steckt bestimmt ein Mädchen dahinter.«

François schmunzelte. »Der Genießer schweigt.«

Susette betrachtete ihren Cousin nachdenklich. Offenbar hatte hier jeder seine Geheimnisse.

»Setzt euch doch!«, sagte Louise, nachdem sie die Geschwister begrüßt hatte, und dieser typische Gastgebersatz fühlte sich seltsam an. Früher hatten die anderen sich auch nicht bitten lassen, sondern sich einfach schnurstracks auf ihre jeweiligen Lieblingsplätze gesetzt. »Ich habe Grießplätzchen gemacht. Die sind ganz einfach herzustellen. Man muss bloß je eine Tasse Zucker und Mehl mit zwei Tassen Grieß, drei Esslöffeln Milch, Backpulver, Ei und Zucker vermischen und den fertigen Teig ausbacken.«

Nachdem Louise dies aus lauter Nervosität so ausführlich erklärt hatte, kam sie sich im Nachhinein furchtbar oberlehrerhaft vor. Warum konnte es nicht einfach wieder so entspannt zwischen ihnen sein wie früher?

»Ah ja«, sagte Susette, während die beiden jungen Männer schwiegen und auf ihren Keksen herumkauten. François verlegen und Clément mit der Abfälligkeit, die er ihr gegenüber an den Tag legte, seit er wusste, dass sie sich mit Georg traf.

Um das unangenehme Schweigen zu brechen, platzte Louise schließlich mit dem erstbesten Thema heraus, das ihr einfiel: »Eigentlich müssen wir uns ja jetzt alle mit unseren deutschen Namen ansprechen. Luise ohne o, Susanne, Clemens und Franz.« Sie hätte sich am liebsten gleich auf die Zunge gebissen. Ungeschickter hätte sie es nicht anstellen können!

Susette hob die Augenbrauen und sah sie mit ihrem kühlen, grünen Blick an, der Louise früher fasziniert hatte, heute jedoch extrem verunsicherte: »Ist das dein Ernst?«

»Na ja …«, sie zerkrümelte verlegen ein Grießplätzchen vor sich auf dem Teller. »So sind nun mal die Bestimmungen. Seit dem 16. August ist Deutsch wieder die Amtssprache, also ganz offiziell.«

»Soso, ganz offiziell«, wiederholte Clément spöttisch. »Warum, meine liebe Louise«, er sprach ihren Namen bewusst französisch aus, »warum unterhalten wir uns dann auf Französisch und nicht auf Deutsch? Das ist ja auch verboten.«

»Das …«, stammelte Louise und wechselte ins Deutsche. »Da hast du natürlich recht. Ich habe es gar nicht bemerkt.«

»Was zeigt, wie absurd das alles ist«, knurrte Clément und funkelte sie zornig an. »Wenn selbst eine Nazibraut aus Versehen französisch spricht.«

»Ich bin nicht Georgs Braut«, widersprach Louise, die nun ebenfalls wütend wurde.

»Dann eben Naziliebchen.«

»Also, ich finde die Deutschen gar nicht so schlimm«, erhielt sie unerwartet Schützenhilfe von François, der sich ein Grießplätzchen nach dem anderen schmecken ließ. »Und in der Hitlerjugend machen die ganz gute Sachen. Auch wenn da leider keine Mädels dabei sind, ich glaube, ich gehe da auch hin.«

Die Geschwister Bouvier sahen ihn strafend an, während Louise ihrem Bruder dankbar und erleichtert zulächelte.

»Das ist eine gute Idee«, sagte sie. »Wenn du möchtest, kann ich Onkel Paul oder Georg mal darauf ansprechen.«

»Mach das«, mümmelte François.

»Onkel Pauls ältester Sohn ist Pimpf beim deutschen Jungvolk«, fuhr Louise fort, »es gefällt ihm da wohl ganz gut.«

»Schön! Vielleicht lernt man da ja schon in jungen Jahren, wie man Synagogen niederbrennt«, kam es von Clément.

Nach diesem Satz war es so still im Raum, dass man eine Stecknadel hätte fallen hören können. Louise spürte einen Kloß im Hals.

Schließlich wurde sie von Susette erlöst, die sie fragte: »Wie ist es denn so mit Klärle und ihren Kindern?«

Louise erkannte das Friedensangebot und nahm es gerne an.

»Ziemlich anstrengend. Der Kleine ist fünf und brüllt die ganze Zeit rum. Der Große ist elf und total besserwisserisch. Eine richtige Nervensäge.«

Sie warf ihrem Bruder einen warnenden Blick zu: »Das sagst du ihm aber nicht, wenn du ihn triffst.«

»Natürlich nicht«, grinste François, »ich würde doch meine Schwester nicht verraten.«

»Es sind doch aber drei Kinder von ihnen hier?«, fragte Susette.

Louise nickte. »Der mittlere, Fritzle, ist sieben. Er ist eigentlich ein lieber Junge, aber seine beiden Brüder triezen ihn ständig, und wenn er dann weint, schimpft ihre Mutter ihn aus. Er tut mir ein bisschen leid.«

»Ich kann den Kleinen ja mal mit in die Backstube nehmen«, schlug Clément vor. »Da wurde schon so manches unglückliche Kind aufgemuntert.«

Louise sah ihn dankbar an. Zunächst war sie überrascht, dass er ein freundliches Wort an sie richtete, doch gleich darauf war ihr klar, warum er das tat: Er wollte nicht ihr einen Gefallen tun, sondern dem Jungen. Es ging um Gerechtigkeit. Und wenn es darum zu kämpfen galt, war Clément stets ganz vorne mit dabei.

»Wir könnten ja mal Guten Tag sagen«, schlug Susette vor. »Irgendwie ist es ja auch ungehörig, dass wir unsere Tante und unsere Cousins noch gar nicht willkommen geheißen haben.«

»Stimmt, das ist es«, ertönte da eine Stimme von der Tür her. Die vier am Tisch fuhren herum.

»Onkel Paul!«, rief Louise. »Möchtest du dich zu uns setzen?«

Er schüttelte den Kopf. »Sicher nicht. Ich habe nur nach dir gesucht, Louise. Meine Frau beschwert sich, dass du ihr gar nicht zur Hand gehst.«

»Wie soll sie das denn auch, Paul?«, sprang Susette für sie in die Bresche. »Wenn ich mich recht entsinne, ist die Stelle eines Mädchens eine Vollzeitstelle. Unsere Louise arbeitet aber Vollzeit in unserer Patisserie.«

Louise freute sich zwar, solchermaßen von ihrer Cousine verteidigt zu werden, zuckte jedoch erschrocken zusammen, als sie sie das französische Wort für Feinbäckerei sagen hörte. Pauls Augen verengten sich auch gleich zu Schlitzen, er erwiderte jedoch nichts.

»Dir mit deinen Beziehungen wird es doch sicher ein Leichtes sein, ein Mädchen zu finden. Die jungen Damen werden sich darum reißen, bei Paul Tritschler …«, fuhr Susette fort – und es klang spöttisch, »bei Paul Tritschler arbeiten zu dürfen.«

Louise hielt den Atem an. Gleich würde Onkel Paul in die Luft gehen. Und das war, wie sie in den Wochen gelernt hatte, die sie nun schon mit ihm zusammenlebte, alles andere als angenehm.

Doch zu ihrer Überraschung sagte Paul auch dieses Mal nichts, sondern nickte nur knapp und erklärte ganz ruhig: »Da hast du natürlich recht. Ich wollte Louise nur eine Chance geben. Wenn sie diese nicht zu nutzen weiß, kann ich ihr auch nicht helfen. Sie muss dann allerdings auch nicht mehr hier bei uns wohnen. Das versteht sich ja von selbst.«

»Sie ist jederzeit in der Rue Mercière willkommen«, sagte Clément, und Louise musterte ihn verwundert. Sie bemerkte, wie zärtlich er sie auf einmal ansah. Was ging hier vor? Warum war Paul Susette gegenüber so friedfertig, fast schon unterwürfig? Der Onkel beschwerte sich auch gar nicht, dass Clément den französischen Namen der Krämergasse verwendet hatte! Und weshalb hatten Susette und Clément ihr zur Seite gestanden? Des Weiteren wusste sie nicht, wie sie es finden sollte, in die Krämergasse zu ziehen. Zwar war sie froh, der seltsamen Stimmung im Hause Tritschler zu entfliehen, aber die Vorstellung, mit Susette und Clément zusammenzuwohnen, war zurzeit auch keine verlockende. Selbst der Gedanke, dass sie dann wieder bei ihren Eltern wäre, konnte sie nicht aufheitern. Marcel und Ruth waren ihr ebenfalls fremd geworden. Und nun hatte sie auch noch ihr Onkel fortgeschickt. Louise hatte das Gefühl, dass sie ganz allein auf der Welt war. Zumindest fast. Denn einen Menschen gab es noch, der zu ihr hielt und der immer für sie da war. Ihr Georg.

*

»Au, das tut weh«, stöhnte der Mann, als Susette seinen Verband wechseln wollte.

»Entschuldigung«, sagte sie, »er ist an der Wundflüssigkeit festgeklebt.«

Sie beugte sich dichter über ihn, als es für den Verbandswechsel nötig gewesen wäre, und flüsterte ihm zu: »Ich kann noch mehr tun.«

»Wie meinen Sie das?«, raunte der Mann. »Um meine Wunde zu heilen?«

»Pst«, machte sie, hob den Kopf und sah ihn warnend an. In seinem Blick erkannte sie, dass er nun verstanden hatte. Seine Augen weiteten sich.

»Ich kann Briefe für Sie mitnehmen, für Sie und die anderen.«

»Danke«, flüsterte der Mann, und Susette bemerkte bestürzt, dass er mit den Tränen kämpfte. »Unter meinem Kopfkissen.«

Sie nickte. »Lassen Sie ihn da. Ich wechsle nachher die Bettwäsche und nehme ihn dann mit. Sagen Sie das auch Ihren Kameraden, aber passen Sie auf, dass das Pflegepersonal nichts davon mitbekommt. Ich gebe Ihnen später weitere Einzelheiten.«

Sie verrichtete mit geübten Händen ihre Arbeit. Viele der Männer hier waren schwer verwundet, sehr geschwächt oder krank. Natürlich waren das nicht die idealen Kandidaten für eine Flucht, aber an die gesunden Gefangenen kam sie nicht heran. Außerdem hatte sie die Hoffnung, dass die Nachricht über die Gründung ihrer Fluchthilfeorganisation von den Verwundeten weitergetragen würde.

Als sie einige Stunden später die zweite Runde absolvierte, maß sie dem Mann, dem sie vorhin schon die Informationen zugeflüstert hatte, die Temperatur.

»Wir müssen sehen, ob Sie Fieber bekommen«, erklärte sie ihm laut und sagte dann leiser: »Wenn es Ihnen gelingt, das Lager zu verlassen, können wir Ihnen helfen. Wir sind jeden Abend zwischen sechs und sieben Uhr in der Saint-Jean-Kirche. Wir knien in der ersten Bank rechts und beten. Wer es geschafft hat zu fliehen, kniet sich zu uns. Das Passwort ist Pierre. Den Rest erledigen wir. Sagen Sie das weiter. Aber nur Männern, bei denen Sie sich sicher sind, dass sie uns nicht verraten.«

Dann zog sie das Thermometer unter der Achsel des Mannes hervor.

»Kein Fieber«, sagte sie laut, »aber wir müssen das beobachten.«

»Danke.«

»Können Sie sich aufsetzen? Dann würde ich Ihnen noch die Bettwäsche wechseln.«

Er nickte.

»Ich helfe Ihnen«, sagte sie und stützte seinen Rücken. »Wenn Sie können, sollten Sie sogar kurz aufstehen. Das ist gut für den Kreislauf.«

»Das schaffe ich.« Er lächelte sie an. »Tausend Dank.«

Sie wusste, dass er nicht ihre Hilfe beim Aufstehen meinte.

Während sie die Bettwäsche wechselte, ließ sie den Brief, der wie besprochen unter dem Kopfkissen lag, geschickt in ihre Schürze gleiten. Bis ihre Schicht am Abend zu Ende war, hatte sie noch fünf weitere Schreiben eingesammelt.

Als sie das Lager verließ, war sie ein wenig nervös. Hatte man sie beobachtet? Würde man sie kontrollieren?

Doch der Pförtner winkte ihr nur freundlich zu und wünschte ihr einen schönen Abend.

»Danke, Ihnen auch!«, erwiderte sie und eilte beschwingt davon.

*

»Gleich hab ich es«, flüsterte Marci und schob das Stück Draht noch ein wenig tiefer in das Schloss des Polizeiautos. »Jetzt.«

»Gut«, sagte Clément, »schau, ob du Waffen findest.«

»Eine Pistole.« Marcel Weinum reichte sie ihm, und Clément ließ sie augenblicklich in der Innentasche seiner Jacke verschwinden. »Sehr gut. Und weiter.«

Die kürzlich gegründete Schwarze Hand zählte inzwischen bereits sechsundzwanzig Mitglieder, und heute Nacht waren sie in Zweiergruppen losgegangen, um Waffen zu erbeuten. Die beiden Mitstreiter, denen sie unterwegs begegneten, hatten aufgeregt berichtet, sie hätten in einem verlassenen Bunker der geflüchteten französischen Armee ein paar Handgranaten gefunden. Marci hatte sie sich gleich aushändigen lassen. »Wohin damit?«, fragte Clément.

Marci überlegte. »Bei mir ist es zu gefährlich. Meine Mutter könnte sie finden.«

»Wir bringen sie in die Patisserie Goldschmidt«, sagte Clément entschlossen. »Das ist ideal: Die steht zurzeit leer, und wir können ganz unauffällig rein – durch den Seiteneingang.«

»Aber deine ganze Familie wohnt doch da.«

»Keiner kommt je in die Backstube. Außerdem gibt es dort eine große Schublade, zu der nur ich den Schlüssel habe.«

»Gut.«

Die beiden jungen Männer machten kein Licht, als sie die Waffen in der Backstube verstauten. Flüchtig dachte Clément daran, dass Louise ja morgen hier einziehen und vielleicht durchaus auch die Backstube in der Goldschmidt für ihre

Backexperimente nutzen würde. Doch warum sollte seine Cousine eine verschlossene Schublade aufbrechen? Nein, die Waffen waren hier sicher, beruhigte er sich.

»Dann sehen wir uns mal die Schaufenster an«, drängte Marci zum Aufbruch.

Clément stöhnte auf. »Furchtbar, in fast jeder Auslage gibt es jetzt Hakenkreuze oder Hitlerbilder. In den *Straßburger Neuesten Nachrichten* habe ich eine Werbung dafür gesehen – ein Fabrikant bietet die günstig an.«

»Und wir holen sie wieder raus«, erklärte Marci, »bist du so weit?«

»Und wie.«

11

Marcel Weinum und Clément Bouvier gingen schnell und gezielt vor. Beide hatten je einen Wackerstein in der Hand. Mit einer geschickten Bewegung schlugen sie – so leise wie möglich – die Schaufenster ein, hinter denen nationalsozialistische Symbole ausgestellt waren: Hakenkreuze, Fahnen, Reichsadler und Hitlerbilder. Einiges davon zertraten sie gleich vor Ort, was sich nicht zerstören ließ, nahmen sie mit, um es in die Ill zu werfen.

»Halt!«, flüsterte Clément, als Marci nach erfolgreicher Arbeit im Nachbarhaus gleich eine weitere Scheibe einschlagen wollte. »Wir müssen immer genug Abstand zwischen den Schaufenstern lassen. Die Gefahr, dass doch jemand den Lärm gehört hat und dann rausschaut, ist zu groß.«

Straße für Straße arbeiteten sie sich durch die Nacht und hatten am Ende elf Fenster geschafft. »Wenn die anderen auch so erfolgreich waren, dann ist das richtig gut«, freute sich Clément. »Die mit dem Farbeimer haben jedenfalls ganze Arbeit geleistet.«

Er deutete auf die noch feuchte Farbe an einer Hauswand, mit der eine Nazi-Inschrift überpinselt worden war.

»Und schau mal, da und da und da.«

Clément zeigte auf das Lothringer Kreuz mit den zwei

Querbalken, das die Mitglieder der Schwarzen Hand als Zeichen für das freie Frankreich auf die Straße gepinselt hatten. Dazu waren sie vom jungen General de Gaulle aus seinem Londoner Exil ermutigt worden.

»Sehr gut«, stimmte Marci ihm zufrieden zu und deutete dann überrascht nach oben. »Siehst du das?« Er wies auf einen seltsamen hellen Lichtstreifen, der plötzlich am westlichen Himmel der Stadt zu sehen war.

Clément lehnte den Kopf in den Nacken. »Was ist denn das«, staunte er, »ein Scheinwerferstrahl?«

»Die Wolken waren schon den ganzen Abend so seltsam, und der Mond hat besonders hell geschienen«, sagte Marci. »Das ist mir schon vorhin aufgefallen.«

»Der Streifen wird immer heller«, stellte Clément erstaunt fest. »Das ist kein Scheinwerfer. Das sieht aus wie ein Regenbogen. Schau, er wandert immer weiter.«

»Und man sieht auch die ganzen Farben«, sagte Marci aufgeregt. »Ein Regenbogen in der Nacht. Davon habe ich schon mal gehört. Das ist ein Wunder.«

Clément sah ihn feierlich an. »Ein Regenbogen erscheint mitten in der Nacht – ausgerechnet in der, als wir mit unserem Widerstand gegen Hitler begonnen haben. Der Himmel gibt uns recht.«

»Ja«, wiederholte Marci nachdenklich, »Gott heißt gut, was wir tun.«

*

»Maman, Maman, bald sind wir bei Grand-mère Ruth und Grand-père Marcel«, rief die kleine Noée und hüpfte aufgeregt neben ihrer Mutter Anne auf ihrer Sitzbank im Zug aus Paris auf und ab.

»Ja, Liebes«, sagte die Fünfundzwanzigjährige mit dem

dunklen Pagenkopf und strahlte. »Bald sind wir da. Sie werden überrascht sein.«

»Warum hast du ihnen denn nicht gesagt, dass wir kommen?«, fragte die Kleine zum wiederholten Mal.

»Ebendarum«, erklärte Anne, »weil ich sie überraschen wollte. Die werden Augen machen.«

Während die Sechsjährige sich wieder in ihr Bilderbuch vertiefte, sah ihre Mutter nachdenklich aus dem Fenster. Es war ihr schwergefallen, Paris zu verlassen, den Ort, an dem sie mit ihrem Mann Victor glücklich gewesen war. Anne war mit ihrer kleinen Familie in die Wohnung ihrer in die Schweiz ausgewanderten Urgroßmutter Claire gezogen und hatte die Villa im jüdischen Viertel Marais aus vollstem Herzen geliebt. Zumal sie unter dem Dach im einstigen Atelier von Claires 1936 verstorbener Schwägerin Marie eine Schneiderei eingerichtet und sich im Laufe der Zeit einen exquisiten Kundenstamm aufgebaut hatte. Doch dann war der Krieg ausgebrochen: Ihr schönes Leben war von einem Tag auf den anderen vorbei. Victor war gleich in den ersten Kriegstagen gefallen, die Trauer um ihren geliebten Mann hatte gedroht, Anne völlig aus der Bahn zu werfen. Doch sie musste stark sein für Noée, ihre kleine Tochter, denn der Verlust seines Vaters hatte das Mädchen zutiefst verstört. Und sie wusste ja so gut, wie die Kleine sich fühlte, hatte sie doch selbst als Kind ihre Mutter verloren. Odette war 1918 an der Spanischen Grippe gestorben, als Annes Vater, Marcel, noch in Gefangenschaft gewesen war. Ihre Großmutter Ida hatte sich rührend um sie gekümmert, und Marcels zweite Frau Ruth war später für sie wie eine Mutter geworden. Ob Noée auch irgendwann das Glück haben würde, einen liebevollen Ersatzvater zu finden? Momentan war es für Anne noch unvorstellbar, sich je wieder auf jemanden einzulassen; sie ertrug die Nähe eines Mannes nur schwer. Auch das war ein Grund, warum sie Paris verließ: Nachdem die Wehrmacht in Frankreich einmarschiert war, wurde ein deutscher Offizier bei ihr einquartiert. Er war zwar ausgesprochen höflich und zuvorkommend, ließ jedoch keinen Zweifel daran, dass sie ihm ausnehmend gut gefiel. Anne aber konnte seine Zuwendungsbekundungen ebenso wenig ertragen wie die Tatsache, dass er auf dem Stuhl ihres Mannes saß und von seinem Teller aß. Und dass es die Landsleute des Offiziers waren, die für den Tod ihres geliebten Victors verantwortlich waren.

»Maman, wir sind da!«, riss Noée sie aus ihren Gedanken, als der Zug zum Stehen kam. »Komm doch!«

Ungeduldig zerrte die Kleine an der Hand ihrer Mutter. »Denk dran, Schatz«, sagte die, »ab jetzt sprechen wir deutsch.«

»Ich weiß«, flüsterte Noée verschwörerisch. »Französisch ist nur noch unsere Geheimsprache.«

Anne musste daran denken, wie ihr Vater Marcel ihr vor zweiundzwanzig Jahren genau das Gegenteil beigebracht hatte – damals hatte man kein Deutsch mehr sprechen dürfen. Es kam ihr vor wie völliger Irrsinn, dass die Grenze immer wieder verschoben wurde, was jedes Mal Tausende Menschenleben kostete.

Als Mutter und Tochter aus dem Zug stiegen, erlebten sie eine Überraschung. »Herzlich willkommen!«, rief ihnen ein Herr in Uniform auf Deutsch entgegen. »Sie sind die hunderttausendste Heimkehrerin. Dank Ihnen ist Straßburg wieder Großstadt.«

»Oh«, sagte Anne überfordert, nahm den Blumenstrauß entgegen, den ihr der Mann in die Hand drückte, und schaute in das Blitzlichtgewitter.

»Und wer bist du?«, wandte der Uniformierte sich an das kleine Mädchen.

»Noée«, erwiderte Annes Tochter schüchtern.

»Noch jemand, der einen anderen Namen braucht«, murmelte der Mann. Anne sah ihn erstaunt an.

Doch der Uniformierte hatte seine Aufmerksamkeit schon wieder von Noée abgewandt und rief ins Mikrofon: »Am gestrigen Mittwoch stand die Einwohnerzahl Straßburgs noch bei dreiundneunzigtausend, heute ist sie dank dieser beiden jungen charmanten Damen wieder sechsstellig.«

Fragend wandte er sich an Anne. »Wer soll denn nun die hunderttausendste Straßburgerin sein? Sie oder Ihre Tochter?«

»Darf ich, Maman?«, fragte Noée bittend.

»Aber sicher, Liebes.« Anne reichte ihr den Blumenstrauß.

Die Menge jubelte und applaudierte, Noée strahlte.

»Und wo soll es für dich hingehen, meine Kleine?«, rief der Uniformierte, der ihr den französischen Namen offenbar verziehen hatte, ihn aber nicht aussprechen wollte, und hielt ihr sein Mikrofon unter die Nase.

»Zu meinem Grand-p... zu meinem Opa und meiner Oma«, erklärte Noée.

»Na, dann werden sich die lieben Großeltern aber bestimmt sehr freuen«, vermutete der Mann.

»Ja«, bestätigte Noée. »Und ich mich auch. Der Opa kann nämlich gut backen.«

»Ist der Opa Bäckermeister?«, fragte der Mann leutselig.

»Patissier«, erklärte Noée.

Auf die strahlende Freundlichkeit des Mannes fiel ein Schatten.

»Feinbäcker, mein Kind. Das heißt jetzt Feinbäcker«, zischte er ihr zu, um sich dann wieder lächelnd seinem Mikrofon zuzuwenden.

Noée warf ihrer Mutter einen entschuldigenden Blick zu.

»Ich wusste nicht, dass das Wort französisch ist«, flüsterte sie geknickt.

»Aber das ist doch gar nicht schlimm, mein Schatz«, versicherte Anne und zog die Kleine, die offenbar den Tränen nahe war, an sich.

»Nun darf ich die Heimgekehrte noch zu Speis und Trank einladen, ebenso wie alle anderen Heimgekehrten«, rief der Mann, der sich als Kreispropagandaleiter Bibler entpuppte, gerade ins Mikrofon.

Anne schwieg, als er ein dreifaches »Sieg Heil« anstimmte. Sie wollte auch nicht länger bleiben und wehrte die Häppchen, die ihnen angeboten wurden, mit der Begründung ab, sie müsse dringend nach Hause. Nach der ersten Überrumpelung war ihr diese fulminante Begrüßung durch die Nationalsozialisten äußerst unangenehm.

Umso mehr freute sie sich, als sie wenig später, die kleine Noée an der Hand, nahe des Münsterplatzes aus dem Omnibus stieg und auf die Patisserie zusteuerte.

Unendlich erleichtert stellte sie fest, dass diese unbeschädigt war und im Sonnenlicht so einladend aussah wie eh und je. Nur das Schild über dem Eingang war anders.

»Feinbäckerei Tritschler« stand nun dort geschrieben anstelle des vertrauten »Patisserie Picard«.

Sie stieß die Ladentür auf – und fing die blonde junge Frau auf, die ihr vor Freude schluchzend um den Hals fiel. »Anne! O Anne! Du bist endlich zurück!«, rief Louise.

Auch Annes Augen wurden feucht. »Endlich hab ich dich wieder, Schwesterchen.«

»Und du bist ja so groß geworden, Noée!«, stellte Louise fest und ging vor der Kleinen in die Hocke. »Was hast du denn da für einen Blumenstrauß?«

»Sie ist die hunderttausendste Straßburgerin, die heimgekehrt ist«, klärte Anne ihre Schwester auf.

»Eine bessere könnte es ja gar nicht geben«, sagte eine Stimme hinter ihnen.

Noée und Anne drehten sich um. »Grand-père!« Noée rannte auf Marcel zu, der gerade aus der Backstube gekommen war, und fiel ihm um den Hals. Er wirbelte sie herum. »Meine Kleine!«

Inzwischen war auch Ruth in der Tür aufgetaucht und küsste Anne auf beide Wangen. »Mein Mädchen«, sagte sie gerührt. »Dass ihr wieder da seid! Ich habt uns ja so gefehlt.«

»Backen wir, Grand-père?«, fragte Noée.

»Aber sicher«, versprach Marcel, »am besten kommst du gleich mit. Aber erst muss ich deine Mutter begrüßen.«

Er nahm Anne zärtlich in seine Arme, während die kleine Noée sich von Ruth herzen ließ und Louise Wasser für die Blumen holen ging. »Jetzt wird alles gut.«

»Ja«, sagte Ruth. »Es fehlen nur noch Trystan und Joséphine. Dann sind wir – bis auf die Eltern – wieder vollzählig.«

Anne nickte. Aus Briefen wusste sie, dass Ida zu Lucien nach Clermont-Ferrand gereist war. »Ich werde sie schmerzlich vermissen«, sagte sie, »aber solange wir wissen, dass sie zusammen sind, ist alles gut. Man könnte sie sich nicht ohne einander vorstellen.«

»Jetzt wird es kuschelig«, befand Susette, als auch sie ihre Cousine und die kleine Noée herzlich willkommen geheißen hatte. »Aber das macht nichts. Wir mögen uns ja.«

»Wir wollen euch aber wirklich nicht zur Last fallen«, versicherte Anne.

»Das werdet ihr nicht«, beteuerte Marcel. »Wenn jemand zur Last fällt, dann ist es meine unsägliche Schwägerin Klara, die sich über der Tritschler breitgemacht hat. Ihr müsstet euch nur ein Zimmer teilen.«

»Noée schläft seit Victors Tod sowieso bei mir«, sagte Anne leise, »das passt also gut.«

Marcel nickte. »Ich habe es mir fast gedacht.« Fragend sah er seine Tochter an. »Wie geht es dir?«

Sie zuckte die Achseln. »Es tut immer noch schrecklich weh.« Sie gab sich Mühe, nicht in Tränen auszubrechen. »Das Beste ist tatsächlich, nicht darüber zu sprechen. Dann kann ich die Fassung bewahren. Und das muss ich für Noée.«

»Als deine Mutter damals gestorben ist, konnte ich lange nicht weinen«, sagte Marcel voller Verständnis. »Da wollte ich auch stark sein. Für dich.«

Sie schmiegte sich an ihn. »Und du hast mir so viel Halt gegeben.«

»Du mir auch«, versicherte er und küsste sie auf die Stirn. »Und ich gebe dir hier und heute ein feierliches Versprechen.«

Sie sah ihn fragend an. »Es wird besser«, sagte er, »jeden Tag ein bisschen.«

»Maman, jetzt komm doch endlich. Grand-mère möchte uns unser Zimmer zeigen«, rief die kleine Noée aufgeregt.

»Ich komme schon, Süße.«

»Wir schlafen unterm Dach. Da können wir ganz weit gucken«, informierte Noée sie auf dem Weg nach oben. »Und neben uns wohnt die Louise.«

»Und die bittet dich nachher ganz dringend um Hilfe«, raunte Louise ihrer Schwester zu, als diese an ihr vorbeiging.

»Immer gerne«, flüsterte Anne zurück. »Worum geht's?«

»Um Modefragen.«

»Das sind mir die liebsten. Ich bin gleich bei dir.«

Wenig später hatten Anne und Noée ihre wenigen Habseligkeiten in ihrem Zimmer verstaut, und die Kleine war mit ihren Großeltern wieder auf dem Weg in die Patisserie. Anne ging nach nebenan und klopfte an Louises Zimmertür.

»Anne«, sagte ihre Schwester verlegen, »tut mir leid, dass ich dich gleich nach eurer Ankunft überfalle.«

»Dafür sind große Schwestern doch da.«

»Ich habe mich verliebt«, gestand Louise.

»Das ist ja nichts Neues«, lachte Anne, »es war schon immer klar, dass ihr füreinander bestimmt seid, Clément und du.«

Doch Louise schüttelte den Kopf.

»Nicht Clément«, sagte sie wegwerfend. »Das waren Kindereien. Er heißt Georg und ist die rechte Hand von Onkel Paul.«

»Also ein deutscher Besatzer?«, fragte Anne, und ihrer Stimme war deutlich anzuhören, was sie davon hielt.

»Bitte verurteile du mich nicht auch dafür«, bat Louise.

»Wer verurteilt dich denn?«, hakte ihre Halbschwester nach.

»Na ja, alle.«

»Haben sie das gesagt?«

»Nein, aber sie lassen es mich spüren.« Louise klang so traurig, dass Anne von Mitleid erfasst wurde.

»Ich fühle mich so einsam in dieser Familie«, brach es in diesem Moment aus ihrer Schwester heraus. »Sie alle hassen den Nationalsozialismus, na ja, vielleicht bis auf François, aber der zählt irgendwie nicht, er ist ja fast noch ein Kind.«

»Ich stehe den Nazis auch ablehnend gegenüber«, sagte Anne ernst. »Sie waren es, die meinen Mann getötet haben. Sie verfolgen Juden, und unser Großvater ist zur Hälfte Jude.«

Louise senkte den Kopf. »Ja, das mit den Juden ist wirklich nicht schön. Und dass sie deinen Mann getötet haben, ist ganz entsetzlich. Andererseits haben unsere …« Sie traute sich nicht, weiterzusprechen.

»Andererseits haben auch Franzosen Deutsche getötet, wolltest du sagen? Und dass das im Krieg normal ist?«

»Hm …«

»Damit hast du schon recht«, sagte Anne. »Aber Deutschland hat Europa in diesen Krieg gestürzt.«

»Verurteilst du mich also auch?«

Anne schüttelte den Kopf. »Unsinn, du bist meine Schwester, ich liebe dich. Und jetzt brauchst du meinen Rat in Modefragen: Ich nehme an, du hast demnächst ein Rendezvous mit ihm?«

Louise nickte. »Ja. Und ich habe einfach nichts mehr, was ich anziehen könnte. Alle halbwegs passablen Kleider hat er schon gar zu oft gesehen.«

»Das ist zwar nichts, wofür du dich in Kriegszeiten schämen müsstest, aber ich werde dir natürlich trotzdem helfen. Hast du einige alte Kleider, die du nicht mehr trägst?«

»Ich trage alle meine Kleider«, sagte Louise resigniert.

»Warte mal.« Anne legte die Stirn nachdenklich in Falten. »Hast du schon auf dem Speicher nachgesehen? Wenn ich mich recht entsinne, stand dort immer eine Kiste mit Urgroßmutters alten Kleidern.«

Louise schüttelte den Kopf: »Nein, das wusste ich gar nicht.«

»Dann lass uns mal schauen!«

Zehn Minuten später standen die beiden jungen Frauen wieder in Louises Zimmer, einen ganzen Arm voller zwar muffig riechender, aber prachtvoll aussehender Kleider und Roben aus den herrlichsten Stoffen bei sich.

»Unglaublich«, staunte Louise, »was für Schätze! Wobei ich damit ohne dich sowieso nichts hätte anfangen können. Ich habe ja zwei linke Hände, was das Nähen angeht.«

»Dafür kannst du umso besser backen«, tröstete Anne sie, »und jetzt bin ich ja da.«

Stirnrunzelnd musterte sie den Stoffberg. »Modern sind geblümte, glockenförmige Kleider, die bis zur Wade gehen und kurze Ärmel haben, dazu ein weißer runder Kragen, und du bist absolut en vogue.«

Sie fischte ein zart geblümtes, hellgrünes Kleid aus dem Berg. »Was hältst du davon?«

»Das ist wunderschön«, hauchte Louise hingerissen. »Wie lange würdest du brauchen, um es zu ändern?«

»Wenn ich Mamans Nähmaschine benutzen darf und du in der Nähe bleibst, sodass ich immer wieder abstecken kann, schaffe ich das in zwei Stunden.«

»Das wäre ja wunderbar.«

»Das größere Problem ist, dass der Stoff etwas modrig riecht. Wir sollten das Kleid unbedingt noch waschen, bevor du es trägst. Sonst wird dir dein Liebster nicht allzu gerne nahe kommen wollen.«

»Das kriegen wir hin«, sagte Louise. »Wir sind erst morgen verabredet. Genug Zeit, um das gute Stück noch zu waschen und zu plätten.«

»Das sieht bestimmt ganz entzückend aus«, sagte Ruth von der Tür her.

»Maman!«, rief Anne erstaunt. »Ich dachte, du bist mit Noée und Papa in der Patisserie drüben.«

»Die beiden sind schon mal vorgegangen«, erklärte Ruth. »Ich wollte nachsehen, ob ihr noch was braucht.«

»Das tun wir tatsächlich«, warf Anne ein, »und zwar deine Nähmaschine.«

»Die kannst du haben«, sagte Ruth lächelnd. »Du weißt ja, wo sie steht. Die alte Dame wird sich freuen, wenn sie mal wieder in Betrieb genommen wird – noch dazu von dir, schließlich hast du auf ihr das Nähen gelernt.«

12

Die Leute finden einfach keinen Weg, das Lager zu verlassen«, berichtete Susette resigniert. Sie hatte sich mit Lucienne Welschinger zu einem Spaziergang an der Ill verabredet, um sich mit der Freundin über die neuesten Entwicklungen auszutauschen.

»Außer, dass ich ein paar Briefe nach draußen gebracht habe, konnte ich noch keinem einzigen Menschen helfen. Es ist zum Verzweifeln.«

Lucienne runzelte die Stirn. »Können wir deinem Bruder vertrauen?«

»Absolut.«

»Und dein Onkel ist doch direkt Gauleiter Wagner unterstellt und hat viel Macht?«, vergewisserte sich Lucienne.

»Ja«, sagte Susette erstaunt, »weißt du doch.«

»Dann habe ich vielleicht eine Idee. Aber sie ist nicht ungefährlich.«

»Ja?«

»Wenn du deinen Onkel überreden könntest, dass ihr das Gefangenenlager beliefert und Clément die Backwaren bringen würde …«

»… könnte er auf dem Rückweg Gefangene mitnehmen«, vollendete Susette den Satz.

Lucienne nickte. »Genau. Wir haben jemanden, der euch helfen könnte, einen Lieferwagen so zu präparieren, dass es zwischen Fahrerkabine und Ladefläche einen schmalen Hohlraum gibt, in dem ein Mann Platz hat.«

»Allerdings müssten wir eine Weile warten. Wenn sofort Gefangene verschwinden, sobald wir liefern, ist das zu auffällig.«

»Das auch«, sagte Lucienne, »aber wir legen zusätzlich eine falsche Fährte, und dabei musst du helfen.«

»Wie das?«

»Du musst versuchen, mit einer Zange Löcher in den Zaun zu schneiden. Sie werden dann denken, dass der Gefangene auf diese Weise entflohen ist.«

»Aber da würde niemals ein Mensch durchkommen. Der Zaun ist viel zu streng bewacht«, widersprach Susette.

»Das weiß ich auch«, erklärte Lucienne. »Es geht ja nur darum, den Lagerwärtern ein Rätsel aufzugeben. Es ist gut, wenn sie sich auf die nächtliche Bewachung der Zaunanlage konzentrieren.«

Susette nickte. »Großartige Idee! Ich weiß auch genau, wie die Wachen tagsüber patrouillieren. Die Zeit reicht nicht, dass es jemand hindurchschaffen würde. Aber ein Loch hineinschneiden, das könnte klappen. Ich habe schon eine Idee, wo ich das mache. Hinter den Baracken gibt es eine Stelle, die von innen so gut wie nicht einsehbar ist.«

»Und du denkst, dein Bruder würde mitmachen?«, hakte Lucienne noch einmal nach.

»Da bin ich mir ziemlich sicher«, sagte Susette. »Das größere Problem wird mein Onkel Paul sein.«

Susette suchte Clément sofort auf, nachdem sie nach Hause gekommen war. Sie wusste, dass ihr Bruder früh zu Bett gehen würde. Da die Schule noch nicht wieder angefangen hatte, half er nach wie vor frühmorgens in der Backstube aus.

»Herein?«, rief er und sah sie erstaunt an, als sie sein Zimmer betrat. »Es ist ewig her, dass du abends zu mir gekommen bist. Hast du Liebeskummer?«, mutmaßte er.

Sie schüttelte lachend den Kopf.

Er klopfte neben sich auf die Matratze, und sie setzte sich zu ihm.

»Ich brauche deine Hilfe«, sagte sie dann. »Ich bin im Widerstand.«

Die Geschwister hatten gegenseitig noch nie um den heißen Brei herumgeredet.

»Susette!«, rief er. »Du riskierst dein Leben.«

»Und was ist mit dir, Marci Weinum und den anderen?«, konterte sie. »Ihr spielt doch auch nicht Karten, wenn ihr euch unten in der Backstube trefft.«

»Das ist ja was anderes«, murmelte Clément etwas kleinlauter.

»Wir kommen alleine nicht weiter.«

Sie berichtete ihm, was sie vorhatten.

»Würdest du das tun, Clément?«

»Natürlich. Das weißt du doch. Die größere Frage ist, wie wir Paul dazu kriegen, uns zu Lieferanten des Lagers zu machen.«

»Paul würde wahrscheinlich machen, was wir wollen«, vermutete Susette.

»Damit wir nicht verraten, dass er Vierteljude ist«, führte Clément den Gedanken zu Ende. »Davon gehe ich auch aus. Andererseits wird es für ziemlichen Wirbel sorgen, wenn ein Gefangener verschwindet. Er wird misstrauisch werden, zumal er zumindest mich ja sowieso schon wegen allem Möglichen unter Generalverdacht hat. Schließlich trage ich immer noch eine Gehirnverdunkelungsmatte, wie er es nennt.«

Er deutete auf seine Baskenmütze, die auf dem Stuhl neben der Tür lag.

»Kriegst du deswegen eigentlich keinen Ärger?«, fragte Susette.

»Ständig«, grinste Clément. »Die Nazis brüllen mir dauernd nach, dass einer wie ich ins Umerziehungslager Schirmeck gehöre. Aber bisher ist es bei bösen Worten geblieben. Wahrscheinlich, weil ich Pauls Neffe bin.«

Susette nickte. »Und wenn wir Onkel Marcel einweihen und ihn bitten, mit seinem Bruder zu sprechen? Schließlich ist er der Chef der Patisserie.«

Clément schüttelte heftig den Kopf. »Auf keinen Fall dürfen wir ihn da mit hineinziehen. Wir probieren es, Paul unter Druck zu setzen. Und selbst wenn er nach dem ersten entkommenen Gefangenen Verdacht gegen uns schöpft: Er würde ja nie wagen, uns auffliegen zu lassen – weil er weiß, dass wir dann sein Geheimnis verraten könnten.«

Susette nickte. »Eigentlich eine ziemlich geniale Voraussetzung. Allerdings solltest du überlegen, ob du dich von deiner Gehirnverdunkelungsmatte trennst.«

Er sah sie unwillig an. »Wieso das?«

»Weil du damit auffällst und, wie du richtig sagst, per se schon verdächtig bist und unter Beobachtung stehst.«

Clément runzelte die Stirn.

»Ich weiß, dass du die Baskenmütze trägst, weil du sie schon immer getragen hast und weil du ein Zeichen setzen willst, dass du dich nicht unterkriegen lässt. Aber was wir da machen, Clément, das ist viel bedeutender und viel wichtiger. Ein viel größeres Zeichen.«

»Das ist wahr«, sagte er nachdenklich. »Wenn ich bei euch einsteige, werde ich auf noch mehr verzichten müssen als auf meine Baskenmütze.«

Sie sah ihn fragend an.

»Wie du richtig vermutet hast, bin ich mit Marci auch im Widerstand, Susette«, sagte er. »Aber wir machen Dinge, die vor dem, was du planst, nicht so wichtig erscheinen. Sie sind lediglich Ausdruck des Protests.«

»Die eingeschlagenen Schaufensterscheiben? Die Lothringischen Kreuze?«, mutmaßte sie.

»Genau. Das sind wir. Allesamt Jungs aus dem Katholischen Gymnasium. Bei ihnen werde ich aufhören müssen. Wenn die uns erwischen, würde ich ja für eure wichtige Mission ausfallen.«

»Fällt dir das schwer?«, wollte Susette wissen.

Clément zuckte die Achseln. »Irgendwie schon. Allein deshalb, weil es mir Spaß macht, den Boches in aller Öffentlichkeit etwas entgegenzusetzen. Ihnen zu zeigen, was man von ihnen hält, nämlich rein gar nichts. Aber das Wichtigste kommt zuerst. Und was gibt es Wichtigeres, als Menschenleben zu retten?«

*

Louise war unangenehm überrascht. Georg war am Mittag ganz aufgeregt bei ihnen in der Patisserie erschienen und hatte erklärt, dass aus dem romantischen Abendessen zu zweit leider nichts würde, er aber etwas viel Besseres zu bieten hätte: Gauleiter Wagner persönlich habe Paul, Klärle, ihn und Begleitung zum Abendessen ins Restaurant *Valentin* am Karl-Roos-Platz eingeladen. Eine enorme Ehre. Sie habe hoffentlich etwas Passendes zum Anziehen.

»Natürlich«, erwiderte Louise kühl, woraufhin er seinen Fauxpas offenbar bemerkte und rasch hinterherschob: »Klar, du siehst ja immer blendend aus.«

Im Gehen wandte er sich noch einmal um. »Was ich ohnehin schon einmal mit dir besprechen wollte, Liebste. Jetzt, da wir uns nähergekommen sind, solltest du endlich deinen Mitgliedsantrag bei der NS-Frauenschaft stellen.«

Zum Glück konnte sie ihm eine Antwort vorerst schuldig bleiben, da er einfach zur Tür hinauseilte. Sie sah ihm nach und hatte das Gefühl, mit der Situation vollkommen überfordert zu sein. Sie liebte und bewunderte ihn rückhaltlos, aber sie liebte und bewunderte auch ihre Familie, und sie vertraute deren Urteil. Wenn alle, einschließlich Anne, den Nationalsozialismus derart ablehnten, dann war er sicherlich in der Tat nicht unproblematisch. Und die Sache mit den Juden, die Anne angesprochen hatte, beunruhigte sie ja bereits seit Esthers Erzählungen.

Zum Glück kam in diesem Moment Kundschaft in den Laden und befreite sie zunächst von ihrem quälenden Gedankenkarussell.

*

Georg holte Louise wie verabredet um sieben Uhr abends vor dem Goldschmidt-Gebäude in der Krämergasse ab. Als er sie in ihrem zartgrünen Blütenkleid erblickte, strahlte er. »Du siehst zauberhaft aus.«

»Danke!« Sie drehte sich einmal um die eigene Achse, sodass der Rock ein wenig – nicht zu weit – nach oben flog.

Sie hatte sich vorgenommen, sich weder den Abend noch ihr schönes Kleid schlechtreden zu lassen.

»Es ist sehr adrett«, befand Georg lächelnd. »Ist es neu?«

»Neu-alt«, erklärte Louise. »Meine Schwester Anne ist gestern zurückgekommen. Sie ist Schneiderin und lebte bisher in Paris. Sie hat es mir aus einer alten Robe unserer Urgroßmutter genäht.« Sie schmunzelte entschuldigend. »In diesen Zeiten bekommt man ja nirgendwo neue Stoffe.«

Er erwiderte ihr Lächeln. »Es ist eine sehr bewundernswerte Tugend, aus den Werten, die frühere Generationen uns hinterlassen haben, Schönes und Neues zu zaubern und sparsam zu wirtschaften.«

Louise wusste nicht, was sie darauf antworten sollte, daher sagte sie nur: »Meine kleine Nichte Noée war übrigens die hunderttausendste Straßburgerin.«

»Ach, *sie* war das«, rief er, »ein reizendes Mädel.«

»Woher weißt du das?«, fragte sie neugierig. »Warst du beim Empfang dabei?«

Er schüttelte den Kopf. »Nein, das stand in der Zeitung.«

»Dann muss ich nachher gleich mal nachsehen«, sagte Louise. Die Zeitung lag immer neben dem Ohrensessel im Esszimmer, ihre Mutter fieberte täglich der darin enthaltenen Kurzgeschichte entgegen.

»Noée ist ein echter Sonnenschein«, schwärmte sie.

Er sah sie verwundert von der Seite an. »Ich dachte, du magst keine Kinder.«

Sie war so verblüfft, dass sie stehen blieb. »Wie kommst du denn darauf? Ich liebe Kinder!«

»Da bin ich ja froh«, sagte er erleichtert. »Ich war schon ganz besorgt, denn das ist ja nicht ganz irrrelevant, was … gewisse Zukunftsfragen angeht.«

Ihr Herz klopfte schneller. Gewisse Zukunftsfragen … sie ahnte, was er damit andeuten wollte.

Als er schwieg, fragte Louise: »Aber wie kommst du denn darauf, dass ich keine Kinder mag?«

»Na ja«, sagte er, »Pauls Nachwuchs scheint dir eher sehr auf die Nerven zu gehen.«

Sie lachte. »Das stimmt. Aber die Jungs sind ja auch ausgesprochen anstrengend.«

»Wo du recht hast, hast du recht«, stimmte er ihr zu und

fragte dann: »Warum ist deine Schwester denn zurückgekehrt?«

»Die Deutschen haben ihren Mann getötet und wurden dann auch noch in ihrem Haus einquartiert. Das hat sie nicht ertragen«, antwortete Louise wahrheitsgemäß.

»Ah«, erwiderte er einsilbig, und das Thema stand nun so groß und unbequem zwischen ihnen, dass Louise froh war, als sie kurz darauf das Restaurant *Valentin* erreichten. Ihr Blick fiel auf den ungemein dicken Mann, der, in ein Rundbogenfenster gemalt, ein Glas hob und den Vorübergehenden zuprostete.

Offenbar wollte der Restaurantbesitzer den Flanierenden mit dieser eigentümlichen Werbezeichnung kundtun, dass seine Speisen besonders nahrhaft waren.

Ein Kellner begrüßte die beiden und führte sie zu ihrem Tisch, an dem Gauleiter Wagner mit seiner Frau sowie Paul und Klärle bereits Platz genommen hatten.

»Guten Abend«, sagte Georg und deutete eine Verbeugung an, während Louise von Gauleiter Wagner mit einem Handkuss und von den Damen mit einem kühlen Nicken begrüßt wurde.

»Ich hoffe, wir sind nicht zu spät?« In Georgs Stimme klang angesichts der Tatsache, dass sie die Letzten waren, leise Unsicherheit.

Dabei, dachte Louise, wusste er ganz genau, dass sie pünktlich auf die Minute waren, davon hatte er sich, bevor sie das Lokal betreten hatten, schließlich nochmals überzeugt.

»Aber nein, mein lieber Oberstleutnant. Wir waren etwas zu früh hier«, versicherte Gauleiter Wagner, während sich alle wieder setzten. »Ich habe mir erlaubt, uns zur Begrüßung etwas Champagner zu bestellen.«

Louise war aufgeregt. Champagner! Den hatte sie noch nie in ihrem Leben gekostet. Er war für sie immer das Symbol für Luxus und Dekadenz gewesen. Vorsichtig nippte sie an dem perlenden Getränk und wähnte sich im Himmel. Es schmeckte herrlich!

Vor allem aber war sie froh, etwas in der Hand zu haben, denn sie fühlte sich wie das fünfte Rad am Wagen. Klärle, deren hellblondes Haar sich heute glatt an ihren Kopf schmiegte und die einfach wunderbar aussah, ignorierte Louise völlig und ließ keinen Zweifel daran, dass sie die Tatsache, dass ihre Hausmagd mit ihnen am Tisch saß, gänzlich unpassend fand. Sie nahm die ebenfalls blonde Frau des Gauleiters derart in Beschlag, dass diese keine Chance hatte, sich mit Louise zu unterhalten. Die drei Männer diskutierten ihrerseits angeregt miteinander, sodass Louise, ohne einen Gesprächspartner, einfach nur stumm dasaß und mit ihrem Champagnerglas spielte.

Es kam, wie es kommen musste. Sie hielt das Glas zu schräg, und etwas von der goldgelben Flüssigkeit schwappte auf das schneeweiße Tischtuch. Augenblicklich verstummten die Gespräche am Tisch, alle Augen starrten sie an.

»Na, so weit, dass wir mit Champagner unsere Tischtücher tränken, sind wir aber noch nicht«, sagte Wagner und lachte etwas zu laut über seinen eigenen Witz, während Klärle sagte: »Ich muss mich für meine Nichte entschuldigen. Sie ist in diesen Kreisen einfach noch nicht trittsicher.«

Louise wollte im Boden versinken – doch sie bekam Unterstützung.

»Ach, das passiert jedem mal, auch wenn man noch so trittsicher ist«, sagte Georg, und Louise hätte ihn küssen mögen, weil er in dieser unangenehmen Situation zu ihr hielt. »Was glauben Sie, wie oft mir das schon passiert ist.«

»Mir nicht«, zischte Klärle.

»Mir schon«, ergriff ihr Mann Paul unerwartet Partei für seine Nichte.

»Mir auch«, gestand daraufhin Frau Gauleiter.

Nun schaust du aber dumm aus der Wäsche, dachte Louise, während sie ihrer Tante einen bösen Blick zuwarf, den diese ebenso verstimmt erwiderte.

Wagner hob indessen sein Glas. »Dann stoßen wir doch mal an – auf die überschwappenden Champagnergläser. Sind ja schließlich Franzosen.« Wieder lachte er – und wieder zu laut – über seinen Witz.

»Auf die überschwappenden Champagnergläser«, wiederholten die anderen, doch Louise prostete nur widerwillig mit.

Den Satz mit den Franzosen hätte er sich, wie sie fand, sparen können.

Es gab Fischsuppe, anschließend Weißen Elsässer vom Dopf – das war ein Fleischtopf mit Geschnetzeltem in einer hellen Soße, unter anderem aus Crème fraîche mit Weißwein. Louise aß und versuchte gar nicht mehr, an irgendeinem Gespräch teilzunehmen, sondern ließ es sich einfach schmecken und genoss Georgs Nähe, der ihr immer mal wieder einen zärtlichen Blick schenkte. Mit halbem Ohr lauschte sie den Gesprächen. Klärle und die Frau des Gauleiters tauschten sich darüber aus, wie schwer es sei, ein gutes Mädchen zu bekommen, und dass der baldige Schulbeginn ein wahrer Segen sei. Das Gespräch der drei Männer war viel interessanter. Louise spitzte die Ohren, als sie ihren Onkel sagen hörte: »Ich musste Hitler ja erst noch von dem uralten Deutschtum der Elsässer überzeugen. Er war sich sicher, dass es sich bei mindestens einem Viertel der Bevölkerung um unbelehrbare Franzosenköpfe handelt.«

»Und, hat er damit nicht doch ein wenig recht?«, fragte Wagner kauend.

Und ob er das hat, dachte Louise bei sich. Nur in einem irrt er sich: Es sind weit mehr als ein Viertel. Ihre eigene Familie war dafür das beste Beispiel.

»Der Führer meint ja, dass man die ins besetzte Frankreich abschieben muss, wenn man das Elsass zu einem Teil des Reichs machen will«, fuhr Wagner fort.

»Ach i wo«, winkte Paul ab. »Und er täuscht sich auch mit seiner Ansicht, dass wir für die Germanisierung der Elsässer zehn Jahre brauchen.«

»Da bin ich ganz bei dir, mein lieber Paul«, sagte Robert Wagner. »Fünf Jahre, länger dauert das nicht. Denk an meine Worte.« Dann wandte er sich an Georg. »Was wir wollen, ist eine Auslese, eine Elite des Elsass. Wir wollen die Härtesten und die Besten, die Lebensfähigsten – und keine Scheißkerle!«

»Robert!«, rief seine Gattin empört. Erst jetzt bemerkte Louise, dass den Frauen offenbar der Gesprächsstoff ausgegangen war und sie die Diskussion der Männer ebenso verfolgten wie sie.

»Entschuldigen Sie, meine Damen«, meinte Wagner charmant. »Aber was gesagt werden muss, muss eben gesagt werden.«

Und an Georg gewandt fuhr er fort: »Ich bin ja ein großer Bewunderer Bismarcks, müssen Sie wissen. Wie er 1870 die deutsche Einheit geschmiedet hat – fantastisch!«

Er haute auf den Tisch, dass die Weingläser wackelten.

»Robert«, rügte seine Frau erneut, »nicht dass wieder ein Glas umkippt!«

»Meine liebe Gattin«, sagte er und hob mahnend den Finger, »ich darf um Präzision bitten. Das Glas dieses Fräuleins«, er deutete auf Louise, deren Namen er offenbar vergessen hatte, »ist nicht umgekippt, sondern übergeschwappt.«

»Wie haben Sie und Onkel Paul sich eigentlich kennengelernt?«, platzte Louise heraus, um von sich abzulenken.

»Ach!«, rief Wagner. »Wir kennen uns schon eine halbe Ewigkeit. Waren beide 1923 in München dabei und saßen mit Hitler in Festungshaft. Männer der ersten Stunde.«

In diesem Moment kam Wagners Frau zum Tisch zurück. Von Louise unbemerkt hatte sie die Tafel verlassen, offenbar, um sich frisch zu machen. Sie sah aus, als hätte sie ein Gespenst gesehen.

»Robert«, krächzte sie.

»Was ist denn, meine Liebe?«, fragte er und erhob sich erschrocken. Die anderen Herren taten es ihm nach.

»Bitte keine Umstände«, sagte sie und ließ sich auf ihren Stuhl sinken.

»Ist dir nicht gut?«, fragte Klärle in gespielter oder aufrichtiger Besorgnis.

Frau Gauleiter fächelte sich Luft zu. »Es ist nur«, sagte sie, »es ist nur … Robert, auf den Damenklosetts steht immer noch *chaud* und *froid* auf den Wasserhähnen.«

13

Ich wollte das vorhin nicht sagen, weil ich weiß, dass das weder deinem Onkel noch dem Gauleiter gefallen hätte«, meinte Georg, als sie Hand in Hand nach Hause schlenderten. »Aber ich glaube, dass Hitler sich gar nicht wirklich für das Elsass interessiert. Genauso wenig wie für Südtirol.«

Louise nickte. Dazu konnte sie nichts sagen. Aber der Gedanke, dass Hitler am Elsass nicht wirklich Interesse hatte, fühlte sich irgendwie gut an.

»Wie findest du diesen Wagner eigentlich?«, fragte Louise, der auffiel, dass sie zum ersten Mal ein offenes und tiefer gehendes Gespräch miteinander führten. Es gefiel ihr gut – und ihm offenbar auch. Sie war erfreut, dass er nicht nur nachplapperte, was andere sagten, sondern die Dinge tatsächlich durchdachte und hinterfragte.

»Ich glaube, ehrlich gesagt, dass er hier fehl am Platz ist. Und das sage ich nur dir«, erklärte er. »Er ist eigentlich Lehrer und versucht nun, den Menschen in der Stadt etwas anzuerziehen, das sie gar nicht sind.«

»Ich finde es seltsam, dass er sich so über Kleinigkeiten aufregt«, sagte sie nachdenklich. »Ist doch egal, ob auf den Wasserhähnen *froid* oder kalt steht. Der arme Wirt tut mir richtig leid. Er hatte es einfach vergessen.«

»Er muss da so rigide vorgehen«, entgegnete Georg, »sonst hat er keine Chance. Aber du hast schon recht: Was nutzt es, in welcher Sprache das Wort auf den Wasserhähnen steht, wenn die Menschen innerlich ohnehin noch Franzosen sind.«

Sie nickte.

»Wie ist das eigentlich mit dir?«, fragte er mit aufrichtigem Interesse. »Fühlst du dich deutsch? Oder fühlst du dich französisch?«

Louise zögerte keine Sekunde und sagte im Brustton der Überzeugung: »Ich fühle mich elsässisch.«

*

Marcel gähnte, als Susette und Clément ihn im Salon der goldschmidtschen Wohnung aufsuchten, wo er gerade ein Frühstück mit seiner ältesten Tochter Anne beendet hatte.

»Schlecht geschlafen?«, erkundigte sich Susette.

Ihr Onkel nickte. »Ich hatte mal wieder einen grässlichen Albtraum. Diese verdammte Geschichte auf dem Münster damals …«

Clément wusste, dass Marcels leiblicher Vater vor gut zwei Jahrzehnten von der Aussichtsplattform in den Tod gestürzt war. Weitere Einzelheiten kannte er nicht, sein Onkel sprach nicht gern über das Thema.

»Wir sollten da endlich mal zusammen rauf«, schlug Anne vor, während sie das Frühstücksgeschirr zusammenräumte. »Das haben wir doch schon so lange vor, und wenn du mit mir dort bist, hilft es möglicherweise gegen dein Trauma.«

»Vielleicht, aber es ist ja auch nicht nur die Vergangenheit, die mir den Schlaf raubt«, winkte Marcel ab.

»Zurzeit macht eine Feinbäckerei nach der anderen auf. Als gäbe es kein anderes Gewerbe.« Er deutete missmutig auf die Zeitung, die aufgeschlagen auf seinem Schoß lag. *Morgen*

Wiedereröffnung der bestbekannten Konditorei L. Riss, Straße des 19. Juni 35, stand dort zu lesen.

Clément runzelte die Stirn. »Na ja, mit der Konkurrenz sind wir doch schon immer fertiggeworden. Und jetzt bin ich ja da, um euch zu unterstützen. Dann können wir vielleicht auch die Goldschmidt wieder aufmachen.«

Clément wechselte einen Blick mit Susette. Die nickte unmerklich. Die Geschwister hatten sich darauf verständigt, einen günstigen Moment abzuwarten, um ihrem Onkel vorzuschlagen, das Gefangenenlager zu beliefern, ohne ihn jedoch ins Vertrauen zu ziehen. Denn sie konnten nicht ohne Marcels Wissen mit Paul sprechen, das wäre erst recht verdächtig gewesen.

»Wir haben da so eine Idee«, sagte Clément vorsichtig, »besser gesagt, war es Susettes Idee.«

»Für das Gefangenenlager in der Orangerie hier gibt es nicht wirklich einen Lieferanten für Backwaren«, sagte Susette. »Im Gegenteil, die Essensanlieferung ist dort sehr umständlich organisiert. Wir könnten ja mal mit Onkel Paul reden, ob wir nicht das Lager beliefern dürfen. Schließlich müsste es auch in seinem Interesse sein, Großvaters Bäckerei zu erhalten.«

Marcel zögerte. »Es ist mir unangenehm, für die Nationalsozialisten zu arbeiten.«

»Es geht ja nicht um sie, sondern um die Gefangenen«, redete Clément seinem Onkel gut zu. »Sie haben da drin so gar keine Freude. Wenigstens mit unseren Backwaren können wir ihnen ein wenig Freude bringen – und vielleicht besonders nahrhafte Brötchen für sie herstellen.«

Marcel nickte nachdenklich. Langsam schien er an dem Gedanken Gefallen zu finden.

»Du warst ja selbst mal in Gefangenschaft, und eines hat

sich seitdem nicht geändert: Das Brot, das die dort tagtäglich ausgeben, ist ekelhaft«, beeilte sich Susette hinzuzufügen. »Wir könnten wirklich helfen. Die Idee, besonders nahrhaft zu backen, ist gut.«

»In Ordnung«, seufzte Marcel, »ich spreche mal mit Paul.«

»Lass mich das machen«, bat Clément.

Marcel warf ihm einen erstaunten Blick zu.

»Du? Aber ihr beide seid nicht gerade die engsten Freunde. Um es mal vorsichtig auszudrücken.«

»Ihr doch auch nicht«, gab Clément zurück. »Und, nun ja, es war ja meine Idee, beziehungsweise Susettes, und da dachte ich …«

»Wir würden es Onkel Paul gern gemeinsam vorschlagen«, sprang sie ihm zur Seite.

»In Ordnung«, sagte Marcel. »Bin ja froh, wenn ich ihm nicht begegnen muss.« Dann fügte er schmunzelnd hinzu: »Ich empfehle allerdings, dass du deine Baskenmütze für die Verhandlungen zu Hause lässt und nicht französisch sprichst.«

»Na klar.« Clément grinste. »Das bekomme ich hin.«

»Sollen wir beide jetzt nicht wirklich zusammen auf das Münster gehen?«, brachte Anne sich wieder in Erinnerung.

»Hm, ich wollte eigentlich zur Konditorei Riss und schauen, was die Konkurrenz so ausstellt«, meinte Marcel skeptisch.

»Das kann doch auch eine halbe Stunde warten«, fand Anne und reichte ihm die Hand. »Komm, zusammen schaffen wir das!«

Etwas widerwillig erhob sich Marcel. »Na gut.«

Doch zu ihrer Enttäuschung mussten Vater und Tochter kurz darauf feststellen, dass der Aufgang zur Münsterplattform abgesperrt war.

»Das ist bitter«, sagte Marcel. »Da habe ich mich endlich

überwunden raufzugehen, und jetzt ist zu. Wir hätten unseren alten Schlüssel mitnehmen sollen.«

»Kann ich Ihnen helfen?«, fragte eine freundliche Stimme hinter ihnen.

Anne drehte sich um und sah sich einem hochgewachsenen Mittzwanziger mit roten Haaren und hellblauen Augen gegenüber. Sein Gesicht war über und über mit Sommersprossen übersät.

»Wir wollten auf die Münsterplattform«, erklärte Anne. »Aber die ist leider gesperrt. Das ist für uns … sehr schlimm.«

»Wieso denn das?«, fragte der Rothaarige.

»Es hängt mit meiner – unserer – Geschichte zusammen«, antwortete Annes Vater stockend.

Der Rotschopf sah ihn mit wachen Augen an, schien zu bemerken, dass Marcel zu aufgewühlt war, um weiterzusprechen. »Gestatten Sie erst mal, dass ich mich vorstelle. Mein Name ist Walter Kupfer, ich bin als Steinmetz hier am Münster beschäftigt.«

»Marcel Picard. Oder, wie es wohl auf Deutsch heißen müsste, Markus Tritschler, das ist der Geburtsname meiner Mutter.«

»Angenehm«, sagte Walter Kupfer.

Nomen est omen, dachte Anne angesichts seines Haares.

»Ebenfalls«, erwiderte Marcel. »Das ist meine Tochter Anne. Um sie ging es bei unserer Geschichte auf dem Münsterturm.«

»Würden Sie … es mir erzählen? Oder bin ich allzu aufdringlich?«

»Gar nicht«, versicherte Marcel. »Ich bin bei meinen Adoptiveltern aufgewachsen. Mein leiblicher Vater war leider ein Ganove. Als Anne ein kleines Mädchen war, hat er sie entführt. Er wollte Geld von mir erpressen, hat mich auf den Münsterturm bestellt zur Übergabe.«

Er schluckte. Die Erinnerung an jenes Ereignis setzte ihm merklich zu. Auch nach all den Jahren noch.

Anne legte ihre Hand auf die seine.

»Sie müssen nicht weitersprechen, wenn es Ihnen zu schwerfällt«, sagte der Steinmetz, und Anne fand ihn äußerst einfühlsam.

»Doch«, versicherte Marcel, »doch, das tut mir ja gut.«

Er holte tief Luft. »Als ich oben ankam, stand mein Vater mit Anne auf dem Arm bei den Zinnen. Sie war bewusstlos und in eine Decke gewickelt. Zumindest dachte ich das. Und dann ist er ausgerutscht und mit ihr in die Tiefe gestürzt.«

»O mein Gott«, murmelte der Steinmetz beklommen, »das ist ja schrecklich!« Er sah Anne an. »Aber es waren gar nicht Sie?«

Die schüttelte den Kopf. »Nein, der Kerl hatte meine Puppe mitgebracht, für den Fall, dass man ihm eine Falle stellen würde bei der Übergabe. Er war ein ausgekochter Halunke, mein Großvater.«

»Und wo waren Sie zu dieser Zeit?«

»Ich saß in einer leer stehenden Gaststube, die er angeblich übernehmen wollte«, fuhr Anne fort. »Als er nicht zurückkam, bin ich zum Fenster hinausgeklettert und nach Hause gegangen.«

Walter Kupfer schüttelte verwundert den Kopf. »Was für eine Geschichte. Und Sie waren seither nie wieder oben?«

Marcel verneinte. »Der Schock damals war einfach zu groß. Aber nachdem meine Tochter nun aus Paris zurückgekehrt ist, fühle ich mich endlich stark genug, es zu wagen.«

»Und dann sperren wir einfach die Plattform«, sagte Walter Kupfer, »das geht natürlich nicht.«

Er lächelte Vater und Tochter an. »Wenn Sie möchten, lasse ich Sie hinauf.«

»Das würden Sie tun?«, fragte Marcel. »Das wäre wunderbar.«

»Das ist doch selbstverständlich«, fand der freundliche Steinmetz. »Kommen Sie.«

Marcel ging zwischen Walter und Anne, die bemerkte, wie schwer ihm jeder Schritt fiel.

»Wir müssen das nicht tun«, sagte sie leise, »wir können umkehren.«

Marcel schüttelte den Kopf. »Ich muss die Geister der Vergangenheit endlich bezwingen«, erklärte er. »Nur so kann ich mich von ihnen befreien.«

Und dann waren sie oben. Seite an Seite blickten sie auf die Stadt hinunter. »Dort hat er gestanden«, sagte Marcel, »dich in seinen Armen.«

»Die Puppe«, flüsterte sie und schlang von hinten die Arme um ihn, »es war nur eine Puppe.«

Eine halbe Stunde später standen sie wieder unten vor dem Münster. »Danke, dass Sie mir das ermöglicht haben«, sagte Marcel herzlich. »Ich fühle mich so erleichtert.«

»Das kann ich mir vorstellen«, erwiderte Walter Kupfer voller Mitgefühl. »Ich habe es wirklich gern getan.«

»Darf ich Sie bei Gelegenheit in unsere Patisserie … Feinbäckerei auf ein paar Stück Kuchen einladen?«, schlug Marcel vor und zeigte auf ihr Fachwerkhaus. »Wenn Sie mal Hunger haben. Es sind nur ein paar Schritte.«

»Darauf komme ich bestimmt zurück«, freute sich Walter Kupfer, »ich liebe Kuchen.«

»Ich muss mich jetzt nur entschuldigen und kann Ihnen den Kuchen nicht sofort anbieten«, sagte Marcel. »In der Straße des 19. Juni macht morgen die Konditorei Riss wieder auf, das Schaufenster will ich mir mal aus der Nähe ansehen.«

»Ja, besser, man behält die Konkurrenz im Auge«, meinte Walter verständnisvoll.

»Dann verabschiede ich mich«, sagte Marcel. »Bis später, Liebes«, er küsste seine Tochter auf die Wange.

»Bis später, Papa.«

Sie stand neben dem Steinmetz und blickte ihrem Vater nach, während er mit großen Schritten den Münsterplatz überquerte.

»Danke Ihnen noch mal sehr herzlich«, wandte sich Anne an Walter Kupfer. »Sie haben meinem Vater wirklich einen großen Gefallen getan. Und mir auch. Sind Sie schon lange in Straßburg?«

Er schüttelte den Kopf. »Erst seit ein paar Wochen. Ich habe bisher an der Kölner Dombauhütte gearbeitet. Ich kenne mich hier noch nicht wirklich gut aus.«

»Wenn Sie mögen, lade ich Sie mal zu einem Stadtspaziergang ein«, sagte sie spontan, »als Dankeschön.«

»Sehr gern«, freute er sich. »Kuchen und die Aussicht auf einen Stadtspaziergang – da werde ich für meine kleine Gefälligkeit aber mehr als reich belohnt.«

»Vielleicht dürfte ich ja meine Tochter mitnehmen?«, bat sie. »Noée würde vor Stolz platzen, wenn sie Ihnen die Stadt zeigen darf.«

»Sie haben eine Tochter?«, fragte er verwundert. »Da sind Sie aber jung Mutter geworden.«

Sie nickte. »Ich war glücklich verheiratet in Paris, dort habe ich als Schneiderin gearbeitet – mit vielen Kunden.«

»Und dann kamen die Deutschen?«, fragte er.

»Mein Mann ist schon vorher an der Front gefallen, und wenig später wurden in meinem Haus Mitglieder der Wehrmacht einquartiert.«

»Das tut mir sehr leid«, sagte Walter. »Dann können Sie

mich als Deutschen vermutlich auch nicht sonderlich gut leiden.«

»Ach was, ich war schon immer der Ansicht, dass es auf die Menschen ankommt und nicht auf die Nationalität. Und Sie sind ja kein Offizier, der mir in die Wohnung gesetzt wird.«

»Da bin ich aber froh«, sagte Walter. »Dann haben Sie also in Paris gelebt. Beneidenswert. Ich liebe natürlich die Notre-Dame besonders.«

»Naheliegend, als Steinmetz.«

»Aber auch sonst finde ich Paris ganz wunderbar. Rodins Atelier. Den Louvre. Die Gemälde von Renoir. Cézanne.«

»Da haben Sie recht«, sagte Anne. »Paris ist ganz wunderbar. Meine verstorbene Großtante Marie war dort Kunstmalerin. In ihrem ehemaligen Atelier durfte ich meine Schneiderei einrichten. Aber Straßburg ist auch aufregend. Viel aufregender, als Sie glauben.«

»Davon lasse ich mich gern überzeugen«, sagte er und strahlte sie an.

14

Louise wollte gerade die Feinbäckerei Tritschler aufschließen, als sie eine schlanke Dame mit Koffer über den Münsterplatz kommen sah. Auf den ersten Blick hielt sie die Frau für ihre Cousine Susette, hatte sie doch ebenfalls das gelockte Haar eines Rauschgoldengels. Doch als die Schöne näher kam, bemerkte Louise, dass diese etwas mehr Falten im Gesicht hatte.

»Tante Joséphine«, erkannte sie nun Susettes Mutter und stürzte ihr begeistert entgegen. »Endlich«, rief Louise, als sie ihre Patentante in die Arme schloss. »Wie geht es dir?«

»Gut«, erwiderte diese. »Ich kann es kaum erwarten, alle wiederzusehen. Ist Trystan zurück?«

Louise schüttelte betreten den Kopf. »Leider fehlt von ihm noch jede Spur.«

Ihre Tante seufzte enttäuscht, versuchte dann aber ein tapferes Lächeln, das ihre Augen jedoch nicht erreichte. »Na ja, manchmal bedeuten keine Nachrichten ja gute Nachrichten. Wenn ihm etwas passiert wäre, hätte man es euch wohl mitgeteilt.«

Einige Stunden später saß Marcel mit seiner Schwester Joséphine und ihren Kindern in der Wohnstube über der einstigen Patisserie Goldschmidt zusammen, um das Wiedersehen zu feiern. Ruth und Louise wollten im Laden die Stellung halten und dann nachkommen; über François' Verbleib wusste keiner Bescheid. Joséphine versicherte zur Erleichterung aller, dass es ihren Eltern Ida und Lucien, von denen sie sich nur schweren Herzens verabschiedet hatte, in Clermont-Ferrand gut ging.

»Ich wollte ja eigentlich Puits d'amour für deine Rückkehr backen, Schwesterchen«, meinte Marcel. »Aber die gibt es erst, wenn wir alle wieder zusammen sind.«

Joséphine nickte und lächelte tapfer. »Was hast du denn stattdessen gebacken?«

»Eine Buttercremetorte. Ich dachte, das ist auch was ganz Besonderes, weil Butter doch gerade so schwer zu bekommen ist.«

Joséphine küsste ihren Halbbruder dankbar. Dann strich sie ihrem Sohn über das Haar, das seit einigen Tagen nicht mehr von einer Baskenmütze geziert wurde. »Wo ist denn deine Kappe?«, fragte sie. »Ohne siehst du ganz anders aus.«

Susette sandte ihm einen warnenden Blick.

»Och«, sagte Clément, »kleines Zugeständnis an Onkel Paul.«

»Na, dass der keine Baskenmütze mag, kann ich mir vorstellen«, meinte Joséphine abfällig.

Marcel lenkte die Aufmerksamkeit wieder auf sein Werk: »Willst du mit deinem Sohn nun über seine Kopfbedeckung diskutieren oder endlich meine Buttercremetorte probieren?«

»Natürlich Letzteres«, sagte Joséphine.

»Freust du dich denn, wieder ans Bürgerspital zurückzukehren?«, fragte ihre Tochter Susette, als sie alle ein Stück Kuchen vor sich stehen hatten.

Joséphine zuckte die Achseln. »Einerseits ja. Sehr sogar.

Andererseits widerstrebt es mir, für die deutsche Besatzung zu arbeiten.«

Susette griff über den Tisch nach der Hand ihrer Mutter. »Das verstehe ich nur zu gut. Das geht mir nicht anders. Aber die Menschen, die Hilfe brauchen, sind meist Straßburger. Elsässer. Und sie werden so froh sein, wenn du zurückkehrst. Langjährige Patienten von dir haben mich immer wieder auf der Straße angesprochen und nach dir gefragt.«

»Ich werde helfen, selbst wenn es keine Elsässer sind, keine Straßburger, keine Franzosen, sondern Deutsche«, stellte Joséphine klar.

Marcel nickte. »Der Eid, den du als Ärztin abgelegt hast.«

»Diesen Irrsinn gab es schon mal, auch in unserer eigenen Familie«, erinnerte sich seine Schwester. »Als Straßburg vor zweiundzwanzig Jahren nach der deutschen Herrschaft wieder französisch wurde, hat mich mein Großvater aus diesem Haus rausgeworfen, weil ich zur Hälfte Deutsche bin. Ich hatte gehofft, dass wir endlich frei von all dem Unsinn leben und lieben können. Und jetzt sind wir wieder mittendrin. Aber wer wäre ich denn, wenn ich einen Menschen wegen seiner Nationalität behandeln oder nicht behandeln würde?« Sie nahm einen Schluck Kaffee und sah ihre Tochter stolz an. »Ich finde es so schön, dass du in meine Fußstapfen trittst. Wie ergeht es dir denn so beim Roten Kreuz?«

»Davon erzähle ich dir später«, vertröstete sie Susette, »nun interessiert mich erst einmal, wie es den Großeltern geht.«

»Na ja«, Joséphine nickte traurig. »Lucien und Ida gehören nach Straßburg. In der Fremde wirken sie ein wenig wie Blumen, die sich außerhalb ihres natürlichen Lebensraums befinden.«

Marcel lächelte. »Das ist eine schöne Umschreibung für unseren Papa, den Herrn Biologen.«

»Wichtig ist, dass sie sich haben. Ich mache mir nur schreckliche Sorgen, was aus Lucien wird, wenn die Deutschen weiter vorrücken. Schließlich ist er zur Hälfte Jude«, murmelte Clément.

»Wir müssen euch etwas sagen«, erklärte Susette. »Wir haben Onkel Paul unter Druck gesetzt.«

Joséphine wirkte im Gegensatz zu Marcel wenig überrascht. »Weshalb? Und wie?«, fragte er.

»Habt ihr euch schon mal überlegt, was es für Paul bedeutet, dass er einen halbjüdischen Vater hat?«

»Dass er Vierteljude ist«, kombinierte Marcel. Seine Augen wurden groß. »Und das ist in seiner Partei und in seiner Funktion …«, er schlug sich mit der flachen Hand gegen die Stirn, »das ist natürlich ganz und gar nicht förderlich für seine Nazikarriere!«

»Exakt«, sagte Clément, »und genau damit haben wir ihn konfrontiert. Wir haben herausbekommen, dass ein Parteigenosse vor Ewigkeiten seinen Ariernachweis gefälscht hat.«

»Aber das bedeutet ja …«

»Das bedeutet, dass auch Großvater in Sicherheit ist«, sagte Susette. »Wir haben ihn dazu gezwungen, seine schützende Hand über ihn zu halten. Was er schon im eigenen Interesse tun muss.«

»Aber das ist ja wunderbar«, rief Marcel begeistert. »Dann könnten sie doch herkommen und wieder hier leben. Warum sagst du denn gar nichts, Joséphine?«

Er sah seine Schwester verwundert an.

»Ich wusste es«, sagte sie. »Die Kinder haben es Mutter erzählt, und die hat es natürlich mir und Lucien erzählt. So verrückt es auch ist, aber durch den beschämenden Weg unseres Bruders ist Vater wirklich einigermaßen in Sicherheit.«

»Und für dich ist es auch besser«, ging es Marcel nun auf.

»Ich wurde ja adoptiert, meine leiblichen Eltern waren Franzosen. Aber du bist als Luciens Tochter ja auch zu einem Viertel jüdisch.«

»Stimmt«, bestätigte sie. »Wobei ich auf Pauls Schutz nur allzu gerne verzichten würde, das könnt ihr mir glauben.«

»O ja. Das kann ich allerdings verstehen«, bekräftigte Clément.

»Mir ist trotzdem wohler, wenn die Eltern im Süden bleiben«, sagte Joséphine an ihren Sohn gewandt. »Dort ist es einfach sicherer. Pauls Einfluss ist nicht grenzenlos.«

Er nickte. »Wahrscheinlich hast du recht.«

»Ich werde, sobald es geht, hinfahren, um sie zu besuchen«, verkündete Joséphine, »bis auf einen sind alle meine Kollegen dort geblieben.«

*

»Tach, Paul«, sagte Clément, als sein Onkel wie jeden Morgen in die Patisserie kam, um die *Straßburger Neuesten Nachrichten* zu lesen, eine Butterbrezel zu essen und einen Kaffee zu trinken. Dieses Ritual hatte sich Paul schon recht schnell nach der Ankunft seiner Familie angewöhnt. Oben habe man einfach keine Ruhe, hatte er beim ersten Mal gebrummt.

»Darf ich mich zu dir setzen?«, fragte Clément, nachdem sein Onkel den Morgengruß knurrend erwidert hatte.

»Wozu das?«, fragte Paul. »Machst doch sonst auch keinen Hehl daraus, was du von mir hältst.«

»Och, Onkel«, sagte Clément und benutzte absichtlich die vertrauliche Anrede. »Auch ich lerne dazu. Wie du siehst, habe ich meine Gehirnverdunkelungsmatte abgelegt.«

Paul sah ihn missmutig an. »Du bist doch nicht gekommen, um mit mir über Baskenmützen zu plaudern. Was willst du?«

»Ich möchte dich um einen Gefallen bitten.«

»Ach, wenn der Herr was braucht, ist es auf einmal doch ganz praktisch, einen Nationalsozialisten in führender Position in der Familie zu haben«, ätzte Paul.

»Es geht nicht nur um mich«, sagte Clément. »Es geht um uns alle und darum, das Erbe unserer Familie weiterzuführen. Das zu bewahren, was Franz Tritschler aufgebaut hat.«

Er musste sich Mühe geben, ein Grinsen zu unterdrücken. Was er doch für einen Stuss redete, auch wenn es ihm natürlich wirklich wichtig war, die Bäckerei in eine gute Zukunft zu führen. Nicht zuletzt seines Urgroßvaters wegen. Aber deshalb musste er doch nicht so geschwollen daherreden!

Bei Paul verfing es allerdings – genau so, wie er es sich erhofft hatte.

»Ich sehe, du wirst wirklich langsam vernünftig, mein Junge. Vielleicht wird aus dir ja doch noch mal ein ordentlicher Deutscher.«

Bestimmt nicht, dachte Clément und staunte, wie einfach es war, seinem Onkel eine Schmierenkomödie vorzuspielen.

»Natürlich ist es auch mir wichtig, Großvaters Bäckerei zu retten«, räumte Paul ein. »Die Goldschmidt kann von mir aus vor die Hunde gehen. Hat mal einem Jud gehört und dann einem Franzosen, der uns seinen Hass immer hat spüren lassen.«

Clément ballte unter dem Tisch die Hand zur Faust. Ruhig bleiben, sagte er zu sich. Ruhig bleiben. Du bist ganz nah dran.

Paul sah ihn an. »Ist ja schön, dass du uns helfen willst. Aber es sieht gar nicht danach aus, als ob die Bäckerei in Schwierigkeiten ist.« Er wies mit dem Kinn auf die lange Schlange, die sich vor der Theke gebildet hatte, hinter der Louise bediente.

»Trotzdem ist Onkel Marcel in großer Sorge, dass es so nicht bleiben wird«, sagte Clément, »gerade macht eine neue Bäckerei nach der anderen auf.«

Er deutete auf die Zeitung, die vor Paul ausgebreitet auf dem Tisch lag. »Eine Anzeige neben der nächsten. Als gäbe es kein anderes Gewerbe auf der Welt.«

Paul blätterte nach hinten zu den Annoncen. »Stimmt, schon wieder drei Anzeigen über Neu- und Wiedereröffnungen«, kommentierte er stirnrunzelnd. »Ansonsten lauter Suchanzeigen für Mädchen. So schwierig, ein geeignetes zu finden. Davon kann ich ein Lied singen.«

Vielleicht weil deiner zickigen Frau keine gut genug ist, dachte Clément, doch er sprach es natürlich nicht laut aus.

»Also«, sagte Paul und klappte die Zeitung zu. »Was kann ich für euch tun? Es versteht sich, dass wir Tritschlers zusammenhalten.«

Vor allem, wenn sie müssen, weil es für dich sonst ziemlich unangenehm werden würde, dachte Clément. Laut sagte er: »Susette arbeitet doch als Rotkreuzschwester in dem Gefangenenlager in der Orangerie.«

Er nickte und sah Clément argwöhnisch an. »Ja?«

»Nun, ihr ist aufgefallen, dass die Essensvergabe nicht wirklich gut organisiert ist, und vor allem mit den Backwaren gibt es Schwierigkeiten, und da dachten wir …«

»… da dachtet ihr, dass die Tritschler das Lager beliefern könnte«, sagte Paul. »Kein schlechter Gedanke, zumal wir ohnehin an einer Umstrukturierung der Versorgungslinien arbeiten.«

Clément fühlte sein Herz hart gegen die Brust klopfen. Sollte es wirklich so einfach gewesen sein?

»Ich muss das natürlich noch mit dem Gauleiter besprechen«, sagte Paul, »aber mein Wort zählt schon was. Du kannst meinem Bruder vorsichtig optimistisch zusagen. Wobei …«

»Ja?« Clément sah ihn beunruhigt an. Was kam denn jetzt noch?

»Na ja, ich hätte eigentlich schon erwartet, dass mein Bruder die Sache selbst mit mir bespricht.«

»Das wollte er«, sagte Clément wahrheitsgemäß. »Ich habe dann nur so darauf gedrungen, dass ich mit dir reden darf, weil es meine Idee war, da hat er nachgegeben.«

»Ja, ja, die Jugend«, spottete Paul überheblich grinsend. »Muss sich immer hervortun. Aber das ist ja auch gut so.«

*

»Möchtest du noch einmal mit mir ausgehen?«, fragte Georg, als Louise in der Mittagspause die Tür hinter dem letzten Kunden der Patisserie schloss. »Schließlich verlief unser romantisches Abendessen zu zweit von neulich ja anders als geplant.«

Er schlang die Arme um sie, um sie an sich zu ziehen und sie zu küssen. Wie immer, wenn er ihr so nahe war, sog sie tief seinen Duft ein, der, wie sie fand, sehr männlich war. Eine Mischung aus Leder, Rasierwasser und erstaunlicherweise Tabak, obwohl er nicht rauchte.

»Das möchte ich sehr gerne«, bestätigte sie. »Ich fürchte aber, mit einem neuen Kleid werde ich wohl kaum noch mal aufwarten. Ich kann meine Schwester nicht schon wieder bitten.«

»Das, was sie dir geschneidert hat, war so zauberhaft, dass ich es gern öfter an dir sehen würde«, versicherte Georg. »Wir sollten allerdings nicht am heutigen Dienstag oder am Freitag gehen.«

»Warum das?«, fragte sie verwundert.

»Weil ich Fleisch möchte, wenn ich schon mal essen gehe«, sagte er grinsend und küsste sie noch einmal.

»Und das kannst du dienstags und freitags nicht?«

Er schüttelte den Kopf. »Hast du es nicht mitbekommen? Es gibt eine neue Anordnung des Chefs der Zivilverwaltung: Seit dem 1. Oktober dürfen die Gaststätten an diesen Tagen nur Gerichte ohne Zusatz von Fleisch und Fleischwaren anbieten.«

»Ich mag Fleisch sowieso nicht so gern.«

»Aber ich.« Er küsste sie erneut. »Und danach könnten wir ins Kino gehen.«

Louise strahlte. »Das wäre wunderbar. Dort war ich schon ewig nicht mehr.«

»Dann lass uns doch mal nachsehen, was kommt.«

Er entließ sie aus seinen Armen und ging mit ihr zu dem Tisch am Fenster, von dem aus man einen so hervorragenden Blick auf das Münster hatte.

»Hier habt ihr das Hakenkreuz auf das Tischtuch gemalt, weißt du noch?«, erinnerte sie ihn.

»Wie könnte ich das je vergessen! Das war einer der bedeutendsten Tage in meinem Leben!«

Wegen der Ehre, als Erster nach Straßburg einzumarschieren? Oder weil er sie kennengelernt hatte? Zu gern hätte sie ihn gefragt, wagte es aber nicht.

Stattdessen sprach sie endlich das Thema an, das ihr seit Langem auf den Nägeln brannte.

»Sag mal, Georg, es heißt, dass es in Deutschland den Juden sehr schlecht geht. Jetzt haben sie ja auch hier die Synagoge … geschlossen. Wir hatten viele jüdische Kunden, ich frage mich, warum man ihnen das antun muss.«

Aus Sicherheitsgründen verschwieg sie ihm, dass ihre Hauptsorge ihrer Aushilfe Esther galt.

»Meinst du, Gauleiter Wagner könnte von höchster Stelle aus etwas dagegen tun? So, dass man im Elsass die Juden anständig behandelt?«

Georg hob eine Augenbraue. Schließlich lächelte er.

»Meine Louise, immer besorgt um die anderen, sogar die Juden«, sagte er, und zu Louises leichter Verärgerung klang es, als spräche er über ein Kind, das etwas besonders Drolliges gemacht hatte. »Glaub mir, für die Juden wird sich bald eine Lösung finden, sehr bald.«

Diese vage Aussage hörte sich alles andere als beruhigend an, doch für Georg schien das Thema damit erledigt zu sein, denn nun schlug er die Zeitung auf und blätterte bis zu den Anzeigen durch. »Hier.« Er tippte mit dem Finger auf eine Zeichnung, die eine glücklich strahlende Frau in den Armen eines Mannes zeigte. »Das wäre doch was.«

Louise sah ihm über die Schulter.

Nanette stand da in Schreibschrift geschrieben. Sie las den Text vor. »Übermütig, schlagfertig, von bezaubernder Lebendigkeit, sprühendem Humor und rührender Liebe – das alles ist JENNY JUGO in ihrer Rolle als NANETTE. Ihre volkstümliche Schauspielkunst gestaltet in Partnerschaft mit Hans Söhnker und Albrecht Schoenhals einen amüsanten, von herzerfrischender Heiterkeit getragenen Film.«

»Das klingt gut.«

»Und davor bringen sie natürlich die *Wochenschau*«, sagte Georg.

Louise nickte. »Natürlich.«

Dann fiel ihr Blick auf eine weitaus kleinere Anzeige direkt daneben. »Bonbonkocher gesucht.«

Eine Bonbonfabrik in Karlsruhe hatte inseriert.

»Bonbons«, murmelte sie versonnen und starrte wie verzaubert auf die Anzeige.

»Mir ist ein Schnitzel lieber«, sagte Georg bloß desinteressiert, doch Louise war in Gedanken schon in einer anderen Zeit, an einem anderen Ort – und bei einer anderen Person. Vor ihrem inneren Auge stieg ein Bild auf. Sie und Clément saßen irgendwo an der Ill. Sie pflückte Blumen, Margeriten, aus denen sie einen Kranz flocht. Er hatte eine Tüte mit Bonbons dabei. Sie griffen abwechselnd hinein.

»Irgendwann mache ich auch Bonbons. Bonbons, die so aussehen wie Blumen«, hatte sie gesagt.

»Und die verkaufen wir dann in unserem Laden«, hatte Clément zufrieden vorgeschlagen. »Mit den Kuchen, die ich backe. Und du bist dann meine Frau.«

»Ja«, hatte sie gesagt, und damit war es abgemacht gewesen.

»Louise«, Georgs Stimme drang wie aus einer anderen Welt in ihren Traum.

»Ja?« Blinzelnd sah sie ihn an.

»Wo warst du nur mit deinen Gedanken?«

»Ach, nichts«, erwiderte sie, »mir ist nur eine Szene aus meiner Kindheit eingefallen.«

Er nickte, fragte nicht weiter nach, was sie einerseits enttäuschte, da sie es als Desinteresse empfand, andererseits aber erleichterte. Unter gar keinen Umständen hätte sie diese Erinnerung mit ihm teilen wollen. Es wäre ihr wie ein Verrat an Clément erschienen. Und Georg hätte diese kleine Geschichte sicher ganz und gar nicht gefallen.

Auf einmal hatte sie das Gefühl, ein falsches Leben zu leben. Alles entwickelte sich in die verkehrte Richtung! Es zog sich ein Riss durch die Familie, und sie stand auf der falschen Seite. Louise wurde unversehens von einer ungeheuren Sehnsucht gepackt. Nach Kindertagen. Nach Geborgenheit. Nach tiefem, innigem Verständnis. Nach Clément.

15

Clément, Susette und Lucienne wollten das Bruche-Tal in Hersbach besuchen, um dort von einem Mitglied der Équipe Pur-Sang den Lieferwagen zu Fluchtzwecken umbauen zu lassen. Sie hatten eine Picknicktasche gepackt und ihre Fahrt als Sonntagsausflug getarnt. »Wie gut, dass wir euren Lieferwagen nehmen können«, rief Lucienne laut, als die Geschwister sie abholten, und warf eine überdimensionale Decke nach hinten. »Da haben wir jede Menge Platz.«

»Ich freue mich so auf einen Spaziergang in den Vogesen«, erwiderte Susette mit ebenfalls erhobener Stimme. »Ein bisschen Erholung nach all der Plackerei kann nicht schaden.«

Laut singend verließen sie die Stadt, und Clément sah immer wieder in den Rückspiegel. »Niemand folgt uns«, stellte er zufrieden fest.

»Wie läuft es denn?«, fragte Lucienne. »Hast du das Gefühl, dass dich irgendjemand beobachtet, wenn du ins Lager fährst?«

Clément schüttelte den Kopf. »Nein. Als Pauls Neffe bin ich vermutlich über jeden Verdacht erhaben.«

»Außerdem besticht er die Wärter«, sagte Susette grinsend. »Jeder bekommt von ihm täglich etwas Gebäck zugesteckt.«

»Ist das nicht auffällig?«

»Nein«, sagte Clément, »hat sich so ergeben. Sonst hätte ich es nicht gemacht. Aber inzwischen hat sich zwischen den Wärtern und mir so eine Art Vertrauensverhältnis entwickelt. Zumindest denken sie das. Jedes Mal, wenn ich reinfahre, stecke ich ihnen was zu, und wir reden ein paar Takte. Wenn ich dann später rausfahre, hupe ich fröhlich, und sie winken freundlich.«

»Klingt gut.«

»Ist es auch.«

»Dann wagen wir also bald unseren ersten Versuch«, freute sich Lucienne.

Ziel ihrer Fahrt war ein einsames Gehöft in den Vogesen. Dort lebte Luc, der sich als baumlanger, wortkarger Kerl um die dreißig erwies.

»Luc wird euren Wagen so umbauen, dass zwischen Fahrerkabine und Ladefläche ein Hohlraum entsteht«, erklärte Lucienne. »Und während er arbeitet, würde ich euch gern die Stelle zeigen, an der wir unsere Flüchtlinge über die grüne Grenze bringen.«

Susette war gespannt. »Das klingt gut.«

Der Weg, der direkt hinter dem Bauernhaus begann, war steinig und steil. Immer wieder begegneten sie einzelnen Wanderern, darunter auch Grenzpatrouillen.

»Das ist ganz schön bewacht hier.«

Lucienne schüttelte den Kopf. »Das kommt euch nur so vor. Sie halten sich an einen strikten Plan, und den kennen wir ganz genau. Wir haben die Zeiten exakt aufgeschrieben.«

»Gut.«

»Außerdem«, fuhr Lucienne fort, »tarnen wir auch unsere Fluchtaktionen als Ausflüge. Emmys Schwester Elise passt den Flüchtlingen Kleider an, die sie aussehen lassen wie freie

Bürger. Und gefälschte Ausweise haben wir auch in der Tasche.«

Susette nickte. Das inzwischen deutlich gewachsene Netzwerk der Équipe Pur-Sang war wirklich effektiv. Paul Widmann, der bei der Behörde arbeitete, beschaffte die fingierten Papiere. Der Fotograf lieferte Fotos der Flüchtlinge, die sie in die Ausweise einsetzten. Alice Gillig füllte sie aus und fälschte die Unterschriften. Dann gab sie die Dokumente einem Polizisten namens Charles Jost, der sie mit dem Stempel seiner Station versah.

»Es ist wirklich großartig, was für ein Netzwerk du inzwischen aufgebaut hast«, meinte Clément bewundernd.

Lucienne zuckte die Achseln. »Es kommt darauf an, die richtigen Leute zu kennen und sich sicher zu sein, dass man ihnen zu hundert Prozent vertrauen kann – und dass sie dieselben Ziele haben wie man selbst.«

Clément musste plötzlich an Louise denken. Bei ihr hatte er eigentlich genau dieses Gefühl gehabt. Manchmal konnte man sich auch täuschen.

*

»Anne, wie schön, dass du mich besuchst«, freute sich Louise.

»Ja«, erwiderte ihre Halbschwester, »ich hatte Sehnsucht nach dir. Und jetzt, da die Schule wieder losgegangen ist, habe ich ja auch Zeit.«

Louise strahlte. Wie gut Annes Worte der Zuneigung ihr taten, zumal sie das Gefühl hatte, dass auch ihre Schwester, jenes Familienmitglied, das ihr momentan am nächsten stand, auf Distanz zu ihr gegangen war.

»Hast du in deiner Mittagspause schon was vor?«

Louise schüttelte den Kopf. Zwar konnte es gut sein, dass Georg vorbeikäme, um sie zu einem Spaziergang abzuholen, aber seit sie die Anzeige mit den Bonbons gesehen hatte, genoss sie seine Nähe viel weniger als zuvor und musste immer häufiger an Clément denken. Der Abend im Kino war zwar schön gewesen und das Essen, zu dem er sie eingeladen hatte, halbwegs romantisch, aber irgendwie war ihr alles wie ein Film vorgekommen. So, als schaue sie beim Leben einer anderen Person zu, die nichts mit ihr zu tun hatte. Und seine Ansichten, die sie anfangs noch beeindruckt hatten, riefen in ihr inzwischen immer stärkeren Widerstand hervor und machten sie teilweise sogar wütend.

Georg schien ihre wachsenden Zweifel nicht zu bemerken und umgarnte sie bemüht wie eh und je. Doch wenn sie früher ihre Verabredungen kaum hatte erwarten können, so war sie inzwischen froh um jedes Treffen, das nicht zustande kam.

Insofern war es ihr nur mehr als recht, dass sie nun, sollte Georg tatsächlich kommen, eine Ausrede parat hatte.

»Ich wollte zur Wiedereröffnung des Modesalons *Kirsch und Koehren*«, sagte Anne, »begleitest du mich?«

»Von Herzen gern«, stimmte Louise freudig zu und murmelte dann: »*Kirsch und Koehren?* Das sagt mir gar nichts.«

»Das ist das frühere *Vogue*«, erklärte Anne. »Die haben sich jetzt auch umbenennen müssen. In der Großen Kirchgasse 3.«

»Ach so«, sagte Louise. »Irgendwie albern.«

»Und das aus deinem Mund?«, wunderte sich Anne. »Ich dachte, du findest das alles so gut, was die Nationalsozialisten tun?«

Louise senkte den Blick. »Am Anfang fand ich es richtig und auch ein wenig aufregend«, begann sie stockend. »Ich hatte das Gefühl, eine neue Zeit hätte begonnen und das Leben würde nun wieder … vielversprechender. Es klang alles so hoffnungsvoll, was sie sagten.«

»Und dann auch noch dein strahlender Held«, ergänzte Anne.

»Genau. Und dann auch noch Georg.«

»Aber?«

»Ach, irgendwie hab ich in letzter Zeit das Gefühl, dass sie die Menschen gar nicht ernst nehmen. Dass es ihnen um den schönen Schein geht.«

Anne wandte rasch den Kopf, um sich mit einem Blick zu vergewissern, dass das Café wirklich leer und die Tür zu Backstube und Straße geschlossen war.

»Ich bin sehr erleichtert, dass du das jetzt erkennst«, gestand sie. »Aber sei mit solchen Äußerungen besser vorsichtig!«

Louise nickte. »Ich weiß das ja, es ist nur gerade so aus mir rausgeplatzt.«

»Und Georg?«

Louise zuckte die Achseln. »Ich fand es beeindruckend, dass er dazugehört. Dass er wichtig ist. Inzwischen ist mir das eher zuwider.«

»Du willst dich von ihm trennen?«

Louise sah ins Leere. »Ich weiß es nicht.«

»Jetzt gehen wir erst mal zur Eröffnung«, schlug Anne vor, »das lenkt dich ab.«

Arm in Arm schlenderten Anne und Louise durch das Ladengeschäft und begegneten dabei vielen altbekannten Straßburgern wieder. »Wie schön, Sie zu sehen«, riefen sie. Und: »Endlich trifft man sich mal wieder.«

Sehnsuchtsvoll betrachteten die jungen Frauen die Kleider, Hüte, Taschen und Handschuhe. »Die Stoffe sind so wunderschön«, seufzte Anne. »Nur schade, dass man sie so verhunzt.« Sie hatte ein Kleid herausgezogen und betrachtete es kopfschüttelnd.

»Der Schnitt ist unmöglich«, sagte sie leise zu ihrer Schwester und fügte hinzu: »Wenn ich mir das so anschaue, wird mir umso klarer, wie wichtig es ist, dass ich wieder ein Modegeschäft eröffne. Man muss verhindern, dass die Leute so herumlaufen.«

Louise musste lachen. »Lass das nur nicht die Inhaber hier hören.«

Die Schwestern hatten noch etwas Zeit, bevor Louise zurück in die Patisserie musste. »Können wir bitte noch im Restaurant *Heitz* am Karl-Roos-Platz vorbeigehen?«

»Du willst zur Konkurrenz?«, fragte Anne erstaunt.

Louise nickte. »Ich will mir das aus der Nähe ansehen. Kaffee-Restaurant, Tee-Salon, Konditorei, Radio-Bar, Tanzdiele, Gesellschaftssäle. Die lassen sich ganz schön was einfallen.«

»Machst du dir Sorgen?«, fragte Anne.

»Ich nicht, aber Papa«, berichtete Louise. »Er sagt, so viele Bäckereien könne die Stadt gar nicht vertragen.«

»Aber wir beliefern jetzt doch auch das Gefangenenlager.«

»Ja«, sagte Louise, »das war Cléments Idee.«

Es klang ein wenig wehmütig.

Als sie vor dem gut gehenden Restaurant standen, sagte sie: »Wenn ich es mir recht überlege, möchte ich da eigentlich gar nicht hineingehen. Aber eine Idee habe ich.« Anne sah sie fragend an.

»Überall eröffnen neue und alte Geschäfte. Jeder Quadratmeter wird genutzt. Aber wir haben eine wunderbare Ladenfläche in bester Lage und lassen sie leer stehen.«

»Du willst die Goldschmidt wieder aufmachen?«, vergewisserte sich Anne. »Aber wie sollen wir das denn stemmen? Wobei ich natürlich auch aushelfen könnte, zumindest morgens, wenn Noée in der Schule ist.«

Louise schüttelte den Kopf. »Da würden wir doch deinen Talenten gar nicht gerecht werden. Aber was hältst du davon, ein Modeatelier in der ehemaligen Goldschmidt aufzumachen?«

Annes Augen begannen zu leuchten. »Das wäre ideal! Es wäre wie in Paris: Ich würde im selben Haus leben und arbeiten und wäre so immer für Noée da.«

Dann sah sie ihre Halbschwester fragend an. »Aber die Goldschmidt war schon immer eine Patisserie. Wäre es nicht ein furchtbarer Bruch mit den Traditionen, wenn ich dort nun ein Modeatelier einrichte?«

»Ich würde sagen, besser als ein Leerstand ist es allemal. Außerdem müsstest du ja nicht die ganze Ladenfläche nutzen«, widersprach Louise.

»Wie meinst du das?«

»Wir könnten den Laden halbieren. Und du könntest den großen, ungenutzten Raum dazunehmen, der neben der Backstube liegt. Der ist eigentlich wunderschön, hat Fenster und bietet jede Menge Platz. Ich fand es sowieso schade, dass er keine wirkliche Verwendung mehr hatte.«

»Gut und schön«, sagte Anne, »aber warum soll ich den Laden teilen, wenn die Fläche doch ohnehin leer steht? Was ist mit der anderen Hälfte?«

Louise holte tief Luft. »Weißt du, auch ich habe einen Traum. Ich wollte schon immer Bonbons herstellen«, stieß sie hervor.

Anne erinnerte sich. »Bonbons, die wie Blumen aussehen. Davon hast du schon als Kind geschwärmt.«

»Das weißt du noch?«

»Aber sicher. Deine Augen haben so hell geleuchtet, als du mir von diesem Traum erzählt hast.«

»In der Zeitung steht, dass sie überall Bonbonkocher suchen«, fuhr Louise fort. »Das scheint etwas zu sein, das auch im Krieg geht.«

»Wundert mich nicht«, befand Anne. »Bonbons sind schließlich sehr klein, und man kann mit wenig das Gefühl haben, sich etwas Gutes zu tun.«

»Ganz genau«, nickte Louise. »Das Gleiche gilt für Pralinen, und auch daran habe ich große Freude.«

»Du meinst …?« Anne sah sie mit großen Augen an. »Du meinst, du würdest im zweiten Teil des Ladens eine Bonbonkocherei eröffnen?«

»Wenn du die Idee nicht allzu verrückt findest?«

»Schon ein wenig«, sagte Anne und hakte sich bei ihr unter. »Aber die verrückten Ideen sind meistens die besten. Allerdings frage ich mich, wie du das zeitlich hinbekommen willst.«

»Ich habe die Hoffnung, dass Maman bald wieder öfter im Café hilft.«

»Aber sie liebt doch die Arbeit in der Backstube so sehr.«

»Ach, das Café und der Umgang mit den Menschen sind ihr genauso wichtig. Und jetzt, da Clément wieder da ist …«

»Aber der wird demnächst keine Zeit mehr haben zu helfen, er muss ja wieder zur Schule«, gab Anne zu bedenken.

»Nicht mehr lange. Bald hat er sein Abitur, und dann steht er voll zur Verfügung.«

Anne nickte.

»Und es wäre ja so: Wenn ich einen Teil der Goldschmidt wieder aufmache, dann würde die Familie auch mehr Geld verdienen. Und wir könnten zeigen, dass wir uns nicht verdrängen lassen, sondern im Gegenteil immer neue Ideen haben, um süße Träume wahr zu machen.«

»Das hast du schön gesagt«, murmelte Anne. »Ich sehe es

schon vor mir, wie es auf den beiden Schaufenstern steht. Auf deinem: süße Träume. Und auf meinem: süße Säume.«

Louise lachte. »Dann rätst du mir also zu?«

»Ich rate immer dazu, die eigenen Träume zu verfolgen«, sagte Anne. »Lass uns mal mit der Familie sprechen.«

*

»Hören Sie ganz genau zu«, sagte Susette, als sie dem Gefangenen den Verband wechselte, »heute ist es so weit.«

»Gut.«

Schon in den letzten Tagen hatte sie den hageren Vierzigjährigen auf die Flucht vorbereitet und ihm die einzelnen Schritte erklärt.

»Sie gehen zur Toilette an der Versorgungsbaracke. Mein Bruder räumt währenddessen den Lieferwagen aus. Sobald er laut und vernehmlich niest, schlüpfen Sie in das Fahrzeug. Sie gehen bis ganz nach hinten und schließen die offen stehende Klappe an der Trennwand.«

»Verstanden.«

»Viel Glück.«

Clément war nervös. Hoffentlich würde nichts schiefgehen. Der Plan war gut, und sie hatten ihn hundertmal durchgespielt, aber eine Garantie gab es nicht. Als er die Wachtposten passierte, kurbelte er in gewohnter Weise die Fensterscheibe herunter. Auf dem Beifahrersitz lagen schon die Gebäckstücke bereit, die er sogleich grinsend aus dem Fenster hielt.

»Frühstück, Kollegen.«

Doch dann stutzte er. Die Männer, die in den Wachhäuschen rechts und links des Tors saßen, hatte er noch nie gesehen. Sie waren jung, viel jünger als die beiden freundlichen alten Herren, zu denen er in den letzten Wochen eine so gute Beziehung aufgebaut hatte.

Einer war blond, einer dunkelhaarig, beide hatten sie ihr Haar mit strengem Seitenscheitel frisiert, und beide sahen sie ihn misstrauisch an.

»Was denn?«, versuchte Clément, sich seine Unsicherheit nicht anmerken zu lassen. »Neue Gesichter? Wir kennen uns ja noch gar nicht.«

»Wir haben den Posten übernommen«, sagte der Blonde kühl, kam näher und deutete mit dem Kinn auf die Backwaren. »Was soll das? Wollen Sie uns bestechen?«

»Bestechen?«, fragte Clément und freute sich, dass es ihm gelang, so ahnungslos zu klingen. »Warum sollte ich euch bestechen wollen? Damit ich den Gefangenen Brötchen bringen darf?«

Er kratzte sich am Kopf.

»Und was soll dann das da? Warum wollen Sie uns Frühstück bringen?«

Wieder fühlte Clément die vertraute Wut in sich aufsteigen. Verwandle sie in Worte, dachte er an seinen Leitspruch. Verwandle sie in Worte.

»Weil wir Elsässer freundliche Menschen sind«, sagte er achselzuckend. »Ihre Vorgänger waren froh, dass hier nicht nur die Gefangenen satt werden. Aber wir drängen uns niemandem auf.«

Er tippte sich zum Abschied an die Stirn und fuhr los.

Auf dem Weg zur Versorgungsbaracke überschlugen sich seine Gedanken. War er zu scharf gewesen? Hatte er die Männer gegen sich aufgebracht? Andererseits, da war er sich sicher, wäre ihnen zu viel Freundlichkeit noch verdächtiger erschienen. Aber dennoch war die Flucht nun viel zu gefährlich geworden. Warum hatte man die Wachtposten ausgetauscht?

Und was, wenn sie den Lieferwagen kontrollierten? Er konnte unmöglich bei seiner ersten Fahrt an den neuen Wachtposten vorbei einen Gefangenen mitnehmen. Er musste den Mann warnen. Er musste Susette warnen. Aber wie? Für diesen Fall gab es keinen anderen Plan. Sie hatten einfach nicht damit gerechnet, dass die Wachtposten plötzlich ausgetauscht werden könnten.

In Windeseile schlüpfte Susette hinter die Baracke. Mit zitternden Fingern holte sie eine Kneifzange aus ihrer Schürze und schnitt ein großes Loch in den Zaun, um, wie besprochen, eine falsche Fährte zu legen. Nachdem sie ihr Werk erfolgreich und ohne Störungen erledigt hatte, tat sie, als müsse sie zur Toilette. Sie wollte in der Nähe sein, um sich mit eigenen Augen davon zu überzeugen, dass alles glattging und der erste von ihnen organisierte Fluchtversuch glückte. Doch in diesem Augenblick kam eine junge Rotkreuzschwester aufgeregt auf sie zugerannt. »Susette!«, rief das Mädchen, das heute zum ersten Mal Dienst tat und blutjung war. »Du musst sofort kommen. Ich glaube, der Herr Didier stirbt.«

Susette sah sich hastig um. Keine Spur von Clément. Merkwürdig. Er war doch sonst immer so pünktlich. Hoffentlich verspätete er sich nicht allzu sehr, sonst fiel die Abwesenheit des Fluchtwilligen womöglich auf und man würde mit der Suche beginnen.

*

Minuten später kam Clément an der Baracke an. Von Susette war nichts zu sehen. Verdammt! Wo war sie nur? Er musste ihr doch sagen, dass sie die Flucht verschieben mussten. Den Mann selbst konnte er nicht warnen, denn er kannte dessen Versteck nicht. Susette hatte nur erklärt, er werde in den Wagen steigen, während Clément die Backwaren auslud. Und wenn er das einfach heute nicht tun würde? Wieder abführe? Aber das wäre ja dann umso verdächtiger!

Während seine Gedanken sich überschlugen, lud er also doch wie üblich die Kisten mit den Backwaren aus. Und als der Lieferwagen leer war, stellte er die Kisten wieder hinein.

Die Klappe war zu. Der Mann war wohl drin. Jetzt war die letzte Gelegenheit, ihn zu warnen und ihn zum Aussteigen aufzufordern.

Doch in diesem Moment ertönte draußen vor dem Wagen eine Stimme.

»Na, alle Backwaren verteilt?«

Verflucht! Clément erkannte einen alten Schulfreund seines Vaters, der inzwischen offenbar zu den Nationalsozialisten übergelaufen war und eine Wachuniform trug. Früher hatte er Monard geheißen, heute nannte er sich Meinhardt. Den konnte er nicht abwimmeln. Nun half wohl nur noch beten.

Seufzend schob er die leeren Kisten vor die Rückwand und stieg aus.

»Herr Mo… Herr Meinhardt. Freut mich, Sie zu sehen.«

»Ebenso, mein Junge, ebenso. Gut, dass die Tritschler jetzt liefert.«

»Ja«, sagte Clément und dachte im Stillen: Geh weg. Geh doch bitte einfach weg.

Doch Meinhardt rührte sich nicht vom Fleck.

»Ja«, wiederholte Clément. »Ich muss dann jetzt auch wieder. Viel Arbeit in der Bäckerei.«

»Ja«, sagte nun auch der Wächter, »ist ja schön, wenn es läuft.«

»Also dann.« Clément tippte sich in Ermangelung seiner Baskenmütze an die Stirn.

Vielleicht würde Meinhardt jetzt weggehen. Dann könnte er so tun, als müsse er hinten noch mal etwas suchen und dann …

Der Mann stand jedoch wie angewachsen.

Clément hatte keine Wahl. Er fuhr los.

16

Tief in Gedanken versunken eilte Anne über den Münsterplatz. Die Idee ihrer Halbschwester, dort ein Modeatelier zu eröffnen, gefiel ihr ausnehmend gut. Gestern Abend hatten sie mit ihren Eltern darüber gesprochen, und beide hatten sie ermutigt, ihren Plan in die Tat umzusetzen. Gemeinsam werde man das schaffen, hatte Marcel gemeint, und es sei eine hervorragende Idee, sich neue Geschäftsfelder zu erschließen, zumal die Konkurrenz ja bekanntlich nicht schlafe. Er freue sich, wenn seine Töchter ihren Talenten nachgingen. Ruth hatte versichert, dass sie die Arbeit in der Tritschler gut hinbekommen würden, bis Clément sein Abitur abgelegt habe und ihnen wieder täglich zur Verfügung stehen konnte. Selbst François hatte sich eingemischt und grinsend erklärt, für die Bonbonkocherei stehe er gern als Verkäufer zur Verfügung, er könne nur nicht garantieren, dass dann auch noch etwas zum Verkaufen übrig sei.

Anne lächelte. Es sah also so aus, als ob ihr Traum, bald wieder ihr eigenes Modegeschäft zu haben, wahr werden würde.

Sie war auf dem Weg zu Walter Kupfer. Nach ihrer ersten Begegnung war der sympathische Steinmetz tatsächlich sowohl Marcels Einladung auf Kaffee und Kuchen als auch Annes Einladung zu einer Stadtführung nachgekommen. Seitdem waren sie beste Freunde und sahen sich beinahe täglich.

Anne war ihm dankbar für seine Zuneigung, die allerdings nie aufdringlich, sondern sehr behutsam war. Und das, obwohl sie beide wussten, dass er sich insgeheim mehr erhoffte – doch ebenso wussten sie beide, dass Anne dazu nicht bereit war. Noch nicht.

Im Portal des Münsters stieß sie fast mit ihm zusammen. »Ich wollte gerade zu dir.«

Er zog belustigt eine Augenbraue hoch. »Und ich dachte, du kommst zum Beten.«

Sie lachte, dann sagten sie gleichzeitig: »Ich muss dir was erzählen.« Und, wieder gleichzeitig: »Du zuerst.«

»Nun sag schon«, schickte Anne feixend hinterher.

»Stell dir vor«, rief er, und seine blauen Augen leuchteten, »mit den Rückwandererzügen sind ganz kostbare elsässische Kunstschätze zu uns heimgekehrt. Der Isenheimer Altar ist wieder da – ach, Anne, ich muss unbedingt nach Colmar fahren und ihn mir ansehen. Vor allem aber sind unsere Münsterfenster zurück! Endlich!«

»Das ist ja wunderbar!«, freute sich Anne, die wusste, dass die kostbaren Scheiben vor der nahenden Front in Sicherheit gebracht worden waren. »Das ist ein Stück Normalität.«

Er schüttelte den Kopf. »Noch nicht ganz. Die Fenster werden während des Krieges erst mal noch eingelagert.«

»Wo waren die Kunstschätze denn überhaupt?«

»In zwei Schlössern in der Dordogne«, erläuterte er. »Beide haben eine sehr trockene Lage, das war ideal für die empfindlichen Werke. Sie wurden bewacht, und es gab regelmäßig Stichproben, um sicherzustellen, dass die Schätze angemessen gelagert sind.«

»Da müssen ja riesige Flächen in den Schlössern belegt gewesen sein«, überlegte Anne. »Wenn man allein bedenkt, wie groß die Münsterfenster sind.«

»O ja«, bestätigte Walter. »Sie haben siebenhundert Quadratmeter eingenommen. Und dann waren da noch die Fenster von St. Thomas und St. Wilhelm und auch die der Kirchen in den umliegenden Gemeinden. Außerdem die Hauptwerke unserer Museen! Ach, Anne, und ich darf das alles sehen. Im Gegensatz zu so vielen anderen, die dieses Glück noch nicht haben, weil wir ja immer noch im Krieg sind. Ich bin so glücklich.«

»Das freut mich wirklich sehr für dich«, sagte sie und umarmte ihn herzlich. »Schön zu erleben, wie dich deine Tätigkeit begeistert.«

»Genau wie dich die deine«, sagte er und sah sie liebevoll an. »Und jetzt musst du mir endlich erzählen, was du mir sagen wolltest.«

*

Clément schwitzte Blut und Wasser, als er auf die Toranlage zufuhr. Und es kam, wie er es erwartet hatte: Die beiden Wärter öffneten die Pforte nicht, sondern stellten sich ihm mit finsteren Mienen in den Weg, die Hände an ihren Waffen.

Clément sprang aus dem Wagen und ging auf die Männer zu. »Was soll das?«, fragte er. »Warum lasst ihr mich nicht raus? Ich habe wirklich nicht den ganzen Tag Zeit.«

»Erst mal schauen wir uns an, was du dahinten geladen hast.«

Clément rollte die Augen so, als sei er genervt. »Was soll ich da schon geladen haben? Leere Kisten. Und wenn ihr mich jetzt nicht fahren lasst, werde ich morgen auch sicher nicht mit vollen wiederkommen.«

»Aufmachen!«

»Soll ich auch noch die Hände hochnehmen?«

Clément war inzwischen ganz schlecht vor Angst. Er ahnte, was ihm blühte, wenn sie das Versteck entdeckten. Er sorgte sich aber mehr um den Mann, der da in seinem Versteck saß, als um sich selbst.

Einer der Männer stieg in den Bäckerwagen und schmiss einige Kisten um.

Jetzt sieht er, dass das Verhältnis Innenraum und Außenraum nicht stimmt. Jetzt hat er uns gleich, dachte Clément und betete zu Gott, dass der Gefangene hinter seiner dünnen Trennwand keine Panik bekam oder zu husten begann.

Schließlich wandte sich der junge Soldat wieder um. »Nichts«, sagte er, und es klang beinahe enttäuscht.

»Sag ich ja. Kann ich dann jetzt weiterfahren?«

Clément konnte seine Erleichterung kaum verbergen, als ihn das Wachpersonal durchwinkte. Sie hatten es geschafft!

*

Ein unfassbares Hochgefühl hatte von Susette Besitz ergriffen. Bereits vier Gefangenen war dank ihrer Hilfe die Flucht gelungen. Sie hatte wirklich den Eindruck, dass sie etwas bewegen konnten. Zwar durchsuchte man das Lager nun öfter, und die Anzahl der nächtlichen Posten war verdoppelt worden, was vor allem an dem zerschnittenen Zaun lag. Das Wachpersonal war jedoch auf der Suche nach Gerätschaften zum Drahtschneiden. Das hieß aber, dass sie, wie erhofft, keine Ahnung über den wirklichen Fluchtweg hatten.

Als sie an diesem Morgen gut gelaunt zur Arbeit kam, teilte eine Kollegin Susette mit, dass ein neuer Verletzter eingetroffen war. »Kommt aus einer französischen Versorgungseinheit, war in einem aufgelösten Lager. Muss dort kurz vor Toresschluss übel misshandelt worden sein.«

Als Susette auf das Bett des Neuankömmlings zuging, wurde sie sogleich von Mitleid erfasst. Das blau geschlagene Auge war völlig zugeschwollen, er war von Hämatomen übersät. Nur einen Schritt weiter auf den Verletzten zu – und sie musste sich zusammenreißen, um nicht laut aufzuschreien. Der dunkelhaarige Mittvierziger sah aus wie eine ältere Version ihres Bruders Clément. Kein Zweifel: Das war Trystan Bouvier, ihr so lange verschollener Vater!

»Papa!«, wisperte Susette und eilte zu ihm ans Bett. Den Drang, ihn endlich in die Arme zu schließen, unterdrückte sie wegen seiner vielen blauen und gelben Flecken.

Er erkannte sie fassungslos und drückte ihre Hand, Tränen rannen aus dem nicht zugeschwollenen Auge.

»Wir haben uns ja solche Sorgen um dich gemacht. Ich werde mit den Behörden sprechen, als Elsässer solltest du längst frei sein.«

»Das wird keinen Sinn haben«, erwiderte er mit verschliffener Stimme.

Entsetzt bemerkte Susette, dass ihm vorne ein Schneidezahn fehlte.

»Ich war auch im ersten Gefangenenlager im Versorgungsdienst eingesetzt. Dort habe ich Nahrung unterschlagen, die für die deutschen Offiziere bestimmt war; und dann habe ich sie heimlich den schwächsten der französischen Gefangenen gegeben. Das ging eine Zeit lang gut, aber eines Tages sind sie mir doch auf die Schliche gekommen.«

»O Gott«, hauchte Susette, die wusste, dass auf Nahrungsdiebstahl die Todesstrafe stand.

»Erstaunlicherweise haben sie mich nicht erschossen, aber freigelassen werde ich trotz meiner Herkunft wohl nie mehr.«

»Wie dünn du geworden bist«, bemerkte Susette mitleidsvoll. »Du hast sicher schrecklichen Hunger.«

»Ich kann nicht wirklich kauen«, entgegnete er. »Zu dem rausgeschlagenen Zahn kommt noch eine geschwollene Zunge.«

»Darum kümmere ich mich«, murmelte Susette mit den Tränen kämpfend.

»Meine Lieblingskrankenschwester«, sagte Trystan gerührt und stolz. »Ist deine Mutter schon wieder in Straßburg?«

Susette nickte. »Sie ist aus Clermont-Ferrand zurück und arbeitet hier im Bürgerspital. Sie geht aber bestimmt mit dir wieder nach Frankreich, wenn wir dich hier herausgeholt haben, da bin ich mir sicher.«

»Herausholen?«, wiederholte Trystan mit ungläubigem Blick.

*

Der Einzige, dem Susette von dem unerwarteten Wiedersehen mit ihrem Vater erzählte, war ihr Bruder Clément.

Er ging nervös in der Backstube auf und ab wie ein Raubtier im Käfig.

»Diese Dreckskerle«, knurrte er.

»Ich weiß nicht, ob sie ihn nur beim Abschied im alten Lager oder auch zur Begrüßung im neuen zusammengeschlagen haben«, murmelte Susette mit belegter Stimme. »Wahrscheinlich beides. Wenn du als Essensdieb verschrien bist, hast du auch bei den Mitgefangenen keinen guten Stand. Dass er lediglich verhungernden Franzosen geholfen hat, hat das Wachpersonal sicher verschwiegen. Die stellen ihn als Kameradenschwein hin, das anderen die Ration stiehlt.«

»Ich will ihn sehen«, sagte Clément schließlich entschlossen, aber mit brüchiger Stimme.

»Das wäre viel zu gefährlich«, widersprach Susette. »Du wirst ihn sehen, wenn wir ihn befreit haben.«

Er starrte Susette in einer Mischung aus Erstaunen und aufkeimender Hoffnung an. »Wir holen ihn raus?«

»Sobald er wieder einigermaßen laufen kann«, bestätigte seine Schwester. »Es muss sein, er wird dort nicht lange durchhalten.«

*

Susette war heilfroh, dass ihr eigener Vater nicht der erste Gefangene war, dem sie zur Flucht verhalfen. So unerfahren, wie sie sich damals angestellt hatte, wäre heute bestimmt etwas schiefgegangen, weil sie so unendlich viel nervöser war, jetzt, da es Trystans Leben war, das auf dem Spiel stand.

Sie war dankbar für die Routine, die ihre flüsternde Stimme ruhiger klingen ließ, als sie ihrem Vater erklärte: »Du gehst zur Toilette an der Versorgungsbaracke. Clément räumt inzwischen die Gebäcklieferung aus dem Wagen. Sobald er laut hustet, kletterst du in den Wagen. Du gehst bis ganz nach hinten und schließt die offene Klappe hinten an der Trennwand.«

Trystan nickte stumm. Es war schlimm für Susette, die Erschöpfung und Todesangst im Gesicht ihres Vaters zu sehen.

Clément bemerkte, dass seine Hände zitterten, und er verfluchte sich dafür. Gerade heute durfte einfach nichts schiefgehen. Ihr Ablaufplan hatte nun bereits viermal den Realitätstest bestanden, doch die Angst um den Vater blieb. Anderseits war dieser körperlich zu angeschlagen, um im Gefangenenlager noch sehr lange zu überleben. Er musste nach Frankreich, sie hatten keine andere Wahl. Clément war froh, dass sie niemand sonst in der Familie von ihrer Aktion erzählt hatten. So waren Susette und er die Einzigen – außer ihrem Vater selbst –, die sich sorgen mussten.

Als er die Wachtposten passierte, spulte der junge Konditor die übliche Routine ab: Scheibe herunterkurbeln, die Gebäckstücke hinausreichen. Zum Glück waren es heute die freundlichen älteren Wachtposten, die ihm wohlwollend zunickten. Sein »Frühstück, Kollegen« sagte er deshalb gewohnt gut gelaunt.

Keine drei Minuten später kam Clément an der Baracke an. Vor Angst schwitzend lud er die Kisten mit den Backwaren aus und wenig später geleert wieder ein.

Er bemühte sich, nicht hinzuschauen, als ein Schatten ins Auto huschte und die Klappe schloss. Trystan jetzt zu sehen hätte ihn nur noch mehr aufgewühlt. Clément spürte das Herz in seiner Brust hämmern. Hinter dieser Wand befand sich nun sein Vater. Den er monatelang vermisst hatte und der Susettes Schilderungen zufolge unter den Wachtposten und Mitgefangenen furchtbar gelitten hatte.

Bis aufs Äußerste angespannt ließ der junge Konditor kurz darauf das Auto an und lenkte ihn auf die Pforte zu.

Als die sonst so freundlichen Posten ihn wider Erwarten anhielten, fühlte Clément sich augenblicklich wie in einem Albtraum. Erneut wurde sein Wagen durchsucht.

Clément sprach ein stilles Dankgebet, als einer der Männer sagte: »Da ist alles leer, der kann passieren.«

Nur noch wenige Meter, und sein Vater wäre in Freiheit.

»Warte«, sagte der zweite der beiden Soldaten, der ältere, der Clément bisher immer besonders freundlich begrüßt hatte. »Da stimmt was nicht. Das hab ich im Urin.«

Er betrachtete das Auto von der Seite und stieg dann ins Innere des Wagens.

»Da fehlt ein Stück«, brummte er und schob die Kisten vor der Rückwand beiseite. Und dann hatte er ihn auch schon gesehen, den winzig kleinen Griff, mit dem sich die Wand zum

Versteck öffnen ließ. Er riss sie auf und sah in zwei grüne Augen, die ihn voller Todesangst anblickten.

*

»Es ist wirklich eine gute Idee, gemeinsam herzukommen«, sagte Joséphine zu Ruth, mit der sie um Lebensmittelkarten anstand. Die Schlange vor dem Verwaltungsgebäude bewegte sich nur sehr langsam vorwärts. »Man verliert so viel Zeit mit dieser Warterei, und die können wir nutzen, um endlich mal wieder ausgiebig miteinander zu plaudern.«

Ruth seufzte. »Wobei mir ein Gespräch mit dir vor der Tritschler in der Sonne ehrlich gesagt lieber wäre. Bei einer schönen Tasse Kaffee und einem Stück Birnentarte.«

»Es tut mir leid, dass ich so wenig Zeit habe im Moment. Dabei gibt es ja gar nicht mehr so viele Verwundete. Aber viele meiner Patienten scheinen regelrecht auf meine Rückkehr gewartet zu haben. Sie kommen auch mit Krankheiten, die mit dem Krieg nichts zu tun haben.«

Dann lächelte sie ihre Cousine an. »Erzähl«, bat sie. »Was tut sich bei euch? Obwohl wir unter einem Dach wohnen, habe ich das Gefühl, vor lauter Arbeit gar nichts mehr mitzubekommen.«

»Nun, unter diesem Dach wird sich bald sehr viel verändern«, sagte Ruth gut gelaunt. »Meine Töchter haben eine wunderbare Idee. Louise möchte in der Goldschmidt eine Bonbonkocherei eröffnen und Anne in der anderen Hälfte des Ladens eine Schneiderei.«

»Großartig«, rief Joséphine. »Mir tat es auch in der Seele weh, dass unsere gute alte Goldschmidt leer stand. Aber kann Louise denn Bonbons kochen?«

»Sie möchte es auf jeden Fall lernen«, sagte Ruth lächelnd. »Wobei: Karamellbonbons bekommt sie jetzt schon hin. Erinnerst du dich noch daran, wie Clément und sie als Kinder einmal heimlich in der Patisserie welche gekocht haben?«

»O ja«, lachte Joséphine. »Ich weiß vor allem noch, wie schwierig es war, die klebrige Masse abends von Cléments Zähnen wegzubekommen.«

»Die Bäckerkunst und die Bonbonkocherei sind sich im Grunde recht ähnlich«, fuhr Ruth fort. »Es kommt auf das Gespür für die Zutaten an, die Liebe zum Formen und Gestalten, auf ein Gefühl für Kombinationen …«

»Und all das hat Louise, stimmt«, bestätigte Joséphine. »Ich freue mich für die beiden. Aber warum wollen sie den Laden denn teilen? Wenn Louise ohnehin im Geschäft steht, kann sie auch Backwaren aus der Tritschler verkaufen. Und für Anne findet sich ein anderes Geschäft. Es steht zurzeit so viel leer.«

Ruth schüttelte den Kopf. »Louise kann Bonbons kochen und verkaufen, aber sie kann nicht noch zusätzlich das Café bedienen, da bräuchten wir eine weitere Kraft.«

»Die könnte man doch einstellen?«, überlegte Joséphine. »Ihr würdet da auf jeden Fall besser fahren.«

»Ich kann es ja mal vorschlagen«, sagte Ruth zögernd. »Aber ich glaube nicht, dass die beiden da mitmachen. Sie freuen sich so darauf, etwas gemeinsam tun zu können. Für Anne ist es ein großer Vorteil, dass sie in unserem Wohnhaus auch arbeiten und damit für die Kleine da sein kann. Und außerdem: All die Geschäfte, die leer stehen, gehörten jüdischen Mitbürgern, die vertrieben wurden. Ich bin sicher, dass Anne niemals einverstanden wäre, ein solches Geschäft zu übernehmen.«

Joséphine nickte. Das war ein gutes Argument.

Wenig später hatten sie ihre Lebensmittelkarten in Empfang genommen und waren auf dem Weg nach Hause, als den beiden eine völlig aufgelöste Susette entgegenrannte.

Sie schleuderte ihnen nur vier Worte entgegen: »Clément ist verhaftet worden.«

*

»Verhaftet?«

Louise, die gerade ein Blech in den Händen hielt, um frische Backwaren in die Auslage zu räumen, ließ es scheppernd auf den Boden fallen. »Um Gottes willen!«, flüsterte sie und starrte auf die Krümel auf dem Boden. »Um Gottes willen.«

Ihre Mutter Ruth war in die Patisserie Tritschler gestürmt, die zum Glück noch geschlossen hatte, und hatte ihr die schreckliche Nachricht überbracht.

In diesem Moment kam Marcel aus der Backstube. Er hatte gerade noch die letzten Backwaren für das Nachmittagsgeschäft produziert. Sofort bemerkte er die angespannte Stimmung. »Was ist passiert?«

»Sie haben Clément verhaftet«, sagte Susette, die, ebenso wie Joséphine, hinter ihrer Tante zur Tür hereingekommen war. »Er hat versucht, Papa im Lieferwagen aus dem Lager zu schmuggeln.«

»Onkel Trystan aus dem Lager zu schmuggeln …«, stammelte Louise. »Aber … das … Ich wusste gar nicht …«

Um Joséphines Fassung war es geschehen. »Keiner von uns wusste es. Nur Susette und Trystan. Sie wollten es uns erst sagen, wenn sie ihren Vater gerettet haben«, berichtete sie mit stockender Stimme, was sie soeben von ihrer Tochter erfahren hatte. Und jetzt … O Gott!« Hastig zog Ruth ihre verzweifelte Freundin in die Arme.

Auch Louise kämpfte mit den Tränen. »Was wird man ihnen antun?«, flüsterte sie und sank auf einen Stuhl.

Marcel lief hochrot an. »Daran ist nur dieses Schwein schuld.«

Er ballte die Hände zu Fäusten und stürzte ins Treppenhaus. »Paul!«, brüllte er nach oben. Und dann wieder: »Paul?«

»Marcel!« Joséphine eilte ihm nach. »Er ist doch sicher nicht zu Hause. Außerdem sollten wir erst einmal untereinander besprechen, was überhaupt geschehen ist.«

Doch es war zu spät. Oben öffnete sich eine Tür. »Was schreist du denn so herum?«, bellte Paul. »Nicht mal in Ruhe mittagessen kann man.«

»Komm sofort herunter!«, schrie Marcel.

»Wie redest du denn mit mir?«

»Wie du es verdient hast, du … du … du …«

Paul war inzwischen am Fuß der Treppe angekommen und starrte verwundert auf die versammelte Familie in der Feinbäckerei.

»Was ist denn hier los?«

»Clément ist verhaftet worden«, informierte Marcel ihn aufgewühlt. »Er hat sein Leben riskiert, um Trystan aus dem Lager zu schmuggeln. Weil du dich geweigert hast, ihm zu helfen.«

»Was?«, rief Paul schockiert. Er zerrte sich die Serviette vom Hals, die bis eben in seinem Kragen gesteckt hatte. Louise, die die ganze Szene vor Sorge um Clément nur wie durch einen Vorhang wahrnahm, starrte auf den dicken, roten Fleck, der mitten auf der Serviette prangte. Vermutlich hatte Paul Tomatensuppe zum Mittagessen gegessen, dachte sie.

Paul war kreidebleich. »Clément hat versucht, Trystan rauszuholen? Wisst ihr, was das für mich bedeutet? Für unsere ganze Familie? Das … das … das … mein Gott.«

»Was machen die jetzt mit Clément? Und was bedeutet es für seinen Vater?«, fragte Ruth und zwang sich, ruhig zu klingen.

»Für Trystan ist nun jede Hoffnung auf Freilassung zerstört«, mutmaßte Paul. »Und Clément wird wohl in Schirmeck landen.«

Louise schluchzte auf. Sie wusste, dass alle, die nicht so taten, wie das NS-Regime es verlangte, in dieses schreckliche Umerziehungslager gebracht wurden. »Nein!«, rief sie. »Das kannst du nicht zulassen!«

Ruth nahm sie tröstend in die Arme.

»Was können wir tun?«, fragte Joséphine verzweifelt.

Paul zuckte die Achseln. »Ich gehe gleich mal telefonieren. Man kann betonen, dass es nur aus Angst um seinen Vater mit dem Jungen durchgegangen ist.«

Susette war heilfroh, dass niemand von Cléments bisherigen – erfolgreichen – Fluchthilfeaktionen wusste. Würde dies herauskommen, wäre ihrem Bruder die Todesstrafe gewiss.

»Schirmeck kann ich Clément trotzdem nicht ersparen«, resümierte Paul, »aber das tut ihm vielleicht ganz gut.«

Louise atmete empört ein, doch Ruth beruhigte sie mit einem warnenden Blick.

Paul erhob sich und blickte ernst in die Runde. »Cléments unverantwortliches Handeln wird Konsequenzen für die ganze Familie haben. Zumal er im Auftrag der Bäckerei unterwegs war. Klar ist, dass die Tritschler nun sicher nicht mehr Lieferant sein kann. Es war ja seine Idee, also ist davon auszugehen, dass er alles von langer Hand geplant hat.« Er lachte erbittert auf. »Und ich hatte gehofft, der Junge wäre zur Vernunft gekommen.«

»Das ist zwar schlimm, dass wir das Lager nicht mehr beliefern können, zumal im Moment wirklich überall Bäckereien aufmachen und uns die Kunden wegnehmen. Aber mehr Sorgen mache ich mir um Clément und Trystan«, sagte Marcel scharf.

»Ach, so schlimm wird das nicht«, winkte Paul ab. »So ein paar Wochen oder Monate Umerziehungslager überlebt er schon. Und wenn er redet und uns seine Mitstreiter nennt, dann ist er ganz schnell draußen.«

Er sah Susette direkt in die Augen, als er sagte: »Wenn er allerdings nicht redet, dann könnte es durchaus etwas … unangenehm für ihn werden.«

Zu Trystans Schicksal äußerte er sich nicht.

17

Susette hatte sich in ihr Bett verkrochen und sich unter der Decke zusammengerollt. Sie war schuld! Ihr Vater würde es nach der von ihr initiierten misslungenen Befreiungsaktion noch schwerer im Lager haben, wenn er nicht sogar erschossen wurde! Und Clément – sie hatte ihn da mit hineingezogen. Er war doch ihr kleiner Bruder!

»Pass gut auf ihn auf! Er ist noch ganz klein!«

Joséphines helle Stimme aus Kindertagen drang in Susettes Bewusstsein. Sie waren an der Ill gewesen, es war ein warmer Sommertag, und ihre Mutter hatte ihr erlaubt, mit Clément am Ufer zu spielen. »Pass gut auf ihn auf. Er ist noch ganz klein.« Fortan hatte sie das immer getan. Sie hatte sich immer für ihn verantwortlich gefühlt. Nur dieses Mal nicht.

Im Gegenteil. Sie hatte ihn in die Fluten gezogen und musste nun hilflos zusehen, wie er ertrank.

Wenn er nicht redet, könnte es unangenehm werden, hatte Onkel Paul gesagt. Susette wusste, was das bedeutete. Folter.

Wenn sie sich nun aber stellte, würde sie ihm die Qualen dann ersparen können? Vermutlich nicht. Aber sie konnte das Leid mit ihm teilen. Andererseits bräche sie dann als Kontaktperson ins Lager für die Équipe Pur-Sang weg. Doch es war ohnehin nicht gewiss, ob ihr noch jemand vertrauen würde.

Auch im Lager hatte es sich schließlich herumgesprochen, dass der Fluchtversuch missglückt war, den sie für so sicher erachtet hatte.

Sie kroch noch tiefer unter die Decke und tastete nach dem Radio, um verbotenerweise BBC zu hören. Auch und gerade jetzt war es wichtig, informiert zu bleiben. Und sie wusste, dass heute Abend Thomas Mann, der 1933 aus seiner Heimat emigriert war und seit 1939 in den USA lebte, sprechen würde. Er wandte sich explizit an die deutsche Bevölkerung, die seinen Worten freilich nur heimlich zuhören konnte. Was er sagte, tat gut, war heilsam. Susette hatte dem bekannten Schriftsteller schon oft gelauscht, der nicht nur das aktuelle Kriegsgeschehen kommentierte, sondern auch ganz offen zum Widerstand aufrief. Und gerade hungerte sie nach diesen Worten.

Plötzlich zog etwas an ihrer Bettdecke. Susette, deren Nerven ohnehin blank lagen, stieß einen Schrei aus und fuhr hoch.

»Ich wollte dich nicht erschrecken«, sagte Louise schüchtern.

Ausgerechnet sie, dachte Susette. Ging denn heute alles schief?

Mit fahrigen Händen durchwühlte sie die Bettdecke, um das Radio abzuschalten, doch Louise lächelte sie nur traurig an.

»Spar dir das doch, Susette«, sagte sie. »Ich hab sowieso mitbekommen, dass du heimlich BBC hörst. Und weißt du, was? Ich finde es gar nicht schlimm. Viel schlimmer finde ich, dass du versuchst, es vor mir zu verheimlichen. Dass wir uns so fremd geworden sind … alle.«

Susette sah ihre Cousine aufmerksam an.

Da schlug Louise plötzlich die Hände vors Gesicht und begann bitterlich zu weinen.

Erschrocken legte Susette vorsichtig den Arm um sie, während Thomas Mann unter der Bettdecke weiter auf die hörigen Deutschen schimpfte, die in Reih und Glied marschierten.

»Ich habe solche Angst um Clément, Susette«, sagte Louise aufgewühlt, »und um euren Vater.«

»Ja, ich auch.«

*

»Er heißt Trystan Bouvier. Er wurde bei einem Fluchtversuch erwischt«, flüsterte Clément einem Mann namens Lothar Scheunert zu, von dem man sagte, dass er alles und jeden kannte sowie besondere Privilegien beim Wachpersonal besaß.

»Ich habe von ihm gehört«, flüsterte der zurück. »Er ist noch in Straßburg.«

»Ruhe!«, brüllte der Soldat, der ihnen gegenüber auf der schmalen Bank saß und sie bewachte, während der Wagen sie ins Lager Schirmeck brachte.

»Sie müssen nicht so rumschreien«, sagte Clément auf Französisch, »wir verstehen Sie auch so sehr gut.«

Da schlug der Soldat Clément unvermittelt mit dem eisernen Ring, den er in der Hand hielt, so hart ins Gesicht, dass seine Haut aufplatzte und ein dünnes Rinnsal Blut seine Wange hinunterlief.

Aber er verspürte keine Angst. Nur Wut. Endlose Wut.

Gut, dass ich Handschellen trage, dachte er. Ohne sie würde es mir schwerfallen, Mamans ehernen Grundsatz einzuhalten.

»Pass auf, was du sagst, Bürschchen«, schnauzte der Soldat und spuckte Clément ins Gesicht. »Sonst kommst du nicht lebend in Schirmeck an.«

Der Gepeinigte versuchte, den Wachmann mit seinen Blicken zu erdolchen.

»Wobei, die andere Frage ist ja, ob ihr da überhaupt lebend wieder rauskommt.«

Er lachte scheppernd.

Clément musste seine ganze Willenskraft aufbringen, um ruhig zu bleiben. Es hilft nichts, aufzubegehren, sagte er sich stumm. Im Gegenteil. Dann behandeln sie dich nur noch schlechter, und was noch wichtiger ist: auch den armen Mann hier, den du in diese Situation gebracht hast.

Also schloss er die Augen und träumte sich fort von diesem Ort. Louises Bild stieg in ihm auf. Wie sie sich als Kinder eine Tüte Bonbons geteilt hatten. Wie wunderbar hatte der Blumenkranz in ihrem Haar ausgesehen.

Doch auch Louise schien verloren, war womöglich längst eine von denen geworden. Und das konnte er kaum ertragen. Hastig riss er die Augen wieder auf und schnappte nach Luft.

Der Soldat sah ihn grinsend an: »Na, doch Angst bekommen?«

Clément schwieg.

Kurz darauf kamen sie im Sicherungslager Schirmeck an, das fünfundfünfzig Kilometer südwestlich von Straßburg lag. »Hör zu«, sagte der Soldat, während er sie grob aus dem Wagen zerrte. »Du wirst jetzt dem Lagerkommandanten Karl Buck vorgeführt. Wenn du vor ihm stehst, wirst du salutieren und auf Französisch sagen: ›Sicherungshäftling meldet sich zur Stelle, Herr Kommandant!‹«

Clément nickte und verkniff sich die Frage, warum er nun auf einmal wieder französisch reden sollte.

Der Soldat, der ihn während der Fahrt bewacht hatte, übergab ihn an einen Kameraden, der mindestens ebenso finster dreinblickte, aber, wie sich auf dem Weg zur Baracke zeigte, offenbar Mitgefühl mit Clément hatte.

»Hör zu«, nuschelte er. »Er wird dich fragen, ob du nach Frankreich willst. Da darfst du auf keinen Fall Ja sagen. Sonst wird es ungemütlich.«

»Verstanden«, murmelte Clément, »danke!«

»Passt schon.« Der Soldat nickte.

Obwohl er wie angeraten erklärt hatte, dass er nicht nach Frankreich wollte, tobte Kommandant Karl Buck.

»Warum haben Sie dann beim Ausbruchsversuch geholfen?«, brüllte der Mann mit hochrotem Kopf und attackierte Clément mit seinem Zeigefinger.

Dieser hatte inzwischen erkannt, dass es besser war zu schweigen. Buck schien ohnehin keine Antworten zu wollen. Alles, was er wollte, war offenbar, sich von seiner eigenen Stimmgewalt zu überzeugen.

*

Der erste Mensch, den Clément kennenlernte, als er zum Steineschleppen abkommandiert worden war – sie sollten das Konzentrationslager Natzweiler-Struthof bauen –, stellte sich als Pierre Seel vor. Er war Clément gleich sympathisch, und er erzählte ihm, während er Stein auf Stein stapelte, seine ganze Lebensgeschichte.

»Ich bin wegen der Liebe hier«, sagte der junge Mann, er mochte Anfang zwanzig sein. »Ich stehe auf der Rosa Liste, weißt du?«

Clément sah ihn verwundert an. »Nein. Entschuldige.«

»Frauen interessieren mich körperlich nicht«, erklärte Seel, »ich liebe Männer. In Frankreich ist das kein Problem, oder besser gesagt: Es steht dort seit fast dreihundertfünfzig Jahren nicht mehr unter Strafe.«

»Aber jetzt sind wir nicht mehr in Frankreich, sondern in

Deutschland, und ins Weltbild der Nazis passt das so gar nicht?«, mutmaßte Clément.

»Du hast es erfasst.«

»Aber woher wussten sie das denn?«

»Sie haben die Rosa Liste überprüft.«

»Und woher wusste die französische Polizei, dass du homosexuell bist?«, fragte Clément interessiert. Seels Geschichte lenkte ihn ein wenig davon ab, dass die schweren Steine furchtbar an seinen Armen zerrten.

»Na ja«, sagte Seel, »als ich sechzehn war, hab ich mal die Klappe am Square Steinbach in Mulhouse besucht. Dort wurde mir meine Uhr gestohlen.«

»Was für eine Klappe?«, hakte Clément überfordert nach.

»Nun, mit meiner Neigung musst du immer erraten, welche Männer auch so orientiert sind. Man kann ja schließlich nicht einfach fragen. Deshalb sind manche öffentliche Toiletten Treffpunkte, wo man sich das ohne Worte klarmacht. Und die nennt man Klappe, ist wahrscheinlich eine Anspielung auf Toilettendeckel, die man zuklappt, so genau weiß ich das auch nicht.«

»Und was macht man, wenn man ausgerechnet da beklaut wird?« Clément stellte sich das problematisch vor.

»Ich bin zur Polizei und hab Anzeige erstattet. Und zack, war ich auf der Liste.«

»Und dann kamen die Deutschen und haben dich einfach verhaftet?«

»So ungefähr. Sie haben die Akten durchgearbeitet, nach dem Westfeldzug. Und da sind sie dann wohl auch auf meine Unterlagen gestoßen. Erst haben sie mich ins Gefängnis von Mulhouse gesteckt und dann hierhergebracht.«

»Wie lange bist du denn schon hier?«, fragte Clément.

»Erst ein paar Tage«, sagte Seel und hatte plötzlich Tränen

in den Augen. »Aber ich weiß nicht, ob ich auch nur einen weiteren Tag ertrage.«

»Ist es so schlimm?«, fragte Clément beklommen.

»Schlimmer«, erwiderte Seel mit brechender Stimme, »viel schlimmer.«

»He, ihr zwei da, was gibt es da zu tuscheln? Habt ihr nichts zu tun? Zwei Schwuchteln, was?«

Ein Aufseher stürmte auf die beiden zu und hieb mit seinem Schlagstock mit voller Wucht auf Seel ein. Als der wimmernd zu Boden sank, trat ihm der Aufseher in die Nieren. Wieder und wieder.

»Sind Sie wahnsinnig?« Clément wollte sich auf ihn stürzen, doch Seel keuchte am Boden liegend: »Nicht, du machst es nur schlimmer.«

Irgendwann ließ der Soldat von Seel ab.

Clément ahnte, dass er in der Hölle gelandet war.

*

»Ihr könnt wirklich froh sein, dass ich den Schaden von euch abgewendet habe«, sagte Paul selbstzufrieden, als er wie jeden Morgen in die Bäckerei gekommen war, um eine Brezel zu essen, seinen Kaffee zu trinken und die Zeitung zu lesen. »Es wird keine Ermittlungen gegen die Feinbäckerei Tritschler geben.«

»Alles klar«, erwiderte Marcel reserviert und setzte sich zu seinem Halbbruder an den Tisch, seine Tochter Anne blieb neben den beiden stehen. »Danke für deine Unterstützung. Weißt du was von …«

»Trystan wird nicht hingerichtet, immerhin«, unterbrach Paul ihn. »Und für Clément kann ich nichts tun. Daran ist er selbst schuld. Die Lagerleitung hat mir berichtet, dass dieser Idiot ziemlich aufsässig ist.«

Louise, die hinter der Theke stand und bei Cléments Namen zusammengezuckt war, kam aufgeregt näher. »Was heißt das?«

Paul zuckte die Achseln. »Er beschimpft die Wärter. Da kann ich ihm dann auch nicht mehr helfen.«

Er hat sicher einen guten Grund dafür, dachte Louise, sprach es aber nicht aus. Und sosehr sie sich auch um Clément sorgte, so erfüllte es sie doch auch mit Stolz, dass er sich einfach nicht unterkriegen ließ. Ihr Clément.

»Was eure Idee mit der zweiten Feinbäckerei betrifft«, wechselte Paul das Thema. »Ich finde es gut, was unsere Familie für einen Geschäftssinn an den Tag legt. Aber es stehen wunderbare Geschäfte in bester Lage leer. Warum also den Laden in der Krämergasse teilen? Ich kann euch doch helfen.«

Anne sah ihn abweisend an. »Meinst du die Geschäfte unserer jüdischen Mitbürger, die ihr jetzt endgültig vertrieben habt? Danke. Daran habe ich kein Interesse.«

Louise dachte traurig an ihre Freundin Esther. Die Apotheke ihres Vaters war schon seit über drei Wochen geschlossen. Von der Familie Levy fehlte seither jedes Lebenszeichen, sie hatten sich auch nicht verabschiedet. Nachdem vor einem Monat die jüdische Synagoge angezündet worden war, hatte die deutsche Zivilverwaltung über sechstausendfünfhundert Juden vom Elsass ins unbesetzte Frankreich deportiert, dieses Schicksal hatte gewiss auch Esthers Familie ereilt.

»Auf keinen Fall will ich in einen von ihren Läden und einen Vorteil aus den deutschen Schandtaten ziehen«, betonte Anne.

Paul zuckte die Achseln. »Du musst wissen, was du tust. Es war nur ein Angebot.«

Er sah Louise an. »Aber Georgs künftige Frau ist sicherlich vernünftiger.«

Louise zuckte zusammen. Sie war in Gedanken bei Esther gewesen und fragte sich gerade, ob das Nachbarsmädchen vielleicht bereits deportiert worden war. »Ich lehne dankend ab«, sagte sie schließlich ebenso kühl zu Paul, der sie erwartungsvoll ansah. Bei der Erwähnung von Georgs Namen war ihr klar geworden, dass sie unbedingt mit ihm reden musste. Sie konnte ihm nicht mehr ständig aus dem Weg gehen. Aber noch viel weniger konnte sie seine Gegenwart ertragen. Trystans misslungene Flucht, Cléments Gefangennahme, die Synagoge, das Ausweisen der Juden – an all dem waren die Nationalsozialisten schuld. Und denen gehörte Georg nicht nur an, sondern er hatte auch noch eine hohe Position inne. Aber vielleicht würde er diese ja wider Erwarten doch nutzen, um zu helfen, wenn sie ihn darum bat? Ein Hauch Hoffnung blieb.

*

»Eigentlich liebe ich klassische Musik«, flüsterte Cléments Mitgefangener Seel ihm zu, als sie zum morgendlichen Appell antreten mussten. »Aber ich glaube, wenn ich hier raus bin, kann ich diese Klänge nie mehr ertragen.«

Clément nickte. Auch wenn er eher Jazz mochte und ohnehin kein Freund der Klassik war, konnte er seinen Leidensgenossen verstehen. Lagerleiter Buck ließ aus irgendeinem unerfindlichen Grund tagein, tagaus klassische Musik über die Lautsprecher im Lager laufen, was in absurdem Gegensatz zu dem leidvollen und grausamen Leben dort stand. Hunger, Schläge, Erniedrigung und entsetzlicher Schmutz beherrschten den Alltag.

Sie versuchten, einen zu brechen, aber das würde ihnen nicht gelingen. Auch wenn Cléments ganzer Körper schmerzte von all der Folter, der er sich gestern hatte unterziehen müssen – er ging aufrecht und erhobenen Hauptes zum Morgenappell.

Seel an seiner Seite fiel es deutlich schwerer, sich gerade zu halten, und Clément machte sich große Sorgen um den jungen Mann, mit dem er sich inzwischen angefreundet hatte.

Gehorsam folgten sie den Anweisungen und nahmen rings um den Appellplatz Aufstellung. Und dann keuchte Clément erschrocken auf. Zwei SS-Männer schleppten einen schlanken Mittdreißiger herbei, zogen ihn splitternackt aus und stülpten ihm einen Blecheimer über den Kopf.

»Nein!«, ächzte Seel an seiner Seite entsetzt. »Das ist Konrad.«

»Konrad?«, flüsterte Clément, der schockiert beobachtete, dass die SS-Leute Schäferhunde auf den nackten Mann hetzten.

»Konrad Struve, mein Freund!«, keuchte Seel.

Clément dachte kurz daran, dass er den Namen schon mal gehört hatte, wusste aber auf Anhieb nicht, wo, und wurde auch von den schrecklichen Geschehnissen überwältigt, die sich nun abspielten. Seel schloss die Augen und presste die Hände auf die Ohren. Aber das grausame Schauspiel, das sich da ereignete, konnte er bestimmt nicht ausblenden.

Während die klassische Musik scheppernd in den Herbsthimmel stieg, begannen die Schäferhunde, Konrad Struve bei lebendigem Leib zu zerreißen und zu fressen. Alle waren gezwungen zuzusehen.

»Nein!«, schrie Clément und stürzte nach vorn. »Nein, das dürft ihr nicht.«

»Nicht!«, rief Seel ihm noch nach. »Nicht du auch noch.«

Doch es war zu spät. Clément hatte bereits die Aufmerksamkeit aller auf sich gezogen.

18

»Louise, ich muss mit dir reden.«

Sie sah erschrocken auf. Georg hatte die Patisserie betreten. Sie begrüßte ihn freudlos.

»Hast du einen Augenblick Zeit?«, fragte er.

Sie deutete auf die leeren Verkaufs- und Caféräume. »Ist sowieso nichts los«, sagte sie und bemerkte erleichtert, dass er sie zur Begrüßung nicht küsste, wie er das sonst immer getan hatte. Vermutlich hatte er ihre Zurückhaltung bemerkt und richtig gedeutet. »Die haben jetzt wirklich meine Freundin Esther Levy und ihre Eltern deportiert. Die Nachbarin hat erzählt, dass die deutschen Soldaten sie dabei sogar geschlagen haben. Auch Esthers fünfjährige Schwester wurde wohl misshandelt«, sagte Louise wütend. Dann stieß sie hervor: »Meinst du nicht, dass man doch etwas für sie tun könnte? Du kennst doch so viele wichtige Menschen.«

Georg schüttelte den Kopf. »Ganz bestimmt nicht. Glaub mir, sie können froh sein, dass sie nicht mehr hier im Reich sind.«

»Aber die Deutschen quälen auch die Kinder der Juden«, rief Louise verzweifelt. »Gerade du kannst das doch unmöglich gutheißen.«

»Der Nachwuchs dieser Brut schadet aber unseren deutschen Kindern. Da darf es kein falsches Mitleid geben«, entgegnete Georg – sie sah ihn fassungslos an. »Mit der notwendigen Härte können wir das deutsche Volk von den Parasiten befreien, und dann wird es für all unsere Kinder immer genug zu essen geben. Die Alliierten haben uns jahrelang hungern lassen.«

Louise fehlten die Worte, doch Georg war offenbar noch nicht fertig. Er holte tief Luft. »Paul hat mit mir gesprochen. Er hat mir erzählt, in welch … unschöne Ereignisse deine Familie verwickelt ist.«

Louise starrte ihn an. »Wenn du mit *unschön* die Tatsache meinst, dass ihr meinen Onkel und meinen Cousin gefangen haltet, dann stimme ich dir zu.«

Doch Georg schien sie gar nicht gehört zu haben. »Paul ist sehr unglücklich mit der Entwicklung, weil das natürlich auch auf ihn ein schlechtes Licht wirft.«

»Ach, darum geht es euch?«, fragte sie. »Um das schlechte Licht, das es auf euch wirft, wenn es jemand wagt, euch zu widersprechen?« Angeekelt sah sie ihn an.

Er erwiderte ihren Blick fast erschrocken. »Es geht doch nicht darum, dass er widersprochen hätte, Louise.«

»Worum dann?«, fauchte sie fast.

»Darum, dass dein Cousin versucht hat, einem Kriegsgefangenen zur Flucht zu verhelfen. Und dein Onkel hat ihn dazu angestiftet.«

Sie schwieg und starrte vor sich hin. Es hatte keinen Sinn, etwas darauf zu erwidern. Er würde es ohnehin nicht begreifen.

»Du musst mich verstehen, Louise«, sagte er nun.

»Was?«, fragte sie und verschränkte die Arme vor der Brust. »Was muss ich verstehen?«

»Meine Zeit in Straßburg hat so gut angefangen«, druckste

Georg weiter herum. »Ich war der Erste, der hier einmarschiert ist, wurde dann zur rechten Hand des zweitmächtigsten Mannes im Gau…«

Louise ahnte langsam, worauf er hinauswollte, und so etwas wie Hoffnung keimte in ihr auf. Sollte es so einfach werden?

»Ich höre?«, sagte sie und sah ihn herausfordernd an.

»Schau, Louise. Ich brauche eine Frau an meiner Seite, die zu mir hält. Die meine Werte teilt. Die zu hundert Prozent hinter mir steht. Und du … du bist ja nicht mal Mitglied in der NS-Frauenschaft. Allein das ist schon ein Unding. Dann gerade dein Vorschlag, den Juden zu helfen. Zu allem Übel versuchst du, mich da gefühlsmäßig mit deinem Wissen über meine schwere Kindheit zu erpressen.«

»Ich versuche *was?*« Sie sah ihn empört an, doch er ging überhaupt nicht darauf ein.

»Und dann noch diese Familie. Bis auf deinen Onkel Paul natürlich, aber der hat ja auch einen schweren Stand bei euch.«

»Du möchtest mir sagen, dass ich nicht die richtige Frau für dich bin«, fasste Louise zusammen.

»Das scheint leider so, ja«, erklärte er, erleichtert darüber, dass sie nun ausgesprochen hatte, wozu er nicht in der Lage gewesen war.

»Und es zerreißt mir das Herz. Aber ich sehe keinen anderen Weg. Selbst wenn du dich von dieser Familie lossagst, würde immer noch ein ungeheurer Makel an dir haften.«

Wenn du wüsstest, dass ich zu einem Achtel Jüdin bin, und dein so viel bewunderter Paul zu einem Viertel – du würdest vor Schreck tot umfallen, dachte Louise, aber sie sagte nur barsch: »Dann wünsche ich dir alles Gute. Und dass du eine Frau ohne Makel findest, die dir eine Schar von Kindern ohne Makel schenkt. Ganz so, wie das der Führer will.«

»Wie kannst du nur so kalt sein?«, fragte er. »Macht es dir denn gar nichts aus?«

»Entschuldige mal, Georg«, sagte sie und kam endlich hinter dem Tresen vor, der sie trennte und den sie wie einen Schutzwall empfunden hatte. »Du kommst in die Bäckerei, erklärst mir, meine Familie sei eine Schande und ich ein Makel, und dann wunderst du dich, dass ich kalt reagiere? Was hättest du denn erwartet?«

»Nun ja, etwas gefühlvoller …«, begann Georg, doch sie unterbrach ihn gleich.

»Ich hätte schreien und weinen und eine Szene machen sollen, richtig?«, fragte sie und trat nahe an ihn heran, um ganz leise hinzuzufügen: »Tut mir leid, Georg. Dafür hat's bei dir nicht ganz gereicht.«

*

»Es macht mich wahnsinnig, dass wir nicht wissen, wie es ihm geht und wann er zurückkommen wird«, sagte Louise. Sie stand mit Anne in der Patisserie Goldschmidt und räumte auf: Alte, vergessene Gegenstände, angeschlagenes Geschirr, Tische und Stühle mussten weichen, damit die beiden jungen Frauen den Staub der vergangenen Monate entfernen konnten.

»Könnt ihr Hilfe gebrauchen?«

Susette, noch in Schwesternkleidung, war hereingekommen und krempelte die Ärmel hoch.

»Immer gerne.« Anne wandte sich zu ihrer Cousine um. »Aber musst du dich nicht von der Arbeit ausruhen?«

»Ich kann eh nicht schlafen«, brach es aus Susette heraus. »Sobald ich die Augen zumache, sehe ich Clément und Papa vor mir. Dann frage ich mich, was sie mit ihnen machen in diesen Lagern. Ich spüre, dass es ihnen schlecht geht. Ganz schlecht. Und das ist meine Schuld.«

Sie begann zu weinen. Sofort waren sowohl Louise, der ihrerseits die Tränen über die Wangen rannen, als auch die etwas gefasstere Anne bei ihr. Lange standen die drei Frauen zwischen den im Licht tanzenden Staubpartikeln und hielten einander umschlungen, spendeten sich gegenseitig Trost.

»Hör mir jetzt ganz genau zu«, sagte Louise eindringlich. »Du bist nicht schuld an dem, was passiert ist. Schuld sind die Nationalsozialisten.«

Susette schniefte: »Das aus deinem Mund?«

Louise nickte. »Georg und ich haben uns endgültig getrennt. Ich weiß nicht, wie ich so blind sein konnte.«

Susette zog sie wieder in ihre Arme. »Endlich bist du wieder meine alte Louise«, sagte sie heiser, »und jetzt helfe ich euch putzen. Das lenkt mich wenigstens ab.«

Alle drei knieten nebeneinander auf dem Boden und schrubbten, was das Zeug hielt. »Was für ein Dreck«, keuchte Anne und starrte auf die braune Brühe im Eimer. »Da hat seit Ewigkeiten keiner richtig sauber gemacht.«

Plötzlich hielt Susette in der Bewegung inne und starrte ihre Cousinen an, als habe sie ein Gespenst gesehen.

»Was?«, fragte Anne. »Was ist denn?«

»Wie spät ist es?«

Louise sah auf ihre Uhr. »Halb eins«, sagte sie, »warum?«

»Dann ist Paul noch zu Hause.«

»Ja, vermutlich, aber …?«

»Fragt nicht, kommt.«

Sie schlug sich gegen die Stirn. »Dass ich da nicht früher draufgekommen bin!«

Anne und Louise wechselten einen verwunderten Blick.

»Nun beeilt euch schon.« Susette war bereits an der Tür und wartete ungeduldig, bis Louise zugeschlossen hatte. »Warum dauert das denn so lange?«

»Ich mach ja schon«, ächzte Louise und hastete hinter ihrer Schwester und ihrer Cousine her, die schon losgerannt waren. Sie hatte ihren Schlüsselbund noch gar nicht weggesteckt, als sie auch schon an der Patisserie Tritschler ankamen.

»Nun schließ schon auf!«, drängelte Susette.

»Ja, ja.« So schnell sie konnte, öffnete Louise die Tür zum Stiegenhaus. Susette stürzte nach drinnen und die Treppen hinauf.

Oben klopfte sie an die Wohnungstür, riss sie auf und stürmte hinein.

Die Familie Tritschler saß, inmitten gepackter Umzugskartons, gerade beim Mittagessen. Fünf empörte Augenpaare starrten sie an.

»Was fällt euch ein, hier so einfach hereinzuplatzen!«, keifte Klärle.

Louise betrachtete verwundert die Umzugskisten. »Ihr zieht aus?«

»Ja, endlich. In die Neustadt. Es ist in diesem furchtbaren Haus ja nicht länger auszuhalten.«

»Richtig«, sagte Susette giftig. »In der Neustadt sind jetzt mehrere Villen frei geworden, weil ihr auch den letzten jüdischen Bürger vertrieben habt. Interessiert euch eigentlich nicht, wer vorher in den Häusern gelebt hat, in denen ihr euch nun breitmacht?«

»Also, des isch ja wohl …«, begann Klärle, während die Kinder die drei Frauen mit großen Augen anstarrten und Paul sich vom Tisch erhob und langsam auf sie zuging. »Was wollt ihr hier?«

»Mit dir reden. Unter vier Augen.«

Sie sah ihm unerschrocken ins Gesicht.

»Was ihr zu sagen habt, kann meine Familie hören. Wir haben keine Geheimnisse.«

»Bist du sicher?«, fragte Susette und schob ihr Gesicht näher an das ihres Onkels heran.

Der wurde blass. Er schien nun zu ahnen, was seine Nichte andeutete.

»Gehen wir nach unten«, murmelte er, »muss ja nicht sein, dass alle in ihrer verdienten Mittagsruhe gestört werden.«

Über die Schulter rief er seiner Frau zu: »Es dauert nicht lange. Ich bin gleich wieder da.«

Unten in der noch geschlossenen Patisserie sah er seine drei Nichten unwillig an. »Was soll das?«

»Anne, Louise«, sagte Susette, ohne auch nur für eine Sekunde den Blick von ihrem Onkel zu wenden.

»Wie ihr sicher wisst, ist unser Großvater Halbjude. Und damit ist Paul Vierteljude.«

»Nicht so laut«, zischte der und schloss hastig die Tür zum Treppenhaus.

»Unser feiner Onkel, Nazi der ersten Stunde, hat sich schon sehr früh von einem Parteifreund einen blütenweißen Ariernachweis erstellen lassen. Nur deshalb darf er überhaupt mitmischen.«

Sie sah ihn verächtlich an.

»Als Paul hier ankam, haben wir ihn darauf angesprochen, Clément und ich. Und wir haben eine Vereinbarung getroffen: Wenn wir unseren Mund halten, dann hält er eine schützende Hand über Großvater. Denn wenn Paul arisch ist, muss es Lucien ja auch sein. Um seine eigene Haut zu schützen, hat er sich darauf eingelassen.«

»Nein, es ging mir auch darum, Papa zu …«, widersprach Paul.

»Ach ja?« Sie fixierte ihn mit eisigen grünen Augen. »Wirklich?«

Er hielt ihrem Blick nicht stand.

»Wie auch immer«, fuhr Susette dann fort. »Fakt ist, dass mein Bruder Clément nun schon viel zu lange in diesem Umerziehungslager ist und wir nicht wissen, wie es ihm geht. Und dass wir keine Ahnung haben, wie es Papa geht. Ich möchte, dass du Clément da rausholst. Und in Erfahrung bringst, was mit Trystan ist. Sofort.«

»Das … das kann ich nicht«, stotterte Paul.

»Das kannst du. Und du weißt es auch. Ansonsten marschiere ich auf direktem Weg zu deinem Freund Robert Wagner und erzähle ihm, wie arisch du wirklich bist.«

»Dann wäre auch Lucien nicht mehr geschützt.«

»Du wärst in viel größerer Gefahr als er«, pokerte Susette. »Du wirst dafür sorgen, dass Clément bis heute Abend zu Hause ist und wir wissen, was Papa widerfahren ist. Ansonsten mache ich alles öffentlich.«

Paul standen inzwischen die Schweißperlen auf der Stirn.

»Ich sehe, was ich tun kann«, murmelte er heiser.

Louise, Anne und Susette gingen nicht wieder zurück in die Patisserie Goldschmidt, sondern ließen sich am Fensterplatz nieder und sahen einander bang an. Keine der drei wollte jetzt ohne die andere sein, außerdem hofften sie darauf, bald Nachricht von Paul zu bekommen.

»Das war unglaublich, Susette«, sagte Louise bewundernd. »Unglaublich, unglaublich, unglaublich. Jetzt haben wir wirklich eine Chance, dass Clément und Onkel Trystan zurückkommen.«

»Es wird klappen«, sagte sie grimmig, »glaub mir. Ansonsten wird es sehr unbequem für Paul.«

In diesem Moment kam Marcel herein.

»Was macht ihr denn für Gesichter?«, fragte er.

»Und warum bist du hier?«, antwortete seine Tochter Louise mit einer Gegenfrage. »Du bist doch für heute fertig mit Backen.«

Er schüttelte den Kopf. »Jetzt, da Clément nicht mehr hier ist, werde ich einfach nie fertig«, sagte er, und in seinen Augen stand die tiefe Angst um seinen Neffen.

Sie ging zu ihm und strich ihm sacht über das Gesicht. »Papa«, sagte sie zärtlich, »Papa, ich glaube, es ist uns gelungen, Clément zu retten.«

»Was?« Ungläubig starrte er sie an.

»Wir haben Paul noch mal sehr eindringlich daran erinnert, dass sein Ariernachweis nicht so ganz korrekt ist«, sagte Susette. »Ich hoffe, er kann etwas tun.«

In diesem Moment kam Paul zurück in die Backstube. Sein Gesicht war ernst.

»Über Trystan konnte ich noch nichts in Erfahrung bringen, kümmere mich aber weiter darum. Aber es ist mir gelungen, Cléments Freilassung zu erwirken. Theoretisch«, sagte er.

Die anderen sahen ihn fragend ihn an. »Was heißt das – theoretisch?«, keuchte Susette.

»Nun«, sagte Paul zögerlich. »Der Junge hatte einen Unfall. Er ist eigentlich nicht transportfähig.«

»Nein!«, schrie Louise auf und schlug die Hände vor das Gesicht, während Susette voller Wut auf ihren Onkel zustürzte und ihn am Kragen packte.

Paul, der wegen seiner Beinprothese nie einen ganz sicheren Stand hatte, geriet ins Wanken.

»Einen Unfall?«, schrie sie ihn an. »Das glaube ich dir nicht. Ich habe gesehen, wie die Deutschen Papa zugerichtet haben. Mit Clément haben sie sicher dasselbe gemacht!«

»Ich … ich weiß leider nichts Näheres«, stammelte Paul.

Mit funkelnden Augen wandte sich Susette an ihren

Onkel. »Marcel, können wir Clément mit dem Lieferwagen holen?«

»Natürlich.«

»Am besten, wir holen unterwegs Maman aus dem Krankenhaus ab. Clément wird eine Ärztin gut brauchen können. Und du«, sagte Susette und stieß Paul ihren Zeigefinger auf die Brust, »du kommst mit und sorgst dafür, dass sie ihn auch wirklich rauslassen.«

19

Man verwehrte ihnen den Zutritt zum Umerziehungslager Schirmeck. Nur Paul durfte die Schranken passieren, Susette und Joséphine wurden angewiesen, draußen zu warten.

Es dauerte eine gefühlte Ewigkeit, bis Paul zurückkam. Er war sehr blass. Ihm folgten zwei Männer, die eine Trage zwischen sich hatten. Darauf lag der schwer verwundete Clément.

»Mein Junge!« Joséphine stürzte schockiert zu ihrem Sohn, Susette folgte ihr.

Clément war nicht bei Bewusstsein. Sein ganzer Körper und auch die Hälfte seines Gesichts waren voller blutiger und schmutziger Verbände. Er roch nach Exkrementen.

Susette kämpfte gegen eine Welle der Übelkeit an. Sie hatte an der Front viel gesehen, und auch ihr Vater war ja in furchtbarem Zustand gewesen – aber so ein schrecklich zugerichteter Mensch war ihr nur selten unter die Augen gekommen.

Sie wechselte einen Blick mit ihrer Mutter und sah in deren Miene das gleiche fassungslose Entsetzen, das sie selbst empfand. Joséphine flüchtete sich in ihre Professionalität, lockerte einige der verschmutzten Verbände und sah sich die Art der Verwundungen an.

Susette beobachtete jede ihrer Bewegungen. »Wird er es schaffen?«, fragte sie bang.

»Sicher ist nur: Wenn er dringeblieben wäre, hätte er es nicht geschafft. Ich gehe davon aus, dass er mit einem Schnittgerät oder so was verletzt wurde, sein Fleisch ist an einigen Stellen regelrecht aufgerissen.«

Selbst Paul, der nach einem Gespräch mit dem Lagerleiter zu ihnen getreten war, sah schockiert aus. Susette warf ihm einen bösen Blick zu. Auch wenn Paul Clément auf ihren Druck hin geholfen hatte – für sie steckte er mit den Verbrechern, die ihren Bruder so zugerichtet hatten, unter einer Decke. »Ist er transportfähig?«, wandte Susette sich wieder an Joséphine.

Es half ihnen beiden, sich in die Professionalität zurückziehen zu können. Würden sie hier als Mutter und Schwester stehen – sie wären nicht in der Lage gewesen, den Anblick zu ertragen.

Joséphine furchte die Stirn. »Eigentlich nicht. Aber wir haben keine Wahl. Wir bringen ihn direkt ins Bürgerspital. Ich werde meinen Kollegen Claude Favreau bitten, ihn sich anzusehen.«

Susette wurde ein wenig ruhiger, als sie diesen Namen hörte. Dr. Claude Favreau hatte im Großen Krieg nicht nur ihren Onkel Marcel aus einem Gefangenenlager gerettet, der einundsechzigjährige Chirurg war eine Koryphäe auf seinem Gebiet. Wenn es jemand schaffen würde, Clément zu retten, dann er.

*

Im Bürgerspital dauerte es keine zehn Minuten, bis Dr. Favreau bei ihnen war. Er sah sich Cléments Verwundungen an und wies eine der beiden Krankenschwestern in seiner Begleitung an, einen Operationssaal vorzubereiten. Susettes Mutter wollte ihn begleiten, doch ihr Kollege hielt sie davon ab. »Lass mich das machen, Joséphine. Ich weiß, was ich tue. Und du weißt, dass du in deinem Zustand keine verlässliche Hilfe wärst.«

Sie nickte stumm.

Und in diesem Moment, da Susette und ihre Mutter nicht mehr in der Rolle der Medizinerinnen waren, war es um ihre Fassung geschehen. Joséphines Beine gaben nach, und Susette konnte sie gerade noch stützen.

»Kommen Sie, Frau Doktor«, hörten die beiden Frauen eine freundliche Stimme neben sich.

»Oberschwester Agathe«, erkannte Joséphine unter Tränen.

»Gehen wir ins Schwesternzimmer. Ihr Sohn wird wieder gesund. Er ist bei Doktor Favreau in den allerbesten Händen. Das wissen Sie doch.«

Die Sekunden krochen in quälender Langsamkeit dahin. Minute reihte sich an Minute. Inzwischen hatte eine Schwester auch den Rest der Familie informiert. Alle, einschließlich François und Noée, saßen nun im Wartebereich des Bürgerspitals und versuchten, sich gegenseitig Trost zu spenden. Selbst Walter Kupfer war herbeigeeilt und hielt ganz selbstverständlich Annes Hand.

Irgendwann kam dann Claude Favreau über den Flur auf sie zugeeilt. Joséphine sprang auf. An dem Lächeln des Chirurgen konnte Susette ablesen, dass er gute Nachrichten hatte.

»Dein Sohn ist zäh, Joséphine«, sagte er zu ihrer Mutter. »Ein anderer hätte das nicht überstanden. Ich habe die Wunden gereinigt und so vernäht, dass die Narben sich in Grenzen halten werden. Ich hoffe, das Sulfonamid verhindert Komplikationen.«

Er senkte die Stimme und sah seine Kollegin ernst an, Grauen im Blick. »Euer Sohn war komplett zerbissen. Wenn du mich fragst, wurde er von mindestens einem Hund angefallen. Und ich möchte behaupten, dass das Absicht war.«

*

Zwei Wochen später war Clément so weit wiederhergestellt, dass er Besuch empfangen konnte. Bis dahin hatten sich Susette und ihre Mutter an seinem Bett abgewechselt und allabendlich dem Rest der Familie über seinen Zustand Bericht erstattet.

Die Wunden heilten langsam, hatte Joséphine erzählt. Aber sie habe den Eindruck, als sei seine Seele zerstört worden. Er spreche nicht, schaue nur immer an die Zimmerwand und wiege seinen Oberkörper auf und ab.

Zum Glück habe man in der Klinik auch mit Traumata Erfahrung, einer ihrer Kollegen arbeite intensiv mit ihm.

»Clément ist stark«, hatte Susette versucht, die verzweifelte Louise zu trösten, »er wird das schaffen.«

Tatsächlich war es allmählich aufwärtsgegangen – und nun war der Tag gekommen, an dem auch seine beiden Cousinen zu ihm durften.

Anne hatte angeboten, ihrer Halbschwester für das Wiedersehen ein neues Kleid zu nähen.

Doch Louise war ganz in ihrer Schwermut gefangen gewesen. »Was bedeutet in der Situation jetzt noch ein Kleid?«

»Sehr viel«, hatte Anne ernst erklärt. »Was könnte es gerade im Moment Tröstlicheres für ihn geben als seine Liebste in einem schönen Kleid? Du musst ihm Hoffnung schenken, Louise. Er hat nichts davon, wenn du trist und grau und trauernd vor ihm stehst.«

Louise hatte nachdenklich genickt. »Da magst du schon recht haben, auch wenn ich nicht seine Liebste bin. Er geht ja immer noch davon aus, dass Georg und ich ein Paar sind.«

»Das kannst du ihm ja erklären. Und jetzt gehe ich dein Kleid nähen.«

Als sie schließlich vor Cléments Zimmertür standen, war Louise aufgeregt wie nie zuvor in ihrem Leben.

Sie klopften an und traten auf Cléments leises »Herein« ein.

»Geh du vor«, flüsterte Anne und gab ihr einen leichten Schubs, »ich warte erst mal hier an der Tür.«

Louise nickte nur, den Blick fest auf den Mann gerichtet, der in dem Krankenhausbett aus weiß lackiertem Eisen lag. Er hatte den Kopf in Richtung Fenster gewendet und sah hinaus.

»Clément«, sagte sie leise.

Er zuckte zusammen, als er ihre Stimme hörte, wandte den Kopf und sah sie an. Sein Blick kam wie aus weiter Ferne, aber sie hatte den Eindruck, dass er näher kam, je länger sie sich ansahen.

»Clément«, flüsterte sie wieder und setzte sich auf den Stuhl neben seinem Bett. »Ich war so dumm, all die verschwendete Zeit.«

Immer noch sah er sie an. Stumm.

»Ich würde so gerne deine Hand nehmen«, sagte Louise, »aber ich will dir nicht wehtun.«

Zitternd hob Clément seine verbundene Rechte von der Bettdecke in ihre Richtung.

Louise nahm sie ganz vorsichtig in die ihre.

»Weißt du noch«, sagte sie leise, »wie wir als Kinder auf einer Blumenwiese gesessen und uns eine Tüte Bonbons geteilt haben? An dieses Bild muss ich in letzter Zeit so oft denken.«

Eine Träne löste sich aus seinem Augenwinkel und rann ihm über die Wange herab.

Zärtlich streckte sie ihre freie Hand aus und wischte sie ab.

»Ja«, flüsterte er, »ja, ich auch. Hoffnung.«

Louise schnappte nach Luft. Susette und Joséphine hatten berichtet, dass Clément bisher noch kein einziges Wort gesprochen hatte. Mit aller Kraft schluckte sie die Tränen herunter. Jetzt nicht weinen, sagte sie sich. Jetzt bloß nicht weinen!

»Erzähl«, krächzte Clément, »mir mehr …«

Aus dem Augenwinkel sah sie, dass Anne leise das Zimmer verließ.

»Ich habe mir einen Blumenkranz geflochten und ihn mir in die Haare gesetzt.«

Er nickte. »Margeriten. Deine Haare … in der Sonne.«

»Und die Bonbons haben herrlich geschmeckt«, erinnerte sich Louise. »Orange. Und Zitrone. Weißt du noch, wie wir einmal zusammen versucht haben, Karamellbonbons zu kochen? Es war eine schreckliche Schweinerei, und wir haben ziemlich Ärger bekommen.«

Der Hauch eines Lächelns zitterte über sein Gesicht. »Aber gut«, grinste er.

»Damals haben wir davon geträumt, gemeinsam einen Laden aufzumachen oder zusammen die Patisserie zu führen. Wir wollten auch Bonbons verkaufen. Und kleine Kuchen. Und …«

»Ja. Und dann … Georg.«

Sie schüttelte den Kopf. »Der ist Geschichte«, sagte sie. »Es tut mir leid, wie ich mich benommen habe.«

»Warum?«, fragte er.

»Warum Georg Geschichte ist?«

Er nickte.

»Weil ich mit seinem Weltbild nicht klarkomme. Und weil ich einen anderen liebe.«

»Einen anderen?«, fragte er, und sie las in seinen Augen sowohl bange Hoffnung als auch Angst vor neuem Verlust. »Ja. Einen anderen«, sagte sie. »Noch ist er schwer verletzt, aber er wird wieder gesund, das weiß ich.«

Er lächelte glücklich, und es gelang ihm, den rechten Arm zu heben, um ihre Wange zu streicheln. Und dann beugte sie sich vor und küsste ihn ganz vorsichtig auf die Stirn.

*

»Eine Woche noch«, ächzte Louise. »Da haben wir ganz schön was zu tun.«

»Aber wir wissen, wofür wir es tun, und das gibt uns Schwung«, sagte Ruth und küsste ihre Tochter auf die Stirn. »Ach, mein Schatz, ich freue mich so, dass du wieder die Alte bist.«

»Ich mich auch.« Louise schmiegte sich an ihre Mutter. »Wenn ich an die letzten Monate zurückdenke, dann habe ich das Gefühl, mich selbst nicht wiederzuerkennen.«

Dann sah sie sich bang um. »Meinst du, es wird ihm gefallen?«

»Er wird es lieben«, versicherte Anne, die gerade mit einem Arm voller Stoff um die Ecke gekommen war.

»Nur schade, dass nun aus unserem gemeinsamen Schwester-Laden nichts wird.«

»Ich bin ja nicht weit«, sagte Anne. »Und wir haben eine Abmachung: Ich nähe dir Kleider, und du kochst mir Bonbons.«

»Wenn ich darin irgendwann so gut bin wie du im Nähen«, sagte Louise, »dann habe ich es geschafft.«

Der Familienrat hatte beschlossen, dass die Goldschmidt

nicht geteilt werden würde: Da Paul und Klärle inzwischen ausgezogen waren, stand die Wohnung über der Patisserie Tritschler ohnehin leer. Daher hatte Ruth vorgeschlagen, Anne solle ihre Schneiderei in den vorderen beiden Zimmern der Wohnung einrichten. Dann sei diese gut zugänglich für Kunden, und den Wohnbereich dahinter könne man abtrennen. Dort und in den beiden oberen Geschossen sei dann mehr als genug Platz, um die ganze Familie unterzubringen. Die Idee war, dass die Familie Picard-Tritschler wieder über die Tritschlers zog, während Joséphine, Clément und Susette über der Goldschmidt wohnen blieben.

»Dann hast du die ganze Patisserie zur Verfügung, um deinen Traum gemeinsam mit Clément zu verwirklichen«, hatte Ruth ihrer Tochter erklärt. »Nun macht er ja bald sein Abitur und steht uns dann ganz zur Verfügung. Das schaffen wir schon.«

Nach einigem Zögern – schließlich entschied sie gewissermaßen über Cléments Kopf hinweg – hatte Louise zugestimmt. Wenn es ihm nicht gefallen würde, könnte sie die Goldschmidt ja immer noch allein führen.

Aber nun galt es erst mal, alles fertig zu bekommen, um ihn bei seiner Heimkehr zu überraschen. Louise, Susette und Joséphine waren sicher, dass Clément inzwischen stabil genug war, um sich über ein kleines Willkommensfest zu freuen.

»Das sieht doch schon wunderbar aus.«

Zufrieden betrachtete Louise ihr Werk, und in der Tat: Die Goldschmidt konnte sich sehen lassen. Die Tische waren auf Hochglanz poliert und wurden von kleinen Blumen geziert, die Kuchentheke funkelte im hereinfallenden Sonnenschein, und auf dem Tresen, den Marcel vorige Woche eigens geschreinert hatte, stand ein Bonbonglas neben dem anderen.

»Jetzt muss ich die nur noch alle füllen«, sagte Louise. »Und davor habe ich ein bisschen Respekt. Gleichzeitig ist es das Schönste überhaupt.«

Ihre Mutter nickte. »Ich helfe dir. Und dein Vater ist natürlich auch zur Stelle.«

»Es wird auch auf keinen Fall eine solche Sauerei wie damals, als wir noch Kinder waren.«

»Und selbst wenn«, sagte Ruth lächelnd, »wichtig ist, dass du alles, was du tust, aus Liebe tust.«

»O ja«, bestätigte Louise, »aus Liebe. Wieder.«

Dann wandte sie sich zu ihrer Mutter um. »Vielen Dank für dein Angebot, mir beim Bonbonkochen zu helfen. Aber die ersten Süßigkeiten in dieser Küche, die muss ich mit Clément kochen.«

»Das kann ich gut verstehen«, entgegnete Ruth lächelnd. »Wie möchtest du dein Geschäft denn nennen?«

»Darüber habe ich mir schon den Kopf zerbrochen«, erklärte ihre Tochter resigniert. »Meinen Vornamen dürfte ich nicht mehr mit o schreiben, und meinen Ururgroßvater Goldschmidt darf ich ja auch nicht mehr ehren.«

Ruth dachte kurz nach, dann sagte sie: »Du könntest ihn im Namen verstecken, ohne dass die Nazis es merken. Nenn den Laden doch einfach *Luisengold.*«

Louise sah sie erstaunt an. *Luisengold.* Das war in der Tat ein Name, der einerseits ihre Wurzeln enthielt und andererseits Hoffnung auf goldene Zeiten machte.

»Das ist wunderbar, Maman«, rief sie begeistert. »Es klingt nach etwas Wertvollem – und sehr romantisch.«

*

Es fiel Clément noch schwer zu gehen, die Narben schmerzten, als er mit seinem Onkel Marcel auf den vor dem Spital parkenden Lieferwagen zuging. Im Innern des verwundeten jungen Mannes tobte die Angst um seinen Vater, die er mit dem Rest der Familie teilte. Sie hatten bei ihren Besuchen nicht darüber gesprochen, wohl, um ihn zu schonen, aber ihm war die Sorge in ihren Gesichtern nicht verborgen geblieben. Er beschloss, sich seinen eigenen Kummer nicht anmerken zu lassen, als Marcel den Wagen vor der Goldschmidt zum Stehen brachte. Zumal sie sich mit seinem Empfang solche Mühe gaben! Louise, Ruth, Marcel, Anne, Noée und Susette standen Spalier, während Joséphine ihm vorsichtig beim Aussteigen half.

Als sie ihn sah, hätte Louise fast laut aufgelacht: Ihr Liebster trug wieder seine Baskenmütze.

»Die hat er sich von mir ins Krankenhaus bringen lassen«, flüsterte Susette, die ihre Gedanken offenbar erraten hatte, ihrer Cousine zu. »Unbelehrbar, dieser Kerl.«

Stolz klang aus ihrer Stimme.

»Ja, er ist einfach unbeugsam«, wisperte Louise verliebt.

Cléments Augen weiteten sich erstaunt, als er sah, dass die einstige Patisserie Goldschmidt in neuem Glanz erstrahlte. Zwar war es zu kalt, als dass man die Außenbestuhlung hätte aufbauen können, aber die frisch geputzten Fensterscheiben funkelten im Sonnenlicht, und statt des vergilbten alten Schildes stand dort nun in schwungvoller weißer Schrift zu lesen *Luisengold – Feinbäckerei und Süßwarenhandlung.*

Wie viel schöner, dachte Louise, hätte »Patisserie und Fabrication de Bonbons« geklungen, aber das hätte man ihnen selbstverständlich nicht genehmigt.

Clément ging mit langsamen Schritten auf das Geschäft – und damit auch auf sie – zu. Als er fast bei ihr angekommen war, ging sie ihm ein paar Schritte entgegen, und er schlang die Arme um sie.

»Willkommen daheim«, sagte sie. »Jetzt lasse ich dich nie wieder gehen.«

Und dann küsste Clément sie vor aller Augen sehnsuchtsvoll auf den Mund und ließ sie nur halb aus seiner Umarmung, als er den Blick wieder zur Patisserie *Luisengold* wandte. »Das ist ja unglaublich«, staunte er. »Warum hast du denn gar nichts erzählt?«

»Wir wollten dich überraschen«, sagte sie.

»Das ist euch gelungen.« Er strahlte.

Nachdem auch die anderen Familienmitglieder Clément begrüßt hatten, gingen sie ins Haus. Marcel hatte sich mächtig ins Zeug gelegt, um die Kuchentheke mit den verlockendsten Backwaren zu füllen, jeder durfte sich den Teller vollladen und sich dann an einen der Tische setzen.

»Nur Puits d'amour gibt es noch nicht«, sagte Marcel beinah entschuldigend. »Ich habe mir geschworen, dass ich die erst backe, wenn meine Eltern wieder bei uns sind.«

»Das ist auch richtig so«, befand Clément, der Louise gar nicht wieder aus seinen Armen lassen wollte. Wieder musste er an Trystan denken. Auch sein Vater liebte Puits d'amour. Dann fiel sein Blick auf die leeren Bonbongläser.

»Aber die müssen noch befüllt werden.«

»Ich wollte auf dich warten«, sagte Louise. »Die ersten Bonbons unseres wahr gewordenen Kindheitstraums, die wollte ich mit dir zusammen kochen.«

»Ich kann mir nichts Schöneres vorstellen. Oder zumindest fast nichts.« Er zog sie an sich, um sie erneut zu küssen.

Über ihrer Schulter begegnete er Marcels Blick, und dabei fiel ihm etwas ein. Als Louise zu Anne und Noée hinübergegangen war, erkundigte er sich mit gesenkter Stimme: »Onkel Marcel, du hast einmal von einem Konrad Struve erzählt, erinnere ich mich da richtig?«

Marcel nickte. »O ja, er war ein guter Freund aus dem Gefangenenlager im Großen Krieg.«

»Und war er …?« Er zögerte kurz und senkte die Stimme. »Mochte er Männer?«

Marcel sah ihn erstaunt an. »Ja, er war für eine lange Zeit heimlich mit unserem Pächter zusammen, Nicolas Rolland.«

Clément wusste, dass sich der einstige Hausdiener Nicolas inzwischen um die Landwirtschaft kümmerte, die an das alte Forsthaus der Picards in Weghäusel südlich von Straßburg grenzte.

»Wie kommst du jetzt auf Konrad?«, fragte Marcel beunruhigt.

»Er ist im Lager ermordet worden«, murmelte sein Neffe bedrückt.

Marcel ließ sich auf einen Stuhl fallen. »Er … er war aber nicht der Mann, von dem du Susette erzählt hast. Der, den die Schäferhunde …«

Cléments Stimme versagte. Er konnte nur die Faust an den Mund drücken und nicken.

Marcel schrie auf und warf seine Tasse gegen die Wand.

TEIL 2

1941–1942

20

Auf dem Balkon über dem Rednerpult prangte ein riesiger Reichsadler, ein Hakenkreuz in seinen Klauen haltend. Unter diesem Symbol des Nationalsozialismus stand ein schneeweißer, nackter Marmoradonis. Sein Geschlechtsteil tauchte immer wieder hinter dem Kopf des Redners auf, der, an dem Pult stehend, an diesem 23. November 1941 ins Mikrofon brüllte.

Als Ärztin am Bürgerspital, das nun zum Universitätskrankenhaus geworden war, hatte man Dr. Josefine Hirt, wie sie nach der Eindeutschung der elsässischen Namen offiziell hieß, ebenfalls zur Eröffnung der Reichsuniversität eingeladen. Sie hatte es sich nicht nehmen lassen, ihre Tochter Susette mitzunehmen. Die musste die männliche Herrlichkeit hinter dem Rednerpult ständig anstarren und einen Kicherreiz unterdrücken. Ob den hohen Herren bewusst war, wie lächerlich das wirkte? Doch im Grunde wirkte ja nicht nur die Tatsache, dass hinter den Rednern ein nackter Mann stand, lächerlich – die ganze Veranstaltung war eine Farce. Es widerte Susette an, mit welch stolzgeschwellter Brust sie alle herumliefen und sich gegenseitig beweihräucherten. Sie wusste, dass es sich um eine Ansammlung von lauter Ungeheuern handelte. Und das nicht erst, seit ihr Bruder Clément ihr erzählt hatte, dass sie im Lager die Schäferhunde auf ihn gehetzt hatten, weil er Marcels einstigen Kameraden Konrad Struve retten wollte, den die Bestien tatsächlich bei lebendigem Leib zerfleischt hatten. Warum sie Clément am Ende hatten leben lassen, wusste keiner. Vermutlich hatte ihn die Tatsache gerettet, dass Paul ein hohes Amt bei dieser Verbrecherbande bekleidete, dachte Susette, die seither kein einziges Wort mehr mit ihrem Onkel gewechselt hatte. Paul, der neben dem Rednerpult saß und sich offenbar ungemein wichtig vorkam, machte schließlich gemeinsame Sache mit diesen Mördern.

Nun marschierte zu zackiger Blasmusik eine Abordnung der Wehrmacht in den umgebauten Lichthof. Susette erkannte, dass sie außer den Hakenkreuzfahnen auch alte Regimentsflaggen aus der Kaiserzeit schwenkten.

Reichserziehungsminister Rust brüllte gerade, »dass diese Universität als Grenzscheide zweier Völker zu ihrem Teil an der Befreiung und Einigung Europas mitwirken wird«. Die Dekane, die rechts und links des Rednerpults saßen, nickten bedeutsam.

»Sie haben diese Reichsuniversität auf tausend Jahre angelegt und wollen sogar die Pariser Sorbonne übertrumpfen«, flüsterte Joséphine Susette zu.

Die rollte mit den Augen. »Wenn ich mir vorstelle, dass dieser Wahnsinn tausend Jahre gehen soll, wird mir ganz schlecht.«

»Mir auch.« Lächelnd sah die Ärztin ihre Tochter von der Seite an. »Und erneut ist es so, dass sich die Dinge wiederholen. 1919 saß ich hier bei der Wiedereröffnung der französischen Universität, und kurz darauf sollte mein Medizinstudium beginnen. Jetzt wird die Hochschule schon wieder neu eröffnet, und wieder sitzt eine Bouvier-Frau hier, die bald ihr Studium aufnehmen will. Ich bin stolz auf dich, meine Kleine. Und dein Vater wäre es auch.«

Susette lächelte traurig. Genau das hatte er ihr gesagt, als sie ihn das letzte Mal gesehen hatte.

»Irgendwann kommt er zurück, und dann wird er es erfahren«, war sie sich sicher.

Joséphine nickte schwer und griff Halt suchend nach Susettes Hand. Inzwischen hatten sie dank Pauls Nachforschungen erfahren, dass Trystan in dem am 1. Mai eröffneten Konzentrationslager Natzweiler-Struthof etwa fünfundfünfzig Kilometer südwestlich von Straßburg interniert war und in der Küche für das Wachpersonal Zwangsarbeit verrichtete. Hoffnung auf Freilassung bestehe in absehbarer Zeit nicht, aber immerhin: Trystan war am Leben!

Inzwischen hatte Rektor Karl Schmidt das Rednerpult betreten. Auch hinter seinem Kopf ragte der steinerne Penis hervor, als er mit lauter, wichtiger Stimme erklärte: »Es gilt gerade hier, von Straßburg aus, das zu überwinden, was oft und lange deutsches Denken und deutsches Fühlen überwuchert und überfremdet hat.«

Joséphine schüttelte sich. Dann deutete sie mit dem Kinn auf einen kleinen Mann mit rundem Gesicht, dessen Augen seltsam tief lagen und der irgendwie unheimlich aussah. »Das ist August Hirt«, raunte sie ihrer Tochter zu. »Er hat leider ausgerechnet denselben Nachnamen, den uns die Nazis aufgezwungen haben, Hirt ist ja die Übersetzung von Bouvier. Dieser Arzt ist auch Professor an der Medizinischen Fakultät. Ich finde, er sieht aus wie ein Verbrecher.«

»Das ist er vermutlich auch«, murmelte Susette unbehaglich. »Wie wohl die meisten hier.«

*

»Ich liebe es, mit dir Bonbons zu kochen«, sagte Louise und gab Clément einen Kuss. »Und dich liebe ich auch.«

Er zog sie in seine Arme, um sie zu küssen, bis ihr schwindelig war.

»Ich will heute mal versuchen, Bonbons zu machen, die wie Orangenscheiben aussehen«, verkündete sie, als er sie wieder losgelassen hatte. »Jetzt, da es kaum noch Orangen gibt, macht das die Menschen vielleicht glücklich.«

»Unsere Bonbons machen die Menschen immer glücklich«, gab Clément zurück.

In der Tat war es vor einem Jahr genau die richtige Entscheidung gewesen, die Patisserie Goldschmidt, wie sie sie heimlich immer noch nannten, wieder zu eröffnen. Die Menschen strömten in Scharen in das Geschäft, denn die bunt gefüllten Bonbondosen standen im Mittelpunkt unzähliger Kinderträume. Da sie ihre Bonbons auch in sehr kleinen Mengen und sogar einzeln verkauften, konnte sich auch fast jeder ein kleines Stück Glück in schwierigen Zeiten leisten.

»Wir machen Blutorangen«, erklärte Louise. »Rot ist einfacher zu färben als gelb, weil man nun mal viel leichter an Rote Bete kommt als an Kurkuma.«

Sie goss die hellbraune Bonbonmasse in die Form und schüttete das Färbemittel, das sie aus Roter Bete hergestellt hatten, darauf. Clément nahm den Spatel zur Hand und vermischte die beiden Substanzen miteinander. In der braunen Paste bildeten sich tiefrote Schlieren. Jetzt kam es darauf an, die Massen so gut zu verrühren, dass eine gleichmäßig gefärbte Zuckerpaste entstand. Während er rührte, gab Louise das Aroma hinzu – Orange. Clément rührte weiter.

Wie friedlich die Stimmung ist, dachte Louise. Und wie vertraut. Die tief stehende Wintersonne schien herein und warf ihre Strahlen auf die Bonbonmasse, die nun fertig eingefärbt war. Den nächsten Arbeitsschritt liebte Louise besonders: Sie formte die Masse zu einem langen Strang und zog sie wieder und wieder über den riesigen Haken, der über der Arbeitsfläche in der Wand eingelassen war. Je mehr sie zog, desto schöner würden die Bonbons später glänzen, weil auf diese Art mikroskopisch kleine Lufteinschlüsse eingearbeitet wurden.

»Wie stellst du dir das Bonbon vor?«, fragte Clément.

»Wie das Innere einer Orange, wenn man sie quer aufschneidet«, sagte sie. »Ich würde die rote Masse zu Dreiecken formen und dann sechs Dreiecke aneinanderreihen. Dazwischen jeweils weiße Masse.«

»Was hältst du davon, wenn wir das mit Gelb ummanteln? Das sähe bestimmt hervorragend aus.«

Sie nickte zustimmend, während sie die rote Masse weiter über den Haken zog: »Gute Idee.«

»Dann färbe ich mal die gelbe Masse ein.«

Sie arbeiteten eine Weile einträchtig nebeneinander her. Louise ließ ihre Gedanken schweifen, manchmal konnte sie es gar nicht glauben, dass das alles wahr war, dass er alles so gut überstanden hatte. Erstaunlicherweise hatte Clément kaum Narben davongetragen: Die äußeren Wunden hatte Doktor Favreau wunderbar verarztet, und die inneren hatten kaum eine Chance gegen all die Liebe, die Clément erfuhr, wenn er sich auch schrecklich um seinen Vater sorgte und die Selbstvorwürfe ihn zermürbten. Und klassische Musik konnte er seit seinem Aufenthalt im Lager nicht mehr ertragen.

Während Clément nun die gelbe Masse über den Haken zog, formte sie aus der roten große Dreiecke, die sie mit weißer Zuckermasse ummantelte. Dann setzte sie die rot-weißen Teile zusammen und umwickelte sie mit dem flach gerollten gelben Fondant. »Ein Riesenbonbon«, befand sie.

Clément sah sie nachdenklich an: »Warte mal, bevor du sie kleinrollst.« Dann schnitt er mit einem sehr scharfen Messer eine Scheibe von der Rolle ab und murmelte: »Irgendwo müssen wir doch noch diese Holzspieße haben.« Er kramte in einer der Schubladen.

»Was hast du vor?«, fragte Louise.

»Wart's ab!«

Er hatte die Stäbchen gefunden und steckte eines davon vorsichtig in die schmale Seite der Bonbonscheibe.

»Voilà!« Er streckte es ihr entgegen. »Nun haben wir ein Bonbon am Stiel.«

»Das ist genial«, freute sie sich.

»Finde ich auch«, lächelte er zufrieden.

»Lass uns gleich noch weitere machen«, sagte Louise voller Tatendrang, »ich glaube, unsere Kunden werden sie lieben.«

»Und deine Bonbons?«

»Wir können ja aus der einen Hälfte Bonbons am Stiel machen und aus der anderen meine kleinen Bonbons«, schlug sie vor.

»Gute Idee. Ich denke aber, dass wir die Größe der Scheiben für die Bonbons am Stiel noch etwas verkleinern sollten.«

»Da hast du recht«, lachte sie. Die Scheibe, die Clément jetzt in der Hand hielt, war so groß wie eine Untertasse.

»Die Größe einer Reichsmark wäre richtig.«

Clément rollte die zusammengesetzte Bonbonmasse weiter, sodass sie dünner wurde, ohne ihre Innenform zu verändern. »So, jetzt ist es gut.«

Louise nickte. »Ja.«

Sie fertigten fünfzig Bonbons am Stiel, dann rollten sie die Stränge noch kleiner und schnitten sie zu kleinen Miniatursüßigkeiten.

»Wunderbar«, freute sich Louise, »da waren wir aber sehr produktiv.«

»Das sind wir doch immer«, sagte er und küsste sie.

Scheinbar ins Gebet versunken, kniete Susette in der ersten Reihe der Kirchenbänke in der Saint-Jean-Kirche. Kurz darauf bemerkte sie, dass sich jemand neben sie hinkniete. Der Mann faltete die Hände ebenfalls zum Gebet.

»Pierre«, murmelte er das Passwort, und sie antwortete mit dem ihren: »Freddy.«

Dann sah sie sich unauffällig um. Die Kirche war leer.

»Komm!«, sagte sie zu dem Mann, und in diesem Moment lief der ganze und inzwischen sehr eingespielte Apparat der Flüchtlingshelfer an. In der Sakristei warteten bereits Elise Weisheimer und der Pfarrer, der sie nun schon seit einem Jahr unterstützte.

»Schnell«, sagte Elise und suchte aus ihrem Korb passende Zivilkleidung für den Mann heraus.

Auch Baptiste Marbot, der Fotograf, war da, um den Mann vor einem neutralen Hintergrund zu fotografieren. Das Bild sollte dann in einen gefälschten Pass geklebt werden.

»Wir verlassen die Kirche jetzt über den Seitenausgang«, sagte Susette zu dem Flüchtling. »Dort ist nie jemand, und wegen der Verdunkelung kann man uns ohnehin nicht gut erkennen. Zur Sicherheit tun wir aber so, als wären wir ein Liebespaar.«

Der Mann nickte ernst. »Verstanden.«

Unbehelligt gelangten sie zum Haus von Lucienne Welschingers Bruder, der hinter einer doppelten Mauer zahlreiche Flüchtlinge versteckte. Sobald die Männer mit neuen Papieren ausgestattet waren, begleitete sie ein Mitglied der Gruppe zum Bahnhof und übergab sie dort einem Eisenbahner, der ebenfalls zur Widerstandsgruppe gehörte. Von dort aus ging es in die Vogesen, wo die Flüchtlinge, getarnt als Tagesausflügler, die Grenze nach Frankreich überquerten.

Soweit sie wussten, war bisher alles gut gegangen.

Nachdem sie ihren Schützling sicher zu Luciennes Bruder gebracht hatte, eilte Susette erleichtert nach Hause. Aufgeben war noch nie ihre Art gewesen. Sie hatte weitergemacht, obwohl ihr Vater durch den missglückten Befreiungsversuch in noch größere Schwierigkeiten geraten war. Jetzt erst recht, hatte sie gedacht – und ging davon aus, es wäre in seinem Sinne. Dass sie an ihrem Bruder gesehen hatte, was einem blühen konnte, wenn man erwischt wurde, konnte sie nicht abschrecken, vielmehr war ihr Wunsch dadurch nur noch stärker, gegen dieses menschenverachtende System zu kämpfen.

Zu Hause wurde sie von ihrer Mutter erwartet, die sie mit ernster Miene begrüßte.

»Was ist passiert?«, fragte Susette besorgt, während sie sich an den gedeckten Abendbrottisch setzte. Sofort fürchtete sie, sie sei entdeckt worden – doch dann hätte man sie auf der Stelle verhaftet und nicht erst ihre Mutter aufgesucht. Unsicher sah sie Joséphine ins Gesicht. Diese würde es gewiss nicht ertragen, wenn nach deren Mann und Sohn auch noch ihre Tochter verhaftet würde. Jetzt wurde Susette klar, was sie ihrer Mutter eigentlich damit antat, dass sie sich regelmäßig in solche Gefahr begab. Andererseits wusste sie, dass diese genau so gehandelt hätte. Und dass sie stolz auf sie gewesen wäre.

Doch Joséphine reichte ihr nur einen Brief. »Ich fürchte, du musst dein Medizinstudium erst mal verschieben«, sagte sie.

Das konnte doch nicht wahr sein! Mit zitternden Händen las sie. Tatsächlich. Da stand es. Sie wurde zum Kriegshilfsdienst einberufen. Und das, obwohl sie gerade ein halbes Jahr Reichsarbeitsdienst hinter sich gebracht hatte. Wie unsinnig und wie vergeudet diese Zeit gewesen war! In dem halben Jahr hatte sie niemandem zur Flucht verhelfen geschweige denn ihre medizinischen Kenntnisse vertiefen oder auch nur anwenden können. Stattdessen war ihr im Innendienst beigebracht worden, strammzustehen und ihr Bett akkurat zu machen. Wenn die Schlafstätten nicht ordentlich waren, hatte die Aufseherin die Strohsäcke und die dünnen, schmutzigen Decken morgens brüllend in den Hof geworfen. Und in dem folgenden Außendienst hatte Susette Tag um Tag in einer Krankenhausküche Kartoffeln schälen müssen.

»Das ist so sinnlos«, sagte sie und ließ ihre Mutter an ihren Gedanken teilhaben.

»Bestimmt wirst du dieses Mal im medizinischen Bereich eingesetzt«, versuchte Joséphine, sie zu trösten, »dann kannst du sicher jede Menge lernen.«

»Vielleicht muss ich aber auch Munition drehen«, seufzte Susette. »Außerdem habe ich mich doch so auf das Studium gefreut.«

»Ich weiß, Liebes«, sagte Joséphine, »aber das läuft dir nicht weg. Und Hauptsache, du kannst den Menschen helfen.«

»Trotzdem.«

»Weißt du, Frauen haben sich ihren Weg in die Hörsäle so lange und so hart erkämpfen müssen, da kommt es auf das halbe Jahr nicht an. Hauptsache, du kannst überhaupt studieren. Das war den Generationen vor uns versagt. Und du wirst sehen: In sechs Monaten kannst du dein propädeutisches Jahr beginnen.«

»Wenn dann nicht wieder was dazwischenkommt«, murmelte Susette enttäuscht.

»Lass mal sehen.« Joséphine streckte die Hand nach dem Briefumschlag aus, den Susette auf den Tisch gelegt hatte. Sie zog das Schreiben heraus und studierte es aufmerksam.

»Eine gute Nachricht habe ich jedenfalls«, sagte sie, »Munition drehen musst du nicht. Hier steht es schwarz auf weiß: Angehende Medizinstudenten werden in den Lazaretten eingesetzt. Das hast du in der Aufregung wohl übersehen.«

21

Die Spannung im Gerichtssaal war mit Händen zu greifen. Heute würde das Urteil gegen Marcel Weinum von der Widerstandsgruppe Schwarze Hand verkündet werden. Den Schauprozess hatte Adolf Hitler nach dessen Verhaftung angeordnet.

Am 8. Mai hatten Marcel und ein weiteres Mitglied der Gruppe, Ceslav Sieradzki, eine Handgranate auf den Wagen von Gauleiter Wagner geworfen, der vor einem Restaurant stand. Dabei wurden sie zwar gesehen, konnten jedoch zunächst fliehen. Bei ihrem Versuch, die Schweizer Grenze zu überqueren, um in Bern beim Britischen Konsulat um Hilfe zu bitten, wurden sie allerdings aufgegriffen und schwer gefoltert, bis man sie nun vor Gericht stellte.

Voller Mitleid sah Clément, der jeden einzelnen Tag des Schauprozesses verfolgt hatte, zu seinem alten Freund Marci und zu Ceslav auf der Anklagebank hinüber. Den Gesichtern seiner einstigen Mitstreiter sah er an, welche Qualen sie durchlitten hatten. Doch Clément war sich sicher: Wie sie ihn selbst in Schirmeck nicht hatten brechen können, war ihnen dies ebenso wenig mit den Mitgliedern der Widerstandsgruppe gelungen: In ihren Augen stand die gleiche Entschlossenheit, die er selbst ebenfalls fühlte. Schmerz und Stolz stiegen in ihm empor, und er griff nach der Hand von Louise, die neben ihm saß.

Bei Marci Weinums Anblick musste Clément daran denken, wie er mit ihm eine Pistole und Handgranaten erbeutet und in der Goldschmidt versteckt hatte. Dort, wo sie jetzt Bonbons kochten. Damals hatten sie den Nachtregenbogen gesehen und als Zeichen dafür interpretiert, dass sie auf dem rechten Weg waren. Und Clément glaubte auch keine Sekunde, dass es für sie einen anderen möglichen Weg gegeben hätte.

»Wir haben noch überlegt, ob wir warten sollen, bis Wagner aus dem Restaurant kommt, und ihn dann mitsamt dem Mercedes in die Luft jagen. Aber das haben wir nicht gemacht. Wir sind Christen. Wir töten keine Menschen«, brachte Weinum jetzt mit erstaunlich fester und klarer Stimme vor.

Der Richter brach in hohles Gelächter aus.

»Der lacht ihn aus«, flüsterte Clément Louise empört zu, »der lacht ihn wirklich aus, weil er als Christ keine Menschen töten will.«

»Pst«, zischte Louise, denn der junge Weinum ergriff wieder das Wort. Ganz aufrecht stand er, als er sagte: »Man muss Gott mehr gehorchen als ungerechten Gesetzen eines ungerechten, menschenverachtenden Staates.«

Und dann wurde er zum Tode verurteilt.

Zu Hause vergrub Clément sein Gesicht in den Händen und wollte gar nicht mehr aufhören, seine Haare zu raufen. »Ich war der Älteste. Ich hätte sie davon abhalten müssen.«

Als er zu schluchzen begann, zog Louise ihn erschrocken an sich. »Nichts tun zu können ist schrecklich – wir sind so machtlos«, brach es aus ihm hervor.

»Ich weiß.«

»Ich hätte ihnen die Idee vom Widerstand ausreden sollen«, warf er sich vor. »Ich war der Älteste. Aber ich habe sie bestärkt. Und jetzt müssen sie sterben. Auch bei Vaters Rettung habe ich versagt.«

»Hör mir zu, Liebling. Du kannst nichts dafür, dass sie ausgerechnet an dem Tag den Wagen so gründlich kontrolliert haben. Du hast das Menschenmögliche getan. Und was Marci angeht: Genau diese Worte hat auch deine Schwester gesagt, als du in Gefangenschaft warst. Und weißt du, was ich ihr geantwortet habe?«

Er sah sie mit tränenblinden Augen fragend an.

»Das Gleiche wie jetzt dir. Dass du dich nicht hättest abhalten lassen.«

»Da hast du recht.«

»Und genauso wenig hätte sich dieser junge Mann abhalten lassen. Nach allem, was er erleiden musste, stand er aufrechten Hauptes im Gerichtssaal und hat den Nationalsozialisten die Meinung gesagt. Du hättest es nicht anders gemacht, das weiß ich. Er hat nicht um Verzeihung gebeten. Weil man ihm nichts verzeihen muss. Weil es richtig ist, was er tut. Weil es nicht anders geht.«

»Ja«, murmelte Clément nachdenklich. Vielleicht war das die Botschaft des Regenbogens: So schwer er auch sein mochte, man musste seinen Weg gehen und für seine Überzeugungen einstehen. Aber warum hatte Marci sterben müssen, während diese Verbrecher leben durften? Wo war da die Gerechtigkeit?

*

Trotz des Mangels an Stoffen hatte Anne es binnen eines Jahres geschafft, sich mit ihrer Schneiderei einen Namen zu machen, sie konnte sich vor Aufträgen kaum retten. Zu ihrem Leidwesen befanden sich unter ihren Kundinnen allerdings auch zahlreiche Ehefrauen der Straßburger Nazi-Elite. Die mussten stets etwas länger auf ihre Bestellungen warten und bekamen nicht ganz so vorteilhafte Schnitte, aber das änderte nichts daran, dass die Damen Anne als absoluten Geheimtipp handelten. Eine Frau, die etwas auf sich hielt, trug *Anne Kupfer*.

Anne Kupfer. Sie musste immer noch lächeln, wenn sie ihren neuen Namen aussprach. Walter und sie hatten vor ein paar Monaten geheiratet und lebten über der Patisserie Tritschler. Sein freundliches Wesen bereicherte alle im Hause Tritschler, und für Noée hätte sie sich keinen liebevolleren Ersatzvater wünschen können.

»Ich habe das Gefühl, dass langsam wirklich wieder so etwas wie Alltag einkehrt«, sagte sie zu ihrer Stiefmutter Ruth, als sie sich in der Patisserie eine kleine Pause gönnten.

Die stellte zwei Kuchenteller auf den Tisch, setzte sich zu Anne und meinte nachdenklich: »Ja, ich habe das schon oft im Leben gedacht. Scheinbar alles bricht in Scherben. Man hat das Gefühl, dass es nie wieder gut werden kann. Aber irgendwie wird es das doch immer wieder aufs Neue.«

Ruth deutete durch das Fenster hinaus auf den Münsterplatz, wo ein großer, schlanker, rothaariger Mann mit einem kleinen Mädchen an der Hand durch die dicken Schneeflocken auf die Patisserie zusteuerte.

Lächelnd sprang Anne auf, um den beiden die Tür aufzuschließen.

»Hallo, Schatz«, sagte sie und küsste Walter zärtlich auf den Mund. Dann beugte sie sich zu ihrer Tochter hinunter. »Na, meine Süße, wie war es in der Schule?«

»Blöd«, sagte die Kleine, und ihre Mundwinkel zitterten.

»Ich habe aus Versehen Trottoir gesagt statt Bürgersteig, und Herr Echter hat furchtbar mit mir geschimpft. Vor der ganzen Klasse.«

Walter, der die Geschichte offenbar noch nicht kannte, wurde so rot vor Wut, dass sein Gesicht beinahe die Farbe seiner Haare annahm. Obwohl sie so in Sorge um ihre Tochter war, musste Anne lächeln. Sie fand es zu liebenswert, dass dieser durch und durch freundliche Mann sich in einen wilden Tiger verwandeln konnte, wenn es darum ging, seine kleine Familie zu beschützen.

»Na, komm her«, sagte Ruth und nahm ihre Enkelin in die Arme. »Ich hab zum Trost etwas ganz Feines für dich. Opa hat nämlich ein neues Kuchenrezept ausprobiert, und er ist sich sicher, dass er dir besonders gut schmeckt.«

Walter hatte gerade seinen feuchten Mantel abgelegt, da wurde die Tür aufgerissen, und mit einem Schwall kalter Winterluft kam François herein. Er strahlte über beide Ohren, seine Wangen waren gerötet.

»Gibt es was zu essen?«, rief er seiner Mutter zu, ohne Anne und Walter oder Noée auch nur eines Blickes zu würdigen.

Ruth sah ihn strafend an. »Wo sind deine guten Manieren geblieben, mein Lieber? Man grüßt, wenn man hereinkommt, und man sagt Danke und Bitte.«

»Entschuldigung!« François spulte herunter: »Guten Tag, Maman, guten Tag, Anne, guten Tag, Walter, guten Tag, Noée. Dürfte ich bitte etwas zu essen haben? Danke und Bitte.«

»Schon besser«, befand Ruth lächelnd. »Möchtest du etwas Quiche?«

»Das heißt Lauchkuchen, Mutter«, korrigierte François und nickte eifrig. »Ja, bitte.« Er verschlang die Quiche noch im Stehen.

»Warum hast du denn so großen Hunger?«

»Ich war heute bei der Hitlerjugend«, erklärte er. »Onkel Paul hat recht: Das macht Spaß, kann ich euch sagen. Aber man bekommt auch Kohldampf. Da gehe ich jetzt jeden Tag nach der Schule hin.«

Anne und Ruth wechselten einen erschrockenen Blick. François' Entwicklung sagte ihnen ganz und gar nicht zu.

*

»Wir kochen Bonbons! Wir kochen Bonbons!«

Aufgeregt hüpfte Noée von einem Bein auf das andere.

»Was für Bonbons machen wir denn, Tante Louise?«

»Seidenkissenbonbons«, erklärte die lächelnd. Sie hatte ihrer Schwester versprochen, ein paar Stunden auf die Kleine aufzupassen, damit Anne den Berg von Aufträgen abarbeiten konnte, die sich in ihrem Atelier stapelten. Das war eine hervorragende Gelegenheit, um das Noée gegebene Versprechen endlich wahr zu machen. Die Kleine drängte schon so lange darauf, endlich einmal beim Bonbonkochen dabei sein zu dürfen.

»Aber du musst schön aufpassen und ganz genau das tun, was ich dir sage, hörst du? Die Zuckermasse ist nämlich sehr heiß, du kannst dich ganz schlimm verbrennen«, mahnte sie ihre Nichte, als sie die Bonbonküche betraten.

Noée nickte feierlich. »Versprochen.«

»Für diese Art von Bonbons brauchen wir gar nicht viel«, fuhr Louise fort, »nur Wasser, Zucker, selbst gemachten Sirup und Rote Bete.«

»Rote Bete, iiih«, rief die kleine Noée und stemmte ihre Arme empört in die Hüften.

»Schau nicht so«, lachte Louise. »So hat mich deine Mutter auch immer angesehen, als wir noch Kinder waren. Aber immer nur dann, wenn ich etwas angestellt hatte.«

»Habt ihr viel miteinander gespielt, die Mama und du?«, fragte Noée neugierig.

Louise schüttelte den Kopf. »Leider nicht. Ich glaube, dazu war der Altersunterschied einfach zu groß. Bei meiner Geburt kam deine Mama schon in die Schule. Und als ich dann etwas größer war, musste sie immer auf mich aufpassen, wenn unsere Eltern und Großeltern in der Bäckerei gearbeitet haben. Ich glaube, das war sie bald leid.«

»Bist du mich auch leid?«, fragte Noée besorgt. »Weil du ja jetzt auch auf mich aufpassen musst, während Mama arbeitet.«

»Aber nein!«, rief Louise rasch und strich der Kleinen über ihre kinnlangen blonden Haare. »Wie könntest du mich jemals stören. Im Gegenteil!«

»Fangen wir endlich an?«, fragte Noée ungeduldig.

»Gleich«, sagte Louise, »aber erst müssen wir noch etwas Wichtiges holen.«

»Was denn?«, fragte Noée neugierig.

»Eis.«

»Eis?«, staunte die Kleine.

»Ja, das brauchen wir nachher, um die heiße Zuckermasse abzuschrecken. Wir haben Glück, dass es so kalt ist. Zieh schnell Jacke und Mütze an, dann sehen wir nach, ob wir an der Regenrinne etwas Eis finden.«

Aufgeregt folgte Noée ihr nach draußen – sie hatten Glück. Dicke Eiszapfen hingen am Haus hinunter.

»Wie praktisch«, sagte Louise, »sonst hätten wir zur Ill gehen müssen.«

Natürlich hätte sie das Eis auch aus dem Eisfach holen können, aber so war es viel spannender.

»Jetzt musst du den Zapfen abbrechen. Schaffst du das?«

Sie hob Noée hoch, deren Gesichtchen ganz rot war vor

Anstrengung. Mit aller Kraft zerrte die Kleine an dem Eiszapfen, der kurz darauf mit einem krachenden Geräusch abbrach.

»Das hast du wunderbar gemacht«, lobte Louise das Mädchen und setzte sie auf dem Boden ab.

»Das finde ich allerdings auch«, sagte eine Stimme hinter ihnen.

Strahlend wandte sie sich um. »Liebling. Wie schön!«

Auch Noée war begeistert. »Onkel Clément!«, rief sie. »Schau mal, was ich für einen dicken Eiszapfen abgebrochen habe.«

»Der ist ja wirklich riesig«, staunte Clément, »wie stark du schon bist!«

Als sie wieder in der Bonbonküche angekommen waren, wies Louise ihre Nichte an, den Eiszapfen zu zerbrechen und in eine Schüssel zu legen.

»Da kann er schmelzen, bis wir ihn brauchen«, erklärte sie. »Jetzt müssen wir erst mal damit arbeiten.«

Sie deutete auf die Arbeitsplatte, auf der fein säuberlich nebeneinander ein Thermometer, ein großer und ein kleiner Topf, ein Pinsel und ein Löffel lagen.

»Beim Bonbonkochen gibt es einen Moment, an dem es ganz schnell gehen muss. Deswegen ist es wichtig, dass wir alles bereitstellen«, erklärte sie.

»Ich lass euch beiden Hübschen dann mal weitermachen«, sagte Clément und verschwand im Verkaufsbereich.

»Wir könnten den Laden zumachen und alle Bonbons selbst essen«, schlug die Kleine vor, »vor allem die Bonbons am Stiel, die mag ich besonders.«

»Das ist natürlich auch eine Idee«, lachte Louise, »aber selbst gekocht schmecken sie besser. Du kannst den Zucker in den kleinen Topf geben.«

Sie deutete auf einen Messbecher, in dem sie den Zucker schon vorbereitet hatte.

Mit konzentrierter Miene – die Zunge zwischen die Zähne geklemmt – tat Noée wie ihr geheißen.

»Und jetzt?«

»Jetzt darfst du die Flüssigkeit dazugeben.«

Louise deutete auf die Kanne mit ebenfalls abgemessenem Wasser. »Und dann gut umrühren. Nun setzen wir den kleinen Topf auf den Herd und rühren kräftig. Zucker und Wasser werden zu einer schönen, weichen Paste, siehst du?«

Die Kleine, die auf einem Höckerchen stand, das ihre Tante bereitgestellt hatte, nickte eifrig.

»Darf ich rühren?«, bat sie.

Louise zögerte. Gründliches und gleichmäßiges Rühren war wichtig, damit nichts anbrannte und der Zucker nicht kristallisierte. Doch dann nickte sie. Es würde heute noch genügend Momente geben, an denen die Kleine nur zuschauen konnte.

»Immer schön gleichmäßig und langsam«, mahnte sie.

Als die Zuckermasse in dem Topf zu blubbern begann, reichte Louise Noée einen Deckel. »Den darfst du jetzt drauftun. Wir müssen eine Minute warten.«

Louise bückte sich, um die flache Steinplatte aus dem Ofen zu holen, die sie darin erhitzt hatte. Sie legte die Platte auf die Arbeitsfläche und sagte: »Vorsicht, das ist ganz heiß.«

Das Kind nickte ehrfürchtig.

»Jetzt öffnen wir den Deckel, und ich prüfe die Temperatur. Wie beim Fiebermessen.«

»Ist das heißer, als wenn ich Fieber habe?«, erkundigte sich Noée.

»Viel heißer«, bestätigte Louise. »Wenn du Fieber hast, sollten das nie mehr als vierzig Grad sein. Hier benötigen wir eine Temperatur von hundertfünfzig Grad.«

Während sie das Thermometer beobachtete, bat sie die Kleine: »Schaust du mal nach, was unser Eiszapfen macht?«

Das Mädchen ging zu der Schüssel und sah hinein. »Oh!«, rief sie überrascht. »Der ist geschmolzen.«

Louise nickte zufrieden. »Prima. Dann kannst du ihn mir jetzt bringen und neben den großen Topf stellen. Mach schnell!«

Eilig tat Noée wie ihr geheißen.

»Pass gut auf, jetzt wird es gleich ganz fürchterlich zischen«, warnte Louise, während sie den glühend heißen Topf mit der Bonbonmasse in das eisige Nass stellte.

»Uiiii, das ist ja toll. Warum tun wir das?«

»Die Masse ist so heiß, dass sie sich sonst immer weiter erwärmen würde«, erklärte Louise, »vielleicht würde sie sogar verbrennen.«

»Autsch«, kam es von Noée.

»Pass auf, jetzt gießen wir alles auf die heiße Steinplatte.«

Fasziniert sah die Kleine zu, wie die braune Flüssigkeit sich auf dem dunklen Schiefer ausbreitete.

»Je kälter sie wird, desto härter wird sie. Wir bewegen sie aber noch, damit wir sie formen können. Allerdings nicht mit dem Finger, dazu ist sie zu heiß. Jetzt können wir das Färbemittel und das Aroma dazugeben.«

»Keine Rote Bete«, maulte Noée.

»Aber die Bonbons schmecken nicht nach Roter Bete, das ist nur das Färbemittel«, erklärte Louise.

»Trotzdem.«

»Welche Farbe sollen sie denn haben?«

»Gelb«, erklärte die Kleine. »Gelb wie die Sonne.«

Innerlich seufzend griff Louise nach dem teureren und rareren gelben Färbemittel und goss es auf die Masse. Dann schob sie einen Holzspatel unter den Rand und klappte ihn mehrmals von außen nach innen. Schließlich tippte sie vorsichtig mit dem Finger darauf. »Jetzt kannst du kneten.«

Eifrig grub die Kleine ihre Finger in die Masse. Anschließend zeigte Louise ihr, wie man die Stränge über den Haken zog.

»Wichtig ist, dass wir schnell arbeiten«, erklärte sie. »Wenn der Zucker erst mal richtig abgekühlt ist, dann kann man die einzelnen Teile nicht mehr zusammenfügen. Und wir wollen ja gestreifte Bonbons, nicht wahr?«

»Ja!«, bestätigte das Mädchen.

Louise holte den Teil der Masse hervor, der nicht eingefärbt worden war, und rollte ihn zu dünnen Streifen. »Du kannst dasselbe mit dem gelben Teig machen. Und nun setzen wir unsere Bonbonschlangen nebeneinander, sodass sie aneinander festkleben. Siehst du, so.«

Sie rollte alle Schlangen zu einer dicken Wurst und sagte: »Jetzt sind wir fast fertig und können die Bonbons in Scheiben abschneiden.«

»Können wir auch einen Stiel reinstecken?«, fragte das Mädchen.

»Sicher«, sagte Louise lächelnd, »wenn du das lieber magst.«

Noée strahlte. »Ja, das mag ich lieber.«

22

Susette war zum Kriegshilfsdienst nach Regensburg abkommandiert worden. Als sie die Stadt erreichte, herrschte auf dem Bahnhof ein heilloses Durcheinander. Unzählige Frauen wie sie standen mit ihrem Gepäck etwas hilflos herum; Susette kam es vor, als seien hier alle »Arbeitsmaiden« des Deutschen Reichs auf einmal versammelt. Eine unfreundliche Aufseherin, die sie an die Frau aus dem Reichsarbeitsdienst erinnerte, die immer die Betten kontrolliert hatte, führte sie zu Fuß zum an der Donau gelegenen Ruderclub.

»Das hier ist fürs Erste eure Unterkunft«, schnauzte sie und wies ins Innere des fensterlosen Gebäudes, in dem mehrere dreistöckige Betten standen.

»Unverschämtheit«, sagte ein junges blondes Mädel und ließ sich demonstrativ auf dem unteren Bett nieder. »Was glauben die denn, wer wir sind?«

Dann fiel ihr Blick auf Susette.

»Wo kommst du her?«

»Aus Straßburg«, erwiderte die.

»Ah«, sagte die andere abfällig, »eine Französin.«

»Ich denke, wir sind durch und durch germanisch«, spottete Susette. »Deshalb hat man uns doch heim ins Reich geholt, wie der Führer sagen würde.«

Die Blonde starrte sie nur an.

»Hör nicht auf sie«, sagte da eine schlanke Dunkelhaarige, die im Begriff war, das oberste der drei Betten zu beziehen, sodass Susette wohl oder übel mit dem mittleren vorliebnehmen musste. »Die Ilse ist immer ein bisschen bruddelig, hat aber ein gutes Herz, nicht wahr, Ilse?«

»Woher kennt ihr euch?«, fragte Susette.

»Wir kommen aus dem gleichen Dorf, ich bin übrigens die Renate«, sagte die Dunkelhaarige, und ihr bayerischer Akzent ließ darauf schließen, dass sie aus der Gegend stammte.

»Du sprichst aber gut Deutsch«, sagte sie zu Susette, als habe sie deren Gedanken gelesen.

»Na ja«, erwiderte Susette, »meine Urgroßeltern sind auch Deutsche. Sie sind 1893 nach Straßburg gekommen und haben dort eine Feinbäckerei aufgemacht.«

»Und sind sie geblieben?«

Susette nickte. »Viele, viele Jahre. Sie wurden 1918 zwar vertrieben, kamen 1919 aber zurück. Inzwischen sind sie uralt und leben wieder in ihrer Stuttgarter Heimat.«

»Ich will ja euer nettes Geplauder nicht stören, aber wisst ihr, wie es morgen weitergeht?«, fragte die brummige Ilse.

Susette verneinte. »Das wüsste ich selbst gern.«

An diesem Abend sollten sie es nicht mehr erfahren, aber am nächsten Morgen wurden sie in aller Frühe abgeholt und in verschiedene Lazarette gebracht. Zu Susettes großer Freude kam sie mit der sympathischen Renate an den gleichen Einsatzort, das Reservelazarett IV Obermünster, das in einem ehemaligen Priesterseminar untergebracht war.

Offenbar wurden sie nicht erwartet, es dauerte eine ganze Weile, bis die beiden jungen Frauen jemanden gefunden hatten, der ihnen Arbeit gab.

»Du misst Fieber«, wies eine resolute Schwester Susette an, »und teilst Essen aus.«

Susette nickte und tat wie ihr geheißen. Fieber messen und Essen austeilen. Immerhin besser als Kartoffeln schälen.

*

Es war nicht lange beim Fiebermessen und Essenausteilen geblieben. Schon am zweiten Tag musste Susette bei einer Operation zusehen. Einem ausgesprochen schmächtig wirkenden Mann wurden erfrorene Zehen amputiert. Der Gestank war entsetzlich, doch während die andere Schwester den Operationssaal verlassen musste, hielt sie tapfer durch. Sie kannte sowohl den Geruch als auch den Anblick von Verletzten bereits von ihrer Arbeit an der Front und im Gefangenenlager.

Mit der netten Renate hatte sie sich inzwischen angefreundet, und die hübsche Dunkelhaarige hatte ihr von ihrem Freund erzählt, der an der Ostfront war: »Ich weiß, dass ihm nichts geschehen wird«, hatte sie mit leuchtenden Augen erzählt, »unsere Liebe schützt ihn. Wenn er das nächste Mal auf Heimaturlaub ist, wollen wir heiraten.«

Wenn die Liebe doch nur vor allem Leid schützen würde, dachte Susette. Dann wäre die Welt ein besserer Ort.

»Und du?«, fragte Renate neugierig. »Hast du auch einen Freund?«

Susette schüttelte den Kopf.

»Was?«, wunderte sich Renate. »Dabei bist du doch so eine Hübsche mit deinen Engelslocken. Und dann diese grünen Augen …«

Susette lächelte. Es war ja auch nicht so, dass die Männer im Lazarett ihr keine schmachtenden Blicke geschenkt hätten. Aber der Richtige war einfach noch nicht dabei gewesen.

»Warst du denn wenigstens schon mal verliebt?«, fragte Renate. »Das Leben ist so wunderbar, wenn man verliebt ist.«

»Na ja«, gestand Susette und musste an einen großen, dunkelhaarigen Verwundeten namens Raphael denken, den sie im Lazarett für einige Tage versorgt hatte. »Vielleicht eine kleine Schwärmerei.«

In der Nacht erwachte Susette mit hohem Fieber. Ihr Herz schmerzte furchtbar, Schlucken war fast unmöglich. Die erschrockene Renate, mit der sie sich die Kammer teilte, holte sofort den Chefarzt, der Diphtherie diagnostizierte, sie in ein Isolierzimmer steckte und ihr ein Serum spritzte. Das allerdings wirkte nicht, Susette fühlte sich hundeelend. Ihr ganzer Körper brannte, und als sie die Kraft fand, ihren Arm zu heben und genauer zu betrachten, erkannte sie erschrocken, dass er über und über von roten Pusteln übersät war.

»Das ist ein Serum-Ausschlag«, vermutete die Schwester, die sie untersuchte. »Aber hier können Sie mit dieser schweren Erkrankung nicht bleiben.«

Susette war zu erschöpft, um die Worte wirklich zu erfassen. Nur wie durch einen Schleier bekam sie mit, dass sie mit einem Sanitätsfahrzeug in die Isolierabteilung des Krankenhauses Prüfening gebracht wurde. Die Stationsschwester warf nur einen kurzen Blick auf den Ausschlag und stellte die Diagnose: »Scharlach.«

Vier Wochen nach Beginn ihrer Erkrankung bekam Susette schreckliche Ohrenschmerzen. Beim rechten Ohr riss schließlich sogar das Trommelfell. Eiter lief heraus. Die Oberschwester verabreichte ihr Prontosil-Spritzen ins Ohr – und jedes Mal hatte Susette das Gefühl, vor Schmerzen sterben zu müssen. Sie war noch nie so krank gewesen. Voller Entsetzen bemerkte sie, dass ihr Urin blutrot war.

Die ganze Familie war in großer Sorge um Susette gewesen, und als endlich die Nachricht ihrer bevorstehenden Rückkehr kam, waren alle ganz aus dem Häuschen. Allein ihre Mutter Joséphine äußerte Bedenken: »Nach fünfeinhalb Wochen auf der Isolierstation kann sie die lange Zugfahrt unmöglich allein antreten. Was, wenn sie uns unterwegs zusammenbricht? Außerdem haben wir Krieg, da muss man mit allem rechnen.«

»Ich könnte sie holen«, überlegte Clément. »Ich fahre mit dem Zug nach Regensburg, sammle sie ein und komme mit ihr zurück. So eine kleine Bruder-Schwester-Reise ist doch ganz nett.«

Außerdem, dachte er im Stillen, könnte er ihr dann in aller Ruhe berichten, dass zahlreiche Mitglieder der Équipe Pur-Sang aufgeflogen waren. Und dass sie beide nur hoffen konnten, die Gestapo werde nicht auch bald vor ihrer Tür stehen.

*

»Heute ist der Todestag von Dombaumeister Ludwig Arntz«, sagte Walter am 5. Mai und sah nachdenklich aus dem Fenster von Annes Schneiderei auf das Münster. Sie war gerade dabei, ein Kleid an der Puppe abzustecken, und hatte den Mund voller Nadeln, sodass sie nur mit einem undefinierbaren Laut reagieren konnte.

»Maman kann dir nicht antworten«, teilte die achtjährige Noée verschmitzt mit. »Sie muss Nadeln essen.«

»Das schadet dem Ungeborenen«, sagte Walter fürsorglich, trat zu seiner Frau und streichelte ihr zärtlich über den gewölbten Bauch.

Noée sah die beiden entsetzt an. »Wirklich, Maman? Schadet es dem Ungeborenen?«

Rasch nahm Anne die Nadeln aus dem Mund und legte sie neben sich auf den Tisch.

»Aber nein«, sagte sie und streichelte Noée über den Kopf. »Ich würde nie etwas tun, das dem Kleinen schadet, das weißt du doch.«

»Ja«, bestätigte Noée, »weiß ich doch eigentlich.«

»Na also.« Anne gab ihrer Tochter einen Kuss auf die Stirn. »Dann geh mal nach unten und sieh nach, wie sich der neue Lehrling macht. Vielleicht hat er ja was zu naschen für dich?«

»Gustave ist sehr lustig«, sagte Noée. Dann legte sich ihre Stirn in Sorgenfalten.

»Er hat mich gefragt, ob ich ihm eine Kochmütze mache. Aber das hat nicht geklappt.«

Traurig hielt sie ihrer Mutter zwei Stofflappen hin, die sie mit Nadel und Faden notdürftig zusammengenäht hatte.

Anne unterdrückte ein Lachen. »Aber das ist doch kein Problem, meine Süße«, beschwichtigte sie, »ich helfe dir gerne.«

»Jetzt?«

»Nein, jetzt gehst du erst mal schauen, ob er sich seine Kochmütze überhaupt verdient hat.«

»Das mach ich«, rief das Mädchen und hüpfte nach unten.

»Gar nicht so einfach, ein Gespräch zu führen, wenn man Kinder hat«, stellte Anne fest und lächelte ihren Mann an. »Wie das dann erst wird, wenn wir zwei haben?«

»Bestimmt unterhaltsam«, grinste Walter.

»Du wolltest mir noch von diesem Dombaumeister erzählen«, erinnerte sie ihn.

»Ja, interessanterweise stammt er auch aus Köln – wie ich. Dort ist er auch beerdigt.«

»Alle Dombaumeister kommen doch aus Köln, dachte ich«, sagte sie mit leisem Spott.

»Da verwechselst du was. Die berühmte Dombaufamilie Parler kommt aus Schwäbisch Gmünd.«

»Wie lustig«, sagte Anne, »aus der Gegend kommt ein Teil meiner Familie. Aus Stuttgart, das ist ganz in der Nähe.«

»In Köln steht der Dom, der niemals fertig wird. Wahrscheinlich glaubst du deshalb, alle Dombaumeister kämen aus Köln.«

»Vermutlich«, lachte sie.

Sie ging zu ihrem Mann, der immer noch am Fenster stand und zum Münster hinübersah. Er legte den Arm um sie, und gemeinsam blickten sie hinaus.

»Was diese Kirche schon alles gesehen hat«, überlegte er, »wie viele Kriege und wie viel Leid.«

»Ja«, sagte Anne, »vielleicht ist sein Anblick für mich deshalb immer wieder aufs Neue so beruhigend. Nationalitäten können wechseln, Kriege können alles zerstören, aber das Münster bleibt bestehen, und ihm ist es sicherlich herzlich egal, welche Flagge von seiner Plattform weht.«

Lachend zog er sie an sich. »Oder welcher Steinmetz in ihm herumkrabbelt.«

»Das allerdings ist mir ganz und gar nicht egal«, sagte sie und küsste ihn, um dann zu fragen: »Wann kam Ludwig Arntz denn nach Straßburg?«

»Das war zu der Zeit, als Otto Back Bürgermeister war.«

Anne runzelte die Stirn. »Den Namen habe ich schon mal gehört. Das war, glaube ich, als Franz Tritschler hier die Konditorei gegründet hat.«

»1895«, sagte er. »Er hat sich darum gekümmert, dass die Dombauhütte am Münster ausgebaut wird und die Steinmetze wieder ihr altes Handwerk ausüben. Und er hat sie die Ehrfurcht vor ihren Vorgängern gelehrt. Das ist das, was mich auch immer fasziniert.«

Fragend sah sie ihn an.

»Kommst du kurz mit rüber?«, fragte er. »Dann zeige ich dir, was ich meine.«

»Gerne«, gab sie zurück, »es kommt allerdings darauf an, ob Noée unten gut versorgt ist.«

»Dann lass uns mal nachsehen.«

Noée war gut versorgt: Sie hockte in der Backstube auf dem Tisch und mampfte mit vollen Backen.

»Gustave hat seine Kochmütze verdient«, verkündete sie strahlend.

»Und ich?«, fragte Clément mit gespielter Empörung. »Bekomme ich keine?«

»Doch«, versprach Noée, »aber nur, wenn du mir auch so viele Kekse gibst.«

»Überredet«, sagte ihr Großcousin und strich ihr über das Haar.

»Na, euch scheint es ja gut zu gehen«, freute sich Anne. »Ist es in Ordnung, wenn ich Noée noch ein wenig bei euch lasse? Ich wollte Walter ins Münster begleiten.«

»Vollkommen in Ordnung«, versicherte Gustave, »wir freuen uns, wenn uns so eine charmante junge Dame Gesellschaft leistet.«

Noée strahlte.

Hand in Hand überquerten Anne und Walter den Münsterplatz und betraten die Kathedrale.

Er führte sie an der Steinmauer entlang, blieb dann stehen und deutete auf ein kleines, runenartiges Zeichen, das in die Wand eingeritzt war.

»Was ist das?«, fragte sie erstaunt.

»Ein Steinmetzzeichen.« Er lächelte. »Sozusagen die Signatur von einem meiner Vorgänger. Hat er hier vor Jahrhunderten eingehauen.«

»Warum hat er das getan?«, wollte sie wissen.

»Aus einem ganz schnöden Grund«, erklärte er. »Die Steinmetze haben die Steine per Hand behauen und sie mit ihrem Zeichen versehen. Sie wurden pro Stück bezahlt, und der Zahlmeister konnte anhand der Steinmetzzeichen erkennen, wer den Stein behauen hatte. Nur dann bekam der Handwerker sein Geld. Außerdem war es so eine Art Qualitätsprüfung.«

»Wie das?«

»Na ja, bei einem Bau wie dem Münster kommt es auf absolute Präzision an. Wenn ein Stein krumm ist, wird die ganze Wand schief. Dadurch, dass sie gekennzeichnet waren, konnte der verantwortliche Steinmetz zum Nachbessern aufgefordert werden.«

Anne nickte fasziniert.

»Ich glaube aber nicht, dass das jemals passiert ist«, meinte er.

»Warum nicht?«, fragte sie, während ihre Finger andächtig über das eingeritzte Zeichen glitten.

»Steinmetze sind sehr stolze Menschen. Sie halten was auf sich und ihre Arbeit. Der Gedanke, an einer solchen Kathedrale mitzuwirken«, er machte eine weit ausholende Bewegung, »dieser Gedanke muss absolut erhebend sein. Da gab sicher jeder sein Bestes.«

Sie nickte.

»Man kann aus einem solchen Zeichen die ganze Geschichte einer Baumeisterfamilie ablesen«, fuhr er fort. »Jede Bauhütte hat ihre eigene Rune, und die Steinmetze, die dort arbeiten, nehmen dieses Grundzeichen und wandeln es ab, zum Beispiel durch einen kleinen Strich.«

»Und daran kann man dann sehen, welche Bauhütte an welchem Bauwerk beteiligt war?«, vergewisserte Anne sich.

»Ganz genau, für die Bauforschung ist das ganz wichtig.«

»Und weiß man denn, von wem dieses Steinmetzzeichen stammt?«

»Bei unzähligen anderen nicht, bei diesem hier schon«, sagte Walter, und es klang so stolz, als sei das sein Verdienst. »Es ist das Zeichen von Hans Meiger von Werde, der auch Hans Hammer genannt wurde. Er lebte im späten 15. und zu Beginn des 16. Jahrhunderts.«

»Und warum weiß man ausgerechnet bei ihm, dass das sein Steinmetzzeichen ist?«

»Weil er nicht nur ein einfacher Steinmetz, sondern ein wahrer Künstler war«, sagte Walter mit leuchtenden Augen, »er hat auch die steinerne Kanzel gemacht.«

»Das war er?«, fragte Anne, die die Kanzel immer bewundert hatte, staunend.

»Ja. Er kam vermutlich 1471 nach Straßburg, erhielt elf Jahre später die Bürgerrechte und wurde Leiter der Straßburger Steinmetzbruderschaft.«

Inzwischen waren sie bis zu der gotischen Steinkanzel geschlendert, und Anne bestaunte wieder einmal die unzähligen durchbrochenen Astrippen, die sich über den achteckigen Grundriss zogen. »Man muss schon sehr geschickt sein, um so etwas hinzubekommen.«

»Eine Schneiderin bewundert einen Steinmetzmeister«, sagte er liebevoll.

»O ja«, entgegnete sie ernst. »Ja, das tue ich. Die Stoffe, mit denen wir arbeiten, sind ganz unterschiedlich. Seiner ist hart, meiner ist weich. Aber bei beiden geht es darum, Kunstwerke daraus zu erschaffen.«

»Hans Hammer hat übrigens auch den Bau des Südturms begonnen«, fuhr Walter fort. »Irgendwann hat man ihm aber die Weiterarbeit verboten.«

»Wie schade, ein zweiter Turm hätte dem Münster sicher

gutgetan!«, sagte Anne bedauernd. »Andererseits ist das auch eine komische Vorstellung. Das Münster mit zwei Türmen wäre ja gar nicht unser Münster.«

23

Nach Susettes Rückkehr hatte sich Joséphine um deren Gesundheit gekümmert und das war nicht annähernd so unangenehm gewesen wie die Anwendungen der Schwestern im Krankenhaus in Regensburg. Was für Unterschiede es bei der Behandlung doch gab, dachte die wieder genesene Susette und nahm sich vor, die Kunst der Medizin später mindestens genauso gut zu beherrschen wie ihre Mutter. Ihr Kriegshilfsdienst war nun offiziell beendet, sie durfte endlich ihr Medizinstudium aufnehmen. Inzwischen war es Mai geworden, und das Leben gestaltete sich, wie Susette fand, trotz des Krieges recht angenehm. Die Sorge um ihren Vater im Lager und die Mitglieder der Widerstandsgruppe trieb sie allerdings weiterhin um. Auch bestand immer noch die Gefahr, selbst verhaftet zu werden.

Als sie an der Bonbonkocherei *Luisengold* ankam, tippte ein junger Mann ihr an die Schulter: »Für Sie.« Er reichte ihr einen Brief und war gleich darauf verschwunden.

Erstaunt sah sie ihm nach, betrachtete dann den Brief in ihren Händen, stieß die Ladentür auf und ging nach drinnen.

Clément stand hinter der Theke und strahlte sie an. Die Bonbons in den Gefäßen auf dem Ladentisch leuchteten verlockend in allen Farben.

Ungefragt hob Susette den Deckel von einem der Gläser und schob sich ein rotes in den Mund.

»He!«, spielerisch schlug ihr Bruder nach ihrer Hand. »Frechheit!«

Sie grinste, während sie das Bonbon im Mund zergehen ließ.

»Was hast du da?«, deutete er fragend auf den Brief in ihrer Hand.

»Hat mir ein Junge draußen gerade gegeben.«

»Und was steht drin? Von wem ist er?«, drängte Clément und begutachtete das Schreiben. »Offiziell sieht er ja nicht gerade aus.«

Susette riss den Umschlag auf und zog das Papier heraus. Darauf befand sich eine handschriftliche Notiz.

»Triff mich heute Abend im Lichtspieltheater Rheingold. Wir gehen in *Die Frau am Abgrund.* Dritte Reihe, ganz links. Pierre.«

Stirnrunzelnd reichte sie Clément den Brief.

»Pierre ist das Codewort der Gefangenen, die flüchten wollen.«

»Das kann ein Zufall sein«, wandte Clément ein.

Sie schüttelte den Kopf. »Nicht bei einem Brief, den mir ein Fremder zuschiebt.«

»Da hast du recht.«

»Da will offenbar ein Flüchtling deine Hilfe.«

»Und wenn es eine Falle ist?«

»Wenn die Gestapo einen Verdacht gegen dich hätte, würde sie dich gleich verhaften und keine Fallen stellen«, meinte Clément. »Und was sollte man dir vorwerfen? Du bekommst einen Brief und willst wissen, was es damit auf sich hat.«

»Wenn es wirklich ein Gefangener ist, können wir ihm ja aber gar nicht helfen«, gab Susette zu bedenken. »Das komplette Netzwerk ist aufgeflogen, Marci zum Tode verurteilt – die Lage ist im Moment brandgefährlich.«

»Aber wir können den Mann auch nicht im Stich lassen«, sagte Clément, »geh doch einfach mal hin.«

»Und wenn er erwartet, dass ich einen Fluchtplan dabeihabe?«

»Dann kannst du ihm sagen, er soll mit dir in die Patisserie gehen, und dann überlegen wir weiter. Wenn er schon so weit ist, dass er unbesorgt ins Lichtspielhaus gehen kann, hat er sicher schon irgendwoher neue Kleidung bekommen und vielleicht auch einen neuen Pass.«

»Da magst du recht haben.«

»Ich komme einfach mit«, beschloss Clément. »Louise freut sich bestimmt, wenn wir wieder einmal ins Kino gehen. Dann bin ich in deiner Nähe.«

Die Gedanken in Susettes Kopf rasten. Allzu oft wiederholten sich in dieser Familie die Ereignisse. Nach Cléments Verhaftung im vergangenen Jahr hatte sie sich schlimme Vorwürfe gemacht, dass sie ihren kleinen Bruder da nicht herausgehalten hatte. Und nun ging es schon wieder los.

Er schien ihre Gedanken zu erraten. »Susette, du wirst mich ohnehin nicht davon abhalten können. Und außerdem: Ich bringe mich nicht in Gefahr. Ich gehe nur einen Film ansehen. Gefährlich wird es erst, wenn wir hier einen Gefangenen verstecken.«

Sie seufzte. »Also gut.«

*

Anne rieb sich müde die Augen. Sosehr sie sich auch über ihre Schwangerschaft freute und über das neue Leben, das in ihr heranwuchs: Die sogenannten anderen Umstände kosteten sie unendlich viel Kraft. In ihrer ersten Schwangerschaft war das nicht so gewesen, damals hatte sie vor Tatendrang nur so gestrotzt. Jetzt aber war ihr ständig übel, vor allem morgens, und dann wurde sie auch von einer derartigen Mattigkeit geplagt, dass sie bisweilen einfach nicht in der Lage war zu arbeiten. Deshalb saß sie jetzt, zu später Stunde, noch in ihrem Atelier, um mit den vielen Aufträgen nicht allzu sehr in Rückstau zu geraten. Sie wusste: Der gute Ruf, den sie sich so mühevoll aufgebaut hatte, wäre auch ganz schnell wieder verloren.

Da klopfte es zu ihrem Erstaunen an der Tür. Normalerweise betraten die Familienmitglieder den Raum einfach so, und Kunden waren um die Zeit ja nicht zu erwarten.

»Herein?«

Ihr Mann Walter öffnete die Tür. »Schatz, hier ist ein Herr Pflüger von der Zeitung für dich. Bist du noch zu sprechen?«

Verblüfft erhob sie sich. »Äh … ja.«

Ein drahtiger blonder Mittdreißiger betrat das Atelier und zog seinen Hut.

»Entschuldigen Sie die späte Störung, Frau Kupfer«, erklärte er. »Ich hatte es tagsüber telefonisch probiert, aber niemand erreicht. Ich würde Sie gern für die *Straßburger Neuesten Nachrichten* befragen.«

»Mich?«, vergewisserte sich Anne verblüfft. »Worüber denn?«

»Natürlich über Ihre Schneiderei, Ihr großartiger Ruf eilt Ihnen ja voraus«, schmeichelte der Journalist. »Wir hätten gern Ratschläge für unsere Leser, wie man in diesen schweren Zeiten und mit wenig Mitteln noch schöne Kleidung zaubern kann. Wann hätten Sie denn Zeit für ein solches Gespräch?«

»Na ja«, stammelte Anne überfordert. »Sie … Sie können mich das auch jetzt fragen, es kommen ja heute keine Kunden mehr.«

»Wunderbar«, freute sich der Zeitungsreporter.

Zu Beginn des Gesprächs war Anne noch aufgeregt, doch je mehr sie von dem Thema sprach, dem ihre Leidenschaft galt und mit dem sie sich so gut auskannte, umso mehr verschwand ihre Nervosität. Sie verriet unter anderem, wie man ausgediente Herrenhemden wieder tragbar machen konnte – zunächst durch Kürzungen. »Der untere Teil ist ja meistens am wenigsten verschlissen und kann deshalb recht gut zum Ausbessern der reparaturbedürftigen Stellen verwendet werden«, erklärte die Schneiderin. »Was schadet es schon, wenn man den unteren Teil dann etwa durch ein weißes oder sonst irgendein Stück Stoff ersetzt?« Denn selbiges, argumentierte sie, stecke ja ohnehin im Hosenbund und sei damit nicht sichtbar.

Für Furore in Straßburgs Damenwelt, ja, für einen ganz neuen Modetrend habe ihr Vorschlag gesorgt, dass die Frauen sich aus den zerschlissenen Oberhemden ihrer Gatten Hemdblusenkleider nähen und damit jede Menge Punkte auf ihrer Kleiderkarte sparen konnten, erzählte Anne. Ganze Berge von abgelegten Herrenhemden hatten die Damen zu ihr geschleppt und sie gebeten, diese für sie abzuändern.

»Inzwischen«, gestand Anne lächelnd, »habe ich so viele Oberhemden in Frauenkleider umgewandelt, ich fühle mich schon wie eine Fließbandarbeiterin.«

Der Journalist schmunzelte und bat sie, den Lesern Einzelheiten des Umnähens zu verraten.

»Ich schneide die Ärmel auf Dreiviertellänge ab und bessere mit dem abfallenden Stoff die schadhaften Stellen aus. An den Seiten, in der Taille, setze ich Abnäher, je nach der Figur der Kundin. Aus dem übrigen Stoff fertige ich zwei Bündchen, damit wandle ich die Ärmel zu Puffärmeln um. Dann muss das Kleid nur noch verlängert werden. Die Kundinnen bringen mir dafür oft die Stoffe ihrer Wahl selbst mit. Alte geblümte Bettwäsche, Vorhänge, Tischdecken …«

Journalist Pflüger schüttelte staunend den Kopf und sah sich beeindruckt um. »Und aus derart alltäglichen Materialien zaubern Sie dann so hübsche Kleider.«

»Ich rate meinen Kundinnen immer zu einer Mischung des Materials: zu einem einfarbigen Oberhemd einen gemusterten Stoff zur Verlängerung und umgekehrt«, berichtete Anne. »Manchmal greife ich auch in meine eigene Kiste mit Stoffresten und nähe aus einem Stück einen Bund aus verschiedenfarbigen Stoffen. Zuletzt schneidere ich aus dem Verlängerungsstoff noch den Kragen, und fertig ist das Hemdblusenkleid.«

Anne hielt lächelnd das Kleid, das sie vorhin geschneidert hatte, vor sich, eine hell geblümte Verlängerung eines schneeweißen Hemdes mit geblümtem Kragen.

»Einfach entzückend«, befand der Reporter. »Es wird unsere Leser faszinieren, was sich auch in diesen Zeiten mit ein paar schlauen Einfällen alles erreichen lässt.«

»Ich bin so stolz auf dich, Schatz«, sagte Walter, nachdem Pflüger gegangen war. Von Anne unbemerkt, hatte er das Gespräch vom Fenster aus verfolgt. »Dein Geschäft läuft ja ohnehin schon wunderbar, aber wenn der Bericht über dich in der Zeitung erscheint, wirst du bestimmt überrannt.«

»Die Leute müssen gar nicht mehr herkommen«, meinte Anne. »Ich habe ihnen ja jetzt verraten, wie sie *selbst* aus alten Kleidern schöne neue machen können.«

»Ach, die werden beim Lesen merken, wie genial du bist, und wollen bestimmt nun alle, dass *du* ihnen die Dinge schneiderst, denk an meine Worte«, prophezeite Walter und küsste sie zärtlich. »Pass nur auf, dass du dich nicht überanstrengst.«

Anne seufzte. »Da taucht einfach die Presse bei mir auf …« Sie konnte es immer noch nicht fassen.

*

Susette war ganz flau im Magen vor Aufregung, als sie am Abend das Kino betrat. Dann stutzte sie. Sie kannte den großen, gut aussehenden Mann, der am verabredeten Platz saß und ihr erwartungsvoll entgegenblickte. Und er war ganz sicher kein Flüchtling. Im Gegenteil!

»Alphonse Adam«, flüsterte sie, als sie auf den Sitz neben ihm schlüpfte, »Sie hätte ich hier nicht erwartet.«

»Sie wissen, wer ich bin?«, fragte er überrascht. Sie nickte. Der Student der Literatur war zum einen eine auffällige Erscheinung – groß, schlank, dunkelhaarig –, und seinen Namen kannten wohl unzählige Studenten an der Universität. Zum anderen hatte ihr Lucienne seinerzeit von ihm erzählt: Er sei ebenfalls im Widerstand aktiv.

Umgekehrt galt wohl das Gleiche. Sonst würde er das Passwort »Pierre« nicht kennen.

Er zog sie an sich. »Wir tun, als wären wir ein Liebespaar«, murmelte er zur Begrüßung.

Susette begriff sofort und ließ sich von ihm auf die Lippen küssen, was erstaunlicherweise nicht unangenehm war, sondern ein aufregendes Prickeln in der Magengrube verursachte.

»Du musst weitermachen«, flüsterte Alphonse an ihren Lippen, »zu viele Menschen brauchen Hilfe.«

»Ja«, wisperte sie und lehnte den Kopf an seine Schulter.

»Wir treffen uns morgen zum Spaziergang«, sagte er an ihrem Ohr, und sie dachte, dass es für jeden Beobachter so aussehen müsse, als flüstere er ihr Zärtlichkeiten zu.

»Dann besprechen wir Weiteres. Oder hast du einen Freund? Dann würden wir auffallen.«

Sie schüttelte den Kopf, war sich aber sicher, dass er sehr genau wusste, dass sie keinen Freund hatte.

»Gut.« Er küsste sie auf die Schläfe, und ein wohliger Schauer lief ihr über den Rücken.

Seine Nähe verwirrte sie. Lag es nur daran, dass er ihr Möglichkeiten bot, noch mehr Menschen zu helfen?

Sie versuchte, sich auf den Film zu konzentrieren. Paola Barbara glänzte in der Rolle der Maria, die jede Menge Verehrer und irgendwie immer Pech hatte.

Susette wartete ständig darauf, dass Alphonse ihr noch weitere Informationen zuraunen würde – doch er blieb still und sie weiter in seinem Arm. War das so richtig? Oder müsste sie sich nicht eher wieder aufrecht hinsetzen, wenn der Informationsaustausch doch offensichtlich zu Ende war? Aber dann hielte man sie womöglich nicht mehr für ein Liebespaar.

Sie stellte fest, dass sie sich, an Alphonses starke Schulter gelehnt, ausgesprochen wohlfühlte, und beschloss, es einfach zu genießen.

Denn eines hatte der Krieg sie gelehrt: Es ging immer um Augenblicke. Sie zu erkennen, zu nutzen, das Beste daraus zu machen. Augenblicke, um anderen zu helfen. Augenblicke, um eine Chance zu erkennen, zum Beispiel auf etwas Essbares. Und Augenblicke, um einfach glücklich zu sein. Plötzlich musste sie an Renate denken, die nette, dunkelhaarige Krankenschwester aus dem Kriegshilfsdienst. Ob sie wohl inzwischen verheiratet war – oder bereits in Trauer?

Als sie Arm in Arm mit Alphonse zum Ausgang schritt, trafen sie erwartungsgemäß auf Clément und Louise, die ihnen zulächelten.

»Ach, Schwesterchen, hat es also endlich geklappt mit euch beiden«, strahlte er sie an und sagte dann: »Martha ist übrigens schon zu Hause.«

Sie nickte. Das war ihr Code dafür, dass er das Spiel durchschaut hatte.

»Ja«, strahlte Susette und schmiegte sich in Alphonses Arme, was sich wieder unerhört gut anfühlte. Und während er und Clément sich per Handschlag begrüßten, fuhr sie fort: »Ich wusste gar nicht, dass ihr heute auch ins Kino gehen wolltet. Sag nicht, Mutter hat euch als Anstandswauwau geschickt?«

Clément winkte lachend ab. »Dafür würde ich mich nie hergeben, das weißt du doch«, versicherte er. »Wir haben einfach ein wenig Ablenkung gebraucht.«

Er küsste Louise liebevoll, die daraufhin strahlend erklärte: »In unserem Süßigkeitengeschäft geben sich die Kunden die Klinke in die Hand.«

Susette nickte schelmisch: »Tja, nun ist es aus mit dem leichten Leben, Bruderherz.«

An Alphonse gewandt erklärte sie: »Clément hat sein Abitur in der Tasche und ist zur Freude der ganzen Familie nun Bäckergeselle und Bonbonkocher bei uns geworden.«

»Das trifft sich gut«, plauderte Alphonse, während sie langsam in Richtung Ausgang gingen. Susette bemerkte sehr genau, dass Alphonse, ebenso wie Clément, äußerst wachsam war und die ganze Umgebung genauestens im Auge hatte.

»Ich würde dich ja noch nach Hause geleiten, Liebling«, sagte er und küsste Susette zum Abschied auf den Mund, »aber nun, da dein Bruder da ist …«

»Ich bringe sie sicher nach Hause, versprochen. Wir haben ja ohnehin den gleichen Weg.« Clément klopfte Alphonse auf die Schulter.

»Dann bis morgen.« Er gab ihr noch einen Kuss. »Ich freue mich auf unseren Spaziergang.«

Susette und Clément brachten zuerst Louise nach Hause, die mit ihren Eltern und Geschwistern seit Pauls Auszug wieder über der Tritschler wohnte, und gingen dann in die Krämergasse. Auf dem Weg plauderten sie nur über Belangloses. Aber kaum hatten sie die Tür hinter sich geschlossen, zog Clément seine Schwester in die Bonbonküche und sah sie eindringlich an. »Was war denn das?«

Susette gab sich gelassen, obwohl sie es ganz und gar nicht war.

»Wir haben so getan, als seien wir ein Liebespaar«, sagte sie, als sei das das Normalste der Welt. »Durch die dadurch erzeugte Nähe konnten wir Informationen austauschen.«

Er zog auf die für ihn so typische Art die linke Augenbraue hoch und grinste spöttisch: »Durch die dadurch erzeugte Nähe konnten wir Informationen austauschen«, wiederholte er spöttisch. »Du bist verliebt, Schwesterchen.«

»Unsinn«, winkte sie etwas zu harsch ab.

»Mir kannst du nichts vormachen.«

»Jedenfalls«, fuhr sie, um Sachlichkeit bemüht, fort, »jedenfalls ist bekannt, dass er im Widerstand ist. Er hat mich aufgefordert weiterzumachen.«

»Mehr nicht?«

»Das ist doch schon ausgesprochen viel«, widersprach Susette. »Mehr Informationen bekomme ich morgen, wenn ich mit ihm spazieren gehe.«

Ihr Bruder grinste. »Und dann müsst ihr selbstredend erneut ein Liebespaar mimen.«

»Falls er fragt: Bist du dabei?«, wollte sie von ihrem Bruder wissen, seine Anspielung ignorierend.

»Falls er fragt, auf jeden Fall.«

24

Sie hatten sich am Ginkgobaum auf dem Bismarckplatz verabredet, was Susette für einen Literaturstudenten durchaus passend fand.

»Da bist du ja, mein Liebling«, sagte Alphonse, und es klang aufrichtig erfreut.

Susette hatte das Hemdblusenkleid, das ihr Anne am Morgen leihweise angeboten hatte, dankend angenommen, und das, obwohl sie sich sonst gar nichts aus Kleidern machte. Das wertete sie als Signal, dass sie sich wirklich ein wenig in Alphonse verliebt hatte. Dafür sprach auch ihr Herzrasen, als er sie in seine Arme nahm.

»Wusstest du, dass der Ginkgobaum im Deutschen Fächerblattbaum heißt?«, fragte sie ihn, nur um etwas zu sagen. »Das hat mir mein Großvater Lucien erzählt. Der ist Biologe.«

Alphonse lachte, und sie stellte fasziniert fest, dass seine Augen dabei beinahe zärtlich leuchteten.

»Die Deutschen haben merkwürdige Worte für manche Dinge«, sagte er, »aber sie können auf der anderen Seite auch ganz wunderbar mit ihnen umgehen. Das weiß ich durch mein Studium.«

»Wie gut, dass du dich entschließen konntest, deutsche Literatur zu studieren, trotz dieses Wahnsinns«, sagte Susette.

»Die Dichter können ja nichts dafür. Im Gegenteil«, meinte er. »Ihre Bücher sind in Deutschland teilweise schon 1933 verbrannt worden. Deutschland, Land der Dichter und Denker – und dann kamen die Nazis. Eigentlich hätte ich lieber französische Literatur studiert. Ich bin ja nur an die Universität zurück, damit ich nicht in den öffentlichen Reichsdienst muss. Ich war früher Lehrer.«

Sie nickte. Das erklärte, warum er mit Mitte zwanzig gerade erst sein Studium aufgenommen hatte.

»Die Nazis lehren davon natürlich auch nur das, was in ihr Weltbild passt, aber trotzdem hat die deutsche Literatur meinen Blick schon etwas verändert.«

Er hob ein Blatt auf und betrachtete es nachdenklich.

»Goethe hat sich sehr ausführlich mit dieser Pflanze beschäftigt. Er glaubte, er sei hier dem Geheimnis der so lange gesuchten Urpflanze auf der Spur, weil er darin Laub- und Nadelbaum gewissermaßen vereinigt sah. Er hat dem Ginkgoblatt 1815 sogar ein Gedicht gewidmet.«

Alphonse begann zu zitieren:

»*Gingo biloba*
Dieses Baumes Blatt, der von Osten
Meinem Garten anvertraut,
Gibt geheimen Sinn zu kosten,
Wie's den Wissenden erbaut.
Ist es ein lebendig Wesen,
Das sich in sich selbst getrennt?
Sind es zwei, die sich erlesen,
Dass man sie als eines kennt?
Solche Fragen zu erwidern
Fand ich wohl den rechten Sinn.
Fühlst du nicht an meinen Liedern,
Dass ich eins und doppelt bin?«

Er überreichte Susette das Blatt. »Goethe hat das für seine späte Liebe Marianne von Willemer geschrieben. Das Ginkgoblatt wird darin als Sinnbild für Liebe und Freundschaft beschrieben.«

»Du musst unbedingt meinen Großvater Lucien kennenlernen, wenn der Krieg vorbei ist«, sagte sie. »Er liebt Goethes Naturkunde auch, im Moment ist er noch als Professor in Frankreich.«

Als sie das Blatt entgegennahm, berührten sich ihre Finger. Unwillkürlich musste Susette lächeln.

»Was ist?«, fragte er.

»Nun, meine Tante Ruth hatte im letzten Krieg auch einen Verehrer, der Literatur studierte. Und der hat auch immer Gedichte für sie zitiert.«

»Bin ich das? Ein Verehrer?«, fragte er und sah sie eindringlich an.

»Sag du es mir!«, erwiderte sie mutig.

Ernst erwiderte er ihren Blick, dann beugte er sich vor, um sie zu küssen. Inniger als je zuvor.

»Ja«, brachte er mit rauer Stimme hervor, »ja, ich glaube, das bin ich. Ein Verehrer.«

»Dann bin ich nicht nur Mittel zum Zweck für dich?«, fragte sie leise.

»Nein«, versicherte er, »ich habe mich Hals über Kopf in dich verliebt. Natürlich ist es trotzdem wichtig zu überlegen, wie wir in der jetzigen Lage helfen können.«

»Ja«, gab sie ernst zurück, »seit die anderen verhaftet wurden, bin ich allein. Und allein, ohne Netzwerk, kann ich nicht viel ausrichten. Zumal ich nicht weiß, ob ich observiert werde.«

Wie schon Clément argumentierte er, während er sie eng umschlungen hielt: »Wenn sie etwas gegen dich in der Hand hätten, und sei es nur der leiseste Verdacht, hätten sie dich längst verhaftet. Dein Bruder war ebenfalls dabei?«

Sie zögerte, doch nur kurz. Sie wusste, dass sie Alphonse vertrauen konnte. »Ja. Und er würde auch dich unterstützen.«

Er nickte. »Gut. Wir haben ein eigenes Netzwerk.«

Ihr Blick verdunkelte sich: »Ich mache mir Sorgen um Lucienne. Und um die anderen.«

»Ja«, stimmte er zu, »ich auch. Nicht zuletzt für sie müssen wir weitermachen. Auch wenn wir mit unserem Leben spielen. Das sind wir ihnen schuldig.«

»Ich weiß.«

»Lass uns ein paar Schritte gehen«, bat er und nahm ihre Hand, »dann kann ich dir von uns erzählen. Ich weiß alles über dich, du aber nicht über mich. Das ist ungerecht.«

Sie musste lachen. »Das finde ich auch. Dann erzähl mal.«

»Unsere Widerstandsorganisation ist die FJA. Das steht für Front de la Jeunesse d'Alsace. Ich habe sie letztes Jahr im Juni gegründet – zusammen mit meinem Freund Robert Kieffer und einigen Studienkollegen.«

Sie nickte und spürte, wie er mit dem Daumen über ihren Handrücken strich. »Wie euch hilft auch uns die Kirche. Pfarrer Léon Neppel unterstützt uns sehr. Wir können uns dank ihm wöchentlich im Pfarrhaus Schiltigheim treffen. Da wohne ich auch.«

»Im Pfarrhaus?«

»Nein, in Schiltigheim.« Er lachte, wurde aber gleich darauf wieder ernst. »Wir haben das Glück, dass eine meiner Schwestern, Micheline, in der deutschen Sektion der Verwaltungspolizei der elsässischen Zivilverwaltung arbeitet. Sie ist auch dabei.«

Er blieb stehen, nahm sie in seine Arme und flüsterte an ihrem Ohr: »Sie kopiert geheime Dokumente, aber was noch wichtiger ist: Sie hat einen offiziellen Stempel mitgehen lassen, dadurch können wir Papiere fälschen.«

»Das ist ja großartig«, wisperte sie begeistert zurück, um dann zu fragen: »Was genau wäre meine Aufgabe?«

»Diejenigen zu uns zu bringen, die sich in der Kirche an dich wenden.«

»Ich soll weiter dort hingehen?«, fragte sie überrascht.

Er nickte: »Die Kirche wird nicht beobachtet.«

»Woher weißt du das?«

»Weil *wir* sie beobachten. Und dabei feststellen konnten, dass das sonst niemand tut.«

Sie verstand.

»Wir haben auch bald eine heimliche Versammlung auf dem Berg Sainte-Odile. Da stelle ich dich allen vor. Und Clément auch.«

*

»Denkst du an Trystan?«, fragte Ruth Picard ihre Cousine und beste Freundin Joséphine.

Sie und ihre Stieftochter Anne hatten die Ärztin wie so oft an dem kleinen Gemüse- und Kräuterbeet im Hinterhof der Patisserie am Münsterplatz angetroffen, das deren Gatte angelegt hatte.

»Es ist schwer ohne ihn«, gab Joséphine zu. »Tagsüber ersticke ich in Arbeit. Aber abends übermannt mich die Angst. Wie es ihm geht. Ob sie ihn … ob sie ihn quälen. Ob er noch lebt.«

»Ich bin sicher, dass er bald wieder da sein wird«, versuchte Anne, ihre Tante gegen ihre eigene Überzeugung zu trösten.

»Und wenigstens muss er sich um keines seiner Kinder Sorgen machen, wenn er zurückkommt«, sprang Ruth ihr bei.

»Da hast du allerdings recht«, sagte Joséphine und sah auf Trystans Kräuter hinab.

»Dieses Bild, wie Clément da so vor mir lag in jener Nacht, das werde ich nie vergessen. Ich habe noch nie einen solchen Schmerz empfunden. Dass sie einfach die Hunde auf ihn gehetzt haben. Dass er fast totgebissen wurde. Wäre Susette nicht gewesen und hätte sie Paul nicht gezwungen, ihn da rauszuholen, er wäre jetzt tot.« Tränen schossen ihr in die Augen. »Hoffentlich richten sie Trystan nicht irgendwo genauso zu.«

»Bestimmt nicht«, versicherte Ruth. »Die lassen ihn nur nicht gehen, weil er so gut kocht und backt. Das war bei Marcel im letzten Krieg ja genauso. Und was Clément angeht: Er hat es überstanden und seine große Liebe gefunden. Ich habe die beiden noch nie glücklicher gesehen.«

»Ich auch nicht«, stimmte Joséphine ihr zu, »hoffentlich bleibt das noch ganz lange so.«

»Zweifelst du daran?«, fragte Anne.

»Was deine Halbschwester angeht, nicht«, sagte Joséphine. »Louise und Clément sind einfach füreinander bestimmt. Aber der Krieg wird immer schlimmer. Ich habe Angst, dass er irgendwann an die Front muss.«

»Im Elsass gibt es doch keine Wehrpflicht«, beruhigte Ruth sie, »das ist im Waffenstillstandsabkommen auch ganz klar so geregelt.«

»Trotzdem«, murmelte Joséphine. »Diesem Hitler traue ich alles zu, der hält sich an rein gar nichts. Und Clément ist zwar trotz seiner schlimmen Erlebnisse wieder stabil, aber ich fürchte, wenn er an die Front müsste, würde das die alten seelischen Wunden wieder aufreißen.«

*

Susette hatte das Gefühl, noch nie in ihrem Leben so ausgelastet und zugleich so erfüllt gewesen zu sein. Da war so viel, was ihre Zeit forderte. Alphonse und ihre Verliebtheit. Das war, wie sie feststellen musste, gar kein Vergleich mit der kleinen Schwärmerei für den gut aussehenden Mann im Lazarett, von dem sie Renate auf deren Drängen hin in ihrer Zeit in Regensburg erzählt hatte. Dann forderte auch die Tatsache, dass sie sich wieder als Fluchthelferin engagierte, viel Zeit, denn jeder einzelne Schritt musste genauestens überlegt sein. Und schließlich die Uni: Physik, Chemie, Botanik, Zoologie, Physiologie, Anatomie und Histologie – eine Vorlesung jagte die nächste, und wenn Susette die Lerninhalte auch begierig aufsog, so hatte sie oft genug das Gefühl, dass ihr Kopf nun einfach voll war und nichts, aber auch rein gar nichts mehr hineinpasste. Und obwohl sie eigentlich davon ausgegangen war, dass sie mit dem Anatomieunterricht keine Probleme haben würde nach allem, was sie an der Front gesehen hatte, so war sie doch beinahe starr vor Entsetzen, als angekündigt wurde, dass sie nächste Woche ausgerechnet unter der Anleitung des unsympathischen Prof. Dr. Hirt Leichen sezieren sollten. Es gab Gerüchte, bei den Toten handle sich um ermordete jüdische Häftlinge aus dem Konzentrationslager Natzweiler-Struthof. Jenem KZ, an dem die Häftlinge von Schirmeck hatten bauen müssen. Sie musste all ihre Willenskraft aufbringen, um sich nicht am Vortag des Präparierkurses krankzumelden.

»Mir fiel das am Anfang auch unendlich schwer«, tröstete ihre Mutter sie. »Ich habe dann einfach immer gedacht: Die Toten stört es nicht, wenn ich sie untersuche. Und die Lebenden haben etwas davon, wenn ich jetzt durchhalte, denn sie kann ich mit meinen dadurch erworbenen Kenntnissen vielleicht retten.«

Susette nickte stöhnend. »Normalerweise würde mir das sicher auch helfen. Aber was ist, wenn es stimmt, was man sich hinter vorgehaltener Hand erzählt? Was ist, wenn diese Menschen ermordet wurden, damit wir sie sezieren können?«

Das pure Grauen sprach aus ihren Worten.

»Das kann ich mir nicht vorstellen«, sagte Joséphine, doch ihre Tochter kannte sie zu gut, um nicht zu durchschauen, dass sie das selbst nicht ganz glaubte.

*

Es regnete in Strömen. Susette stürzte am ersten Tag des Präparierkurses bei Prof. Dr. Hirt vollkommen durchnässt und außer Puste ins Anatomische Institut. Doch sie hatte Glück: Die anderen trugen zwar bereits ihre weißen Kittel, standen aber noch auf dem Gang. Sie drängelte sich zu ihrem Schränkchen, verstaute darin hastig den Mantel und die wegen des ersten Anatomie-Atlas recht schwere Tasche und zog ihren Kittel an. Ihre kleine, etwas pummelige Schranknachbarin lächelte freundlich und lieh ihr wortlos ein Haarband. Susette wisperte ein Dankeschön. Viele Frauen gab es hier ja nicht. Die ersten der etwa fünfzehn Studenten strömten bereits in den Präpariersaal. Wie es darin wohl aussah?

Susette betrat den nach Chemikalien riechenden Raum. Vor lauter Menschen in weißen Kitteln sah sie zunächst nichts. Sie stellte sich auf die Zehenspitzen, um an den meist größeren Männern vorbeizusehen. Der Saal war geräumig und hellgelb gekachelt. Scheinbar willkürlich verteilt standen einzelne Porzellantische herum, mit je einem großen weißen Sack darauf. Es war klar, dass sich darin die sogenannten Körperspender befanden. Oder waren es eben doch Opfer und die »Spenden« alles andere als freiwillig geschehen?

»Irgendwie ein bisschen gruselig«, flüsterte ihre Schranknachbarin, und Susette konnte dem nur zustimmen. Nervös fuhr die kleine Studienkollegin fort: »Ich habe noch nie einen echten Leichnam gesehen. Zumindest nicht aus der Nähe.«

»Ich schon«, erwiderte Susette flüsternd, »im Lazarett und im Krankenhaus.«

Ihre Tischnummer war die Neun, nach kurzem Suchen wurde sie fündig. Sie stellte sich etwas schüchtern zu zwei schweigenden Studienkollegen, die ebenso beklommen dreinblickten, wie sie sich fühlte.

Von Professor Hirt war seltsamerweise nichts zu sehen. Da ergriffen zwei Studenten das Wort, sie stellten sich als Präparationsassistenten vor, kurz »Präpassis«. Die beiden wirkten seriös und waren laut eigenen Angaben bereits im dritten Semester. Susette fiel ein kleiner Stein vom Herzen: Der Kurs würde anscheinend doch nicht von Professor Hirt durchgeführt. Dennoch war der nächste Schritt schwer: Die Leichen wurden enthüllt. Susette war dankbar, dass einer der beiden Kommilitonen nach dem Stoff griff und sie dieser Aufgabe somit entledigt war. Sie schluckte, als sie die Leiche mit dem kahl geschorenen Kopf erblickte. Deren Haut war weiß mit violetten Flecken und sah seltsam wächsern aus. »Wir dachten letztes Jahr auch, wir schaffen das nie. Aber dann haben wir es doch hinbekommen, und das werdet ihr auch! Vertraut mir!«, sagte einer der beiden Tutoren.

Susette sah zu ihrer Schranknachbarin hinüber, die zwei Tische weiter stand. Sie bemerkte besorgt, dass diese ihr aufmunterndes Lächeln nicht erwiderte, sondern kreidebleich war und bedrohlich schwankte. Susette eilte los und war gerade noch rechtzeitig bei der kleinen Frau angekommen, um sie aufzufangen, als deren Knie nachgaben. Susettes Blick fiel auf den Körperspender, der vor ihnen auf Tisch sieben lag. Wirkte das Gesicht durch den geschorenen Kopf und die wächserne Haut auch noch so entstellt, Susette erkannte den Mann, der da vor ihr lag, dennoch sofort: Bei der Leiche handelte es sich um Trystan Bouvier, ihren Vater! Entsetzt öffnete sie den Mund zu einem Schrei. Ihre Schranknachbarin entglitt ihr, sie selbst schlug ebenfalls hart auf den kalten Fliesen auf. Dann gab es nur noch Schwärze.

*

Es war die seltsamste Trauerfeier, die man sich vorstellen konnte. Die gesamte Familie außer Paul hatte sich in tiefer Trauer und schwarzer Kleidung im Hinterhof der Patisserie Picard an Trystans Gemüse- und Kräuterbeet eingefunden.

Seinen Leichnam hatte man ihnen verweigert. Auch nachdem Joséphine in den Seziersaal der Universität geeilt war und die Leiche von Tisch Nummer sieben in blankem Grauen als ihren Gatten Trystan Bouvier identifiziert hatte, wurde von Behördenseite behauptet, es handele sich um einen Hans Müller aus Colmar, der seinen Körper freiwillig der Wissenschaft zur Verfügung gestellt habe. Darüber gebe es verlässliche Papiere, gewiss hätten die emotionalen Frauen, die den verschollenen Vater und Gatten seit so vielen Monaten nicht mehr gesehen hatten, die stark veränderte Leiche schlicht verwechselt. Grundsätzlich verwende die Universität keine Toten aus Lagern für Unterrichtszwecke! Für weitere gegenteilige Behauptungen behalte man sich das Recht auf eine Verleumdungsklage vor.

Schließlich hatte sich die Familie entschieden, ein in kindlicher Naivität von Noée vorgeschlagenes Ritual tatsächlich durchzuführen. »Wir können ja Trystans Bäckermütze in seinem Gemüsebeet beerdigen.« Die Kleine konnte sich nicht wirklich an ihren Großonkel erinnern, war aber dennoch sehr erschüttert von dessen Tod.

Nun sah Anne ihrer Tochter dabei zu, wie sie mit einem Schäufelchen Erde auf die Bäckersmütze in der Grube schüttete und sagte: »Adieu, Großonkel Trystan.«

Es schnürte ihr die Kehle zu, und das Atmen fiel ihr schwer. Schützend glitt ihre Hand über den gewölbten Bauch. In was für eine Welt wurde dieses kleine, unschuldige Menschenkind geboren! Da spürte sie eine Hand um ihre Taille. Walter zog sie enger an sich und stützte sie. Dankbar lehnte sie sich an ihren Mann und ließ ihren Blick über die versammelte Trauergemeinschaft gleiten.

Susette rannen die Tränen übers Gesicht, Marcel stand neben seiner Nichte, um sie zu stützen, während Ruth bei ihrer besten Freundin Joséphine wachte, um ihr beizustehen. Joséphine weinte nicht. Sie war wie erstarrt, das Gesicht wächsern, und Anne fürchtete sich vor dem Moment, da die Versteinerung von ihrer Tante abfallen würde. Sie hatte das Gefühl, als sei Joséphine eingefroren, weil sie alles andere nicht ertragen hätte. Dann war da noch Clément, schwer auf Louise gestützt und unter seiner Trauer beinahe zusammenbrechend. Und schließlich François, der leise vor sich hinweinte.

Noée warf einen Luftkuss auf das Beet, ein letzter Abschiedsgruß für ihren Großonkel. Dann wandte sie sich um, um die kleine Schaufel weiterzureichen.

25

Ich möchte mit euch sprechen.«

Clément und sein Onkel Marcel sahen erstaunt zur Tür der Backstube, an der François soeben aufgetaucht war. In den letzten Monaten hatte er sich hier so gut wie nie blicken lassen, sondern anscheinend jede freie Minute mit seinen neuen Freunden von der Hitlerjugend verbracht. Selbst der schreckliche Tod seines Onkels hatte ihn davon nicht abhalten können.

»Was gibt es denn?«, fragte sein Vater.

»Jetzt ist ja leider sicher, dass Onkel Trystan nicht in die Backstube zurückkehren wird«, erklärte François mit dünner Stimme. »Ich weiß, dass ihr Hilfe braucht. Und die würde ich gern anbieten. Immer nach der Schule und in den Ferien.«

»Und was ist mit der Hitlerjugend?«, fragte Clément herausfordernd. »Ich hatte nicht den Eindruck, dass in letzter Zeit für etwas anderes Platz in deinem Kopf war. Hast du überhaupt noch einen Überblick darüber, was wir hier anbieten?«

Dem Jungbäcker war es alles andere als recht, wenn sein Cousin mit dessen schwankender politischer Einstellung ständig in der Backstube verkehren würde. Er hatte kein gutes Gefühl dabei, wenn jemand, den die Hitlerjugend begeisterte, nun im Haus jene Arbeiten durchführen würde, die eigentlich sein Vater hätte tun sollen. Außerdem war das hier schließlich auch ein Ort, an dem Dinge besprochen wurden, die gefährlich und daher nicht für jedermanns Ohren bestimmt waren. Es war dem tief trauernden Clément wichtiger denn je, gegen das Regime vorzugehen, das seinen Vater ermordet und dann auch noch seinen toten Körper entehrt hatte. Da sollte sein Cousin gewiss nicht stören!

»Die Leute zu ernähren ist kriegswichtig, das sehen die bei der HJ schon ein«, winkte François ab. »Außerdem weiß ich sehr wohl, was es bei uns noch alles gibt, und ich finde es großartig. Auch die Bonbonkocherei interessiert mich brennend. Das hier war doch schon immer mein Traumberuf.«

Zu Cléments Leidwesen reagierte Marcel eher freundlich zustimmend auf das Angebot seines Sohnes und erklärte: »Vor allem im Vergleich zum letzten Krieg ist unsere Auswahl wirklich noch ungeheuer reichhaltig und nicht zu vergleichen mit den durchaus gewöhnungsbedürftigen Dingen, die wir unseren Kunden damals vorsetzen mussten.«

»Was waren das denn für gewöhnungsbedürftige Dinge?«, fragte François neugierig.

»Also, was mir wirklich im Gedächtnis geblieben ist, ist eine Torte aus Rosskastanienmehl«, erinnerte sich Marcel.

»Drei Arten von Konditorwaren können wir heute eigentlich problemlos anbieten. Hefegebäck in allen Sorten, Obstkuchen mit frischem oder eingemachtem Obst und dann natürlich die ganzen trockenen Kuchen.«

Nickend gestand sein Sohn: »Mein Favorit ist ja Königskuchen.«

»Dann backen wir den als Erstes zusammen«, schlug Marcel vor. »Auch wenn Louise dich gewiss gut drüben in der Bonbonkocherei gebrauchen kann, erhältst du neben deinem

Abitur besser erst mal hier eine solide Ausbildung – im Herzstück des Unternehmens.«

Clément versuchte vergeblich, einen Blick seines Onkels zu erhaschen. Der ahnte ja nicht, dass er mit der Anstellung seines Sohnes gerade den Besprechungsort von Fluchthelfern sabotierte.

»Danke, Papa«, freute sich François.

»Du hast dir ja schon als Kind die Nase an unseren Schaufenstern platt gedrückt«, erinnerte sich Marcel gerührt. »Genau wie ich. Das tun viele Kinder, aber aus den wenigsten werden später Patisseure.« Er verdrehte die Augen zum Himmel und murmelte: »Ich meine natürlich: Konditormeister. Ich glaube, Trystan wäre begeistert, wenn nach seinem Sohn auch noch sein Neffe in seine Fußstapfen treten würde.«

Trotz all seiner Bedenken musste Clément innerlich zugeben, dass sein Onkel damit wohl recht hatte. Vielleicht sollte er seinem Cousin deshalb doch eine Chance geben. Seinem Vater zuliebe.

»Nur schade, dass es keine Schlagsahne mehr gibt. So ein Stück Kuchen mit Sahne, das ist schon was Feines«, sagte François bedauernd.

»Wir geben einfach Eierschaum auf die Obsttorten«, richtete nun erstmals Clément das Wort an seinen Vetter. »Das schmeckt gut und ist an einem so warmen Tag wie heute auch viel erfrischender als Schlagsahne.«

»Sind denn genügend Eier dafür vorhanden?«, staunte François.

Clément nickte bestätigend: »Wir Konditoren haben unser tägliches Kontingent Frischeier zur Verfügung.«

»Außerdem haben wir ja in Waghäusel noch Urgroßmutters Landwirtschaft verpachtet«, erinnerte Marcel, »von dort bekommen wir regelmäßig Produkte. Das Einzige, was es im

Gegensatz zu früher nicht mehr gibt, sind die Plunderteilchen. Aber dein Cousin Clément hier macht dafür die wunderbarsten kleinen Leckereien.«

»Dann sind wir ab jetzt also insgesamt zu viert in den beiden Backstuben«, resümierte François.

»Zu fünft. Dein Vater, Louise, du und ich von der Familie. Und dann noch unser neuer Geselle Gustave«, zählte Clément auf.

»Wir haben einen neuen Gesellen?«, wunderte sich François und sah sich in der Backstube um, als habe dieser sich hier irgendwo verstecken können. »Ich war in letzter Zeit wirklich zu wenig hier.«

»Gustave hat heute frei«, lachte Marcel. »Ja, mittlerweile sind wir ganz gut aufgestellt. Aber wir brauchen so viele Leute, weil wir ja auch zwei Geschäfte haben. Wenn man das berücksichtigt, sind es eigentlich zu wenig. Nun lasst uns weitermachen. Wir wollen heute schließlich einen Königskuchen backen.«

*

»Es sind so unfassbar viele«, sagte Susette, als sie am 23. Mai bei ihrer Cousine Anne in deren Schneiderei saß. »Die Hälfte aller Studenten an der Universität studiert Medizin.«

»Das ist doch gut so«, befand Anne, »man braucht schließlich jede Menge Feldärzte.«

Susette nickte.

»Werdet ihr Frauen eigentlich komisch angeschaut?«, erkundigte sich Anne. »Ich weiß noch, wie Maman sich furchtbar aufgeregt hat, weil die Studenten Tante Joséphine seinerzeit gehänselt haben. Eine Frau, die Medizin studiert. Das ging gar nicht!«

»Ein paar reagieren schon immer noch komisch«, räumte

Susette ein. »Aber das sind die wenigsten. Ich meine, gerade jetzt, da die Männer im Krieg sind, machen die Frauen ja alles. Selbst Straßenbahnfahren.«

Sie zog ihre Bücher aus der Tasche und legte sie vor sich auf den Tisch.

»Was machst du da?«, fragte Anne streng.

»Ich lerne, ich muss wirklich jede freie Minute nutzen.«

Anne musterte sie von der Seite. Seit Susette ihren toten Vater in der Anatomie gefunden hatte, war sie furchtbar dünn und blass geworden. Anne ahnte, dass es Susette schwerfiel, die Universität – und insbesondere den Sezierraum – wieder zu betreten. Doch sie wagte nicht, ihre Cousine danach zu fragen. Wahrscheinlich war es am besten, sich so gut wie möglich um Normalität zu bemühen, in der sie alle wieder etwas Halt finden konnten. Daher sagte sie nun bemüht scherzhaft zu ihr: »Die Bücher oder das Kleid? Ich kann dir unmöglich die Taille abstecken, wenn du über den Büchern hängst. Und du wirst sicher keine schlechtere Ärztin, wenn du mal eine halbe Stunde deine Nase nicht in die Fachliteratur steckst.«

»Heute Abend kann ich ja auch nicht lernen«, maulte Susette, tat dann aber wie ihr geheißen und klappte brav die Bücher zu.

»Dafür gehst du heute Abend in ein ganz wunderbares Konzert, das die ganze Stadt in Aufregung versetzt«, erinnerte sie Anne. »Und du gehst dort mit dem Mann hin, in den du dich bis über beide Ohren verliebt hast.«

Die Medizinstudentin lächelte: »Du hast recht. Das ist viel wichtiger.«

Ganz leise fügte sie hinzu: »Eigentlich ist mir überhaupt nicht danach zumute. Aber Clément hat mir befohlen hinzugehen. Er sagte, Papa würde sonst böse auf mich sein. Und damit hat er recht.«

Eine halbe Stunde später war Anne mit Susette fertig und betrachtete sie zufrieden. Um die Trauerkleider für ihre Familie zu nähen, hatte Anne sich nochmals an der Kiste mit den alten Kleidern ihrer in die Schweiz geflohenen mondänen Urgroßmutter Claire bedient. Susette sah in dem taillierten schwarzen Kleid mit Glockenrock einfach zauberhaft aus – wenn es ihre Blässe und die Zartheit ihrer Figur auch hervorhob und ihr dadurch etwas sehr Zerbrechliches gab.

»Nun sieh dich doch mal an!«

Sie schob ihre Cousine vor den bodentiefen Spiegel, der an der Atelierwand stand. Als Susette ihr Spiegelbild betrachtete, fingen ihre Augen an zu leuchten. Doch, dachte sie, auch wenn sie dieses ganze Gerede um Mode und Aussehen eigentlich albern fand und der Ansicht war, es komme mehr auf das Innere an als auf das Äußere, musste sie sich eingestehen: Es tat gut und bejahte das Leben, eine gewisse Sorgfalt auf das eigene Erscheinungsbild zu legen. Und das hätte ihr geliebter Vater in jedem Fall gutgeheißen.

Auch Alphonse gefiel, was er sah: Als er Susette erblickte, breitete sich auf seinem Gesicht ein glückliches Strahlen aus, und nachdem er sie unten vor der Feinbäckerei Tritschler, wo er auf sie gewartet hatte, zur Begrüßung geküsst hatte, flüsterte er ihr zu: »Du siehst absolut bezaubernd aus«, und schloss sie sogleich noch fester in die Arme. »Aber du wirst immer dünner und zerbrechlicher. Es tut mir so leid.«

»Nicht«, sagte sie bittend. »Wenn jemand Mitgefühl zeigt, ist es um meine Beherrschung geschehen.«

Er nickte. »Aber ich bin für dich da. Das weißt du.«

»Ja.« Er war auch in den schlimmen Stunden nach dem Fund für sie da gewesen. Viele an der Universität wussten inzwischen, dass sie ein Paar waren, und als man Alphonse über die Ereignisse informiert hatte, war er herbeigeeilt, um Susette in den Armen zu halten.

Und jetzt, da sie Hand in Hand durch die Stadt gingen, spürte sie, wie seine Kraft auf sie überging. Zaghaft warf sie einen Blick gen Himmel. Ob ihr Vater auf sie herunterblickte und sich für sie freute?

Vor dem Sängerhaus drängten sich die Massen. Alle wollten dabei sein, wenn die viel bewunderte Lale Andersen die Bühne betrat, um ihr wunderbares *Lili Marleen* zum Besten zu geben, ebenso wie viele weitere Schlager, die alle, ob groß, ob klein, im Kopf hatten.

Es gelang ihnen, einen Platz recht weit vorne zu ergattern. Die drangvolle Enge störte sie nicht im Geringsten. Im Gegenteil, es begünstigte die Nähe zu Alphonse, und das gefiel Susette.

Und dann betrat Lale Andersen auch schon die Bühne, auf der Pianist und Kapelle bereits Platz genommen hatten.

Die Menge brach in Jubel aus.

Lale Andersen sah in ihrem weißen Glitzerkleid und mit den kinnlangen blonden Haaren aber auch hinreißend aus! Sie versprühte derart viel Charme und weibliche Erotik, dass Susette, die sich vorhin im Spiegel noch so bewundert hatte, auf einmal das Gefühl plagte, gänzlich langweilig zu wirken. Sie konnte noch so viel Mühe auf ihr Äußeres verwenden, an eine Lale Andersen würde sie niemals heranreichen. Aber das musste sie vielleicht auch gar nicht.

Als habe er ihre Gedanken gelesen, beugte sich Alphonse in diesem Moment zu ihr und flüsterte: »Ich verstehe gar nicht, warum ihr alle zujubeln. Du bist tausendmal schöner.«

Sie wandte ihm dankbar den Kopf zu. Er sagte wirklich immer genau das Richtige! In diesem Moment begann Lale Andersen zu singen:

»Vor der Kaserne, vor dem großen Tor
Stand eine Laterne
Und steht sie noch davor
So wollen wir uns da wiedersehen
Bei der Laterne wollen wir stehen.«

Die Menge kreischte und stimmte mit ein. Dann kam der Refrain.

»Wie einst Lili Marleen«, sang Alphonse mit und zog Susette in seine Arme. Beim nächsten »Wie einst Lili Marleen« küsste er sie, während Lale Andersen sang:

»Unsre beiden Schatten sahen wie einer aus.
Dass wir so lieb uns hatten,
das sah man gleich daraus.
Und alle Leute sollen es sehen,
wenn wir bei der Laterne stehen
wie einst Lili Marleen.«

Als Lale Andersen geendet hatte, brach erneut ein frenetischer Beifall aus. Auch Alphonse und Susette applaudierten. Susette sah die Sängerin wie durch einen Nebel. War das hier die Wirklichkeit? All diese strahlenden Menschen, all diese Hoffnung und all diese überbordende Lebensfreude? Stand sie hier wirklich neben dem Mann ihrer Träume, und hatte der sie wirklich gerade geküsst? Wie wunderbar es sich anfühlte, so verliebt zu sein! Und wie seltsam, dass sie in all dem Schmerz um ihren Vater in der Lage war, Glück zu empfinden. Wie nahe beieinander Freude und Leid doch lagen!

Halte diesen Moment fest, flüsterte ihr eine innere Stimme zu. Halt ihn einfach ganz fest und schöpfe Kraft aus ihm! Wer weiß in diesen Zeiten, was morgen kommen wird?

*

»Ich darf jetzt in der Schule endlich neben dem Willi sitzen. Und jetzt hat er gefragt, ob ich ihn besuchen kann«, erklärte Noée, als sie mit ihrer Mutter und ihrem Stiefvater durch die Stadt spazierte. Sie waren auf dem Weg zu der Wanderausstellung »Deutsche Größe – 2000 Jahre Kampf am Rhein«, die, ausgehend von München, bereits in verschiedenen Städten des Reichs gezeigt worden war. Paul hatte in höchsten Tönen davon geschwärmt. Dass ihre Tochter so begeistert von dessen Sohn Willi war, gefiel Anne nicht sonderlich. Noée argumentierte: »Schließlich bin ich seine Großcousine. Sie haben einen riesigen Garten und ein ganz großes Haus.«

»Oh«, sagte Anne und wechselte einen hilflosen Blick mit Walter. Seit der Sache mit Clément hatte sich die ganze Familie komplett von Paul distanziert. Zwar hatte er seinen Neffen letztendlich gerettet, aber nur, weil Susette ihn dazu gezwungen hatte. Der Clan warf ihm vor, dass er Clément nicht von vorneherein vor der Internierung bewahrt hatte, wenn er doch letztendlich mächtig genug gewesen war, ihn dort rauszuholen. Und sie nahmen ihm übel, Teil dieses Systems zu sein, das sowohl die Tritschler-Picards als auch die Bouviers als menschenverachtend empfanden. Letztendlich, so empfand es die Familie, war er für Trystans Tod mitverantwortlich.

»Ich weiß nicht …«, sagte Anne daher zögernd und fügte dann sanft hinzu: »Schau, Liebes, die Klara hat mit ihren Kindern so viel zu tun. Es ist doch viel besser, wenn der Willi zu uns kommt.«

»Die Tante Klärle hat sogar zwei Hausmädchen und eine Köchin«, begehrte Noée auf, »und sie haben Hühner!«

Anne seufzte. Sie führten diese Diskussion nicht zum ersten Mal, im Gegenteil: Der sensible kleine Willi und Noée waren seit einem halben Jahr unzertrennlich. Aber Anne wollte unbedingt vermeiden, dass ihre Noée allzu dicht mit

Pauls Ansichten in Berührung kam, auch wenn diese, wie sie zu ihrem Bedauern feststellen musste, inzwischen von den meisten Menschen geteilt wurden.

Anne graute bei der Vorstellung, dass Noée bald alt genug war, dem Jungmädelbund beizutreten.

Der Zufall kam ihnen zu Hilfe: »Was ist denn da vorne los?«, fragte Walter und deutete auf eine Brücke, an deren Geländer Menschen dicht gedrängt standen und auf den friedlich fließenden Fluss starrten. »Da wird doch keiner reingestürzt sein?«

Er war sichtlich beunruhigt, doch Anne lachte nur. »Dann würden sie hier nicht so still stehen. Ich kenne dieses Bild schon seit Kindertagen. Die Straßburger lieben es, den Fischern beim Angeln zuzusehen.«

Mittlerweile waren sie auf der Brücke angelangt und konnten einen Blick auf den Fluss erhaschen. Noée drängelte sich zwischen den Menschen bis zum Geländer vor. Keiner protestierte.

Tatsächlich, da stand ein junger Mann und schwenkte seine Bambusangel hinauf und hinunter.

Da, einer hatte angebissen!

»S' bißt!«, raunte die Menge, die Menschen auf der Brücke verfolgten mit angehaltenem Atem die wippende Angel, die im nächsten Moment nach oben schnellte. Ein silbernes Fischlein zappelte durch die Luft.

Noée beobachtete die Szene fasziniert und war von der Diskussion um den Besuch bei Pauls Familie abgelenkt. Walter nutzte die Gelegenheit und wandte sich leise an seine Frau: »Ich muss dir etwas sagen.«

»Was denn?«

»Ich habe ein Angebot bekommen, als Gastprofessor an der Reichsuniversität zu lehren.«

Sie sog scharf die Luft ein. »Wirst du annehmen?«

Er zuckte die Achseln. »Eigentlich fordern sie ein Parteibuch. Ich will natürlich auf keinen Fall in die NSDAP eintreten. Aber seit Kurzem ist ein Professor an der Universität, von dem sagt man, dass er auch kein Parteimitglied ist.«

»Vielleicht kannst du dich mit ihm einmal austauschen«, schlug Anne vor.

Walter nickte. »Sie wollen allerdings bald eine Entscheidung. Ich werde versuchen, ihn möglichst schnell zu kontaktieren.«

»Du hast immer davon geschwärmt, wie es wäre, dein Wissen über die Kunst weiterzugeben«, sagte sie nachdenklich.

Er lächelte. »Ja, aber Kunst ist etwas Freies. Sie entspricht keinen Regeln, keinem Dogma. Ich möchte nicht den Kunstverstand der Nationalsozialisten vermitteln.«

Sie nickte.

»Weißt du, die sagen, sie wollen die Reichsuniversität nicht mehr aus der Weltanschauung von Idealismus und Humanismus heraus aufbauen, sondern aus der des Nationalsozialismus. Das ist aber nicht mein Weltbild, Anne.«

»Meines auch nicht«, betonte sie.

»Andererseits hätte ich dann sicher mehr Einfluss und dürfte mitreden, könnte vielleicht auch das eine oder andere beeinflussen«, fuhr er fort. »Der Ansatz, Straßburg zu einer Kulturmetropole zu machen, gefällt mir ausnehmend gut, ebenso wie die Idee, neue Museen zu gründen. Aber muss es unbedingt ein Heeresmuseum sein?«

Sie lächelte. »Somit wird Kultur zur Propagandamaschine. Gauleiter Wagner will damit bestimmt Freiwillige für die Wehrmacht rekrutieren.«

»Mich würde das eher abschrecken«, sagte er. »Und gerade an den Plänen für dieses Museum zeigt sich, wie selektiv das alles ist. Zweihundert Jahre französische Herrschaft im Elsass werden einfach unter den Teppich gekehrt.«

»Jetzt schauen wir uns diese Ausstellung ›Deutsche Größe – 2000 Jahre Kampf am Rhein‹ mal an«, sagte Anne.

»Das sollte ich wohl, ja. Dieser Professor Dr. Anrich von der Reichsuniversität Straßburg hat sie konzipiert, und mit dem werde ich vermutlich öfter zu tun haben, wenn ich den Posten annehme«, meinte Walter. In diesem Moment kam wieder Bewegung in die Szene an der Brücke.

»S' bißt«, raunte die Menge erneut, und Anne und Walter wechselten einen amüsierten Blick. Mochte mit den Nationalsozialisten auch ein unangenehmer Ton in der Stadt eingezogen sein: An kleinen Dingen wie diesen konnten sich die Menschen erfreuen wie eh und je.

*

»Das ist nationalsozialistischer Mist. Da mach ich nicht mit«, schnaubte Clément.

»Ach, Liebling«, seufzte Louise, »wenn wir uns da verweigern, schaden wir niemandem außer uns selbst. Bitte, tu mir den Gefallen. Ich habe mich schon so darauf gefreut, unsere Schaufenster schön zu dekorieren. Außerdem macht die Tritschler auch mit. Und du weißt, wie der Rest der Familie zum Nationalsozialismus steht.«

Clément musste nun doch lächeln. Er konnte seiner Louise einfach nichts abschlagen, vor allem dann nicht, wenn sie ihn mit ihren großen blauen Augen so bittend ansah. Außerdem: So, wie er damals, als er in den Widerstand ging, die Baskenmütze abgelegt hatte, um nicht allzu auffällig zu sein, musste er jetzt, da Susette und er erneut im Widerstand waren, abermals sehr vorsichtig sein, um keine Aufmerksamkeit auf sich zu ziehen.

»Schmeckt denn das Eis?«, fragte er ausweichend.

Sie sah ihn an. »Ja, schon, aber du lenkst ab.«

Sie hatten François in der Bonbonkocherei allein gelassen und gönnten sich einen kleinen Stadtbummel, der einen konkreten Anlass hatte: Am Brantplatz hatte der Speiseeis-Salon Eskimo eröffnet, und Louise wollte unbedingt hin.

»Schmeckt«, befand sie, »aber wir könnten das besser.«

Er sah sie verblüfft an. »Backwaren, Bonbons – und jetzt Eis … was willst du denn noch alles verkaufen, Süße?«

»Pralinen«, sagte sie zögernd. »Nach dem Krieg will ich eine riesige Süßwarenmanufaktur aufmachen. Mit dir.«

Er legte die Arme um sie. »Das ist eine hervorragende Idee, mein Herz, aber findest du nicht, dass wir dazu verheiratet sein müssen?«

Sie sah ihn verblüfft an. »Das … ja, natürlich sollten wir das …«, stotterte sie, während Clément vor ihr auf die Knie ging. Statt eines Rings zog er eines ihrer selbst gemachten Bonbons aus der Tasche.

»Eigentlich sollte es ganz romantisch sein. Mit Ring und allem. Stattdessen habe ich nur das zur Verfügung. Aber es ist mit Liebe gemacht.«

Er streckte ihr das Bonbon entgegen. »Louise, ich liebe dich von ganzem Herzen. Möchtest du mich heiraten?«

Strahlend ging sie nun ihrerseits auf die Knie. »Du verrückter Kerl! Und wie ich das möchte.«

Von Louise und Clément unbemerkt hatte sich ein Kreis um die beiden gebildet, und als Louise »Ja« sagte, brach die Menge in Jubel aus.

Clément zog sie nach oben und verbeugte sich grinsend. Der Eisverkäufer brachte zwei neue Kugeln aufs Haus, denn sowohl Cléments als auch Louises Eis waren inzwischen geschmolzen.

»Was ist denn hier los?«, ertönte in diesem Moment eine wohlbekannte Stimme hinter ihnen.

Clément wirbelte herum. »Maman, ich habe Louise gerade einen Heiratsantrag gemacht!«

»Nein, so was!«, rief Joséphine erfreut und fiel ihrer zukünftigen Schwiegertochter um den Hals. »Ich könnte mir keine bessere Frau für dich vorstellen, Clément. Wie wunderbar!«

Dann hielt sie mit einem seltsam wehmütigen Lächeln inne und vergewisserte sich: »Du hast hier um ihre Hand angehalten? Vor der Eisdiele?«

»Ja«, bestätigte Clément, »in Ermangelung eines Rings mit einem mit viel Liebe selbst gekochten Bonbon.«

»Du bist wirklich Trystans Sohn«, sagte Joséphine mit feuchten Augen. »Normale Heiratsanträge sind wohl eure Sache nicht. Ich hatte bei seinem einen Putzlappen in der Hand, und er war über und über mit Mehl bestäubt.«

»Das hat er mir erzählt«, bestätigte Clément, dessen Stimme nun ebenfalls ganz weich wurde. »Er hatte genauso spontan entschieden wie ich jetzt. Dabei hatte er sich davor schon unzählige Male Gedanken gemacht, wann und wo er dich fragen soll.«

»Dann hat er also doch vorher heimlich geübt, der Schuft«, sagte Joséphine, wischte sich die Augen und lächelte tapfer.

»Eure Verlobung müssen wir mit einem großen Familienfest feiern.«

»Gute Idee.« Louise sah ihre künftige Schwiegermutter verschmitzt an. »Wobei der Heiratsantrag vielleicht auch ein Ablenkungsmanöver war?«

»Ein Heiratsantrag als Ablenkungsmanöver?«, fragte Joséphine verblüfft.

»Ich war gerade dabei, ihn zu überreden, beim Schaufensterwettbewerb mitzumachen, da ging er vor mir auf die Knie.«

»Ach, so ist das!« Joséphine drohte ihrem Sohn scherzhaft mit dem Finger. »Dir ist wohl jedes Mittel recht, bei der Aktion nicht dabei sein zu müssen.«

»Meiner zukünftigen Frau kann ich nichts abschlagen«, widersprach er und küsste sie zärtlich. »Wir sind natürlich dabei.«

»Habt ihr Lust, noch ein bisschen mit mir spazieren zu gehen?«, fragte Joséphine. »Es ist so herrliches Wetter heute, und ich will jede Sekunde, die ich nicht im Krankenhaus verbringen muss, ausnutzen.«

»Gern.« Louise hakte sich bei ihrer Schwiegermutter in spe unter, während sie an der Ill entlangspazierten.

»Ich finde die so entzückend«, sagte sie und deutete auf die kleinen Waschhäuschen.

»Sie wecken in mir immer die Sehnsucht nach warmen Sommertagen, und vor meinem inneren Auge sehe ich Frauen in bunten Blusen ihre Wäsche in der Ill waschen.«

»Als Kinder haben Susette und ich oft zugesehen, weißt du noch?«, fragte Clément.

»Und ob ich das noch weiß!«

»Eigentlich schade, dass man die Wäsche nicht mehr in den Bottichen stampft oder im Fluss wäscht«, sagte Clément. »Das war immer ein Stück heile Welt.«

»Na, ich weiß nicht, ob die Frauen, die hier tagein, tagaus schuften mussten, das auch so empfunden haben«, schmunzelte Joséphine.

»Wieso hast du dich denn nun eigentlich umentschieden, was die Schaufenster angeht?«, wechselte Louise das Thema.

»Hab ich doch schon gesagt. Weil ich dir einfach nichts abschlagen kann.« Er küsste sie wieder. »›Deutsche Größe – 2000 Jahre Kampf am Rhein!‹ Was für ein widerlicher Titel! Ich will einfach nicht Teil dieser nationalsozialistischen Ausstellung sein, und mit der steht der Schaufensterwettbewerb ja im Zusammenhang«, erläuterte er seine ursprüngliche Ablehnung.

»Wir machen das nicht für die Nazis, wir machen das für uns«, betonte Joséphine. »Alle sollen sehen, was die Tritschler-Picard-Bouviers für tolle Schaufenster haben.«

»Na ja«, murmelte Clément, »was mich daran wirklich stört, ist, dass man angehalten ist, das Fenster mit Motiven aus der deutschen Geschichte Straßburgs zu schmücken. Und ich weigere mich einfach, ein Kaiserbild ins Schaufenster zu stellen.«

»Ich habe die Kaiserzeit ja nicht erlebt«, sagte Louise. »Aber als die Wehrmacht kam, da hat Grand-mère zu mir gesagt, dass die Deutschen des Kaiserreichs gar nichts zu tun haben mit den Nazis. Die waren ganz anders.«

»Da ist was dran«, räumte Joséphine ein. »Eure Grand-mère Ida, Großonkel Oskar und ihre Eltern sind das beste Beispiel dafür, dass Deutsche nicht schlecht sein müssen. Und ich bin es ja selbst zur Hälfte.« Sie sah ihren Sohn ernst an. »Du musst aufpassen, Clément, dass der Hass nicht auch dich noch zerfrisst. Es geht nicht um Nationen und die wandernden Landesgrenzen. Es geht um die Menschen.«

Clément sah sie zerknirscht an. »So meine ich das ja gar nicht. Ich verteufle nicht alles Deutsche. Überhaupt nicht. Ich bin nur stolz, ein Elsässer zu sein, und finde diese Wichtigtuerei der Nazis widerwärtig.«

»Das geht uns allen so«, sagte Joséphine. »Unsere Geschichte ist nun mal von zweierlei Kulturen geprägt – und wenn alle ein wenig vernünftiger und offener wären, dann könnten wir aus dieser Tatsache so viel Gutes schöpfen. Etwas Einmaliges.«

Wie elektrisiert sah Clément sie an. »Wie wäre es dann,

wenn wir genau diese Botschaft in unseren Schaufenstern vermitteln? Wenn wir das Gute aus beiden Kulturen zusammenfließen lassen?«

»Eine hervorragende Idee«, befand Joséphine. »Wir müssen das nur so hinbekommen, dass sie es nicht merken und uns am Ende noch zwingen, alles wieder abzubauen.«

26

Ich freue mich ja so für euch«, versicherte Susette ihrem Bruder und ihrer künftigen Schwägerin zum wiederholten Mal.

»Nun müsst ihr euch aber setzen, sonst wird Marcels schönes Essen kalt«, rief Ruth.

Ihr Mann hatte sich im Großen Krieg als Lagerkoch verdingt und die Gelegenheit der Verlobung nur zu gern beim Schopf ergriffen, um die gesamte Familie mal wieder nach allen Regeln der Kunst zu verwöhnen. Als Vorspeise gab es Buchweizengrütze, dann Schweineschwarten mit getrockneten Pflaumen und Pellkartoffeln mit frischem Salat und zum Nachtisch Buttermilchpudding.

»Köstlich«, befand Clément und lehnte sich zufrieden zurück. »Ich wusste gar nicht, dass man mitten im Krieg so wunderbar essen kann.«

»Zurzeit ist Kochen wirklich eine besondere Herausforderung, das stimmt«, sagte Marcel geschmeichelt, »aber ich war ja schon im letzten Krieg dafür bekannt, aus wenig doch noch was Leckeres zu zaubern.«

Schließlich klopfte er gegen sein Glas und erhob sich. Alle Blicke richteten sich erwartungsvoll auf ihn.

»Meine Lieben«, sagte er und sah einen nach dem anderen

an. »Da sind wir nun, von den Ungeborenen«, er warf einen bedeutungsvollen Blick auf Annes inzwischen stattlich gewölbten Bauch, »über die Frischverlobten bis hin zu den Großeltern, zu denen Ruth und ich uns nun bald zum zweiten Mal selbst zählen dürfen.« Er warf seiner Frau einen verschmitzten Blick zu. »Und Clément, ich freue mich, dass ich nicht mehr nur dein Adoptivonkel bin, sondern bald auch dein Schwiegervater.« Dann wurde er ernst. »Trystan war mein bester Freund, und ich bin mir sicher, irgendwo freut er sich jetzt mit uns, dass wir heute hier feiern dürfen. Das gilt auch für die lieben Verwandten in Südfrankreich und in der Schweiz. Und ich weiß, in Stuttgart denken Elise und Franz an uns. Er hat den Grundstein zu all dem hier gelegt.« Marcel machte eine weit ausholende Bewegung. »Franz Tritschler und Jacques Picard. Ein Deutscher und ein Franzose. Und eigentlich muss man da auch noch Claires Vater Aaron Goldschmidt nennen. Einen Juden. Wir führen also das Vermächtnis dieser drei großartigen Männer fort, und das lassen wir uns nicht verderben durch Kriege und durch die kruden Ansichten der Nationalsozialisten. Selbst wenn es von denen in unserer Familie leider auch einen gibt. Hoffen wir, dass meine Großmutter Claire Goldschmidt das Ende dieses Regimes noch erleben und bald in ihre Heimat zurückkehren darf.«

Ruth warf ihm einen warnenden Blick zu und deutete mit dem Kinn auf François, doch Marcel nahm es nicht wahr.

Louise hingegen entging der besorgte Gesichtsausdruck ihrer Mutter nicht, und sie flüsterte Clément zu: »Achte mal auf François.«

»Schon bemerkt.«

Louise biss sich auf die Lippen. Die Entwicklung ihres kleinen Bruders gefiel ihr ganz und gar nicht. War sie nach dem Einmarsch der Wehrmacht noch selbst recht beeindruckt von den Nationalsozialisten gewesen, so war das kein Vergleich mit der glühenden Begeisterung, die ihr Bruder in jüngster Zeit an den Tag legte – selbst der Tod seines Onkels hatte ihn nicht von seinen Ansichten abbringen können. Er war seit seiner Arbeit in der Backstube zwar nicht mehr so häufig wie früher bei der Hitlerjugend, plapperte die Parolen der Nationalsozialisten aber bisweilen immer noch nach und suchte, wann immer es ging, die Nähe seines Onkels Paul. Louise ärgerte sich, dass sie selbst es war, die ihrem Bruder seinerzeit vorgeschlagen hatte, zur Hitlerjugend zu gehen. Es war brandgefährlich, dass Marcel so offen vor ihm redete. Dabei, dachte sie bedrückt, fühlte sich ihr Vater im Kreise seiner Familie eben sicher. Zu sicher.

»Und was unsere großartige Idee mit den Schaufenstern angeht …«

»Nicht heute«, rief sie und sprang auf. Wenn Marcel nun auch noch verraten würde, dass sie mit der Dekoration ihrer Schaufenster stillen Widerstand leisten wollten, brachten sie François in einen Gewissenskonflikt. Schlimm genug, dass Marcel Claire Goldschmidt erwähnt und damit auf die jüdische Vergangenheit der Familie hingewiesen hatte.

»Aber warum denn?«, fragte Marcel, derart rüde unterbrochen, ein wenig verletzt.

»Weil heute unsere Verlobung gefeiert wird«, sagte Louise, »da sollten wir nicht über die Arbeit sprechen.«

Marcel sah sie verblüfft an. Familie und Beruf waren in diesem Haus noch nie getrennt worden. Nun sandte sie ihm einen warnenden Blick und machte eine leichte Kopfbewegung zu François hin.

Endlich schien ihr Vater zu verstehen. »Da hast du recht, mein Liebes. Heute sollten wir nur feiern.«

Als sich die Gäste verabschiedet hatten und Marcel in die Backstube hinunterging, um wie gewohnt alles für den nächsten Morgen herzurichten, folgte Louise ihm.

»Entschuldige, dass ich dich vorhin so harsch unterbrochen habe«, sagte sie und legte ihrem Vater eine Hand auf den Rücken. »Ich nehme an, du hast inzwischen verstanden, weshalb?«

Er nickte. »Ja, und es macht mir Angst. Ich war so froh, als du dich von diesem Georg abgewandt hast. Und nun fängt bei François alles von vorne an.«

»Deshalb hat es Maman und mich so beunruhigt, was du über die Nationalsozialisten gesagt hast. Und wegen der Geschichte mit Claire Goldschmidt. Ich glaube zwar nicht, dass François selbst uns an die Gestapo verraten würde, aber er müsste es nur einem falschen Freund erzählen. Und davon hat er nun ja mehr als genug.«

»Allerdings«, bestätigte Marcel bitter. »Ich mache mir große Sorgen um ihn. Ich fürchte sogar, er könnte sich freiwillig melden, sobald er alt genug ist.«

Louise nickte seufzend. »Ich nehme an, mit ihm zu reden macht keinen Sinn.«

»Das haben deine Mutter und ich schon oft genug versucht«, bestätigte Marcel, »vergeblich.«

*

Anne konnte sich ein Kichern nicht verkneifen, als sie zusammen mit Ruth und Louise letzte Hand an ihre Schaufensterdekoration legte. Die eingeweihten Mitglieder der Familie hatten nächtelang diskutiert, Ideen entwickelt und wieder verworfen – und was nun am Ende dabei herausgekommen war, konnte sich wirklich sehen lassen.

In den letzten Tagen hatte es einen regen Austausch zwischen den Familien gegeben. Und das nicht nur wegen der Verlobung von Clément und Louise, sondern auch wegen der Schaufenster. Die Ideen waren nur so hin- und hergeflogen.

Es begann mit den Backwaren: Marcel hatte mithilfe seines Sohnes französische Spezialitäten hergestellt, denen sie aber deutsche Formen gaben. Tarte Tatin gab es nun einfach in einer etwas höheren Variante mit Eischaum obendrauf, sodass das Werk der Patisseure aussah wie ein guter deutscher Apfelkuchen. Statt Croissants buken sie Milchhörnchen, statt Eclairs Windbeutel, außerdem Brezeln, für die Schwaben, Bayern und Elsässer gleichermaßen die Urheberschaft beanspruchten. Außerdem stellten sie alte Backformen aus, von denen sie behaupteten, sie stammten noch aus dem Besitz Franz Tritschlers, in Wirklichkeit gehörten diese aber zum Fundus der Goldschmidts.

»Unsere Schaufenster sind bestimmt die tiefsinnigsten der Stadt«, hatte sich Marcel gefreut. »An Ideen fehlt es uns ja nie.«

Seine Tochter Anne hatte eine alte deutsche Tracht nachgeschneidert, in die sie jedoch ganz versteckt Reminiszenzen an die klassische elsässische Tracht einbrachte.

Als Ruth und Louise andächtig ihr Werk bewunderten, fiel Anne der anfängliche Widerstand ihres Cousins gegen die Beteiligung an der Schaufensteraktion wieder ein. »Ist Clément denn jetzt halbwegs versöhnt?«

»Mehr als das«, strahlte Louise, »inzwischen findet er es sogar richtig gut. Er ist stolz auf uns.«

»Ja.« Ruth legte die Arme um die beiden. »Das bin ich auch.«

*

»Du siehst bezaubernd aus«, sagte Walter zärtlich, als er seine Frau am 18. Juni 1942 die Treppe herunterkommen sah. Aus Urgroßmutter Claires unerschöpflichem Fundus hatte Anne sich ein Umstandskleid genäht, das ihr ganz hervorragend stand. Ihre blauen Augen strahlten, als sie sich bei ihrem Mann unterhakte. »Ich dachte mir: Wenn die Exponate schrecklich sind, dann kannst du immer noch mich ansehen.«

Walter lachte auf: »Das tue ich sowieso. Das großartigste Exponat dieser Welt verblasst vor deiner Schönheit.«

»Schmeichler!« Anne stieß ihn scherzhaft in die Seite.

Sie schlenderten durch die überfüllte und geschmückte Stadt zur Straßenbahnhaltestelle. Heute würde endlich die Ausstellung »Deutsche Größe – 2000 Jahre Kampf am Rhein«, auf die sich die ganze Stadt seit Wochen vorbereitete, eröffnet werden. Überall waren Männer in Uniform und Frauen in Schwarzwälder Tracht zu sehen, Blaskapellen spielten, Fahnen wehten.

»Ich hätte eigentlich viel mehr Lust auf einen Schaufensterbummel als auf die Ausstellungseröffnung«, bekannte Anne. »Interessiert einen ja schon, was die Konkurrenz sich so hat einfallen lassen.«

»Dafür ist immer noch Zeit genug, Schatz«, erwiderte Walter und führte seine Frau fürsorglich in die überfüllte Straßenbahn. Ein junger Mann stand, mit Blick auf ihren Bauch, sofort auf, um ihr seinen Platz anzubieten. Anne bedankte sich mit einem Lächeln.

Kurz darauf waren sie beim Ausstellungsgelände auf der Schiffmatt angelangt, auf der, im Beisein von Gauleiter Robert Wagner, die Schau eröffnet werden sollte.

»Wahrscheinlich werden wir auch Paul treffen«, stöhnte Anne.

»Darauf habe ich auch gar keine Lust«, versicherte Walter,

»aber auf ewig können wir ihm und dieser Klara nicht aus dem Weg gehen.«

»Wenigstens hat Noée nicht mehr gefragt, ob sie Willi besuchen darf. Sie scheint unsere Ablehnung akzeptiert zu haben.«

In diesem Moment näherte sich ihnen ein junges, sympathisch aussehendes Paar. Sie hatte kinnlange dunkelblonde Haare und ein freundliches, offenes Gesicht, er war groß, schlank und wirkte ausgesprochen umgänglich.

»Das ist der Kollege von Weizsäcker, von dem ich dir erzählt habe«, raunte Walter seiner Frau zu.

»Der, der nicht in die Partei eintreten wollte und trotzdem eine Professorenstelle erhalten hat?«

»Genau der.«

»Seine Frau sieht auch sehr nett aus«, fand Anne.

Walter lächelte. »Sie sieht dir ein bisschen ähnlich.«

Anne lachte: »Ich glaube, das liegt nur daran, dass wir beide eine ähnliche Frisur haben.«

Als Gundalena von Weizsäcker dann aber vor ihr stand, musste sie sich eingestehen, dass Walter recht hatte. Sie hätten Schwestern sein können! Die beiden Frauen waren sich sofort sympathisch.

»Wie schön!«, rief Gundalena nach der Begrüßung angesichts Annes offensichtlicher Schwangerschaft. »Wann ist es denn so weit?«

»Noch drei Monate«, sagte Anne, »dann habe ich es geschafft.«

»Ich habe drei Geburten hinter mir«, lachte Gundalena. »Die Rasselbande hält mich ganz schön auf Trab. Zum Glück haben wir hier in Straßburg einen großen Garten.«

»Der fehlt uns leider«, seufzte Anne, »dafür verpachten wir in Waghäusel einen ganzen Bauernhof, demnächst werden wir dort alle bei der Ernte helfen. Das macht meiner Achtjährigen immer großen Spaß. Ansonsten spielt sie täglich nach der Schule auf dem Münsterplatz gleich vor unserem Haus.«

»Sie wohnen direkt an der Kathedrale?«, begeisterte sich Gundalena. »Das ist ja wundervoll!«

»Kommen Sie uns doch mal besuchen«, lud Anne die junge Frau spontan ein.

»Das will ich sehr gern«, sagte Gundalena. »Aber zuerst sollten Sie zu uns kommen. Bei diesem schönen Wetter muss man einfach den großen Garten genießen.«

»Sehr gern«, freute sich Anne, deren Miene sich im nächsten Moment verfinsterte: Sie entdeckte Paul und Klärle, die auf sie zusteuerten. Klärle sah aus wie aus dem Ei gepellt. Anne musste ihr zugestehen, dass sie sich zu kleiden wusste. Wenn sie nur nicht so einfältig und anstrengend wäre! Von ihrer Weltansicht ganz zu schweigen!

»Walter, Anne«, begrüßte Paul seine Nichte und deren Mann, während Klärle sich zu einem überzeugten »Heil Hitler« herabließ.

Peinliches Schweigen entstand.

»Darf ich vorstellen?«, fragte Walter schließlich. »Der Onkel meiner Frau, Paul Tritschler und seine Gattin. Das sind Carl Friedrich und Gundalena von Weizsäcker.«

»Angenehm.« Der Professor schüttelte dem Paar die Hand.

»Nun«, sagte Paul nach einer weiteren Weile des unangenehmen Schweigens, »dann gehen wir mal weiter. Ich werde gebraucht.«

Klärle nickte noch einmal kühl in die Runde, dann waren sie verschwunden.

Anne atmete erleichtert auf, während die von Weizsäckers noch immer verwundert dreinblickten.

»Er schien mir irgendwie ... verärgert zu sein?«, fragte von Weizsäcker. Anne fand das Ehepaar vertrauenswürdig, daher entschloss sie sich zur Offenheit.

»Wir stehen uns nicht sonderlich nahe«, sagte sie, ohne zu betonen, dass ihre Differenzen auch politischer Natur waren. Das konnten die von Weizsäckers sich gewiss denken, und wenn nicht, wäre hier kein geeigneter Rahmen gewesen, darüber zu sprechen. »Außerdem war er vermutlich beleidigt, dass ich Ihnen nicht gesagt habe, welches Amt er bekleidet. Darauf ist er nämlich sehr stolz.«

»Was macht er denn?«, fragte Gundalena neugierig.

»Die rechte Hand Robert Wagners.«

»Und? Sind Sie darauf auch stolz?«

Anne zögerte. Die Männer waren ins Gespräch vertieft, niemand außer der sympathischen Frau konnte ihre Antwort hören.

»Raten Sie mal«, sagte sie und grinste.

Im nächsten Moment erklang ein Tusch, es ging los. Gaupropagandaleiter Adolf Schmid begrüßte die Gäste, es folgten Ansprachen von einem Mann, dessen Namen Anne nicht kannte, und von Oberstadtkommissar Dr. Ernst.

»Bla, bla, bla«, flüsterte Gundalena, die neben Anne Platz genommen hatte, ihr ins Ohr. Anne musste ein Kichern unterdrücken und dachte zugleich, dass die junge Frau ein wenig leichtsinnig war. Woher konnte sie wissen, wie sie, Anne, wirklich über die Nationalsozialisten dachte? Andererseits war es wunderbar, dass auch in Zeiten wie diesen unmittelbares Vertrauen möglich war.

*

»Ich finde, wir sollten das wieder zur Tradition machen«, sagte Ruth zufrieden, als sich die ganze Familie, wie schon eine Woche zuvor, erneut beim Nachtmahl einfand. »Vor dem Krieg haben wir immer zusammen zu Abend gegessen. Und als wir alle über der Tritschler wohnten sowieso.«

Joséphine nickte und schob sich ein Stück Brot in den Mund. »Ich finde es auch schön«, sagte sie. »Zumal Großvaters Tisch so riesig ist, dass es immer ein wenig seltsam wirkt, wenn nur wenige Leute daran sitzen. Der ist wie gemacht für eine große Familie.«

»Das klingt nach einem Aber?«, fragte Susette.

»Richtig gehört«, sagte ihre Mutter. »Bei mir wird es allein schon an den verschiedenen Schichten im Krankenhaus scheitern. Ich freue mich jedoch, wenn ihr anderen diese alte Familientradition wieder aufleben lasst.«

»Vielleicht zumindest einmal in der Woche«, überlegte Louise, »ich fände das wirklich auch ausgesprochen schön.«

»Aber nur, wenn wir dann nicht immer Salat essen müssen«, mischte sich die kleine Noée, die zwischen ihren Eltern saß, ins Gespräch, »den mag ich nämlich nicht.«

»Ich kenne kaum ein Kind, das Salat mag«, tröstete Walter sie. »Es ist doch wunderbar, dass wir so viel davon haben. Lebensmittel im Überfluss – das ist in Kriegszeiten schon ein Luxus. Und dann auch noch frische und gesunde.«

»Das stimmt.« Ruth musste lachen. »Ewig war Salat einfach nicht zu bekommen, und auf einmal haben wir mehr als genug. Sogar die Zeitung schreibt darüber.«

»Die Zeitung schreibt über Salat?«, wunderte sich Clément. »Haben die denn keine wichtigeren Nachrichten?«

»Ich würde meinen, dass vitaminreiche Lebensmittelversorgung in Kriegsjahren zu den ganz wichtigen Themen zählt«, hielt Marcel dagegen.

»Das stimmt natürlich, Onkelchen«, gestand Clément ein. »Das hat Papa auch immer gesagt, und deshalb war es ihm ja auch wichtig, hier hinterm Haus eigenes Gemüse anzupflanzen.«

»Ja, er würde wollen, dass wir auf uns achten – und hier haben wir es auch schwarz auf weiß, dass er richtiglag«, sagte Joséphine, die nach der auf einem Nebentisch bereitliegenden Zeitung gegriffen und darin geblättert hatte. Dann las sie vor: »Wir haben nun einmal mehr denn je die Pflicht, alle Erzeugnisse unseres deutschen Bodens restlos zu verbrauchen, und wir wären wahrhaftig keine tüchtigen Hausfrauen, wenn wir jetzt nicht auch diesen Salatsegen meistern würden. Noch lange nicht ist der winterliche Mangel an frischem Gemüse in unserem Körper ausgeglichen, und wie böte sich dafür eine bessere Gelegenheit zum Ausgleich unseres Vitaminmankos, als dass wir jetzt den Frühlingssalat richtig in uns hineinhamstern.«

Sie ließ die Zeitung sinken und sah die anderen an. »Dann hamstern wir mal ordentlich in uns hinein. Lasst es euch schmecken.«

»Apropos Nahrung: Wir müssen nächstes Wochenende nach Weghäusel«, verkündete Marcel. »Unser Pächter Nicolas hat angerufen. Gemüse und Obst wachsen so reichhaltig dieses Jahr, er braucht dringend Hilfe.«

»In Zeiten wie diesen darf man keine einzige Beere verkommen lassen. Aus den Beeren kann man Sirup kochen, Äpfel und Birnen kann man einmachen«, ergänzte Ruth.

»Auweia, die Einmacherei«, stöhnte Susette.

Sie hatte sich von jeher mehr für den Arztberuf ihrer Mutter interessiert als für das Haltbarmachen von Früchten.

»So lästig das Einwecken auch sein mag«, erwiderte Ruth, »all die Arbeit und Mühe wird dazu beitragen, dass wir im Winter gut zu essen haben und auch unseren Kunden Gebäck mit Obst anbieten können.«

»Ich fand es als Kind immer faszinierend, wenn ich im tiefsten Winter ein Glas mit Erdbeermarmelade aus dem letzten Sommer aufgemacht habe und es ganz frisch geschmeckt hat«, erinnerte sich Louise.

»Honig soll ja sogar Jahrtausende halten«, sagte Joséphine.

Ihr Adoptivbruder Marcel nickte. »In Südamerika haben sie absolut genießbare Indianerbrote gefunden, die mindestens dreißig Jahre alt sein mussten, denn so lange gab es in dieser Gegend schon keine Indianer mehr. Hab ich neulich in der Zeitung gelesen. Leider stand da nicht, wie ihnen das gelungen ist.«

»Den Artikel habe ich auch entdeckt«, erklärte seine Frau Ruth. »Da wurde außerdem berichtet, dass die Tibetaner ihre Milch in Form von daumendicken, steinharten Platten konservieren. Die muss man mit dem Hammer zerschlagen, bevor man sie nutzen kann. Im Mund sollen die Stücke dann aufquellen und können leicht gekaut werden.«

»Milch zum Kauen«, kommentierte Clément. »Na ja, wer's mag …«

»In Weghäusel gibt's die warm von der Kuh«, erinnerte sich Noée. »Ich freu mich schon auf die Ernte da.«

»Schön, dass du immer so fleißig bist«, lobte Ruth und warf dann Clément und François einen strengen Blick zu. »Es sollten wirklich alle mit anpacken, besonders die Herren der Schöpfung.«

»Schon gut, ich komme ja mit«, gab Clément sich lachend geschlagen.

»Ich auch«, kam es von François.

*

»Die Erntezeit hat Trystan immer besonders geliebt. Aber das letzte Mal war er vor dem Krieg in Weghäusel«, sagte Joséphine traurig, als sie eine Woche später mit Clément, ihrem Bruder Marcel und dessen Tochter Anne auf den vorm *Luisengold* geparkten Lieferwagen zuging.

»Vielleicht begleitet Papa uns ja heute in irgendeiner Form«, tröstete sie ihr Sohn. »Das wird er sich auch jetzt nicht entgehen lassen.«

»Stimmt«, bestätigte Joséphine mit einem wehmütigen Lächeln.

»Dann mal los«, sagte Marcel und schloss das Fahrzeug auf. »Es gibt viel zu tun.«

Clément und seine Mutter nahmen hinten im Ladebereich Platz, die hochschwangere Anne saß neben ihrem Vater in der Fahrerkabine. Louise, François sowie deren Mutter Ruth, Walter, Susette und Alphonse waren bereits mit den Fahrrädern vorausgefahren.

Unterwegs bemerkte Anne, dass ihr Vater Marcel nachdenklich wirkte. »Was ist los, Papa?«, erkundigte sie sich.

»Es ist wegen Nicolas«, sagte er.

Nicolas Rolland, der fünfundvierzigjährige einstige Hausdiener der Familie, hatte seit dem Tod der Patriarchin Bernadette Picard zusammen mit seiner Schwester das alte Forsthaus mit der angrenzenden Landwirtschaft gepachtet.

»Ich werde ihm heute endlich mitteilen müssen, dass sein ehemaliger Partner Konrad von den Nazis ermordet wurde. Das habe ich jetzt viel zu lange vor mir hergeschoben.«

»Ich denke, das hat er inzwischen schon erfahren«, versuchte Anne, ihren Vater zu beruhigen.

»Hoffentlich nicht die Einzelheiten, die Clément mitansehen musste«, murmelte Marcel, der Nicolas gern das Wissen erspart hätte, dass man seinen einstigen Liebsten hatte von Schäferhunden zerfleischen lassen.

Es war später Vormittag, als die gesamte Familie in Weghäusel eintraf. Wie von Anne vermutet, hatte Nicolas bereits von Konrad Struves Tod erfahren.

»Seine Mutter hat mir geschrieben«, erklärte er Marcel, als sie gemeinsam mit Anne am Feld entlanggingen. »Sie hatte mich immer gemocht und es bedauert, dass er sich damals von mir getrennt hat.«

»Es tut mir sehr leid«, murmelte Marcel betreten.

Nicolas nickte nur. Darauf gab es nichts zu sagen.

Im nächsten Moment wurden sie von der Ankunft der anderen abgelenkt. Susette, die Alphonse mitgebracht hatte, kam heran, um ihren Liebsten vorzustellen.

»Wirklich schön hier«, befand Alphonse nach der Begrüßung und wandte sich dann wieder an Susette: »Und das alte Forsthaus samt all der Landwirtschaft gehört eurer Familie?«

Susette nickte und schmiegte sich an ihn. »Hier hat Bernadette Picard gewohnt, eine Legende. Sie war meine ...«, sie überlegte und fuhr dann fort, »sie war meine Ururgroßmutter, wenn ich mich nicht verzählt habe.«

»Ich habe sie noch erlebt«, sagte Anne und ließ sich ächzend auf der Bank vor dem Haus nieder. »Sie war wirklich eine ganz besondere Frau. Man hat sich bei ihr immer willkommen gefühlt.«

Sie deutete auf den Garten vor dem Haus, in dem verschiedene Salate und Gemüsesorten wuchsen. »Das hier war einst ihr Blumengarten. Er war zauberhaft.«

»Das stimmt.« Etwas außer Atem vom Radfahren war auch Ruth inzwischen angekommen und setzte sich neben ihre Tochter auf die Bank. »Grand-mère Bernadette hat diesen Garten und ihre Blumen geliebt.«

»Meinst du, sie wäre traurig, wenn sie wüsste, dass Nicolas' Schwester einen Gemüsegarten daraus gemacht hat?«, fragte Susette.

»Das glaube ich nicht«, sagte die Mittdreißigerin, die eben aus dem Haus trat, um sie willkommen zu heißen.

»Guten Morgen, Emmanuelle«, begrüßte Susette die Landwirtin.

»Ich glaube, dass die alte Bernadette das in solchen Zeiten von uns sogar erwartet hätte«, meinte Emmanuelle Rolland lächelnd. Wie ihr Bruder hatte sie braunes Haar, das sie zu einer zweckmäßigen Kurzhaarfrisur geschnitten hatte, was ihr hübsches Gesicht mit den großen Augen betonte.

Sie wandte sich an Susette: »Wenn der Krieg vorbei ist, dann mache ich wieder einen Blumengarten draus. Versprochen.«

Ruth lächelte. »Das wäre wunderbar.«

»Danke, dass Sie uns bei der Ernte helfen«, sagte Emmanuelle. »Obwohl Sie doch noch in Trauer sind. Es tut mir so leid.«

»Trystan hätte es so gewollt«, entgegnete Ruth. »Er war hier immer besonders glücklich. Und für mich fühlt es sich an, als wolle die Natur uns an ihn erinnern – und mit ihrem Überfluss an Früchten trösten.«

»Dieses Jahr ist die Ernte wirklich besonders üppig«, berichtete Emmanuelle. »Mir sind schon die Gummiringe zum Einmachen ausgegangen. Die sind zurzeit leider Mangelware.«

»Das Problem kommt auf uns wohl auch noch zu«, befürchtete Ruth.

»Verpasst den Weckgläsern doch einen Gipsverband«, schlug Joséphine vor. »Ihr müsst die Gläser ganz normal im Topf sterilisieren und danach einen Gipsbrei anrühren. Durch den zieht ihr kleine Lappen aus Leinen. Die könnt ihr dann in nassem Zustand ganz fest über die Gläser binden. Am Schluss taucht ihr die Köpfe der Gläser noch mal in Gips, sodass keine

Luftblasen entstehen. Ideal ist es, wenn ihr die Früchte in Flaschen statt in Einmachgläser füllt, dann ist die Fläche, die ihr verschließen müsst, kleiner. Und bei Beeren geht das ja. Gips könnt ihr von mir bekommen, daran mangelt es zum Glück nicht.«

»Du bist wirklich genial«, sagte Ruth, »hast immer eine Lösung parat.«

Joséphine lächelte. »Dafür ist Familie doch da.«

Während die Frauen und Alphonse sich vor dem Haus unterhielten, beschlossen die übrigen Männer, schon einmal mit der Ernte anzufangen.

»Ich würde vorschlagen, wir teilen uns in zwei Gruppen auf«, sagte Marcel zu seinem Neffen. »Wir beiden alten Herren und das kleine Mädchen kümmern uns um die Beeren und ihr jungen Burschen, die ihr auf Bäume klettern könnt, um die Kirschen.«

»Ich bin nicht klein«, rief Noée beleidigt, während Nicolas mit gespielter Empörung erklärte: »Na, hör mal, mein Lieber, nur weil du dich alt findest, muss ich es ja nicht sein.«

Letztendlich hatte aber keiner etwas gegen die Aufteilung, Clément und François stapften zu den Kirschbäumen.

»Wie geht es dir?«, fragte Clément, der dankbar für die Gelegenheit war, mit seinem Vetter alleine sprechen zu können, nachdem sie immer in der jeweils anderen Backstube eingesetzt waren. Louise hatte ihm ausführlich von den Sorgen erzählt, die sich die Familie um ihn machte.

François zuckte die Achseln. »Geht schon.«

Clément blieb stehen und wandte sich zu ihm um. »Hör zu«, sagte er. »Ich weiß, wie es ist, in deinem Alter zu sein. Ich hab es gehasst, wirklich.« Er zögerte. »Aber in der Hitlerjugend scheint es dir ja ganz gut zu gefallen«, sagte er dann vorsichtig.

François schluckte.

»Oder?«, hakte Clément nach.

»Ich habe Angst«, brach es aus seinem Cousin heraus.

»Angst? Warum und vor was? Vor dem Krieg?«

»Ja …, nein …«, stotterte François und fügte dann hinzu: »Meine Kameraden, sie reden alle davon, dass es jetzt auch bald für uns losgeht. Dass wir an die Front müssen, um für unser Vaterland zu kämpfen.«

»Unsinn«, sagte Clément, »im Elsass gibt es keine Wehrpflicht.«

»Aber einige haben wirklich gute Verbindungen, und die munkeln, dass sie kommen wird. Viele finden, wir müssten uns sowieso alle freiwillig melden, sobald wir dürfen.«

»Und du willst das nicht?«

François schüttelte den Kopf. »Aber ich traue mich nicht, das zu sagen. Ich möchte doch dazugehören.«

So erstaunlich dieses Gespräch einerseits für ihn war, so erleichtert war Clément andererseits. Zumindest konnte er nun seinem Onkel Marcel die Angst nehmen, dass sein Sohn sich freiwillig in Hitlers Namen verpflichten würde.

Ernst sah er seinen Cousin an. »Du darfst dir von den anderen nichts einreden lassen. Und so gut du die Hitlerjugend auch finden magst: Wert, für sie zu sterben, ist sie nicht, oder?«

François schüttelte den Kopf. »Auf keinen Fall. Aber was, wenn sie mich dazu zwingen?«

»Das wird nicht passieren«, versprach ihm Clément.

François ließ in seiner Angst nicht locker. »Und wenn doch?«

Clément sah ihm in die Augen. »Wenn doch«, sagte er feierlich, »wenn doch, dann werde ich einen Weg finden, das zu verhindern. Ich bin dein Cousin, und ich passe auf dich auf.«

»Danke.« François klopfte Clément auf die Schulter, eine etwas linkische Zuneigungsbekundung, die diesen jedoch sehr rührte.

27

Hört zu«, sagte Alphonse zu den anderen Mitgliedern der Gruppe, die sich, wie jeden Dienstagabend, im Schiltigheimer Pfarrhaus verabredet hatten. »Ich möchte, dass wir die Front de la Jeunesse d'Alsace erweitern.«

Susette wechselte einen erstaunten Blick mit ihrem Bruder, der neben ihr saß.

»Hast du davon gewusst?«, flüsterte er.

»Nein.« Sie fühlte eine gewisse Enttäuschung, dass ihr Liebster sie nicht eingeweiht hatte.

Es war nun schon zwei Monate her, dass Alphonse sie angesprochen hatte – und noch rein gar nichts war passiert. Susette hatte erwartet, dass sie quasi sofort wieder mit der Flüchtlingshilfe beginnen könnten, doch Alphonse hatte erklärt, sie müsse Geduld haben, er arbeite im Hintergrund unermüdlich, um ein perfektes Netzwerk aufzubauen. Es sei wichtig, alles ganz genau zu planen. Aber in diese Planungen bezog er sie nicht ein. Vertraute er ihr nicht? Warum hatte er das, was er jetzt der Gruppe sagte, nicht zuerst mit ihr besprochen?

»Wir müssen junge Arbeiter gewinnen, die unsere Sache unterstützen«, sagte Alphonse gerade, »so kann es uns gelingen, die Kriegsindustrien zu sabotieren.«

Die Gruppe begann aufgeregt zu diskutieren und Pläne zu schmieden, auch Clément war eifrig mit dabei. Susette allerdings beteiligte sich nicht an den Gesprächen. Sie bemerkte, dass Alphonse das sehr wohl zur Kenntnis nahm und ihr gelegentlich einen unsicheren Blick zuwarf, dann und wann unternahm er auch den Versuch, zu ihr zu kommen, wurde aber immer wieder in Gespräche verwickelt.

Eigentlich, dachte Susette, verplempere ich hier meine Zeit. Zumal ich wirklich noch jede Menge zu lernen hätte. Sie war ohnehin völlig im Verzug, weil sie sich einfach nicht konzentrieren konnte. Dennoch hatte sie sich Zeit freigeschaufelt und war hergekommen – und dann stellte sich heraus, dass Alphonse sie in nichts eingeweiht hatte.

Da war sie wieder, die Wut, das Familienerbe, das sowohl Clément als auch sie abbekommen hatten. Abrupt stand sie auf und ging zur Tür.

In zwei Schritten war Alphonse bei ihr und nahm sie beim Arm.

»Susette«, sagte er.

»Alphonse«, erwiderte sie kühl.

»Was ist denn mit dir?«, fragte er ratlos. »Habe ich dich irgendwie verletzt?«

»Ja«, sagte sie, »ja, das hast du.«

»Aber wie? Ich weiß nicht, was ich getan habe.«

»Alphonse, Susette«, rief Roberta, die von der ersten Stunde an dabei gewesen war und von der Susette zu wissen glaubte, dass sie in Alphonse verliebt war. »Das ist jetzt keine Zeit für Süßholzgeraspel.«

»Lass uns später reden«, flüsterte er ihr zu, »aber bitte, bleib.«

Sie schüttelte den Kopf. »Ich habe zu viel fürs Studium zu tun.«

Clément war, wie auch der Rest der Gruppe, inzwischen auf sie aufmerksam geworden und zur Tür gekommen.

»Ich muss noch lernen«, erklärte Susette.

»Davon hast du vorhin gar nichts gesagt. Was ist denn los?«, wunderte er sich.

»Mehrere Klausuren drohen, das ist alles«, sagte sie. »Bitte lasst mich gehen.«

»Dann komme ich mit«, verkündete Clément entschlossen. »Ich lasse dich doch nicht von hier aus alleine durch die Nacht laufen.«

Sie zögerte, nickte dann aber. »Gut.«

»Entschuldige«, sagte Clément achselzuckend zu Alphonse und folgte ihr nach draußen. Sie hatte ihren Freund keines Blickes mehr gewürdigt.

»Was war denn los?«, fragte Clément, als sie sich auf den Weg zur Straßenbahnstation machten. Mit dem Lieferwagen zu fahren wäre zu auffällig gewesen, weshalb sie die öffentlichen Verkehrsmittel benutzen mussten.

»Ach!« Susette zuckte ärgerlich die Schultern. »Wir warten seit Wochen darauf, dass etwas passiert. Aber es tut sich einfach nichts. Außerdem: Ich habe mich nur so geärgert, dass Alphonse so tut, als sei ich ein gewöhnliches Mitglied der Gruppe. Wir sind ein Paar. Warum bespricht er nichts mit mir?«, fragte sie. »Ich habe das Gefühl, dass er mir nicht traut.«

»Das glaube ich nicht«, sagte Clément. »Wahrscheinlich will er nur alle Gruppenmitglieder gleich behandeln, und das ist ja eigentlich auch seine Aufgabe.«

»Findest du?«, hakte Susette nach. »Findest du, ich übertreibe?«

Er nickte. »Ja. Und ich weiß auch warum. Du hast die

typische Bouvier-Wut nicht in den Griff bekommen. Und das hast du deshalb nicht geschafft, weil du so überanstrengt bist und deine Trauer um Vater nicht mal ansatzweise verarbeitet hast.«

Müde sah sie ihn an und gab ihm recht: »Das stimmt, was Vater angeht. Und müde bin ich wirklich. Dieses Studium ist schon sehr mühsam.«

»Du lernst ja auch die halbe Nacht.«

»Ja, ich habe Schwierigkeiten, mich zu konzentrieren«, gab sie zu, »aber im Grunde ist es gar nicht so sehr die viele Arbeit. Die hilft mir eher, nicht so oft an das schreckliche Bild zu denken …«

Clément schluckte: »… Papa auf dem Seziertisch?«

Sie biss sich auf die Lippen und nickte. »Wann immer ich in die Nähe des Gebäudes muss, bekomme ich keine Luft mehr.«

Quietschend hielt die Straßenbahn vor ihnen, die Geschwister stiegen ein.

»Vergiss nicht, wozu du es tust«, sagte er, als sie im Waggon waren. »Du tust es, um Menschenleben zu retten. Papa wäre enorm stolz auf dich.«

»Ja. Dich hat die Medizin ja auch gerettet, das ist mein größter Ansporn.«

»Na also«, sagte er erleichtert. »Du schaffst das schon. Und morgen solltest du zu Alphonse gehen und ihn um Entschuldigung bitten.«

»Sicher«, versprach sie, »das werde ich tun.«

*

Das Haus in der Karl-Bernhard-Straße 7 wirkte ebenso sympathisch wie seine Bewohner. Es erhob sich groß und weiß inmitten eines idyllischen Gartens, in dem Gundalena von

Weizsäcker den Tisch hatte eindecken lassen. Die zwei Jungen Carl und Ernst, vier und drei Jahre alt, waren adrett frisiert und artig, das zweijährige Mädchen Bertha lächelte Anna fröhlich an. Eine Bilderbuchfamilie.

»Es ist so schön, dass ihr kommt.« Gundalena begrüßte Anne mit Küssen auf die Wange und Walter mit einem Handschlag.

»Und du bist Noée?«, fragte sie. »Unser Ältester, Carl, wartet schon den ganzen Morgen sehnsüchtig auf dich. Er will dir alles zeigen.«

»Na, geh schon«, ermunterte Anne ihre Tochter.

Noée zögerte, ließ dann aber ihre Hand los und war Minuten später mit dem vierjährigen Weizsäcker-Sohn im Garten verschwunden. Die beiden jüngeren Kinder blieben in der Nähe ihrer Mutter.

»Ich dachte, ich lasse das Essen in etwa einer Stunde auftragen«, sagte Gundalena. »Dann können wir ein wenig plaudern, während die Männer politisieren.«

»Sehr gern.«

»Sie beachten uns ja ohnehin nicht mehr«, sagte Gundalena und deutete auf die beiden Herren, die, ins Gespräch versunken, nebeneinander durch den Garten spazierten.

Anne schmunzelte. »Sie scheinen sich gut zu verstehen, sogar die gleiche Körperhaltung haben sie.«

»Stimmt«, bemerkte Gundalena überrascht. Beide Ehemänner hatten die Hände hinter dem Rücken verschränkt und marschierten mit leicht gebeugten Oberkörpern auf und ab.

Inzwischen waren die Frauen am Gartentisch angekommen, Anne ließ sich seufzend auf einen Stuhl sinken. Dankbar nahm sie ein Glas Limonade entgegen, das Gundalena ihr reichte. »Ich freue mich wirklich sehr, dass wir uns kennengelernt haben«, sagte sie.

»Ich auch! Ihr seid eine solch angenehme Gesellschaft in all diesem …« Gundalena unterbrach sich.

»Du kannst mit mir offen sprechen«, versicherte Anne. »Wir scheinen dieselben Ansichten zu haben, und ich weiß, wie gut es tut, Gleichgesinnte zu treffen.«

Gundalena nickte. »Das habe ich sofort gespürt. Ich dachte: Menschen wie diese beiden können Hitler nicht mögen.« Ganz selbstverständlich waren sie zum Du übergegangen.

»Dasselbe dachte ich über dich«, gestand Anne. »Ich fand es gewagt von dir, dass du mir ›bla, bla, bla‹ ins Ohr geflüstert hast, ohne mich zu kennen, aber dann dachte ich, wie wunderbar es ist, sich auch und gerade in Zeiten wie diesen auf seine Menschenkenntnis verlassen zu können.«

Gundalena nickte. »Begegnungen wie die mit dir geben Kraft«, sagte sie ernst. »Weißt du, wir haben einen ganz schrecklichen Nachbarn. Professor Hirt. Er unterrichtet am Medizinischen Institut.«

»O ja, der soll wirklich unangenehm sein«, bestätigte Anne. »Meine Cousine studiert dort, sie sagt, er sieht aus wie ein Schwerverbrecher.« Sie dachte an das, was sie von Joséphine und Susette über das Anatomische Institut erfahren hatte, entschied sich aber, das Thema nicht anzusprechen. Dafür war es noch zu früh, und außerdem würde es die Wunde, die Trystans Tod hinterlassen hatte, erneut aufreißen.

»Ich bin überzeugt, dass er das auch ist«, sagte Gundalena und fuhr fort: »Er war vor ein paar Wochen hier beim Essen, es gehört sich leider so, dass Professorenfamilien sich gegenseitig besuchen. Na ja, jedenfalls kamen wir auf die Eigenschaften der verschiedenen Nationen zu sprechen, und da sagte er: ›Ach, wir Deutschen können doch keiner Fliege ein Bein ausreißen.‹«

Anne lachte bitter auf: »Von wegen!«

»Genau das habe ich auch gedacht, und schlimmer noch: gesagt! Mein Mann schimpft immer mit mir, weil ich meinen Mund nicht halten kann. Das sei gefährlich, meint er. Aber andererseits liebt er mich genau deshalb.«

Anne schmunzelte. Sie konnte Carl Friedrich von Weizsäcker in beidem verstehen: dass er seine Frau wegen genau dieser erfrischenden Art liebte und dass er sich gleichzeitig deswegen um sie sorgte. »Was genau hast du gesagt?«

»Na ja, ich bin etwas laut geworden und meinte: ›Aber Herr Professor Hirt, Sie wissen doch ganz genau, was in den Gefangenenlagern mit den Russen angestellt wird.‹«

»Wirklich? Da hast du Schneid bewiesen. Schließlich ist er Nazi durch und durch. Wie hat er reagiert?«

»Nun«, sagte Gundalena, »er hat geantwortet: ›Aha, Sie gehören also auch zu denen, die heimlich BBC hören.‹ Ich hatte daraufhin lange Angst, dass die Gestapo kommen und mich verhaften würde. Aber es blieb alles ruhig.«

»Ein Glück!«, sagte Anne erleichtert. »Ich bewundere dich für deinen Mut.«

»Ach«, seufzte Gundalena, »ich wäre gerne noch viel ehrlicher und forscher. Aber ich muss an die denken, die mich lieben.« Nachdenklich sah sie zu ihrem vierjährigen Sohn hinüber, der im Gras mit Noée Fangen spielte. »Unsere Kinder vor allem Leid zu bewahren, das ist doch unsere größte Aufgabe.«

»Ja«, entgegnete Anne und strich sich über den gewölbten Bauch. »Da hast du recht. Und ich hoffe, dass mir das bei meinen beiden trotz der schwierigen Zeiten gut gelingen wird.«

*

»Alphonse!«

Susette hatte ihren Liebsten vor der Universität abgepasst.

Er drehte sich um. »Susette …«

»Ich versuche mich seit Tagen zu entschuldigen«, sagte sie, »es tut mir leid.«

Seine abweisende Miene wurde etwas weicher.

Er steuerte eine Bank an und wies mit der Hand neben sich.

Susette setzte sich. »Es tat mir schon leid, als ich mit meinem Bruder in die Straßenbahn gestiegen bin«, sagte sie, »und er hat mir auch ziemlich den Kopf gewaschen.«

»So?«

»Es hat mich verletzt, dass du mir nie erzählst, was du planst«, fuhr sie fort. »Wir sind ein Paar, Alphonse, und ich erfahre die Dinge dann am Ende zusammen mit allen anderen. Das hätte ich dir gleich sagen sollen und nicht einfach beleidigt gehen.«

»Dann will ich auch offen zu dir sein«, sagte Alphonse ernst. »Unsere Fluchthelfer brauchen gute Nerven. Das weißt du ja durch deine eigenen Erfahrungen.«

»Und ich zeige zurzeit keine guten Nerven, in deinen Augen«, vermutete Susette.

Er nickte. »Ich verstehe es ja. Der Tod deines Vaters, dein Studium, das Lernen.«

Dem konnte Susette nicht widersprechen, all das hatte sie sehr mitgenommen. »Als du mich dann angesprochen und gefragt hast, ob ich bei euch mitmache, war das für mich die Chance, meine Schuld wiedergutzumachen. Vor allem meinem Vater gegenüber.«

»Wieso Schuld?«, hakte er nach und nahm behutsam ihre Hand in die seine.

Sofort spürte sie, wie die vertraute Berührung ihr Kraft gab. »Ich mache mir immer noch schreckliche Vorwürfe. Weil

Clément verhaftet wurde. Weil mein Vater tot ist. Ich war es schließlich, die das alles vorgeschlagen hat. Ohne mich wäre Vater vielleicht noch am Leben, und Clément hätte nie nach Schirmeck gemusst«, brach es aus ihr heraus. Ihre Stimme zitterte.

Alphonse nahm sie fürsorglich in den Arm. »Du weißt, dass das nicht stimmt und dich eigentlich keine Schuld trifft. Schuld sind die Nazis, diese Verbrecher.«

Erschöpft lehnte sie den Kopf an seine Schulter. Es tat so gut, ihm wieder nahe zu sein. Seit ihrem Streit war sie noch gereizter und überforderter gewesen – und noch weniger in der Lage, sich auf den Lernstoff zu konzentrieren.

Sie sah zu ihm auf. »Willst du mich jetzt aus der Gruppe ausschließen?«

Sehr ernst erwiderte er ihren Blick. »Nein, Susette, das will ich nicht. Aber du musst streng mit dir ins Gericht gehen und dich fragen, ob du diese Belastung tragen kannst. Es geht bald los, und da darf niemand schwach sein. Damit gefährdet er alle anderen. Und natürlich mache ich mir auch Sorgen darüber, was im Augenblick gut für dich ist.«

Sie streichelte seine Wange. »Danke, Alphonse. Ich werde darüber nachdenken. Und ich verspreche dir: Wenn ich dir sage, dass ich dabeibleibe, dann kannst du zu hundert Prozent auf mich zählen.«

»Dass du nicht gleich zugesagt hast und erst darüber nachdenken willst – das beruhigt mich«, sagte er. Sie erhoben sich von der Bank. »Es zeigt mir, dass du dir deiner Verantwortung bewusst bist.«

Er nahm ihre Hand, und sie gingen weiter.

Sie nickte. »Ja, ihr müsst euch auf mich verlassen können. Und auf meinen Bruder. Er hat wahrscheinlich noch schrecklichere Erinnerungen, und wenn es schlimm wird, könnte all das in ihm wieder hervorbrechen. Ich werde mit ihm darüber reden.«

*

»Das gibt es doch nicht!«

Fassungslos starrte Clément am 25. August 1942 auf die Zeitung, die der Austräger gerade gebracht hatte: »Sieh dir das an.«

»Was ist denn passiert?«

Besorgt eilte Louise, die gerade Bonbons geschnitten hatte, herbei und sah ihrem Verlobten über die Schulter.

Der hieb mit dem Zeigefinger derart heftig auf das Blatt ein, dass das dünne Papier zerriss. »Da steht es schwarz auf weiß. Nun also doch! Die Elsässer werden zur Wehrmacht eingezogen.«

»Aber das dürfen sie nicht!«, rief Louise entsetzt. »Das widerspricht dem Waffenstillstandsabkommen.«

»Als ob sich Hitler um Abkommen scheren würde«, schnaubte Clément.

Erst jetzt begriff Louise die volle Dimension dessen, was da in der Zeitung stand. Sie wurde aschfahl und flüsterte: »O Gott. Die zwingen dich, in den Krieg zu ziehen.«

Er nickte finster. »Davon ist auszugehen.«

»Aber … das ist schrecklich«, hauchte sie.

»Ich weiß.« Er nahm sie in die Arme.

Sie fuhren auseinander, als seine Schwester die Bonbonkocherei betrat.

»Susette«, begann Clément, »es ist so weit. Die allgemeine Wehrpflicht wird eingeführt. Die wollen uns an der Ostfront verheizen.« Dann brach es aus ihm heraus: »Glauben die, dass sie aus uns Elsässern Nazis machen, wenn sie uns in ihre verfluchten Uniformen stecken?«

»Nein!«, flüsterte Susette. »Ich muss sofort zu Alphonse.«

»Da kommt er schon«, sagte Clément und deutete aus dem Fenster.

Im nächsten Moment wurde die Tür aufgerissen, Alphonse stürmte herein. Seine Augen glühten vor Wut.

»Liebling!« Er küsste Susette auf die Lippen und nickte Louise und Clément zur Begrüßung zu.

»Du weißt es schon«, stellte Susette fest.

»Allerdings«, knurrte er grimmig.

»Und jetzt?«

»Wir werden uns das nicht gefallen lassen«, schnaubte er. »Wir drucken Flugblätter. Tausende Flugblätter. Und die stecken wir in jeden einzelnen verdammten Briefkasten.«

»Und was soll darauf stehen?«, fragte Susette.

»Wir müssen die Bevölkerung darüber aufklären, dass das widerrechtlich ist«, sagte er. »Es ist nicht nur eine Verletzung des Waffenstillstandsabkommens vom Juni 1940 und der Haager Landkriegsordnung. Es ist einer Besatzungsmacht völkerrechtlich untersagt, die Bürger des besetzten Gebiets einzuberufen. Vielleicht wissen das nicht alle. Wir müssen sie zum Widerstand auffordern.«

»Hast du nicht gelesen, dass sie den Elsässern mit der Einberufung die deutsche Nationalität verleihen wollen? Damit würden sie diesen Punkt nämlich umgehen«, warf Clément ein.

»Wie hinterhältig! Es ist unfassbar«, rief Susette.

»Allerdings.« Alphonse sah sie fragend an. »Jetzt müssen wir handeln. In Bezug auf unser Gespräch neulich …«

Sie nickte. »Flugblätter in Briefkästen stecken, das traue ich mir zu. Und alles andere auch.«

Louise nahm all ihren Mut zusammen und verkündete: »Ich bin auch dabei.«

28

Nach Ladenschluss fuhren sie zu Alphonse. Seine Schwestern und einige andere Mitglieder der Gruppe warteten schon auf ihn. Sie waren bereits von dem Vorhaben, Flugblätter herzustellen und zu verbreiten, unterrichtet.

»Gib mir einen Stift«, verlangte Clément. »Ich habe da was im Kopf.«

Er schrieb, während ihm die anderen über die Schulter sahen. Louise stand hinter ihm, eine Hand auf seiner Schulter, Alphonse hatte den Arm um Susette gelegt.

Kameraden!
Die Einberufung der jungen Elsässer zur Wehrmacht, die trotz entschiedener Ablehnung seitens der franz. Regierung von den Nazibehörden in raffinierter Weise ausgeklügelt wurde, ist gegen jedes Völkerrecht und ganz besonders gegen die Waffenstillstandsbestimmungen.
LAUT WAFFENSTILLSTANDSVERTRAG DARF KEIN ELSÄSSER, DER AM TAGE DER EINBERUFUNG NICHT DIE DEUTSCHE NATIONALITÄT HAT, VERPFLICHTET WERDEN.
Deshalb dieser gemeine Schwindel mit der Verleihung der deutschen Nationalität am Tage der Einberufung.

Die große Stunde der Entscheidung hat geschlagen.
ES GEHE DESHALB KEIN AUFRECHTER ELSÄSSER IN DIE MUSTERUNG:
ES VERWEIGERE EIN JEDER JEGLICHE UNTERSCHRIFT.
Es geht um unsere Ehre als Elsässer!
ES GEHT UM UNSERE ÜBERZEUGUNG, UNSEREN GLAUBEN, UNSERE ZUKUNFT.
Seid einig und bildet eine gemeinsame Abwehrfront.
Wir wollen nicht die eigenen Totengräber der els. FREIHEIT sein, denn: DAS ELSASS MUSS LEBEN UND WIRD LEBEN!

Clément hatte die Worte in einem Fluss heruntergeschrieben.

»Bravo«, sagte Alphonse und klopfte ihm auf die Schulter. »Jedes Wort ein Treffer. Jetzt müssen wir das nur noch vervielfältigen.«

»Ich hole den Hektografierapparat«, murmelte Alphonses Schwester und verschwand nach nebenan.

*

»Also, ich muss sagen, ich hätte lieber Susette zu Lale Andersen begleitet, ihre Musik gefällt mir hundertmal besser als das hier.« Louise deutete auf eine der unzähligen Blasmusikkapellen, die – zum Glück in einiger Entfernung – ihr Können zum Besten gab. »Andererseits: Solange wir zusammen sind, ist alles schön.«

Er küsste sie auf die Schläfe.

»Ich bin jeden Tag dankbar, dass wir uns nun endlich unsere Gefühle eingestanden haben«, sagte sie. »Ich freue mich auf so viele gemeinsame Jahre mit dir.«

»Ich auch.« Er sah sie ernst an, wollte den Augenblick nicht verderben. Sie nicht daran erinnern, was Hitler für die Elsässer vorgesehen hatte. Dass er und sein Cousin bald eingezogen werden würden – und dass dann ihr Glück zu Ende war. Ostfront. Er wusste, was das bedeutete. Sein Weg musste ein anderer sein! Aber auch der würde Louise nicht gefallen. In diesem Moment fing eine weitere Blaskapelle, die sich ganz in der Nähe befand, zu spielen an. Die Musik war ohrenbetäubend, und Clément schloss den Mund unverrichteter Dinge wieder.

Louise schien der Lärm auch zu laut zu sein, und sie zog ihn mit sich fort. Jetzt, dachte er, jetzt könnte er es ihr offenbaren. Doch in diesem Moment fragte sie ihn: »Was ist das eigentlich für eine Veranstaltung? Weißt du das?«

»Das ist diese Kundgebung mit Karl Cerff vom Hauptamt Kultur«, erklärte Clément, einerseits enttäuscht, andererseits auch erleichtert, dass der Moment, ihr sein Vorhaben zu gestehen, verstrichen war. »Kapellen aus dem ganzen Elsass sind heute zum Volksmusiktag nach Straßburg gekommen.«

»Ah.« Sie grinste ihn an. »Vielleicht gefällt uns das ja besser, wenn wir älter sind.«

Er bemühte sich, möglichst heiter zu klingen. »Ach, und ich dachte, du würdest mit mir noch in die Ausstellung ›Deutsche Größe – 2000 Jahre Kampf am Rhein‹ gehen. Da soll es heute Abend ein Konzert geben, an dem dreißig Volksmusikkapellen aus dem Elsass teilnehmen.«

»Nein, danke«, entgegnete sie und legte ihm die Arme um den Hals, um ihre Lippen auf die seinen zu pressen. »Ich mache lieber damit weiter.«

Und dann küsste sie ihn noch inniger.

*

Susette war nervös. Es war das erste Mal, dass sie einen Flüchtlingstrupp in die Vogesen begleitete. Es durfte einfach nichts schiefgehen – und bisher sah es auch so aus, als würde es keine Zwischenfälle geben. Als Tagesausflug getarnt, munter vor sich hin plappernd und laut lachend, spazierte sie mit Clément und Alphonses beiden Schwestern durch die grüne Landschaft. Bei ihnen waren zwei junge Straßburger, die nicht »Malgré-nous« sein wollten, wie man die Elsässer nannte, die von Hitler gezwungen wurden, für ihn in den Krieg zu ziehen. Die Gruppe war von Alphonse zusammengestellt worden: »Ihr seid dann drei Paare«, hatte er gesagt. »Paare sind immer unverdächtig. Ihr müsst euch natürlich auch wie solche verhalten. Drei befreundete Pärchen, die einen schönen Tag in den Vogesen verbringen.«

»Aber ist es nicht übertrieben, wenn vier Fluchthelfer zwei Mann zur Grenze begleiten?«, hatte Susette gefragt. »Wir bringen uns doch dann unnötig in Gefahr – wenn wir erwischt werden, sind wir alle dran.«

Alphonse schüttelte den Kopf. »Ihr Frauen seid auf jeden Fall schon mal unverdächtig. Besser gesagt: Ihr macht die ganze Aktion unverdächtig, weil der Ausflug verliebter Pärchen unauffällig ist. Außerdem ist die Situation viel entspannter als damals mit den Gefangenen. Selbst wenn man euch kontrollieren würde: Niemand kann jungen Männern, die bald in den Krieg ziehen müssen, verbieten, einen Ausflug in die Vogesen zu machen. Ihr braucht nicht mal falsche Pässe.«

»In Ordnung.« Susette hatte verstanden, seine Erklärungen waren absolut überzeugend.

Dennoch überkam sie ein seltsames Gefühl, als sie zwischen Clément und Alphonses Schwester einen schmalen Weg entlangging. Am liebsten wäre sie umgekehrt. Hatte Alphonse am Ende recht gehabt? War sie noch nicht so weit? Würde sie es nie wieder sein? War sie zu traumatisiert, weil es letztes Mal so schrecklich schiefgegangen war?

Sie wandte sich zu ihrem Bruder um, der hinter ihr ging. Er lächelte ihr zu, doch in seinem Blick lag etwas Seltsames, das sie nicht deuten konnte. War es Schmerz? Konnte das sein?

Ich werde noch verrückt, dachte sie, als sie den Kopf wieder wandte, um nach vorne zu sehen. Aber ich muss da jetzt durch. Ich kann nicht einfach umkehren.

Wenn die Männer erst heil in Frankreich sind, wird es mir besser gehen, versuchte sie sich zu beruhigen. Das ist einfach so eine Art Mutprobe.

Schließlich waren sie an der Grenze angelangt. Sie hatten besprochen, dass sie nicht anhalten würden. Die beiden Fahnenflüchtigen würden, sofern die Luft rein wäre, einfach weitermarschieren. Tatsächlich war kein Mensch weit und breit zu sehen. »Danke«, sagten die beiden jungen Männer und verließen die deutsche Besatzungszone.

Susettes Bruder folgte ihnen.

»Clément«, rief sie, »wir müssen umkehren.«

Er wandte sich um, kam zu ihr zurück und nahm sie in die Arme. »Nein, Susette«, flüsterte er leise an ihrem Ohr, »ich werde nach Frankreich gehen, die Großeltern suchen und mich der Résistance anschließen. Ich will nicht für die Deutschen kämpfen. Damit würde ich meine Seele verkaufen.«

Er küsste sie auf die Wange.

»Sag Louise, dass ich sie liebe«, bat er. »Bitte sie, mir zu verzeihen – sie soll auf mich warten.«

Dann ließ er sie los und folgte den beiden anderen Männern nach Frankreich. In ein anderes Leben.

Fassungslos blickte Susette ihrem Bruder nach.

TEIL 3

1944–1945

29

Am 11. August 1944 schien die Sonne von einem strahlend blauen Himmel, doch Louise starrte nur trübsinnig durch das Schaufenster ihres Geschäfts nach draußen. Auch zwei Jahre nach Cléments plötzlichem Verschwinden hatte sie die Tatsache, dass er sie ohne Abschied verlassen hatte, noch nicht überwunden. Sie führte nach wie vor das *Luisengold*, die Herstellung von Bonbons hatte sie allerdings vor einem Jahr einstellen müssen. Lebensmittel, vor allem Zucker, wurden mit Andauern des Krieges immer knapper.

»Was geht dir denn im Kopf herum? Du schaust ja drein, als wolltest du jemanden umbringen«, fragte ihre Halbschwester Anne.

»Ganz so schlimm ist es nicht.« Louise lachte freudlos. »Aber es ist alles so trist geworden. Ich finde an nichts mehr Freude.«

In diesem Moment wackelte die kleine Pascale, die in wenigen Tagen ihren zweiten Geburtstag feiern sollte, auf ihre Patentante zu und streckte ihr die Ärmchen entgegen.

»Tante Ise, tuscheln«, sagte sie, und Louise beugte sich lächelnd zu ihr herunter, um sie auf den Arm zu nehmen und, wie von der Kleinen gewünscht, mit ihr zu kuscheln.

»Na komm, mein kleiner Schatz.«

»Siehst du.« Anne legte die Hose, die sie gerade nach allen Regeln der Kunst zu stopfen versuchte, beiseite und trat hinter ihre Halbschwester und ihre Tochter. »Es gibt doch auch noch schöne Momente im Leben.«

Dann setzte sie sich Louise gegenüber. »Was ist es, das dich so quält?«, fragte sie. »Dass du keine Bonbons mehr herstellen kannst? Clément? Beides?«

»Ach!«, seufzte Louise. »Auch wenn ich meine Tätigkeit geliebt habe und natürlich sehr traurig bin, dass das jetzt nicht mehr geht. Was sind schon Bonbons? Nein, es ist wirklich mal wieder wegen Clément.«

Anne sah sie abwartend an.

»Früher«, fuhr ihre Halbschwester leise fort, »war es eine Mischung aus Wut und Traurigkeit, weil er einfach gegangen ist, ohne sich zu verabschieden. Aber inzwischen bin ich nur noch furchtbar in Sorge, weil wir in den zwei Jahren überhaupt nichts von ihm gehört haben. Was, wenn er … wenn er …«

»Es ist klar, dass wir nichts von ihm gehört haben«, sagte Anne, nahm die kleine Pascale von Louises Schoß, setzte sie auf den Boden und gab ihr einige Stofffetzen zum Spielen. »Er ist ein Fahnenflüchtiger. Wenn er Kontakt mit uns aufnehmen würde, würde er sowohl uns als auch sich selbst in Gefahr bringen. Dass wir als seine Familie wegen seiner Flucht keine Repressalien zu erdulden hatten, ist bestimmt nur Pauls schützender Hand zu verdanken.«

»Ja«, stimmte Louise leise zu, »du hast ja recht.«

»Ohne seine klammheimliche Flucht stünde Clément jetzt sicher an der Ostfront oder wäre längst gefallen«, wurde Anne nicht müde, ihr Zuversicht zu vermitteln.

»Bleibt immer noch die Tatsache, dass er sich nicht verabschiedet hat«, gab Louise zu bedenken. »Er hätte doch mit mir sprechen können.«

»Wirklich? Hättest du ihn nicht überreden wollen zu bleiben? Vielleicht wärst du ihm nachgerannt und hättest ihn und die anderen in Gefahr gebracht?«

»Das hätte ich nie getan.« Es klang gekränkt.

»Darauf konnte er sich nicht verlassen«, erklärte Anne. »Ein verletztes Herz handelt nie rational. Und vielleicht hat er sich auch ganz spontan entschieden.«

»Das glaube ich nicht.«

»Aber du weißt es nicht.«

Louise schwieg kurz und wechselte dann das Thema. »Jetzt aber genug von mir. Wie geht es dir?«

Anne seufzte. »Na, wie es einem halt so geht in diesen Tagen. Ich habe zwei gesunde Kinder und einen Mann, der nicht an die Front musste. Was will man mehr?«

»Da!«, rief die kleine Pascale triumphierend und streckte den beiden Schwestern einen kleinen roten Stofffetzen entgegen.

»Ja, da, mein Schatz. Der ist wunderschön«, bestätigte ihre Mutter und sagte dann zu Louise: »Sie ist mir ein solcher Trost.«

»Mir auch«, murmelte Louise, »und gleichzeitig wird mir ganz anders, wenn ich dieses hilflose Menschlein ansehe und mir überlege, in was für eine Welt es da wohl hineinwächst.«

Anne schluckte. Genau diese Frage stellte sie sich selbst ständig. Wie die Zukunft der Kinder aussehen würde. Ob es ihr gelänge, sie so zu schützen, wie sie es brauchten. Der Hunger und die Nächte, die sie in den Luftschutzkellern verbringen mussten, zehrten an ihnen allen.

»Glaubst du, er ist noch am Leben?«, fragte Louise, und es war klar, dass sie von Clément sprach.

Anne nickte entschlossen: »Du würdest es spüren, wenn es anders wäre. Und lange wird dieser Krieg nicht mehr gehen, Hitler ist am Ende.«

Ein hoffnungsvolles Lächeln huschte über Louises Gesicht. »Wenn Clément dann wiederkommt, will ich ihn nicht enttäuschen. Ab heute werde ich mir wieder etwas mehr Mühe mit meinem Aussehen geben. So soll er mich nicht sehen.«

Sie deutete auf die dicken, unzählige Male geflickten langen Strümpfe.

»Das finde ich gut«, lobte Anne.

»Hilfst du mir?«, bat Louise.

»So gern ich würde«, sagte Anne, »ich habe weder Stoffe noch Wolle. Aber wir werden uns schon etwas einfallen lassen, notfalls müssen wir einen unserer Vorhänge opfern. Es gibt einfach nichts mehr, woraus ich auch nur eine winzige Bluse für die Kleine nähen könnte. Und ich glaube, selbst wenn noch Stoffe da wären: Die Leute haben einfach keinen Sinn mehr für Mode. Sie haben zu viel Kummer.«

»Ich habe auch ewig lang nicht mehr über meine Kleider nachgedacht«, gab Louise zu. »Aber jetzt merke ich, wie gut mir das tut. Wieder an sich zu denken, sich etwas zu gönnen – und sei es nur in Gedanken.« Sie lächelte. »Ich kann mir ja das Kleid vorstellen, das ich anziehen würde, wenn Clément zurückkehrt. Oder nein, es wäre kein Kleid, sondern ein Glockenrock mit einer hübschen Bluse. Und ich würde Perlonstrümpfe tragen.«

Anne sah von ihrer Näharbeit auf. »Bei diesen Temperaturen? Das wäre aber ziemlich warm.«

»Ach«, entgegnete Louise, »ich träume doch nur. Und im Traum ist es egal, ob es warm ist oder kalt. Dann kann ich auch im Sommer einen Pelzmantel tragen.«

Anne lachte. »In der Tat, das kannst du. Wir sollten uns in unseren Träumen nach Paris begeben. Dort scheint es irgendwie immer noch Stoffe zu geben. Ich habe gelesen, dass mancher Pariser Schneider sogar fünfzehn Meter für ein Kleid verwendet.«

»Was?«, staunte Louise. »Erlaubt sind doch nur knapp drei, und auch das ist nur eine Zahl, weil kein Mensch im Moment auch nur dreißig Zentimeter Stoff hat.«

Anne zuckte die Achseln und entgegnete verträumt: »Das ist eben Paris.«

»Vermisst du es?«

»Irgendwie schon. Wobei ich im Moment nicht dort sein möchte. In Zeiten wie diesen braucht man die Nähe der Familie. Aber Paris ist einfach schon sehr besonders. Diese Stadt pulsiert ständig, es gibt so viele Menschen dort, die unzählige Ideen haben.« Sie schmunzelte. »Wusstest du, dass es dort trotz des Stromproblems einen Friseur gibt, bei dem man sich die Haare trocknen lassen kann? Der Strom, den er dazu benötigt, wird mit Fahrrädern erzeugt.«

»Unglaublich«, staunte Louise, »nach Paris würde ich so gerne auch wieder einmal reisen.«

»Wenn der Krieg vorbei ist, fahren wir zusammen hin«, versprach Anne.

In diesem Moment heulten die Sirenen.

»Nicht schon wieder«, murrte Louise, »es war gerade so schön, mit dir zu träumen.«

»Träumen kann man überall, auch im Keller«, tröstete Anne. »Komm schon! Ich hoffe, Noée ist unten in der Backstube und Papa hat wie versprochen auf sie aufgepasst. Maman ist heute früh nach Weghäusel rausgefahren.«

»Noée würde die Backstube ihres Opas nicht freiwillig verlassen«, sagte Louise, während sie die kleine Pascale auf den Arm nahm. »Auch wenn unser Geselle Gustave inzwischen ebenfalls eingezogen wurde – ich würde behaupten, die Zukunft der Patisserie Tritschler ist gesichert.«

»Feinbäckerei«, spottete Anne.

Vor der Backstube trafen sie auf Marcel. Zu Annes Erleichterung war Noée bei ihm. Von oben aus der Wohnung kommend, gesellte sich nun Susette zu ihnen, die heute beim Roten Kreuz ihren freien Tag hatte. Unter dem Arm trug sie ein Anatomiebuch mit sich, offensichtlich wollte sie die Zeit im Keller zum Lernen nutzen.

»Geht ihr schon mal runter«, sagte Anne. »Ich laufe kurz rüber ins Münster.«

»Lässt du uns allein, Mama?«, fragte Noée ängstlich.

»Ich komme gleich nach, Süße«, erklärte ihre Mutter. »Ich will bloß den Papa warnen. Wenn der auf seine Arbeit konzentriert ist, hämmert und meißelt, reagiert er vielleicht zu spät auf den Alarm. Geh du mit den anderen schon in den Keller. Ich komme gleich mit dem Papa nach.«

Ihr Vater Marcel sah Anne skeptisch an. »Willst du da echt noch raus? Walter ist doch in Sicherheit. Das Münster dürfte ja wohl von allen Gebäuden das stabilste sein.«

»Das ist nur der Voralarm«, beruhigte sie Anne. »Jetzt geht schon in den Keller. Ich bin gleich wieder da.«

Sie küsste ihre beiden Töchter und war verschwunden.

Doch sie hatte sich getäuscht. Es war nicht nur der Voralarm. Als sie das Münster erreichte, fielen bereits die ersten Bomben. In Panik wandte sie sich um. Die Mädchen! Jetzt sorgten sie sich um ihre Maman! Was hatte sie sich nur dabei gedacht!

Voller Angst wollte sie das Gotteshaus wieder verlassen und den Münsterplatz überqueren, um nach Hause zu eilen, da packten sie zwei starke Arme von hinten. »Frau Kupfer! Was machen Sie denn?«

Sie wandte sich um und erkannte Rudolf Preuß, den treuen Lieblingskollegen ihres Mannes.

»Die Kinder, ich muss zu den Kindern!«, rief sie.

»Sie können jetzt nicht mehr hinüber. Ihre Kinder sind in Sicherheit.«

»Nein!« Sie wollte sich losreißen, doch sein Griff war eisern. »Sie kommen jetzt mit hinein. Ich bringe Sie zu Ihrem Mann.« Er schleppte die sich sträubende Anne in einen kleinen Seitenturm, in dem, auf der Wendeltreppe kauernd, ein Mann saß.

»Walter.«

»Anne!« Erschrocken sprang er auf, und sie fielen sich in die Arme. »Empfehle mich«, sagte der gutmütige Rudolf Preuß und war verschwunden.

Im nächsten Moment traf eine Bombe das Münster.

Das Krachen war ohrenbetäubend. Anne war überzeugt, die Kirche würde über ihnen zusammenbrechen. Sie schrie auf, presste die Hände auf die Ohren und brüllte die Namen ihrer Töchter: »Noée! Pascale!«

Walter zog sie fester in seine Arme. »Wo sind die Mädchen?«, schrie er ihr ins Ohr.

»Bei meinem Vater. Und bei Louise und Susette«, brüllte sie zurück.

»Da sind sie sicher wie in Abrahams Schoß«, war Walter überzeugt.

Wieder krachte es. Anne weinte. »Auch wir sind sicher!«, rief er gegen den ohrenbetäubenden Lärm an. »Was denkst du, warum ich ausgerechnet diese Wendeltreppe ausgewählt habe? Die Wände sind meterdick. Das Münster wird das überstehen.«

Als wollte man seine Worte Lügen strafen, erschütterte in diesem Moment ein schwerer Einschlag mit höllischem Donnern und Krachen das Gotteshaus.

Anne hustete. »Das muss ein Volltreffer gewesen sein!«

Rauch und Staub vernebelten die Sicht, Funken stoben durch die Luft. Dann folgte eine unheimliche Stille.

*

»Noée!«, rief Louise verzweifelt. Und noch einmal: »Noée!«

»Was ist mit ihr?«, fragte Susette, die die kleine Pascale auf dem Arm hatte.

»Ich weiß es nicht«, rief Louise, den Tränen nahe, »sie war eben noch neben mir.«

»Vielleicht ist sie schon in den Keller hinuntergelaufen«, mutmaßte Marcel und brüllte nach unten: »Noée?«

Keine Antwort.

»Noée geht nie alleine in den Keller. Sie fürchtet sich«, sagte Louise angstvoll.

Susette und Marcel wechselten einen verzweifelten Blick.

In diesem Moment ertönte von draußen ein schreckliches Krachen. Höllenlärm brach los.

»Wir müssen in den Keller. Schnell!«, drängte Marcel.

»Nicht ohne Noée«, beharrte Louise.

»Ihr müsst die Kleine schützen. Ich suche sie.«

»Papa, nein …«, protestierte Louise, doch es war zu spät. Marcel war schon nach oben gelaufen.

Susette überlegte fieberhaft. Eigentlich wollte sie ihrem Onkel unbedingt helfen, nach der Kleinen zu suchen, andererseits musste sie Pascale in Sicherheit bringen, und sie fühlte auch eine Verantwortung für ihre Cousine, die seit dem Verschwinden ihres Vaters wie gelähmt wirkte.

»Ihr müsst in den Keller, Louise«, sagte sie, »jetzt. Sofort.«

»Ich gehe nicht ohne dich.«

»Dann komme ich eben mit!« Susette drängte ihre Cousine hastig nach unten. »Wir müssen die Kleine beschützen. Beeil dich! Onkel Marcel wird Noée finden und in Sicherheit bringen. Das verspreche ich dir.«

Sie hatten gerade den Keller betreten, als ein markerschütterndes Krachen ertönte. Das Haus bebte, Putz bröckelte von der Decke, Susette und Louise, die kleine Pascale auf dem Arm, wurden zu Boden geschleudert.

»Sie haben die Patisserie getroffen«, keuchte Susette, während Louise versuchte, das weinende Mädchen zu trösten. »Es brennt. Wir müssen hier raus. Sofort.«

30

Durch den Staub und die Asche war der vor dem Angriff noch so schöne Sommertag dunkel geworden. Am völlig verschleierten Himmel stand eine matt leuchtende Kugel – die Sonne sah hinter dem Dunst aus wie der Mond bei Nebel. Die Stadt brannte, es war unfassbar heiß. Erschüttert standen Susette und Louise, die sich mit der kleinen Pascale auf dem Arm durch ein Kellerfenster gerettet hatten, vor ihrem zerstörten Haus. »Marcel! Noée!«, schrie Louise und versuchte, durch den Schuttberg in das stark beschädigte Gebäude zu kommen. Mit bloßen Händen begann sie zu wühlen. Schluchzend setzte Susette Pascale ab und fiel neben ihr auf die Knie, wühlte mit bloßen Händen in den Trümmern ihres Hauses, wuchtete einen Stein nach dem anderen beiseite, starrte schockiert auf zerquetschte Stühle und völlig zerstörte Gegenstände. Bei jedem Stein, den sie beiseiteräumte, graute ihr vor dem, was darunter zum Vorschein kommen könnte. Ihr Vater und Noée befanden sich noch irgendwo inmitten dieser Trümmer!

»Das Münster!«, ertönte ein Schrei hinter ihr.

Susette fuhr herum. Erst jetzt bemerkte sie, dass die Kathedrale ebenfalls schwer getroffen worden war. Und nun gab es noch zwei weitere Namen, die sie voller Verzweiflung in die seltsam staubig-heiße Luft brüllte: »Anne! Walter! O mein Gott!«

*

Im Münster lag Anne noch immer in Walters Armen. Es prasselte und knackte, Menschen brüllten vor Schmerzen oder Kummer, ihre Schreie hallten in dem riesigen Gotteshaus wider. Aber im Vergleich zu dem Lärm, der sie noch einige Minuten zuvor umgeben hatte, herrschte nun Totenstille. Blinzelnd öffnete sie die Augen. Durch die zerstörten Behelfsfenster schien seltsam fahles Sonnenlicht, das jedoch ausreichte, um das entsetzliche Ausmaß der Zerstörung zu offenbaren.

Im Kirchenschiff klafften riesige Sprengtrichter.

Doch Anne hatte keinen Blick für die Schäden an der Kathedrale. Die Namen, die sie gebrüllt hatte, als das Dach des Querschiffs eingestürzt war, rief sie auch jetzt wieder: »Noée! Pascale?«

»Bist du verletzt?«, fragte Walter, doch sie schüttelte nur ungeduldig den Kopf. »Nein. Lass uns nach den Mädchen sehen. Schnell!«

Er nickte. Hand in Hand bahnten sie sich ihren Weg durch das Kirchenschiff, stiegen über Trümmerteile des Dachs und Schutt. Ein steinerner Kopf starrte ihnen vom Boden entgegen. Auf einer der Kirchenbänke saß Rudolf Preuß und nickte ihnen müde zu. Er hatte überlebt.

Erschrocken sah Anne, dass das durchaus nicht auf alle Menschen zutraf, die in der Kirche Schutz gesucht hatten. Unter einem Balken lag ein Mann mit einer entsetzlichen Kopfwunde. Weiter vorne eine Frau, die von einem herabfallenden Kronleuchter erschlagen worden war.

Anne schluchzte auf, die bösen Vorahnungen über den Zustand der Patisserie wurden immer bedrückender.

Sie traten hinaus auf den Münsterplatz, und ihre Befürchtungen bestätigten sich: Ihr Elternhaus war schwer getroffen worden!

»Nein!« Gefolgt von Walter raste sie über den Platz. Zwei einsame Gestalten kauerten auf den Trümmern. Eine davon hatte ein Kind auf dem Arm.

»Louise!«, brüllte Anne und rannte schneller. »Pascale! Susette!«

»Anne! Walter! O Gott sei Dank!«

Louise nahm Pascale auf den Arm und stürzte ihnen entgegen.

»Pascale, meine Kleine!« Anne riss ihr Kind an sich und küsste es unter Tränen.

Doch im nächsten Moment zeichnete sich Entsetzen auf ihrem Gesicht ab. Sie starrte auf ihre Cousine Susette, die gar nicht auf ihre Ankunft reagiert hatte, sondern wie wild in den Trümmern grub.

»O Gott!«, rief Anne, »Noée, Papa. Sind sie …?«

Louise nickte stumm.

»Nein!«, brüllte Anne.

Walter war schon neben Susette auf die Knie gesunken und unterstützte sie, die Trümmer wegzuräumen.

Auch andere Menschen waren gekommen, um zu helfen.

Auf einmal legte sich eine Hand auf Annes Schulter. Sie fuhr herum. »Paul!«

»Ihr sucht nach Noée und … meinem Bruder?«, schloss er aus ihren Rufen.

»O Paul, wie gut, dass du da bist«, rief Louise erleichtert. »Du musst uns helfen, du musst etwas tun.«

»Natürlich«, sagte er, wirkte aber angesichts des Umstands, dass sein Bruder und seine Nichte vermutlich in diesem Schutt lagen, seltsam unbeteiligt.

»Ich schicke euch jemanden. Dann geht es schneller.«

Anne hörte ihn schon gar nicht mehr. Sie grub einfach verzweifelt weiter. »Noée«, rief sie, rasend vor Angst. »Meine kleine Noée.«

Paul wirkte wirr, als er nun erklärte: »Also, wenn sie tatsächlich unter den Opfern sein sollte, hast du Anspruch auf eine Elterngabe in Höhe von dreihundert Mark. Den Antrag kannst du bei der ortszuständigen Kameradschaft der NSKOV stellen. Du bekommst dort auch die vorgesehenen Vordrucke.«

Anne, die ihre Arbeit während seiner Erklärungen nicht unterbrochen hatte, schenkte ihm keinen Blick.

»Sei still!«, fauchte sie nur.

Doch Paul schien es gar nicht wahrzunehmen. »Du kannst den Antrag aber natürlich auch bei mir einreichen, ich kümmere mich dann um alles Weitere, das ist doch selbstverständlich.«

»Sei still!«, brüllte sie nun, doch Paul redete unbeeindruckt weiter.

»Wir lassen keinen im Stich. Wir kümmern uns um die Notleidenden.«

Da war es um Annes Beherrschung geschehen. Sie sprang auf und drosch mit einem Blech auf ihren Onkel ein. »Sei endlich still. Ich will euer dreckiges Geld nicht. Ich will mein Kind. Hilf mir endlich, statt hier nur dumm herumzureden.«

»Anne«, sagte Walter behutsam und zog sie von ihrem merklich überforderten Onkel fort, »hör doch nicht auf ihn. Lass uns lieber weitermachen. Jede Sekunde zählt.«

Anne sank neben Susette und Louise, die während des Eklats keinen Moment aufgehört hatten zu graben, auf die Knie und machte weiter.

Ohne ein weiteres Wort zu sagen, drehte sich Paul um und ging davon.

Louise hatte das Gefühl, als würde der Trümmerberg vor ihnen trotz all der helfenden Hände überhaupt nicht kleiner.

»Was ist, wenn sie keine Luft mehr bekommen?«, fragte sie, während sie verzweifelt weiter Schutt entfernte. Eine fremde Stimme antwortete ihr. Louise hatte gar nicht bemerkt, dass inzwischen Männer der Feuerwehr und der Technischen Nothilfe neben ihr knieten und Schutt räumten.

»Durch die Balken und stehen gebliebenen Mauern bilden sich oft im Inneren ganze Räume, die auch Luftzufuhr haben«, beruhigte einer der Männer sie. »Wir haben durchaus noch gute Chancen.«

Louise nickte und grub weiter.

Irgendwann hörte sie ein Schluchzen zu ihrer Linken. Anne war zusammengebrochen und rief in völliger Verzweiflung abwechselnd nach ihrem Vater und ihrer Tochter. Susette streichelte ihr hilflos den Rücken.

Plötzlich fuhr Louise zusammen. Sie war sich fast sicher, aus den Schutthaufen ganz leise eine Antwort auf Annes Rufen gehört zu haben.

»Pst! Ruhig!«, forderte sie und legte den Finger auf die Lippen. »Ich habe etwas gehört.«

Walter, Susette, Anne, die Feuerwehrmänner und die Männer der Technischen Nothilfe hielten inne und lauschten.

Da war es wieder. Tief aus dem Trümmerberg ertönte die Stimme eines Mannes.

»Da! Eine Hand!«, rief einer der Feuerwehrmänner kurz darauf aufgeregt und grub schneller. Quälende zehn Minuten später hatten sie Marcel befreit. Über und über mit Staub bedeckt, halb bewusstlos vor Erschöpfung, aber tapfer lächelnd, sah er ihnen entgegen.

»Papa!« Louise wollte in den Hohlraum klettern, in dem Marcel hockte, doch die Männer hielten sie davon ab.

»Zurückbleiben! Das ist viel zu gefährlich. Wir holen ihn da raus.«

Wie durch ein Wunder war dem Feinbäcker nichts geschehen. Er stieg überraschend behände aus dem Hohlraum, der, den Stoffresten nach zu urteilen, einmal zu Annes Schneiderei gehört hatte.

Die sah ihrem Vater wie in Trance entgegen. Ein Glück! Er lebte und wurde sofort von Louise umschlungen. Aber wo war Noée?

In diesem Moment sprach Walter genau diese Frage aus, aus seiner Stimme klang ihr ihre eigene Angst entgegen.

»Wo ist Noée?«

Marcel schwankte. »Ich hatte gehofft, ihr hättet sie gefunden?«

»Das heißt, sie war nicht bei dir?«, fragte Anne, und ihre Stimme überschlug sich.

Er schüttelte den Kopf, eine Träne löste sich aus dem Augenwinkel und zeichnete eine Spur auf seiner staubigen Wange.

»Nein. Ich habe alles abgesucht.«

»Ist noch jemand im Haus?«, mischte sich ein Mann ein, der die Uniform der Wehrmacht trug.

»Ja, ein zehnjähriges Mädchen«, rief Anne verzweifelt, »meine Tochter. Bitte, Sie müssen etwas tun!«

»Ich glaube nicht, dass sie noch im Haus war«, sagte Marcel, »aber ich kann es natürlich nicht ausschließen. Bis die Bombe das Gebäude traf, habe ich jedes einzelne Zimmer nach ihr abgesucht. Vielleicht ist sie dir zum Münster nachgelaufen.«

Annes Knie gaben wieder nach. Sofort war Walter bei ihr, um sie zu stützen.

Dann sagte Susette: »Das könnte wirklich sein, denn ganz

kurz, nachdem du zur Tür raus bist, ist sie einfach verschwunden.«

»Aber im Münster haben wir sie auch nicht gesehen«, berichtete Walter und legte tröstend den Arm um seine schluchzende Frau.

»Vorhin hat ein Krankenwagen einige Verletzte ins Spital gebracht«, meldete sich einer der Feuerwehrmänner zu Wort. »Da waren auch zwei Kinder dabei.«

»Ich fahre ins Hospital und frage nach ihr«, rief Susette entschlossen. »Dann kann ich Maman auch gleich sagen, dass wir anderen unverletzt sind. Sie hat ja sicher schon mitbekommen, was hier los ist.«

*

Das Krankenhaus war infolge der Bombardierung völlig überfüllt, selbst Schwerverletzte hatte man nur notdürftig in den Gängen abgelegt. Überall stöhnten, wimmerten und schrien Menschen.

Susette, die sich suchend in dem Chaos umsah, musste an ihre Mutter denken. Schon in den Wochen und Monaten vor diesem Luftangriff war die Ärztin bisweilen vierundzwanzig Stunden lang ununterbrochen im Dienst gewesen – weil es so unendlich viel zu tun gab. Es wurden nicht nur wie heute ständig neue Verletzte gebracht, sondern auch immer mehr Kranke.

Unzureichende Ernährung, die ständigen seelischen Belastungen und mangelhafte Hygiene schwächten die Menschen. Diphtherie, Scharlach, Typhus und Ruhr griffen um sich. Außerdem standen immer weniger Betten, Medikamente und medizinische Geräte zur Verfügung. Von Ärzten ganz zu schweigen! Die waren an der Front, und Nachwuchs gab es aus dem gleichen Grund nicht.

Stattdessen liefen hier überall zwischen den Patienten etwas unbeholfen Angehörige des Bunds Deutscher Mädel umher. Diese hatten, wie Susette von ihrer Mutter wusste, lediglich Vierundzwanzig-Stunden-Blitzkurse erhalten – und schimpften sich nun Krankenschwestern. Dabei konnte man in so kurzer Zeit nicht die allergeringsten medizinischen Grundkenntnisse vermitteln, das wusste Susette ja aus eigener Erfahrung.

Der Gedanke, dass hier irgendwo ein solches BDM-Mädel stümperhaft an der möglicherweise schwer verletzte Noée herumdokterte, erfüllte sie mit Unruhe. Doch gleich darauf löste sich ihr Kummer in Wohlgefallen auf: Sie entdeckte Annes zehnjährige Tochter inmitten der schwer verletzten, blutenden und stöhnenden Menschen, auf einer Trage sitzend. Sie hatte zwar ihrerseits einen blutgetränkten Verband an der Stirn, aber sie schien, soweit Susette auf den ersten Blick erkennen konnte, nicht ernsthaft verwundet zu sein.

»Noée«, rief sie und eilte auf das Mädchen zu.

»Tante Susette«, rief das Kind erleichtert und schlang seine Arme um ihren Hals. »Ich hab solche Angst. Und es tut so weh. Ich will zu meiner Maman. Sie ist ins Münster gegangen, und das ist doch jetzt kaputt. Ich will nicht, dass sie tot ist.«

Ihr Körper wurde von Schluchzern geschüttelt.

»Die Maman lebt, mein Schatz«, versicherte Susette. »Es geht allen gut, sie machen sich nur schreckliche Sorgen um dich.«

Sie strich Noée sanft die Haare aus der Stirn. »Nun lass mich mal schauen, was dir passiert ist.«

Sie löste behutsam den blutigen Verband.

»Das tut weh!«, erklärte das Mädchen unter Tränen.

Susette nickte und untersuchte die Verletzung mit fachkundigem Blick. Die Wunde musste dringend gesäubert werden und am besten auch genäht. Das würde zwar kurz schlimm für die Kleine werden, aber danach konnte sie gleich mit nach Hause. Und Susette war daran gelegen, Anne und den Rest der Familie so schnell wie möglich zu beruhigen.

»Entschuldigen Sie«, wandte sich nun mit piepsiger Stimme eine der jungen Hilfsschwestern an sie. »Sie dürfen nicht selbst den Verband lösen.«

»Ich bin ausgebildete Krankenschwester, das muss genäht werden«, entgegnete Susette gereizt. »Ich kann es selbst machen, wenn Sie mir irgendwo eine ruhige Ecke, Nadeln, Fäden und Sterillium besorgen.«

Das BDM-Mädchen sah hilflos eine neben ihr stehende, noch jüngere Kollegin an.

»Und für Sie habe ich auch gleich eine wichtige Aufgabe«, erklärte Susette. »Suchen Sie dringend Frau Doktor Joséphine Hirt auf und teilen Sie ihr mit, dass ihre gesamte Familie am Leben ist. Es ist sehr wichtig, dass sie diese Information erhält.«

»Die Frau Doktor Hirt ist im OP drei«, wusste das ältere der BDM-Mädels. »Die holt gerade einem alten Mann einen Bombensplitter aus dem Arm.«

»Wenn Sie wissen, wo meine Mutter ist, dann sagen Sie ihr eben Bescheid, und Ihre jüngere Kollegin bringt mich und die Kleine zum Nähzeug«, bestimmte Susette.

Ihre Stimme wies so viel Autorität auf, dass die beiden jungen Frauen ihr gehorchten.

31

Susette trug Noée durch die ganze Stadt, nachdem sie sie im Krankenhaus genäht hatte. Die Zehnjährige war – trotz der kriegsbedingten Unterernährung – ziemlich schwer, doch Susette wuchs in ihrer Trance über sich hinaus. Sie schritt durch die staubigen, brennenden Straßen, stolperte über Trümmerstücke und an Leichen vorbei. Anfangs war Noée noch an ihrer Hand gegangen, doch Susette hatte gespürt, wie verstört die Kleine war, wie sehr sie Liebe und Zuneigung brauchte. Sie war froh, dass Noée ihr Gesicht in ihrer Halsbeuge vergraben hatte und damit hoffentlich nicht das sah, was sie selbst sehen musste. Das Kaufhaus, eines der ältesten Bauwerke seiner Art in ganz Mitteleuropa, war zerstört, ebenso die Fachwerkhäuser an der Rabenbrücke, die Susette immer so schön gefunden hatte. Als sie am Goethehaus vorbeikam, konnte sie ein Aufschluchzen nicht mehr unterdrücken. Das Gebäude, auf dessen Eröffnung sich Alphonse so gefreut hatte, brannte lichterloh, einige Jungen waren mit den Löscharbeiten beschäftigt. Mit einem Mal traf sie die Trauer um Alphonse mit solcher Wucht, dass sie fast zusammengebrochen wäre.

»Tante Susette?«, murmelte Noée an ihrem Hals. »Du bringst mich doch zu meiner Maman?«

Die Kleine hatte ihren Moment der Schwäche offenbar bemerkt.

»Aber natürlich«, antwortete sie beruhigend. Das Mädchen brauchte sie. Es musste weitergehen.

Inzwischen waren auch Männer der Feuerwehr und Wehrmachtssoldaten herbeigeeilt, um in den Trümmern nach der Kleinen zu suchen. Susette hörte schon von Weitem ihre Schwester Anne verzweifelt nach deren Tochter rufen. Wieder und wieder. »Noée! Noée!«

Auch das Kind vernahm die Schreie und hob sein Gesicht aus Susettes Halsbeuge.

Sie sah nicht den Staub und das Feuer, sie bemerkte nicht, dass die Patisserie in Schutt und Asche lag. Sie hatte nur Augen für ihre Mutter.

»Maman!«, rief sie und rannte, von Susette inzwischen auf den Boden gesetzt, die letzten Meter auf Anne zu.

»Noée!« Diesmal rief Anne den Namen ihrer Tochter, den sie in den letzten Stunden schon so oft verzweifelt gebrüllt hatte, voller Hoffnung, als sie sich fassungslos umdrehte.

Und da war sie. Ihre kleine Noée rannte mit ausgebreiteten Armen auf sie zu, während hinter ihr das zerstörte Münster in den Himmel ragte. Sie hatte einen Verband um die Stirn, aber sie lebte. Anne lachte und weinte gleichzeitig. Und kurz darauf lag sie in ihren Armen.

Sofort waren auch Walter, Louise mit der kleinen Pascale auf dem Arm, Marcel und Susette bei ihnen. Eine Menschentraube, die sich vor ihrem zertrümmerten Zuhause in den Armen hielt.

»Dann ist die vermisste Person gefunden?«, mischte sich einer der Feuerwehrleute sichtlich gerührt, aber auch ungeduldig, ins Gespräch. »Es befindet sich niemand mehr im Gebäude? Es gibt noch andere Menschen, denen wir helfen müssen.«

Anne war nicht in der Lage zu antworten, aber Walter sagte statt ihrer: »Es sind alle draußen. Ich danke Ihnen sehr.«

»Ich gehe zurück ins Krankenhaus«, kündigte Susette an, »die brauchen da dringend Hilfe. Ich wollte die kleine Noée nur so schnell wie möglich herbringen.«

»Und dafür danke ich dir von ganzem Herzen«, sagte Anne.

»Aber es ist ja alles kaputt«, erkannte Noée erst jetzt und sah sich entsetzt um. Ihre Mundwinkel bebten, ihre Augen füllten sich mit Tränen. »Was ist mit meinen Büchern?«, fragte sie mit zitternder Stimme. »Und mit meinem Bett und meinem Schrank? Wo soll ich denn jetzt schlafen?«

Anne nahm sie tröstend in den Arm. »Deine Bücher versuchen wir zu retten. Und das Haus bauen wir wieder auf. Das wird lustig, du wirst sehen. Dann kannst du später einmal sagen: An diesem Haus habe ich selbst mitgebaut.«

Noée sah sie zweifelnd an. »Und wo soll ich schlafen?«, wiederholte sie ihre Frage und musste gähnen. »Ich bin nämlich sehr müde.«

»Ihr wohnt natürlich alle drüben bei uns über der Goldschmidt«, bot Susette an.

»Wo warst du denn eigentlich?«, wollte Anne nun von ihrer Tochter wissen.

Walter warf ihr einen warnenden Blick zu. Überfordere sie nicht, schien er ihr zu sagen, doch die Kleine begann schon zu erzählen: »Ich wollte dich holen, Maman. Du bist doch zu Papa gegangen. Und dann war ich in der Kirche, und dann hat es schon ganz schrecklich gekracht.«

»Du warst im Münster?«, fragte Anne tonlos. »Du warst die ganze Zeit bei uns?«

»Ja, aber ich habe euch nicht gesehen.« Sie fing nun an zu weinen. »Ein Mann hat mich dann in eine Nische getragen und dort mit mir gewartet.«

Anne holte tief Luft. Es war, wie sie es vermutet hatte. Noée war ihr nachgelaufen. Das hätte auch schiefgehen können.

*

Walter musste die Tränen unterdrücken, als er vier Tage nach dem Bombenangriff mit Anne vor der Patisserie stand und in Richtung der zerbombten Kathedrale sah. Auf dem Arm hielt er seine kleine Tochter. Es war der 15. August 1944.

»Heute ist Mariä Himmelfahrt. Das Patronatsfest des Münsters«, sagte er. »Eigentlich hätten wir es in sein Ehrengewand kleiden und mit ihm feiern sollen.«

Die Kleine patschte ihm mit ihren Händchen ins Gesicht, wohl der Versuch, ihn zu streicheln, und brabbelte: »Papa traurig.«

»Ja, Papa ist traurig«, bestätigte Walter. Er küsste seine kleine Tochter auf die Stirn. »Weil die schöne Kirche kaputt ist. Und eigentlich hat sie heute so was wie Geburtstag.«

Er drehte sich zu Ruth um, die hinter ihnen aus den Trümmern der Patisserie getreten war. »Darf ich die Kleine in deine Obhut geben?«, fragte er seine Schwiegermutter.

»Natürlich. Ich würde euch am liebsten alle keine Sekunde mehr aus den Augen lassen«, sagte Ruth mit brechender Stimme. »Nie werde ich die Angst vergessen, die ich in Weghäusel um euch alle hatte.«

Anne nahm ihre Mutter in die Arme. »Ich bin froh, dass du in Sicherheit warst an dem Tag. Eine bessere Grand-mère als dich gibt es nämlich nicht.«

»Aber …«

»Kein Aber«, sagte Anne entschieden und küsste die Kleine zum Abschied, »wir sind gleich wieder da.«

Hand in Hand überquerte sie mit Walter den Münsterplatz und betrat kurz darauf das so tief verwundete Gotteshaus.

»Wenn die Bombe nur ein paar Meter weiter eingeschlagen hätte, wäre der Turm zusammengebrochen«, vermutete Walter.

Direkt hinter dem Eingang trafen sie auf Walters Kollegen Rudolf Preuß, bei dem sich Anne ausgiebig bedankte. »Ich bin mir sicher, Sie haben mir das Leben gerettet, ich wäre nie mehr rechtzeitig in den Keller gekommen.«

Doch der hochgewachsene Mann, der, wie ihr Walter erzählt hatte, aus der bayerischen Kleinstadt Landsberg kam, winkte bescheiden ab: »Zu viel der Ehre, Frau Kupfer, aber es freut mich, wenn ich helfen konnte.«

Im Inneren des Kirchenschiffs angekommen, konnte Anne ein erschrockenes Aufkeuchen nicht verhindern. Das Ausmaß der Zerstörung hatte sie direkt nach dem Angriff in ihrer Angst gar nicht richtig realisiert, jetzt traf es sie wie ein Keulenschlag. Die Vierungskuppel hatte es erwischt, der wunderbare Kronleuchter im romanischen Chorraum lag zerschellt auf dem Boden. Das Farbenmosaik der berühmten Rose war zum Teil herausgedrückt, die Scheiben bei der Astronomischen Uhr zerborsten, der Fußboden von lauter Trümmern übersät. Anne merkte ihrem Mann deutlich an, wie sehr er um Fassung rang. »Jahrhundertealte Arbeiten einfach zerstört. Unwiederbringlich«, sagte er mit rauer Stimme. »Zum Glück sind die wertvollen Buntglasfenster noch in Sicherheit gebracht worden.«

Annes Blick fiel auf den Hochaltar. Dort trauerten Reste der Engel um eine zerstörte Mutter Gottes. Hastig wandte sie den Kopf ab, weil dieser Anblick sie daran erinnerte, dass sie durch ihre eigene Unvernunft beinahe ihre Tochter und ihren Vater verloren hätte. Da sah sie einen Berg von unter weißen Leinentüchern verborgenen Leichen, die darauf warteten, vom Bestatter abgeholt zu werden. Es war um ihre Fassung geschehen. Vier Tage lang hatte sie aus Rücksicht auf die Kinder nicht mehr geweint, doch nun brach es noch einmal aus ihr heraus. Sie schluchzte auf. »Noée könnte dort liegen.« Mit zitterndem Finger deutete sie auf den Leichenberg. »Sie könnte tot sein, und es wäre meine Schuld.«

Rasch nahm Walter sie in die Arme. »Du hast aus Sorge um mich gehandelt. Insofern könnte ich auch sagen, es ist meine Schuld«, argumentierte er.

Er legte seine Hand unter ihr Kinn, um ihr in die Augen sehen zu können. »Schuld an all dem hier, an diesem verdammten Krieg, haben weder du noch ich, Liebes«, sagte er. »Die hat einzig und allein Adolf Hitler, dieser gottverdammte Verbrecher. Und die unsinnige Feindschaft zwischen Frankreich und Deutschland, die wieder und wieder ausbricht und deine ganze Familie nun schon mehr als einmal fast auseinandergerissen hätte.«

»Aber was kann ich dann tun?«, frage sie ratlos.

»Das, was du die ganze Zeit tust«, meinte er. »Sei eine liebvolle und achtsame Mutter, Ehefrau und Tochter. Wir brauchen dich genau so, wie du immer warst. Gerade jetzt brauchen wir alle deine Stärke. Unsere Noée, um den Schock zu überwinden, und dein Vater, deine Mutter und deine Schwester sicherlich auch. Und sie brauchen dich auch, um ihnen dabei zu helfen, ihr Lebenswerk wiederaufzubauen. Das zu tun und es damit zugleich für Noée und Pascale zu bewahren – das ist es, was du jetzt tun kannst und musst.«

Anne nickte und wischte ihre Tränen fort.

*

»Wie gut so eine kleine Pause tut«, seufzte Ruth und nahm dankbar den Kuchen entgegen, den ihre Tochter Louise drüben im *Luisengold* aus Eiern und alten Kartoffeln gebacken hatte – ein typisches Kriegsgericht.

Drei Tage nach den schrecklichen Vorkommnissen hatte sich die Familie einigermaßen sortiert: Die Picard-Kupfers waren zu Joséphine und Susette in die Krämergasse gezogen – dort war Platz genug, und es tat ihnen auch gut, nach all dem Schrecken nahe beisammen zu sein. Der Backbetrieb ging nun in der Krämergasse weiter: Auch wenn die dortige Backstube in den letzten Jahren mehr oder weniger zur Bonbonkocherei umgebaut worden war – Louise verfügte nun sogar über eine Kissenpresse und eine Bonbonwalze –, gab es dort dennoch alles, was für die Herstellung von Gebäck benötigt wurde. Louise, Marcel und Ruth arbeiteten abwechselnd und hüteten die Kinder, während die anderen Schutt räumten.

Susette und Joséphine waren unermüdlich für das Rote Kreuz und das Krankenhaus im Einsatz, legten aber auch beim Wiederaufbau der Tritschler Hand an, wann immer es ihnen möglich war. Mit vereinten Kräften gelang ihnen, den einen oder anderen heil gebliebenen und lieb gewonnenen Gegenstand zu bergen. Die Außenbestuhlung der Tritschler hatte den Angriff unbeschadet überstanden, und so saßen Ruth und Joséphine nun in ihrer Mittagspause vor der zerbombten Patisserie und beobachteten, wie ein Pferdefuhrwerk nach dem anderen angefahren kam, um mitten auf dem Münsterplatz Schutt und Balken abzuladen.

Joséphine seufzte genüsslich, während sie ihr Stück Kartoffelkuchen verspeiste. »Es geht doch nichts über Marcels Selbstgebackenen. Stell dir bloß vor, wir wären von dem widerlichen Essen abhängig, das die NS-Frauenschaft verteilt.«

»Ja, sein Kartoffelkuchen ist großartig«, bestätigte Ruth, »aber wir haben zu wenige, mit denen wir ihn teilen können. Clément und François mit ihrem Riesenappetit fehlen.«

Joséphine nickte besorgt. »Dass Clément sich gar nicht

meldet … Das erinnert mich so daran, was bei Trystan der Grund für die ausbleibende Post war.«

»Clément schreibt doch bestimmt bloß deshalb nicht, weil es schlichtweg zu gefährlich wäre«, wiederholte Ruth, was auch Anne wenige Tage zuvor zu Louise gesagt hatte. »Das muss nichts Schlechtes bedeuten.«

»Ich weiß es ja.«

»Arbeitest du deshalb so viel, bis zum Umfallen? Weil du dann abgelenkt bist und nicht an deine Lieben denken musst?«, vermutete Ruth.

Joséphine zuckte die Achseln. »Vielleicht auch, aber das ist nicht alles. Es ist einfach Not am Mann, so viele meiner Kollegen sind im Krieg, und immer mehr Menschen werden krank. Und dann auch noch das …« Sie machte eine weit ausholende Bewegung, die die Zerstörung ihrer Stadt umfasste.

Dann sah sie Ruth fragend an: »Aber was jammere ich. Dir geht es sicher auch nicht besser. Die Patisserie ist zerstört, und vor allem: François haben sie jetzt auch eingezogen. Dabei ist er ja noch nicht mal ganz erwachsen.«

»Ich versuche, es zu verdrängen, sonst bringt es mich um den Verstand«, gestand Ruth. »Ich mache es wie du, lenke mich mit viel Arbeit ab, um nicht an ihn denken zu müssen. Aber natürlich hilft es kaum.«

Das nächste Stück Kartoffelkuchen schob sie sich mit schlechtem Gewissen in den Mund. Ob ihr Sohn wohl irgendwo hungern musste, während sie hier diese Leckerei essen durfte?

»Marcel und ich waren ja gar nicht begeistert, dass er sich zu Paul hingezogen gefühlt hat und so ein begeistertes Mitglied der Hitlerjugend war«, sagte sie dann. »Und dann auch noch Louise, die in diesen furchtbaren Georg verschossen war.« Sie machte eine wegwerfende Bewegung.

Joséphine nickte, und Ruth fuhr fort: »Beide sind ja dann am Ende vernünftig geworden – ich hatte immer Angst, dass François sich freiwillig meldet, aber das wollte er dann doch nicht, hatte sogar Angst davor, eingezogen zu werden. Und genau das haben die Schweine dann getan, sie haben ihm zum Malgré-nous gemacht. Am Ende hat er seinen Unwillen aber noch kundgetan«, sagte Ruth, und es klangen Rührung und Stolz aus ihren Worten. »Als sie ins Ausbildungslager nach Königsberg gefahren wurden, haben seine Kameraden und er die *Marseillaise* gesungen.«

»Es sind Unzählige, die gegen ihren Willen in den Krieg mussten«, pflichtete Josephine ihr bei, »die man zwingt, für die zu kämpfen, die unser Elsass besetzt und uns ihre Kultur aufgezwungen haben.«

»Die ja aber auch zu einem Teil die eure ist«, erinnerte Ruth an die deutschen Wurzeln der Familie.

Darauf gab es nichts zu sagen. Aber selbst ohne Worte verstanden die Schwägerinnen einander in ihrer Angst und in ihrer Qual.

»Zum Glück ist mir wenigstens Susette geblieben«, sagte Joséphine. »Ich glaube, wenn ich mich um sie auch noch sorgen müsste, dann würde ich verrückt werden.«

Ruth sah sie bang an. Sie hoffte, dass das noch lange so bleiben würde. Susette war Medizinstudentin und Rotkreuzschwester – erst gestern hatte sie Marcel berichtet, dass immer mehr ihrer Kolleginnen an die Front abkommandiert wurden. Aber sie sagte nichts. Auf keinen Fall wollte sie Joséphine noch mehr beunruhigen.

*

Doch schon am Morgen des 21. November war es so weit: »Das kann doch nicht wahr sein!«, rief Susette, als sie ihrer

Mutter den Brief reichte, der soeben mit der Post gekommen war.

Mit bangem Blick las Joséphine das Schreiben: Ihre Tochter war als Rotkreuzschwester an die Front bestellt worden.

»Du auch noch!«

»Ja.« Susette nickte betrübt. »Jetzt bestimmen die Nazis komplett unser aller Leben … und Sterben.«

Verzweifelt ließ sich Joséphine auf einen Stuhl sinken. »Ich habe irgendwie das Gefühl, dass alles auseinanderfällt. Die Stadt liegt in Schutt und Asche, all meine Lieben sind ermordet, an der Front oder verschwunden …«

»Ach, Maman.« Susette war in wenigen Schritten bei ihr und nahm sie in die Arme. »Ich werde auf mich aufpassen. Versprochen.«

»Ja. Natürlich wirst du das«, sagte Joséphine unter Tränen. »Aber es ist schon sehr bitter, dass du nun auch noch in den Krieg ziehen musst. Hier gibt es doch so viel zu helfen und zu tun.«

Susette nickte stumm. Darauf gab es keine Worte. Schon morgen musste sie nach Bad Reichhall reisen. Bei dem Gedanken fröstelte sie.

32

»Straßburg ist befreit!«

Die Kunde, dass die Amerikaner, genauer, die Zweite Panzerdivision von General Leclerc, an diesem 23. November 1944 um 9:25 Uhr die Stadt eingenommen hatten, rollte wie eine Woge der Freude durch die Stadt.

Im *Luisengold* war es Anne, die kurz vor der Mittagspause die Nachricht telefonisch durch Gundalena von Weizsäcker erhielt und für großen Jubel bei ihrer Familie sorgte.

Einzig Joséphine, die gerade von einer ihrer Zwanzig-Stunden-Schichten im Hospital nach Hause gekommen war, vergoss nicht wie die anderen Freudentränen, sie lächelte nicht einmal, sondern rief stattdessen nur voller Zorn: »Merde!«

»Was ist denn mit dir los?«, wunderte sich Louise. Sie hatte ihre Tante noch nie fluchen hören.

»Es ist, weil sie doch vorgestern noch Susette abkommandiert haben«, erklärte Joséphine wütend. »Hätten diese blöden Amerikaner nicht zwei Tage früher kommen können?«

»Oder die Wehrmacht früher das Unvermeidliche erkennen und die Stadt kampflos aufgeben«, ergänzte Marcel. »Diese völlig sinnlosen Straßenkämpfe …«

»Allerdings«, sagte Joséphine bitter. »Das Krankenhaus platzt deswegen aus allen Nähten.«

In diesem Augenblick ertönte ein gigantisches Krachen, und Anne und Louise, noch traumatisiert von der Bombardierung des Münsters, begannen zu zittern.

»Die Wehrmacht hat als Abschiedsgeschenk wohl eine weitere Brücke gesprengt«, mutmaßte Marcel.

Da betrat eine junge Rotkreuzkrankenschwester die Feinbäckerei.

»Gibt es hier eine Frau Doktor Joséphine Hirt?«, erkundigte sie sich.

»Das bin ich«, meldete sich Louises Tante mit schwacher Stimme.

Louises Herz begann vor Angst schneller zu schlagen. War dies die befürchtete Todesnachricht ihres Clément?

Zu ihrer großen Erleichterung sagte die Schwester jedoch: »Ich soll Sie ganz herzlich von Ihrer Tochter Susette grüßen, sie hat mir in Bad Reichenhall einen Brief für Sie mitgegeben, ich bin auf dem Heimweg nach Colmar.«

Joséphine begann erstmals an diesem Vormittag zu lächeln. »Wie lieb von Ihnen. Dürfen wir Ihnen etwas anbieten?«

Doch die Rotkreuzschwester lehnte dankend ab. »Meine Eltern warten schon.«

Kaum hatte sich die junge Frau verabschiedet, eilte Louise zu Joséphine, um an ihrer Seite mitlesen zu können.

Liebe Maman, liebe Familie,
gleich nach meiner Ankunft hier in Bad Reichenhall habe ich mich beim dortigen Reservelazarett 13 b melden müssen, das sich in einer verwaisten Knabenschule befindet. Anders als seinerzeit in Regensburg bekam ich sofort ein Einzelzimmer. Doch wie viel lieber wäre mir da ein ungemütliches Stockbett in einer Hütte des Ruderclubs gewesen! Kontakt zu jungen Frauen, denen es ebenso ging wie mir,

wäre im Augenblick das beste Mittel gegen die Einsamkeit, ihr fehlt mir alle so schrecklich. Außerdem ist mein Zimmer ungeheizt, die dünne und viel zu kurze Decke bietet kaum Schutz vor der Kälte. Ich habe meinen Mantel anbehalten, als ich mich auf die kalte Matratze gelegt und wie ein kleines Kind zusammengerollt habe, um mir selbst so viel Wärme wie möglich zu geben. Seit Langem musste ich wieder an Renate denken, die sympathische Frau, die ich seinerzeit im Kriegshilfsdienst kennengelernt habe.
Ob sie inzwischen ebenfalls an die Front abkommandiert worden ist?
Heute bin ich seit sechs Uhr früh auf den Beinen, um Verbände zu wechseln, den Verwundeten Spritzen zu verabreichen oder im Operationssaal zu assistieren. Das Lazarett ist erst vor wenigen Tagen eingerichtet worden, und entsprechend holprig läuft der Betrieb – zumal man unzählige Verwundete hierhergebracht hat. Eine Kollegin von mir hat gleich am ersten Tag erfahren, dass sie schwanger ist – und stellt euch vor, sie kommt auch aus dem Elsass, aus Colmar. Sie darf nach Hause zurück und hat sich bereit erklärt, euch den Brief gleich mitzunehmen, daher muss ich hier auch schon aufhören. Ich hoffe, ich bekomme noch weitere Briefe durch. Aber das Wichtigste: Ich bin gut angekommen und wohlauf!
Alles Liebe
Eure Susette

Louise und ihre Tante nahmen sich gerührt bei der Hand. »Wie lieb, dass sie bei all der Arbeit daran gedacht hat, uns mit diesem Schreiben zu beruhigen. Sie ist so fürsorglich«, sagte Joséphine.

Dann umwölkte sich ihr Blick etwas, und sie murmelte:

»Ich wünschte nur, wir würden auch endlich einen Brief von unserem Clément bekommen.«

»Wir werden bald Nachricht von ihm erhalten«, hoffte Louise. »Jetzt, wo das Elsass wieder zu Frankreich gehört.«

Da hielt ein Pferdefuhrwerk vor dem Geschäft, und Marcel sah durch die Schaufensterscheibe nach draußen.

»Ah, unser Pächter Nicolas Rolland«, rief er erfreut. »Und er hat jemanden dabei.«

Vor dem Landwirt aus Weghäusel betrat eine junge Frau mit dunklen Locken das Geschäft, und Louise schrie vor Freude auf. »Esther!«

Die Freundinnen fielen sich um den Hals.

»Wie hast du es so schnell hierhergeschafft?«, fragte Louise überwältigt. »Wo warst du die ganze Zeit?«

Esther Levy sah zu Nicolas, der schüchtern lächelte.

»Die Rollands haben uns in eurem Forsthaus unterm Dachboden versteckt«, erklärte Esther.

»Euch? Dann haben es deine Eltern und deine kleine Schwester auch geschafft?«, vergewisserte sich Louise erfreut.

Esther nickte strahlend. »Sie sind in der Apotheke drüben, um zu schauen, ob die Schlüssel noch passen. Die stand ja so viele Monate leer.«

»Warum haben Sie denn nichts davon erzählt, Nicolas?«, wandte sich Louise leicht vorwurfsvoll an den Pächter von Weghäusel. Er sah etwas hilflos zu Marcel.

»Wir sind übereingekommen, dass es besser ist, wenn nur ich davon weiß«, erklärte der mit entschuldigendem Blick. »So würde im Fall einer Entdeckung niemand der Komplizenschaft bezichtigt werden.«

»Papa, du bist ein Hallodri!«, rügte Louise ihren Vater mit gespielter Strenge, und Joséphine fügte etwas ernster hinzu: »Ich bin froh, dass dieser Krieg bald vorbei ist, dann muss niemand mehr irgendwas verschweigen, um irgendwen zu schützen.«

Während Marcel und Joséphine sich mit Nicolas unterhielten, wandte sich Louise wieder an ihre heimgekehrte Freundin.

»Ich freue mich so, dass du wieder da bist.«

»Ich auch«, versicherte Esther mit feuchten Augen. »In unserer Zeit auf dem Dachboden habe ich mich so oft danach zurückgesehnt. Unsere gemeinsame Zeit in den Patisserien kam mir im Nachhinein vor wie das Paradies.«

»Eines der beiden Paradiese wurde zerstört«, schränkte Louise ein. »Aber wir werden es wieder aufbauen.«

»Habt ihr inzwischen etwas von François gehört?«, erkundigte sich Esther nun zögerlich. »Ich habe Nicolas immer bei Marcel nachfragen lassen, aber er wusste nichts.«

Louise schüttelte traurig den Kopf. »Gar nichts. Es ist so ungerecht, dass die Nazis ihn noch einziehen mussten.«

»Ja, als er es mir gesagt hat, ist für uns eine Welt zusammengebrochen«, erzählte Esther.

»Er … er hat es dir gesagt?«, wiederholte Louise verwirrt. »Aber als sein Einzugsbefehl kam, wart ihr doch schon versteckt.«

Esther nickte. »Er ist seinem Onkel Marcel einmal heimlich mit dem Vélo gefolgt, als der uns Essen nach Weghäusel gebracht hat.«

»Und er hat euch nicht verraten?«, vergewisserte sich Louise.

»Im Gegenteil«, erwiderte ihre Freundin. »Nachdem er uns entdeckt hatte, brachte er selbst oft Gebackenes vorbei. Außerdem hat er Schulbücher für meine kleine Schwester besorgt.«

»François hat sein Leben riskiert, um euch zu helfen?«, wiederholte Louise ungläubig sowie zunehmend gerührt und stolz. Wie sehr hatte sie sich in ihrem kleinen Bruder getäuscht!

»Ja, wirklich«, bestätigte Esther bewegt. »Ich habe ihn so oft gewarnt, aber er meinte, das sei selbstverständlich, wenn …« Sie zögerte kurz, sah ihrer Freundin in die Augen und sagte dann: »Wenn man jemand liebt.«

Nun war François' Schwester vollends überfordert von all den Enthüllungen über ihn. »Liebt?«

Esther nickte. »Dein Bruder und ich haben uns rasch verliebt – und waren bis zu seiner Einberufung ein Paar. Deshalb hat es uns ja so mitgenommen, als der Befehl kam.«

»Aber er war doch bei der Hitlerjugend«, wunderte sich Louise. »Außerdem dachte ich immer, er wäre so ein Schürzenjäger, den es nie bei einer hält.«

Esther lächelte. »Er hat mir gestanden, dass seine ganze Schäkerei nur Aufschneiderei war. In Wirklichkeit hatte er Angst, bei einem Mädchen alles falsch zu machen. Ich bin seine erste Liebe, bei mir hat er es zugegeben. Und bei der HJ ist er auch nur aus Angst geblieben. Er fand es dort immer schlimmer und war froh, dass er die Arbeit in der Backstube als Ausrede hatte, nicht mehr so oft hinzumüssen.«

»Ich kann es kaum erwarten, bis er zurück ist«, sagte Louise gerührt.

»Geht mir genauso«, erwiderte Esther.

*

»Maman, Maman, die Männer haben mir Schokolade geschenkt!« Aufgeregt stürzte Noée auf ihre Mutter Anne zu, die sich gemeinsam mit Walter und Ruth trotz der fallenden Schneeflocken dem Wiederaufbau der Patisserie am Münsterplatz widmete. Obwohl die Handwerker mit der Sanierung des Münsters sehr beschäftigt waren, fand sich auch immer mindestens ein Kollege von Walter, der kräftig mit anpackte. Besonders der freundliche Rudolf Preuß ließ sich nach Feierabend oft blicken, um mitzuhelfen. Da er Anne an jenem Nachmittag daran gehindert hat, den Münsterplatz zu überqueren, fühlte er sich irgendwie mit der Familie verbunden.

»Das ist ja nett von den Amerikanern«, sagte er, als Noée bei ihnen angekommen war.

Das Mädchen fragte zögernd: »Möchtest du ein Stück? Maman sagt, du hast ihr das Leben gerettet, deshalb will ich meine Schokolade gerne mit dir teilen.«

»Aber wer wäre ich denn, dass ich einem kleinen, fleißigen Mädchen seine Schokolade wegesse!«, rief Rudolf Preuß.

»Ich bin nicht mehr klein«, protestierte Noée, »ich werde nächstes Jahr elf.«

»Entschuldige bitte.« Der Steinmetz tat zerknirscht und verbesserte sich. »Wer wäre ich denn, dass ich einer jungen Dame ihre Schokolade wegesse.«

»Schon besser«, sagte Noée und grinste. Dann wandte sie sich an ihre Mutter. »Der Amerikaner hat gesagt, dass er mir noch mehr Schokolade gibt, wenn wir eine Tracht anziehen. Er will unbedingt elsässische Trachten sehen.«

Annes Augen leuchteten auf. »Na, das kann er haben. Meine Schneiderei ist zwar zerstört, aber Mamans alte Nähmaschine steht noch drüben überm *Luisengold.*«

»Hast du denn auch Stoff?«, mischte sich Louise, die bis dahin mit Trümmerräumen beschäftigt war, ins Gespräch.

»Noch nicht«, erklärte Anne grinsend, »aber eine hervorragende Idee habe ich.«

»Und welche?«

»Die Nazis, genauer gesagt, dein Georg und noch ein anderer Mann, haben doch, als sie einmarschiert sind, unser Tischtuch auf dem Münster gehisst.«

Louise nickte, merkte dann aber an: »Er ist nicht ›mein‹ Georg, seit vier Jahren nicht mehr. Und falls du vorhast, aus dem Tischtuch eine Tracht zu nähen«, sie machte eine unbestimmte Bewegung in Richtung des Trümmerhaufens, »ich glaube erstens nicht, dass du es inmitten dieser Steine findest. Und zweitens hätte es ohnehin die falsche Farbe.«

Anne schüttelte den Kopf. »Ich will ja gar keine Tracht aus *diesem* Tischtuch nähen. Aber dieses Tischtuch diente als Fahne, und …«

Louise schlug sich mit der flachen Hand gegen die Stirn. »Eine der unzähligen Hakenkreuzfahnen, die jetzt überflüssig geworden sind. Genau der richtige Farbton!«

»Gut erkannt«, grinste Anne. »Was wäre das für ein Witz der Geschichte: Beim Einmarsch vor vier Jahren haben die Nazis ein Hakenkreuz auf unser Tischtuch gemalt und es auf dem Münsterturm gehisst …«

»… und jetzt nähen wir aus einer ihrer Hakenkreuzfahnen eine elsässische Tracht.«

»Nein«, widersprach Anne.

»Nein?« Ihre Halbschwester sah sie erstaunt an. »Warum denn nicht?«

»Wir nähen sechs elsässische Trachten.« Anne hob die Finger und zählte: »Eine für die kleine Pascale, eine für Noée, eine für dich, eine für Joséphine, eine für Maman und eine für mich.«

»Also eine für jede Tritschler-Picard-Bouvier-Kupfer-Frau, die hier ist«, schlussfolgerte Louise. »Das ist eine wunderbare Idee, Anne.«

»Dann müsstet ihr aber sieben nähen«, sagte in diesem Moment eine wohlbekannte Stimme hinter ihnen.

»Grand-mère!«, riefen Anne und Louise wie aus einem Mund, nachdem sie sich umgedreht hatten. Sie fielen der strahlenden Ida um den Hals. Neben ihr stand ein hochgewachsener, grauhaariger Mann mit einem jungenhaften Lächeln, das seiner Jahre spottete: Lucien Picard. »Grand-père!«

Inzwischen war auch Ruth herbeigeeilt, um die Heimgekehrten fassungslos vor Glück zu begrüßen.

»Ich kann es gar nicht glauben!«, rief sie ein ums andere Mal, während ihr die Tränen über die Wangen liefen.

»Wir sind natürlich sofort gekommen, nachdem durchsickerte, dass Straßburg befreit ist«, berichtete Lucien. »Umso entsetzter waren wir, diesen Trümmerhaufen zu sehen. Geht es allen gut?«

»Ja«, versicherte Ruth, »und die Patisserie werden wir wieder aufbauen.«

»Natürlich«, bestätigte Lucien, »das haben wir schließlich schon einmal getan.«

»Ihr Lieben, ich möchte euch jemanden vorstellen«, verkündete Anne und schob Walter, der sich, neben Rudolf Preuß stehend, bisher im Hintergrund gehalten hatte, nach vorne. »Das hier ist Walter, mein Mann.«

»Du hast wieder geheiratet? Wie wunderbar!«, freute sich Ida. »Und wer ist diese entzückende Kleine?«

»Deine Urenkelin Pascale.«

Mit Freudentränen in den Augen betrachteten die beiden Urgroßeltern das kleine Mädchen.

»Aber sagt, habt ihr etwas von Clément gehört?«, drängte Louise schließlich.

Ida und Lucien wechselten einen betroffenen Blick. »Von Clément? Nein! Sollten wir das denn?«

Louise wurde kreidebleich. »Er ist vor zwei Jahren über die

Grenze, weil er kein Malgré-nous sein wollte. Er hatte vor, sich zu euch durchzuschlagen und sich der Résistance anzuschließen.«

»Er ist nie bei uns angekommen.«

Louise schlug die Hände vors Gesicht, und auch Ruth und Anne wurden blass.

»Wenn sie ihn erschossen haben, als er über die Grenze ist?«, keuchte Louise.

»Aber nein, Liebes«, versuchte Anne, sie zu beruhigen. »Susette war doch bei ihm, bis er drüben war. Und warum sollten Franzosen auf ihn schießen?«

»Weil sie ihn für einen Deutschen halten!«, rief Louise nun unter Tränen. »Das ist ja das Problem von uns Elsässern. Beide Seiten halten uns für Feinde.«

»Unsinn.« Ruth zog ihre Tochter an sich und versuchte, sie zu beruhigen. Um die Stimmung etwas aufzuheitern, schob Anne nun Noée nach vorne, die sich, ganz entgegen ihrer sonstigen Gewohnheit, schüchtern hinter ihr versteckt hatte.

»Nein!«, rief Ida. »Du bist doch nicht etwa Noée?«

Das Mädchen wagte ein Lächeln.

Ungläubig schlug die Urgroßmutter die Hände über dem Kopf zusammen. »Das kann doch nicht sein! Die Noée, die ich kannte, ist so groß wie dieses kleine Mädchen da.«

Sie deutete auf Pascale.

»Ich bin es wirklich«, sagte Noée, die inzwischen strahlte.

»Gibst du deiner Urgroßmutter denn einen Begrüßungskuss?«

Noée zögerte. Dann machte sie einen blitzschnellen Schritt auf Ida zu und küsste sie auf die Wange.

*

Ruth hatte Walter gebeten, ins *Luisengold* hinüberzueilen und Marcel, der in der Backstube arbeitete, von der Ankunft seiner Adoptiveltern zu unterrichten. Es dauerte nicht lange, und Marcel kam in fliegender Hast atemlos über den Münsterplatz gerannt. »Maman! Papa!« Er breitete die Arme aus, um seine beiden Eltern begeistert an sich zu drücken.

Kurz darauf saßen sie alle an dem großen Tisch über dem *Luisengold,* der schon zu Zeiten des alten Jacques Picard Mittelpunkt der Familie gewesen war und an dem zahlreiche gemeinsame Essen stattgefunden hatten. Rudolf Preuß hatte angeboten, ins Krankenhaus zu gehen und Joséphine über die Rückkehr ihrer Großeltern zu informieren. Als Ida und Lucien den Verbleib der restlichen Familienmitglieder erfahren hatten, gestand die alte Dame. »Mir ist beinahe das Herz stehen geblieben, als ich mein Elternhaus so gesehen habe. Aber im nächsten Moment habe ich euch erblickt – und da war jeder Schmerz über die Schäden vergessen.«

»Außerdem, wie schon gesagt, Häuser kann man wieder aufbauen, ma chère«, sagte Lucien und streichelte ihre Wange.

»Das ist richtig«, bekräftigte Ida. »Feiern wir erst einmal, dass wir wieder zusammen sind – und beten, dass auch die anderen heil aus dem Krieg zurückkehren.«

Dann verfinsterte sich ihre Miene: »Was ist eigentlich mit Paul?«

Louise sah ihre Großmutter mitleidsvoll an. Was für ein Gefühl musste es in dieser Zeit sein, einen Sohn wie ihn zu haben?

»Er ist mit Gauleiter Wagner nach Baden geflohen«, berichtete Anne leise.

Ida nickte: »Das ist sicher besser so.«

Betretenes Schweigen senkte sich über die Tafel, auf der Marcel allerlei Leckereien bereitgestellt hatte. Doch dann sprang Lucien plötzlich auf und zeigte durch das Fenster auf die schlanke Gestalt im weißen Kittel, die, so schnell sie nur konnte, auf das Haus zurannte: »Joséphine!«

33

Fanny, ihre neue Kollegin im Lazarett, erinnerte Susette immer ein wenig an die dunkelhaarige Renate, die sie während des Kriegshilfsdienstes kennengelernt hatte. Im Gegensatz zu dieser war Fanny zwar blond, aber sie war ebenso quirlig und herzlich. Beide hatten am selben Tag ihre Feldabstellung erhalten und mussten nun gemeinsam zum Truppenarzt, um sich impfen zu lassen.

»Jetzt haben wir gefühlt alle Krankheiten, die wir kriegen könnten, im Arm«, sagte Fanny leise. »Nur dagegen, von Kanonen und Artillerie getroffen zu werden, kann man sich wohl nicht impfen lassen.«

»Hast du Angst?«, fragte Susette.

»Höllisch«, bestätigte Fanny. »Und du?«

Susette zuckte die Achseln. »Ich bin mir nicht sicher. Ehrlich gesagt, glaube ich, dass der Krieg für Deutschland schon so gut wie verloren ist. Außerdem ist so viel passiert in den letzten Jahren – ich habe manchmal den Eindruck, ich könnte gar nichts mehr fühlen.«

»Möchtest du mir davon erzählen?«, fragte Fanny. »Zeit haben wir ja.«

Man hatte den Rotkreuzschwestern noch einen letzten freien Tag gegönnt, bevor sie an die Front mussten.

»Vielleicht tut das gut, ja«, stimmte Susette zu.

»Machen wir einen Spaziergang?«

»Bei der Kälte?«

»Bei mir im Zimmer ist es nicht wärmer«, bedauerte Fanny.

»Bei mir auch nicht«, gestand Susette, »und hier draußen ist man wenigstens in Bewegung.«

»Also?«, fragte Fanny. »Was quält dich am meisten? Ist dein Freund … gefallen?«

»Nicht gefallen, sie haben ihn umgebracht!«

»War er Jude?«, fragte Fanny erschrocken.

Susette schüttelte den Kopf: »Widerstandskämpfer.«

Sie sah Fanny vorsichtig von der Seite an. Von der Reaktion der anderen hing nun alles ab. Wenn sie eine treue Anhängerin des Hitler-Regimes war, konnte sie ihr die Geschichte unmöglich erzählen. Doch Fanny sagte genau die richtigen Worte.

»Wie tapfer«, flüsterte sie, »und wie bedeutsam.«

Sie sah sich vorsichtig um und sagte dann noch leiser: »Jetzt, da ich weiß, dass du mit einem Widerstandskämpfer zusammen warst, kann ich es dir ja sagen: Ich finde es so schade, dass das Attentat auf Hitler missglückt ist. Ich muss das einfach jemandem sagen. Ich platze sonst.«

Susette lächelte. »Da sind wir schon zwei.«

»Also, was ist mit deinem Freund passiert?«

Susette entschloss sich, ihre neue Freundin in alles einzuweihen, und schob die innere Stimme, die sie warnte, das könne auch eine Falle sein, entschlossen weg. Wenn man gar niemandem mehr vertrauen konnte, wäre das Leben völlig wertlos geworden. »Wir waren zusammen im Widerstand. Als die Elsässer im Sommer 1942 widerrechtlich gezwungen worden sind, für die Deutschen zu kämpfen, hat Alphonse Fahnenflüchtige über die Grenze gebracht. Auch mein Bruder Clément ist gegangen«, erzählte Susette.

»Aber Alphonse haben sie erwischt. Er wurde nach Schirmeck gebracht und gefoltert. Das ist ein Umerziehungslager. Da will der Führer widerspenstige Menschen gefügig machen.«

Ihre Stimme zitterte, und Fanny, die ihr betroffen zuhörte, legte aufmunternd den Arm um sie.

»Das Schlimme ist, mein Bruder war auch in Schirmeck, und als er nach Hause kam, war er halb tot. Sie haben … sie haben …«

»Du musst es mir nicht erzählen, wenn es dir zu schwerfällt«, sagte Fanny behutsam.

»Es tut gut, mit jemandem drüber zu sprechen«, presste Susette hervor. »Ich weiß aber nicht, ob du es erträgst.«

»Dein Bruder und dein Freund haben die Wirklichkeit ertragen. Da muss ich wenigstens die Worte ertragen können.«

Susette nickte. Inzwischen hatte sie sich so weit wieder gefasst, dass sie etwas sicherer sprechen konnte, und erzählte nun mit monotoner Stimme: »Sie haben einem Mithäftling meines Bruders in Schirmeck einen Blecheimer über den Kopf gestülpt und dann Jagdhunde auf ihn losgelassen. Die haben den Mann bei lebendigem Leib zerfleischt. Und alle andere Gefangenen mussten zusehen. Darunter auch mein Bruder. Er hat es nicht ertragen und ist zu dem anderen gestürzt, um ihn zu retten, aber er hatte natürlich keine Chance. Sie haben die Hunde auch auf ihn losgelassen.«

Fanny war schneeweiß geworden und starrte sie entsetzt an. »Was sind das nur für Bestien! Das ist ja entsetzlich.«

Susette nickte.

»Und weil ich das weiß, weiß ich auch, was sie Alphonse, meinem Freund, dort angetan haben müssen. Sie haben ihn gefoltert und ihn schließlich am 8. Juli 1943 zusammen mit neunundzwanzig seiner Kameraden beim Straßburger Volksgerichtshof zum Tod verurteilt.«

Nun rannen Susette doch Tränen aus den Augenwinkeln und bahnten sich ihren Weg. Mit dem Ärmel wischte sie sie fort.

»Und du?«

»Ich kam tatsächlich dreimal davon«, sagte Susette. »Mein Bruder und ich haben gemeinsam versucht, meinen Vater aus einem Lager zu schmuggeln. Clément und mein Vater wurden erwischt, ich nicht. Papa wurde ermordet, mein Bruder gefoltert. Dann wurden die Mitglieder der Widerstandsgruppe, für die ich arbeitete, verhaftet. Wieder kam ich davon, weil ich zum Reichsarbeitsdienst einberufen worden war. Und dann haben sie Alphonse erwischt, und erneut kam ich ungeschoren davon. Das ist doch nicht gerecht.«

Fanny sah sie mitfühlend an.

»Aber die Straßburger haben sich nach dem Urteil, das sie über Alphonse gesprochen haben, nicht einschüchtern lassen«, fuhr Susette fort. »Es gab mehrere Tage lang patriotische Demonstrationen. Auf dem Münster wurde die dreifarbige Flagge gehisst, und in den Cafés gab es kostenlosen Rotwein.« Sie schluckte. »Doch das hat sie nur noch mehr angestachelt. Als sie die Todesurteile am Tag nach dem Aufruhr vollstreckt haben, haben sie das als Vergeltung bezeichnet.« Sie stockte, und es fiel ihr schwer, weiterzusprechen. »Alphonse war der Einzige der sechs Verurteilten, der sich weigerte, sich die Augen verbinden zu lassen, als sie ihn am 15. Juli in Fort Desaix in der Nähe der Rheinbrücke erschossen haben.«

Erschrocken zog Fanny die neue Freundin in ihre Arme. Susette legte ihren Kopf an Fannys Schulter. Es tat gut, von jemandem gehalten zu werden. Und dann kamen die Tränen.

Lange standen die beiden in der eisigen Kälte, und als sich Susette endlich aus Fannys Armen löste, fühlte sie sich vollkommen leer – aber auch erleichtert.

»Und nun sollst du für sie an die Front«, sagte Fanny erschüttert. »Für die Menschen, die deinen Bruder den Hunden zum Fraß vorgeworfen und deinen Vater und deinen Liebsten ermordet haben. Wie hältst du das aus?«

»Ich denke an die Menschen, die ebenfalls unfreiwillig in die Schlacht ziehen, und ich glaube, das sind die meisten«, murmelte Susette. »Wer will schon freiwillig in diesen Wahnsinn? Mein Cousin zum Beispiel wurde auch eingezogen. Er ist noch so jung. All diese Männer haben es verdient, dass man sich um sie kümmert. Egal, auf welcher Seite sie kämpfen. Sie sind Menschen.«

*

Selbstbewusst schritten die fünf Frauen mit den beiden Mädchen auf die Kommandantur zu. Ida in der Mitte, rechts und links von ihr marschierten Joséphine und Ruth, ganz außen gingen Anne und Louise. Letztere hatte Noée an der Hand, Anne trug die kleine Pascale auf dem Arm.

»Ladys?«, grüßte der Wachtposten vor der Kommandozentrale der Amerikaner.

»Guten Tag. Ich meine, hello!«, sagte Anne, die Einzige in der Familie, die ein wenig Englisch konnte. »We want to go to your chief.«

Ein verschmitztes Grinsen breitete sich auf dem Gesicht des Mannes aus, und er winkte einen weiteren Wachtposten herbei. Diesen forderte er auf, die Damen zu General Thompson zu bringen.

Im Gänsemarsch liefen die Tritschler-Picard-Bouvier-Kupfer-Frauen hinter ihm her und bauten sich dann im Büro des Generals in gleicher Formation wieder auf.

»Meine Damen?«, fragte der hochgewachsene, dunkelhaarige General höflich. Das Lächeln des attraktiven Enddreißigers hatte etwas Jungenhaftes. »Womit kann ich Ihnen dienen?«

Zu Annes Erleichterung sprach er fließend Deutsch.

»Wir brauchen Hakenkreuzfahnen«, platzte Louise heraus.

Ruth stieß sie in die Seite. Ungeschickter ging es kaum, und in der Tat verfinsterte sich die Miene des Militärführers auch sofort wieder, als er sie kühl wissen ließ: »Da muss ich Sie enttäuschen. Die Zeit der Hakenkreuze ist in Straßburg zum Glück vorbei.«

Louise war feuerrot angelaufen. Wie hatte sie nur so tollpatschig sein können! Irgendwie verunsicherte sie dieser imposante Mann hinter seinem Schreibtisch.

»Unser Einstieg war vielleicht ein wenig missverständlich«, sagte Anne und trat einen Schritt vor. »Wenn Sie erlauben, würde ich Ihnen gern erklären, wozu wir die Hakenkreuzfahnen benötigen.«

Die Miene des Mannes war noch immer misstrauisch, doch schließlich nickte er, erhob sich, umrundete seinen Schreibtisch und setzte sich auf dessen Kante. Louise stellte fest, wie groß dieser amerikanische General war. Bestimmt fast zwei Meter!

»Da ich nicht genügend Stühle habe, um Ihnen einen Sitzplatz anzubieten, stehe ich ebenfalls, das kommt mir sonst so unhöflich vor«, erklärte er. »Also, Madame. Erzählen Sie.«

»Wenn Sie erlauben, würde ich die Geschichte erzählen«, mischte Ida sich ein. »Ich war schließlich dabei, ebenso wie meine Enkeltochter Louise.« Sie schob sie ein Stück vor, und Louise errötete schon wieder, als der Mann den Blick auf sie richtete. In seinem markanten Gesicht strahlten zwei irritierend blaue Augen unter einem etwas verwegenen braunen Haarschopf. Der Mann nickte leicht, ein sanftes Lächeln spielte um seine Mundwinkel, dann sah er wieder Ida an. Die begann zu erzählen. Wie sie in der Geisterstadt die Stellung gehalten hatten. Wie die deutschen Besatzer gekommen waren und sie aufgefordert hatten, ihnen ein Tischtuch und etwas Kohle zu geben.

Als Ida ihre Schilderung beendet hatte, lachte der General lauthals: »Die Nazis haben eine Tischdecke auf dem Münster gehisst?«

»Ja!« Nun musste auch Ida lächeln. »Unglaublich, nicht?«

Der Amerikaner, dem inzwischen vor lauter Erheiterung die Tränen über das Gesicht liefen, fragte: »Und wo ist dieses Tischtuch jetzt? Befindet es sich wieder in Ihrem Besitz?«

»Sie haben es uns zurückgebracht.«

»Ich würde es zu gern sehen«, japste der General, »geht das?«

»Nun«, Ida zögerte, »ich fürchte, da werden Sie etwas graben müssen. Unser Haus wurde beim Bombenangriff im August schwer beschädigt, und wir sind immer noch dabei, die Trümmer zu räumen.«

»Oh«, kam es von dem Amerikaner, »ich bedauere, das zu hören. Aber wozu brauchen Sie denn nun die Hakenkreuzfahnen?« Er schien inzwischen mehr Vertrauen in die Redlichkeit der Damen gefasst zu haben.

Jetzt ergriff Anne das Wort: »Meine Tochter hat neulich von einem Ihrer Kameraden Schokolade geschenkt bekommen. Und da sagte er ihr, er würde sie gerne in einer elsässischen Tracht sehen.«

»Ich verstehe«, sagte der General langsam, »und da wollen Sie …?«

»Ich würde aus den Hakenkreuzfahnen gerne für uns sieben Frauen und Mädchen, wie wir hier stehen, elsässische Trachten nähen. Das wäre doch ein schöner Kontrapunkt zu dem Anfang mit dem Tischtuch.«

»Allerdings«, gab der Mann ihnen recht, »und ich könnte mir kaum eine bessere Verwendung für diese grässlichen Hakenkreuzfahnen vorstellen.« Er sah dabei Louise an, die zu ihrem Ärger erneut errötete.

»Bevor ich Ihnen in der Sache helfe, muss ich allerdings wissen, wie Sie zum Nationalsozialismus standen.«

»Wir lehnen ihn alle rundheraus ab«, sagte Ida. »Mein Mann ist Halbjude, und es gelang ihm, sich in Frankreich zu verstecken. Wir haben in der Résistance gekämpft. Meine Enkelkinder waren hier in Straßburg im Widerstand.«

Der General nickte und machte sich Notizen.

»Ein schwarzes Schaf gibt es in unserer Familie allerdings.«

Mit gerunzelter Stirn sah er auf.

»Mein Sohn Paul ist ein Nationalsozialist der ersten Stunde«, gestand Ida leise. »Er war hier in Straßburg die rechte Hand von Robert Wagner.«

»Dann sind Sie die Mutter von Paul Tritschler?«

»Ja«, bestätigte sie.

Die Miene des amerikanischen Offiziers verfinsterte sich wieder. »Es tut mir leid«, entschied er knapp, »dann kann ich nichts für Sie tun.«

»Ich bitte Sie, das noch einmal zu überdenken«, sagte Ida. »Wir alle lehnen den Nationalsozialismus ab, haben sogar gegen ihn gekämpft. Zu meinem Sohn hat die ganze Familie keinen Kontakt. Nehmen Sie uns nicht in Sippenhaft, wie die Nazis das getan hätten.«

»Sie vergleichen mich mit den Nazis?« Der General wirkte nun ernsthaft verärgert, doch Ida blieb ruhig.

»Nein«, sagte sie. »Nein, das tue ich nicht. Ich bitte Sie nur, über die Tatsache, dass wir einen stellvertretenden Gauleiter in der Familie hatten, unseren Widerstand gegen das Regime nicht zu vergessen. Mein Schwiegersohn hat beispielsweise das Essen deutscher Offiziere unterschlagen, um hungernde französische Kriegsgefangene zu retten – und wurde dafür ermordet.«

»Ihr Mann ist Halbjude, sagten Sie?«

»Ja.«

»Aber dann ist Ihr Sohn, der Nazi, ja Vierteljude?«

Ida nickte.

»Wie kann das sein?«, fragte der Amerikaner verwirrt.

»Ein Parteifreund hat ihm schon vor einigen Jahren einen Ariernachweis ausgestellt«, ergriff nun Anne das Wort. Hier bot sich eine Gelegenheit, ein gutes Wort für ihren Onkel einzulegen, dem vielleicht sonst harte Strafen drohten. Auch wenn er diese verdient hätte, so gehörte er doch zur Familie und hatte ihnen mehrfach geholfen. Sie fuhr fort: »Der Umstand, dass mein Onkel als rein arisch angesehen wurde, hat auch meinen Grand-père geschützt.«

»Wobei er vermutlich eher an sich dachte als an Ihren Großvater«, knurrte der General und machte einen weiteren Vermerk. »Diese Nazis sind für mich immer schwerer zu durchschauen. Wie kann man Juden verfolgen, wenn der eigene Vater Halbjude ist?«

»Das dürfen Sie uns nicht fragen«, sagte Anne. »Das haben wir auch nie verstanden. Wir haben übrigens auch Juden auf unserem Hof außerhalb der Stadt versteckt. Die Apothekerfamilie Levy.«

Der General notierte auch das, klappte dann sein Buch zu und sah sie ernst an. »Ihre Geschichte ist eine ganz besondere«, sagte er. Dann fuhr er, an Ida gewandt, fort: »Und Sie haben natürlich recht. Ich darf Sie nicht für die Taten Ihres Sohnes verantwortlich machen, sondern muss umso mehr anerkennen, dass Sie in den Widerstand gegangen sind. Deshalb …«, nun spielte wieder ein Lächeln um seine Mundwinkel,

»deshalb bekommen Sie Ihre Hakenkreuzfahnen. Und nicht nur das: Ich will versuchen, Ihnen genau jene zu besorgen, die von den Nazis als Nachfolge des Tischtuchs auf dem Münster gehisst wurde.«

Louise vergaß ihre Befangenheit und klatschte begeistert in die Hände. »Das wäre ja wunderbar«, rief sie, »was für ein Signal!«

Der General lächelte sie an. »Ich bestehe allerdings darauf, dass Sie sich in Ihren Trachten mit mir vor dem Münster fotografieren lassen.«

»Es wird uns ein Vergnügen sein«, verkündete Louise.

Der Mann nickte. »Wo finde ich Sie?«

»Entweder in der Patisserie Goldschmidt in der Rue Mercière oder am Münsterplatz vor der ehemaligen Patisserie Tritschler-Picard, die wir gerade wiederaufbauen«, ließ Joséphine, die bisher noch kein Wort gesagt hatte, ihn wissen.

»Wunderbar«, sagte der General, »Sie hören von mir.«

34

Es war wie ein Déjà-vu. Ein Mann kam mit weit ausladenden Schritten über den Münsterplatz auf die Patisserie Tritschler zugeeilt – oder das, was von ihr übrig war. Er lächelte Louise an. So, wie vor vier Jahren Georg Holzinger das Tischtuch mit dem Hakenkreuz zurückgebracht hatte, so trug heute der amerikanische General Hakenkreuzfahnen über dem Arm.

»Wie schön, dass ich ausgerechnet Sie hier antreffe«, sagte er und sah Louise tief in die Augen.

Gerade weil sie die Situation an das erste Aufeinandertreffen mit Georg erinnerte, ließ Louise den Mann abblitzen – obwohl er ihr durchaus gefiel. »Das ist ja mein Elternhaus, so groß ist der Zufall also nicht«, sagte sie knapp.

In diesem Moment war zu ihrer Erleichterung auch schon ihre Großmutter neben ihr, die trotz ihres Alters kräftig beim Wiederaufbau mit anpackte.

»Ach, das ist aber zu freundlich von Ihnen, Mister General.«

»Es ist mir tatsächlich gelungen«, sagte Eric Thompson stolz, »eine dieser Fahnen wehte auf dem Münsterturm.«

»Großartig!«, freute sich Anne, die am anderen Ende der Baustelle zugange gewesen, aber herbeigeeilt war, als sie den General erblickte.

»Gleich heute Abend mache ich mich an die Arbeit. Da wir für die kleinen Kleidchen für die Kinder nur ganz wenig Stoff benötigen, kann ich den Rest verwenden, um die Löcher zu flicken, die entstehen, wenn ich die Hakenkreuze herausschneide.«

Der General nickte anerkennend: »Ich sehe, Sie haben sich schon Gedanken gemacht.«

»Aber natürlich«, bestätigte Anne strahlend, »ich denke über kaum etwas anderes nach, mein Mann ist schon ganz gereizt deswegen.«

»Wie lange brauchen Sie?«

Anne überlegte. »Sagen wir, zwei Tage?«

Ein breites Lächeln zeigte sich auf dem Gesicht des Generals. »Dann würde ich sagen, wir treffen uns in zwei Tagen um zwölf Uhr mittags vor dem Münster. Die fünf Damen mit den beiden kleinen Mädchen und ich.«

»Es wird uns eine Ehre sein!«

»Meine Empfehlung!« Der General verneigte sich, und Louise sah ihm nach, wie er mit langen Schritten über den Münsterplatz davoneilte.

»Der hat dich ja ganz schön verträumt angeschaut«, flüsterte Anne leise an ihrem Ohr. »Schmucke Besatzer in Uniformen scheinen ein Faible für mein Schwesterlein zu haben.«

»Ja, leider. Dabei will ich doch nur endlich meinen Clément zurück«, entgegnete Louise seufzend. »Einen neuen Georg wird es nicht geben, auch keine amerikanische Version. Bei ihm habe ich viel zu früh geglaubt, dass wir in eine hoffnungsvollere Zukunft blicken. Dass alles wieder gut werden wird. Erstens werde ich diesmal auf Clément warten, und zweitens möchte ich mich nicht noch mal falschen Zukunftshoffnungen hingeben.«

»Im Gegensatz zu Georg sind solche Hoffnungen bei diesem jungen Mann aber durchaus berechtigt«, sagte Anne. »Die Amerikaner kann man zum Glück nicht mit den Nazis vergleichen. Wir müssen einfach glauben, dass unsere Zukunft diesmal wirklich besser wird.«

*

Susette und Fanny waren erleichtert, dass sie zumindest gemeinsam an die Front reisen durften. Sie erhielten eine Erkennungsmarke, auf Susettes war eingestanzt worden: »Freiwillige Krankenpflege, Wehrkreis VII, Nr. 6942«. Mit dem Zug fuhren die beiden Rotkreuzschwestern, jede mit einem kleinen Koffer in der Hand und einem Rucksack auf dem Rücken, mit dem SFR – »Sonderzug Front« – in Richtung Danzig. In den Zügen herrschte drangvolle Enge, Fanny und Susette mussten sich das Abteil mit vier Offizieren teilen. Die Männer musterten die jungen Frauen mit begehrlichen Blicken.

»Was für ein Anblick, zwei so schmucke Weibsbilder auf dem Weg zur Front«, sagte der größte von ihnen und lachte schallend, wobei er den Mund weit aufriss.

»Wollt ihr nicht ein bisschen nett zu uns sein?«, fragte der zweite, ein Untersetzter mit Glatze. »Dann haben wir noch mehr Kraft, um den Russ zu überrennen.«

Die anderen beiden Offiziere beteiligten sich zu ihrer Erleichterung nicht an den Anzüglichkeiten.

Einer von den zweien, ein Dürrer mit strengem Scheitel, blickte peinlich berührt aus dem Fenster und drehte an seinem Ehering, der andere mahnte seine Kameraden sogar: »Lasst die beiden in Ruhe und denkt an eure Frauen, die zu Hause auf euch warten.«

Der Große hielt daraufhin auch tatsächlich beschämt den Mund. Der Untersetzte machte zwar noch einige Versuche, aber als keine der beiden Frauen reagierte, ließ schließlich auch er von ihnen ab.

Als die Nacht hereinbrach, erstarrte Susette allerdings zur Salzsäule. Der besonders unverschämte Offizier, der zu allem Unglück auch noch neben ihr saß, hatte seine Hand auf ihr Knie gelegt und schob sie mit gierigen Fingern nach oben. Es war stockdunkel, wegen der Gefahr von Fliegerangriffen durften sie kein Licht machen.

Angewidert schob Susette seine Hand weg, doch der Mann kannte keine Gnade. Wieder lag seine Hand auf ihrem Oberschenkel. Mit aller Kraft stieß sie diese von sich fort und sagte dann laut in die Dunkelheit hinein: »Nehmen Sie sofort Ihre Pfoten da weg, sonst werde ich Meldung machen.«

»Günther? Belästigst du die Schwester etwa?«, fragte eine Stimme aus der Dunkelheit. Susette glaubte, dass sie zu dem Mann gehörte, der seine Kameraden bereits zur Ordnung gerufen hatte.

Ihr Nachbar antwortete nicht.

»Günther?« Es klang schneidend.

»Ein bisschen Spaß darf man ja wohl noch haben«, brummte der Angesprochene, und es klang etwas verärgert.

»Wir tauschen die Plätze. Sofort.«

Günther protestierte zwar, aber sein Kamerad gab nicht nach, und nach einigen Flüchen, weil die Herren bei stockdunkler Nacht im nicht beleuchteten Zug ihre Plätze tauschen mussten, hatte Susette einen anderen Sitznachbarn.

»Bitte verzeihen Sie, Schwester«, sagte der Offizier, »Sie müssen nun nichts mehr befürchten.«

»Wie gut, dass ich zwischen dir und der Wand sitze«, flüsterte Fanny ihrer Freundin ins Ohr.

*

Die Zugfahrt dauerte mehrere Tage, bis sie endlich in Danzig ankamen. »Ich will erst mal ein Telegramm nach Hause schicken«, bekundete Susette.

Fanny nickte: »Ich auch. Meine Mutter ist immer schrecklich in Sorge um mich, jetzt, da Vater an der Front ist. Und wer weiß, wann wir wieder Gelegenheit dazu haben.«

Sie stellten sich in die lange Schlange – alle wollten ihre Angehörigen offenbar davon in Kenntnis setzen, dass sie gut in Danzig angekommen waren.

»Ich schreibe noch eine Karte nach Hause«, entschied sich Susette.

»Das mache ich dir nach«, erklärte Fanny.

Sie erstanden jede eine Postkarte, und Susette schrieb:

»Bin in Danzig angekommen. Lange Zugfahrt. Nun geht es weiter nach Berent, das liegt im polnischen Korridor. Habe gehört, dass sich die Einheit, zu der man mich schickt, schon lange auf dem Rückzug befindet.«

»Wie geht es denn jetzt weiter?«, fragte Fanny schließlich.

»Wir müssen den Zug nach Berent finden«, sagte Susette, »komm.«

Die beiden jungen Frauen quälten sich durch den überfüllten Bahnhof und fragten sich nach dem Zug nach Berent durch, bis sie schließlich die enttäuschende Auskunft erhielten: »Der ist schon abgefahren, da müssen Sie bis morgen warten.«

Frustriert sahen sie sich an. Und nicht zum ersten Mal dachte Susette: Wie gut, dass ich diese Reise nicht alleine antreten musste.

»Wir können uns ja schlecht wie diese Soldaten hier auf die Bänke legen und einfach schlafen«, murmelte Fanny.

»Können wir auch nicht. Aber ich habe eine Idee.«

Susette hatte einen Rotkreuzstand erblickt, eilte darauf zu

und teilte der diensthabenden Schwester ihr Problem mit. Sie konnte ihnen tatsächlich eine Übernachtungsmöglichkeit in einem nahe gelegenen Gasthof vermitteln.

»Himmlisch, endlich mal wieder im Liegen schlafen zu können«, murmelte Susette, als sie sich auf dem Bett ausgestreckt hatte.

»Finde ich auch. Ich hätte mir Danzig noch gerne angesehen, aber ich glaube …«

Fanny vollendete den Satz nicht, kurz darauf hörte Susette ihr leises, gleichmäßiges Atmen.

Lächelnd zog sie die dünne Decke über ihre Freundin. Es war entsetzlich kalt, und während sie sich in dem schmalen Doppelbett an Fanny schmiegte, damit sie einander etwas wärmten, fragte sie sich, ob man sich jemals an Kälte gewöhnen konnte. Und mit diesem Gedanken glitt sie ebenfalls in die Traumwelt hinüber.

Die Nacht war kurz, Susette fror so sehr, dass sie mehrmals aufwachte. Als der Morgen graute, stand sie auf und schüttelte Fanny, die offenbar die ganze Nacht hindurch geschlafen hatte wie ein Stein, sanft an der Schulter. »Steh auf«, sagte sie, »nicht dass wir den nächsten Zug nach Berent verpassen.«

Fanny setzte sich auf und blickte sich verwundert um. »Meine Güte«, sagte sie erstaunt, »ich habe geschlafen wie ein Stein.«

»Das habe ich gemerkt«, lachte Susette, »und dich beneidet.«

»Hast du nicht gut geschlafen?«, fragte Fanny mitleidvoll, und Susette schüttelte den Kopf. »Zu kalt.«

»Du Arme, das tut mir leid.«

Susette zuckte die Achseln. »Irgendwann bin ich so müde, dass ich schlafen kann, mach dir keine Sorgen.«

Auf dem Weg zum Bahnhof kamen ihnen massenhaft Flüchtlinge entgegen. »Sie wollen doch nicht im Ernst noch weiter in den Osten?«, rief ihnen eine müde aussehende Frau zu, die zwei in Lumpen gewickelte Kinder mit sich zog. »Wir sind froh, dass wir da weg sind. Die Front kommt immer näher. Auf der Strecke gibt es viele Partisanen, sie schießen auf die Züge!«

»Wir müssen«, antwortete Fanny, »weil wir an die Front abkommandiert wurden.«

»Dann wünsche ich Ihren Müttern, dass Sie am Leben bleiben!«, rief die Frau bedauernd und zerrte ihre Kinder weiter in Richtung Westen.

Doch alles ging gut, und als Susette und Fanny wenige Tage später wohlbehalten in Berent ankamen, standen am Bahnhof Schlitten mit vorgespannten Pferden, um sie zum Lazarett zu bringen. Eine Pferdeschlittenfahrt im Schnee! Wenn es nicht Krieg und alles so grausam wäre, dachte Susette, dann wäre das hier wie im Märchen.

*

Anne hatte Tag und Nacht geschuftet, um die Trachten fertigzustellen. Zum Glück besaßen Ida, Joséphine, Ruth und Louise noch ihre langärmeligen Trachtenblusen aus Baumwolle, sie waren nur etwas zerschlissen, aber Anne war es gut gelungen, sie zu stopfen. Die Blusen für sich selbst und ihre Töchter hatte sie tatsächlich aus alten Tischdecken genäht, die sie inzwischen aus der zerstörten Patisserie Picard hatten bergen können – allerdings nicht aus der, die einst auf dem Münsterturm geweht hatte. Diese zu zerschneiden schien ihr nun doch nicht mehr richtig. Die Nazifahnen erwiesen sich als hervorragend geeignet, um die knöchellangen roten Röcke der Trachten zu nähen. Anne schnitt die Hakenkreuze geschickt heraus und ersetzte sie durch den Stoff aus einer anderen Stelle der Fahne: Es fiel gar nicht auf. Aus den Resten fertigte sie rote Bänder, die am Hals und an den Armen durch die Bluse gezogen wurden.

»Du kommst ja wunderbar voran«, staunte Ruth, als sie am Abend das goldschmidtsche Wohnzimmer betrat, das zu einer Schneiderwerkstatt umfunktioniert worden war.

»Eigentlich ja«, seufzte Anne, »aber ich habe keine Ahnung, woraus ich das Mieder, die Schürze und die Haube machen soll. Wir haben keinen schwarzen Stoff. Ich fürchte, wir werden ohne Mieder und ohne Haube gehen müssen.«

Ruth runzelte nachdenklich die Stirn. »Eine elsässische Tracht ohne Haube und ohne Mieder, das geht nicht. Wir haben doch schließlich auch unseren Stolz.«

Anne nickte. Die Schürze war das i-Tüpfelchen der Tracht, sie wurde in der Taille geschnürt, und ihre Schleife über dem Bauch der Trägerin verlieh dem Ganzen das gewisse Etwas. Gleiches galt für das Mieder, welches über der Bluse getragen wurde. »Ohne Mieder und ohne Schürze ist die Tracht keine Tracht. Und je ein Brusttuch brauchen wir auch noch. Und natürlich die Hauben.«

Plötzlich hatte Ruth eine Eingebung und starrte ihre Tochter an.

»Was ist, Maman? Hast du einen Geist gesehen?«

»So was Ähnliches. Ich bin gleich wieder da.«

Anne sah ihrer Stiefmutter verblüfft nach und machte sich dann wieder an die Arbeit.

Zehn Minuten später war Ruth zurück. In ihren Armen lagen drei riesige eingerollte Fahnen.

»Französische Flaggen!«, staunte Anne. »Wo hast du die denn her?«

»Ich habe sie eigenhändig genäht«, sagte Ruth etwas außer Atem, »und gefärbt, weil wir zu wenig Blau hatten.«

Anne sah sie verständnislos an.

»Als die Franzosen damals einmarschiert sind, sollte die ganze Stadt mit der Trikolore geschmückt werden«, erklärte Ruth. »Und dein Urgroßvater Jacques Picard wollte, dass die Patisserie Goldschmidt ganz besonders prächtig daherkommt.«

»Und da musstest du Fahnen nähen?«

»Ja, zusammen mit Nicolas' Tante, Madame Rolland. Und weil wir keinen Stoff hatten, so wie jetzt auch, musste meine Aussteuer herhalten.«

»Der Stoff von diesen Fahnen ist aus deiner Aussteuer?«, staunte Anne.

Ruth nickte. »Genau. Deshalb sind die Säume auch aus kostbarer Lochstickerei. Das würde sich als Brusttuch hervorragend machen.«

»Die sind ja riesig!«, rief Anne, als Ruth die Flaggen ausgebreitet hatte.

»Ich habe jede Fahne aus drei Tischdecken zusammengenäht.«

»Unglaublich, was ist das für ein großartiges Signal, wenn wir nun die deutsche und die französische Fahne in einer Tracht verarbeiten!«, stellte Anne fasziniert fest. »Wobei ich mit diesem Deutschland, für das die Hakenkreuzfahnen standen, eigentlich nichts mehr zu tun haben will.«

»Die Röcke werden ja von den Schürzen verdeckt«, beschwichtigte Ruth, »und die schneidern wir aus der Trikolore.«

Dann breitete sie die letzte Fahne aus. »Das ist eine ganz alte, aus der Zeit vor dem 1870er-Krieg. Sollen wir die auch nehmen?«

Anne schüttelte den Kopf. »Nein, die halten wir in Ehren. In Erinnerung an Grand-père Jacques Picard. Der Rest reicht vollkommen aus.«

35

»Was für ein Bild!«, stellte General Thompson bewundernd fest, als die Frauen aus dem Hause Tritschler-Picard-Bouvier-Kupfer langsam auf ihn zuschritten. Anne hatte sich selbst übertroffen, sie und Joséphine, Ruth und Louise strahlten glücklich in ihren brandneuen und gleichzeitig geschichtsträchtigen Trachten, während die kleine Noée vor Stolz beinah platzte und Pascale auf Annes Arm versuchte, das Schmuckband von deren Kragen zu zupfen.

»Meine Damen, Sie sehen großartig aus!«, rief der Amerikaner.

»Sie aber auch!«, erwiderte Joséphine, die sich heute, in dieser neuen Tracht, zum ersten Mal seit Jahren selbstbewusst und schön fühlte.

Eric Thompson hatte sich nicht lumpen lassen und war mit einem Jeep vor dem Münster vorgefahren.

»Der muss mit aufs Bild«, befand er. »Wenn ich bitten dürfte.«

Die Frauen reihten sich vor und neben dem Fahrzeug auf, den General in der Mitte, der Noée zu deren größtem Vergnügen kurzerhand auf die Kühlerhaube setzte. Die Fotografen schossen begeistert ein Bild nach dem anderen, die Schaulustigen, die stehen geblieben waren, applaudierten, unter ihnen auch Marcel und Walter, die ihre Frauen voller Stolz beobachteten. Aus der Münstertür schaute Rudolf Preuß heraus.

»Was für ein Signal!«, rief der General begeistert. »Was für ein unglaubliches Signal!«

Wenn du wüsstest, dass in dieser Tracht noch viel mehr steckt, dachte Anne. Doch sie sprach es nicht aus.

*

Die Verbindung zu dem Amerikaner riss nicht ab. Fast täglich kam Eric Thompson nun bei ihnen vorbei, um Noée eine Tafel Schokolade oder Louise zu deren unbändiger Begeisterung Perlonstrümpfe mitzubringen. Der General warb inzwischen unverhohlen um die junge Frau, doch Louise wehrte seine Avancen stoisch ab.

Schon Wochen vor Silvester war klar, dass sie den Abend zusammen mit dem Amerikaner in der Patisserie Goldschmidt verbringen würden. Der General brachte noch zwei seiner Offiziere mit, Gerald Waters und Roger Hamilton, ebenso war Rudolf Preuß eingeladen. Als besondere Überraschung für ihre Gäste breitete Ruth das Tischtuch aus, das einst auf dem Münsterturm geflattert und aus dem sie das Hakenkreuz inzwischen mit viel Mühe herausgeschrubbt hatte.

Die Amerikaner hatten es sich nicht nehmen lassen, im Vorfeld eine riesige Pute vorbeizubringen, die Marcel überglücklich zubereitete – endlich konnte er wieder einmal seine Kochkünste walten lassen.

Und dann kamen sie. Zwei Flaschen Champagner und eine Ausgabe der *Vogue* unter dem Arm, auf die sich Anne sogleich mit einem begeisterten Schrei stürzte.

»Habe ich es mir doch gedacht, dass wir Ihnen damit eine Freude bereiten können, Verehrteste«, sagte Eric Thompson und grinste.

»Und ob Sie das können.« Anne blätterte begeistert in der Modezeitschrift, die seit diesem Monat wieder erschien und in ihr augenblicklich die Sehnsucht nach ihrer alten Heimat weckte. Seit Paris im August befreit worden war, gab es in der französischen Hauptstadt kein Halten mehr. Nicht nur die *Vogue* war wieder erschienen, sondern auch die neue Frauenzeitschrift *Marie France* gegründet worden. Von einer Pariser Freundin der Familie, der Journalistin und Widerstandskämpferin Louise Weiss, nach der ihre Halbschwester benannt war, hatte Anne erfahren, dass die Couture-Häuser bereits an einer ganz besonderen Modeschau arbeiteten, die der Welt die Pariser Haute Couture wieder in Erinnerung bringen sollte: Statt Menschen würden dreißig Zentimeter große Püppchen die neuesten Pariser Modelle tragen.

»Bitte nehmen Sie Platz«, sagte Ida zu den Gästen.

»Das sieht ja fantastisch aus«, freute sich Rudolf Preuß, der sich an diesem Abend, wie alle anderen auch, extra herausgeputzt hatte.

»Sie sitzen an einem ganz besonderen Tischtuch«, sagte Ida feierlich, als sich alle gesetzt hatten.

Thompson begriff sofort. »Das ist es?«, rief er begeistert und strich mit der Hand darüber.

Marcel nickte. »Es hat mir keine Ruhe gelassen, ich habe danach gesucht«, sagte er.

»Und es war gut, dass er das getan hat«, mischte sich Anne ins Gespräch. »Denn dort, wo wir dieses Tischtuch aufbewahrt hatten, fanden sich noch weitere, sodass ich genug Stoff für die Blusen unserer Trachten hatte.«

Eric nickte anerkennend.

»Das war schon eine große Sache, wie Sie da aus den Hakenkreuzfahnen Trachten gezaubert haben«, mischte sich Gerald Walters ins Gespräch.

»Das Foto hat in Amerika inzwischen Berühmtheit erlangt«, ließ Roger Hamilton wissen.

»Ich sehe mir das Bild auch sehr häufig an«, sagte Eric und sandte Louise einen bedeutungsvollen Blick, dem diese jedoch auswich. »Sie sehen heute Abend bezaubernd aus«, flüsterte er unbeirrt.

Louise hatte ihr schulterlanges, gewelltes Haar hinter die Ohren gekämmt, trug ein schlichtes schwarzes Kleid, das ihre Figur betonte, und – natürlich – die Perlonstrümpfe, die er ihr geschenkt hatte.

»Dann wollen wir mal beginnen«, sagte Marcel und trug das Festessen auf. »Hatten ja alle seit Ewigkeiten keine Pute.«

Er wünschte einen guten Appetit.

»Köstlich. Ich kann mich nicht erinnern, wann ich das letzte Mal so lecker gegessen habe«, sagte Louise nach einer Weile und tupfte sich zufrieden den Mund ab, als das Telefon klingelte.

Die Silvestergesellschaft wechselte besorgte Blicke. Das Klingeln des Apparats, noch dazu am Silvesterabend, konnte nichts Gutes bedeuten.

»Vielleicht will uns nur jemand einen guten Rutsch wünschen?«, sagte Louise flehentlich, doch ihre Mutter sah sie erstaunt an. »Deswegen darf doch keiner telefonieren!«

Joséphine, die dem Apparat am nächsten saß, erhob sich, um den Hörer abzunehmen. »Ja, bitte?«

»Ist General Thompson zu sprechen?«

»Sicher«, sagte Joséphine und warf dem Amerikaner einen auffordernden Blick zu. Er erhob sich sofort.

»Für Sie.«

Sie reichte ihm den Hörer.

Eric knurrte seinen Namen und sagte, nachdem er sich angehört hatte, was ihm von dem unbekannten Gesprächspartner mitgeteilt worden war, nur ein Wort. »Verstanden.« Als er aufgelegt hatte, war er weiß wie die Wand. »Wir müssen sofort los«, informierte er seine Begleiter, »die Wehrmacht will Straßburg zurückerobern. Verstecken Sie sich, Monsieur Picard«, rief Eric Thompson Lucien noch zu, während er seinen Kameraden nach draußen folgte. »Es ist gut möglich, dass Ihr Sohn jetzt, in diesen wirren Zeiten, gesteht, dass er zu einem Viertel Jude ist. Er muss nur aufgegriffen werden. Wenn er das dann zu seinem Schutz aussagt und es bekommt jemand von der Wehrmacht mit, die nun hier einmarschiert … ich will nur sichergehen.«

Lucien erblasste, nickte dann aber gefasst.

Als die Amerikaner gegangen waren, bemühte Ida sich um Zuversicht: »Keiner weiß, dass wir hier sind.«

»Doch«, widersprach Anne voller Sorge. »Die halbe Stadt hat euch gesehen, alle Kunden im *Luisengold.* Was, wenn Paul wirklich aufgegriffen wurde und geredet hat? Und er würde sofort reden, um seine Haut zu retten. Das wissen wir alle.«

»Paul ist doch nach Baden geflohen«, versuchte Ruth, den anderen Mut zuzusprechen. »Wer sollte ihn dort verhaften?«

»Wir wissen nur, dass er es vorhatte – aber nicht, ob er dort auch ankam.«

»Und wenn er verhaftet worden wäre, dann wüssten es die, die ihn verhört haben, aber doch noch lange nicht die Soldaten, die hier möglicherweise einmarschieren werden, sollte es den Amerikanern nicht gelingen, die Stadt zu verteidigen«, beharrte Ida.

»Wir müssen auch Esther Levy und ihre Familie warnen«, sagte Louise betroffen.

»Ja, am besten, wir verstecken sie wieder in Weghäusel unterm Dach«, schlug Marcel vor und wandte sich an seine

Zieheltern. »Dort könntet auch ihr unterkommen, bis der Spuk vorbei ist.«

Doch Lucien schüttelte den Kopf. »Das Forsthaus ist kein sicheres Versteck mehr. Die Levys haben keine Verbindung zu unserem Hof, keiner hat sie dort vermutet. Aber mir gehört er ja. Wenn wir verschwinden, werden die Deutschen dort zuerst nach uns suchen.«

»Wenn ich etwas sagen dürfte?«, meldete sich Rudolf Preuß, der bisher schweigend am Tisch gesessen hatte, schüchtern zu Wort.

Alle starrten ihn an. Sie hatten ihn völlig vergessen. Rudolf errötete. Es war ihm sichtlich unangenehm, so im Mittelpunkt des Interesses zu stehen. »Zunächst einmal möchte ich Ihnen versichern, dass Sie sich keine Sorgen machen müssen, weil ich von Ihrem Geheimnis erfahren habe. Im Gegenteil.« Er stand auf und verneigte sich vor Lucien. »Ich möchte um Verzeihung bitten für das, was die Deutschen Ihrem Volk angetan haben. Und ich weiß, dass keine Entschuldigung reichen wird, um das wiedergutzumachen. Ich schäme mich, ein Deutscher zu sein.«

Die Tischrunde sah den Steinmetz gerührt an, Ida hatte Tränen in den Augen, Walter drückte seinem Kollegen stumm die Hand. »Ich auch, alter Freund, ich auch«, flüsterte er.

Doch Rudolf war noch nicht fertig. »Ich würde vorschlagen, dass wir Sie zu uns in die Dombauhütte einladen«, fuhr er fort. »Ich habe dort ein recht behagliches Apartment, in dem man Sie nie vermuten würde.«

»Das ist eine wunderbare Idee«, sagte Lucien ergriffen, »ich danke Ihnen.«

Rudolf Preuß nickte. »Es ist mir eine Ehre. Ich freue mich, wenn ich helfen kann.«

»Aber was wird aus den Levys?«, fragte Louise verzweifelt.

»Eine vierköpfige Familie passt doch nicht auch noch in die Wohnung. Und wenn man Weghäusel nach unseren Großeltern durchsuchen wird, können die Levys dort auch nicht mehr hin.«

»Wir sollten sie bei der Mutter der Rollands in Colmar unterbringen«, schlug Marcel vor. »Nicolas hatte das schon angeboten für den Fall, dass es brenzlig wird in Weghäusel. Die alte Dame ist Witwe mit zu viel Platz, sie würde sich über Gesellschaft freuen.«

»Dann wäre das ja geklärt«, freute sich Ida und streichelte ihrer Enkelin Louise aufmunternd übers Haar.

Anne sah auf die Uhr. »Noch eine halbe Stunde bis Mitternacht. Wie es 1945 wohl aussieht mit … den Deutschen?«

»Ich finde, das war zu erwarten, dass Hitler Straßburg im Windschatten der Ardennen-Offensive zurückerobern will. Ihm ist klar, welche Bedeutung unsere Stadt für Frankreich hat. Schließlich wurde hier die *Marseillaise* geschrieben.«

Ruth hatte, von den anderen unbemerkt, die ganze Zeit über still am Tisch gesessen und ihre Pute nicht angerührt. Jetzt brach sie in Tränen aus. Sofort war Marcel bei ihr, auch ihre Töchter sprangen auf, um sie zu umarmen. »Was ist denn los, ma chère?«, fragte Marcel.

»Ich habe einfach die ganze Zeit über schreckliche Angst um meinen kleinen François«, schluchzte sie. »Ich hatte so gehofft, wenn Straßburg erst befreit ist, dauert es nicht mehr lange, bis er heimkommt. Aber jetzt geht alles wieder von vorne los.«

Die anderen schwiegen betreten. Darauf wusste niemand etwas Tröstliches zu sagen.

*

Susette und Fanny hatten sich zwei Tage erholen dürfen – in einem Zimmer, das geheizt war. Sie fühlten sich wie im Himmel. »Ich hätte noch ewig so weitermachen können«, sagte Susette seufzend zu Fanny, »und den Jahreswechsel hätte ich lieber woanders gefeiert als im Lazarett.«

»Ist vielleicht besser, dass wir beschäftigt sind«, versuchte Fanny, sie zu trösten. »Dann müssen wir schon nicht Trübsal blasen und haben keine Zeit, an all die zu denken, die wir vermissen.«

»Auch wieder wahr«, gab Susette ihr recht.

Auf der Station stellten die Schwestern fest, dass es doch gar nicht so viel zu tun gab, wie sie dachten: Im Lazarett lagen kaum deutsche Soldaten, sondern hauptsächlich Letten, um die sich die lettischen Krankenschwestern kümmerten.

Nach dem Abendessen – es gab eine süße Suppe, eine gummiartige Wurst und Brot mit Margarine – teilte man den beiden Schwestern mit, dass sie ihre Sachen packen sollten.

»Jetzt?«, fragten sie verwundert.

»Jetzt«, bestätigte die ausgesprochen unfreundliche Oberschwester, »wir lösen das Lager heute noch auf. Die Front kommt näher.«

Den beiden Freundinnen blieb kaum eine halbe Stunde, um ihre Sachen zu packen, dann mussten sie bei eisiger Kälte mit dem gesamten Lazarettpersonal zum Bahnhof aufbrechen. Die Nacht war zappenduster, es stand kein Mond am Himmel, der ihren mühsamen Weg durch den tiefen Schnee hätte erhellen können. Diesmal gab es keine Pferdeschlitten für sie.

Wenigstens hatten sie schwere, hohe Militärstiefel, sogenannte Knobelbecher.

»Mit unseren Halbschuhen hätten wir uns hier draußen den Tod geholt«, sagte Susette.

»Allerdings«, keuchte Fanny, »mir ist so schon kalt genug. Ich frage mich nur, wie die ganzen Kinder das ertragen, die mit ihren Eltern vor den Russen flüchten müssen. Hoffentlich erfriert keines.«

Susette schwieg. Sie wussten beide, dass nicht nur ein Kind hier draußen den Kältetod sterben würde.

Der Menschenzug zum Bahnhof war inzwischen um einen riesigen Flüchtlingsstrom gewachsen und dadurch enorm angeschwollen.

Am Bahnhof angekommen, wurde das Lazarett in einen Güterzug verfrachtet. Um fünf Uhr morgens sollte es losgehen.

*

»Was für ein Wahnsinn!«, ächzte Clément. »Die deutsche Wehrmacht ist doch nicht bei Trost.«

»Allerdings«, entgegnete Pierre, der Kamerad, der an seiner Seite marschierte.

Bei zweistelligen Minusgraden waren sie in den Vogesen Schnee, Eis und Schlamm ausgesetzt. Kein Wunder, dass diese Schlacht »Unternehmen Nordwind« getauft worden war.

Es war der 10. Januar 1945. Clément kämpfte mit der Brigade Alsace-Lorraine aufseiten der Alliierten gegen die Deutschen um die Kämme der Nordvogesen und um einen neu gebildeten Brückenkopf am Oberrhein. Die Wehrmacht versuchte, Straßburg wieder einzunehmen und die alliierten Verbände in einer Zangenbewegung einzuschließen.

»Ich schwöre dir«, sagte Clément, »meine Heimat bekommen sie nicht noch einmal.«

»Werden sie nicht«, erwiderte Pierre grimmig, »verlass dich drauf!«

Vor und hinter ihnen rollten riesige Sherman-Panzer, doch die Panther und Jagdtiger, die auf deutscher Seite zum Einsatz kamen, waren dem amerikanischen Kriegsgerät deutlich überlegen.

Sie erreichten ein kleines Dorf – die Deutschen waren schon dort. »Um Gottes willen!« Entsetzt sah Clément, dass die Bevölkerung zwischen die Fronten geraten war. Auf der einen Seite der Straße feuerten die Alliierten, auf der anderen die Deutschen – und da rannten Kinder, gefolgt von ihren entsetzten Müttern, schreiend über die Straße. Clément ließ die Waffe sinken. »Nein!«, brüllte er, doch weder seine Stimme noch die Frauen und Kinder hatten eine Chance. Sie brachen Sekunden später blutend im Kugelhagel zusammen.

Clément bekam bei dem grauenhaften Anblick feuchte Augen, doch der Kampf tobte weiter, unerbittlich. Um jeden Straßenzug, jedes Haus. Der Feind war nur noch wenige Meter entfernt, die Kugeln pfiffen Clément nur so um die Ohren. Er schoss, lud nach, schoss, lud nach.

So nahe waren die deutschen Gegner inzwischen, dass er ihre Gesichter erkennen konnte. Und dann erstarrte er. Der Mann, der ihm gegenüberstand und ihn voller Entsetzen ansah, war François, sein Cousin – wie seltsam unpassend die Wehrmachtsuniform an dem schmächtigen Kerlchen wirkte. Die Todesangst stand ihm ins Gesicht geschrieben.

»Nicht schießen!«, rief Clément, doch es war zu spät. Pierre hinter ihm hatte schon die Waffe gehoben und abgedrückt.

Clément versuchte im dichten Rauch, der durch die Straßen waberte, zu erkennen, ob sein Cousin getroffen worden war. Doch er hatte keine Chance. Pierre zog ihn erbarmungslos mit sich: »Weiter! Bist du lebensmüde?«

»Du hast auf meinen Cousin geschossen«, rief Clément außer sich, während er dem anderen halb benommen hinterhertaumelte, doch Pierre konnte ihn angesichts des Höllenlärms, der sie umgab, gar nicht hören.

»Wir sind eingekesselt, glaube ich«, brüllte Pierre noch, dann sank der Kamerad an seiner Seite mit entsetzt aufgerissenen Augen zu Boden. Eine feindliche Kugel hatte ihn tödlich getroffen. Clément stieß einen verzweifelten Schrei aus. Er war in die Hölle geraten. Wieder einmal!

36

Susette hatte das Gefühl, bereits ihr ganzes Leben in dem Güterwagen verbracht zu haben, der sie in Richtung Westen bringen sollte.

In quälender Langsamkeit war der Zug in den ersten fünf Tagen ihrer Reise vorangekrochen, Susette hatte sich des Eindrucks nicht erwehren können, dass sie echte Kälte bis dahin noch nicht erlebt hatte. Zwar trug sie alles übereinander, was sie hatte, und wickelte sich, so oft es ging, in die Wolldecke, die sie aus dem Lazarett mitgenommen hatte, doch das reichte nicht annähernd aus, um die eisige Kälte abzuhalten.

Als sie nach fünf Tagen in Stettin angekommen waren, hatte sie mit klammen Fingern wenige Worte auf eine Karte geschrieben – und dabei unerlaubterweise den Ort genannt, an dem sie sich gerade aufhielt. Sie schrieb nur vier Worte, zu mehr hatte sie keine Kraft: *Stettin. Bitterkalt. Eure Susette.*

Inzwischen lagen weitere fünf Tage Zugfahrt hinter ihr. Mit dem restlichen Sanitätspersonal teilte sie sich das wenige auf dem Boden verstreute Stroh. Ein winziger Kanonenofen, der in der Ecke eingebaut war und dessen Ofenrohr zu der großen Schiebetüre hinausführte, gab in dem Waggon wenigstens etwas Wärme – allerdings nur, wenn es dem Personal gelang, irgendwo Kohle oder Holz ausfindig zu machen. Die Bahnhöfe und auch die Strecken waren voller Lazarettzüge, alle auf dem Rückweg von der Front. Wenn sie sehr viel Glück hatten, bekamen sie auf den Zwischenhalten eine warme Suppe.

»Ich fühle mich so furchtbar schmutzig«, beklagte sich Susette bei ihrer Freundin. »Und alle anderen sind es auch.«

Fanny rümpfte die Nase. »Das ist unschwer zu überriechen«, sagte sie, »tut mir leid, wenn ich stinke.«

»Das bist nicht du«, versicherte Susette, »es stinkt hier ganz allgemein.«

»Kein Wunder, haben schließlich alle seit unserer Abfahrt keine Kleider mehr gewechselt, geschweige denn uns gewaschen.«

»Und die Patienten sind viel ärmer dran als wir«, ergänzte Susette. »Wir können uns ja kaum um sie kümmern.«

Fanny nickte. »Da hast du recht. Es gibt immer jemanden, der ärmer dran ist als man selbst.«

»Die Oberschwester hat gesagt, dass schon ganz viele gestorben sind«, murmelte Susette. »Ich habe gehört, wie sie mit dem Doktor drüber gesprochen hat, dass man sie nirgends ablegen kann, weil sie an keinem Bahnhof Leichen annehmen. Sie sollen jetzt im Bremserhäuschen liegen. Der Arzt hat gesagt, dass die Leichen durch die Kälte zum Glück konserviert werden.«

»Es ist so grauenvoll«, murmelte Fanny.

Susette dachte daran, dass all diese Männer, die dort nun, vom Eis konserviert, am Ende ihres Eisenbahnzugs lagen, Eltern, Frauen und Kinder hatten, die zu Hause vergeblich auf sie warteten. Was, wenn auch ihr Bruder oder ihr Cousin François erfroren in einem solchen Bremserhäuschen lägen?

Oder bereits irgendwo an der Front erschossen worden waren?

Nicht daran denken, sagte sie sich, nicht daran denken, du wirst sonst noch verrückt!

Und dann ging es nicht mehr weiter. Sie hatten Cammin erreicht und standen und standen und standen im Bahnhof.

»Wenn sie uns wenigstens rauslassen würden«, seufzte Susette. »Mag es draußen kalt sein, wie es will, ich sehne mich so sehr danach, mir ein bisschen die Beine zu vertreten und wirklich frische Luft zu atmen.«

»Warum dürfen wir denn nicht raus?«, wandte sich Fanny zum wiederholten Male an die Oberschwester, doch die hatte nur die immer gleichen Worte für sie. »Es kann jeden Moment weitergehen. Dann ist keine Zeit, erst noch unser gesamtes Personal einzusammeln. Aber schauen Sie mal, da.«

Mit einem Lächeln deutete die verhärmte Frau auf den Lokführer, der sich mit zwei dampfenden Eimern dem Waggon näherte.

»Ist das …«, fragte Susette fassungslos vor Glück.

Die Oberschwester nickte und vervollständigte den Satz. »… heißes Wasser.« Dann wandte sie sich um und sagte laut zu dem versammelten Lazarettpersonal: »Der Lokführer bringt zwei Eimer heißes Wasser. Er stellt sie draußen vor die Tür. Es reicht für jeden zum Händewaschen. Bitte drängeln Sie nicht. Wenn das Wasser verschüttet wird, hat keiner von uns etwas davon.«

Doch die mahnenden Worte der Oberschwester wären gar nicht nötig gewesen. Das Lazarettpersonal hatte schnell begriffen, dass sie Rücksicht nehmen und aufeinander achten mussten.

Susette war eine der Ersten, die sich die Hände waschen durfte. Als sie ihre eisigen Finger in das warme Wasser tauchte, hatte sie für einen Moment das Gefühl, im Himmel angekommen zu sein.

Über was für kleine Dinge man sich doch freuen konnte!

Als die Kämpfe am 25. Januar endeten, war es den Deutschen nicht gelungen, Straßburg zurückzuerobern. General Eric Thompson kam persönlich in die Patisserie, um die gute Nachricht zu überbringen. »Eigentlich sollten wir das Elsass aufgeben, aber de Gaulle hat interveniert, und auch Churchill hat nicht lockergelassen«, sagte er zu der erleichterten Louise, die die Patissière Goldschmidt geöffnet hatte und das wenige, was es noch gab, verkaufte.

»Das sind sehr gute Nachrichten«, ließ sich Joséphine matt vom Tisch her vernehmen, wo sie ein klägliches Frühstück, bestehend aus einem Stück Brot und etwas Tee, einnahm.

»Guten Morgen, Frau Doktor, ich habe Sie gar nicht gesehen«, sagte Eric entschuldigend. »Ist alles in Ordnung? Sie wirken so bedrückt?«

Joséphine seufzte. »Ich mache mir nur große Sorgen, weil ich von meiner Tochter so lange nichts gehört habe. Und von meinem Sohn natürlich auch nicht.«

Eric nickte teilnahmsvoll. Louise hatte erleichtert festgestellt, dass der General sich in letzter Zeit mehr ihrer Tante widmete als ihr selbst. Joséphine war zwar etwas älter als er, doch er sah sie stets mit jener Begeisterung an, die er bisher Louise geschenkt hatte. Was Joséphine allerdings ignorierte. Gewiss war sie über die Trauer um ihren ermordeten Mann noch nicht hinweg.

»Ich bin mir sicher, dass Sie bald von Ihren Kindern hören werden«, versuchte Eric nun, Zuversicht zu vermitteln.

»Wird sie«, bestätigte der Postbote lächelnd, der in diesem Moment mit einem Schwall kalter Luft zur Tür hereinkam:

»Ein Brief von Ihrer Susette, Frau Doktor.«

Mit bebenden Fingern riss Joséphine das Kuvert auf und überflog die Zeilen.

»Was schreibt sie? Nun sag schon«, drängte Louise, die neugierig näher gekommen war.

»Sie lebt in einem Güterzug«, fasste Joséphine die Worte ihrer Tochter zusammen und las dann vor.

Häufig haben wir Fliegeralarm. Da wir oft tagelang in Bahnhöfen liegen, sind die Fliegerangriffe besonders gefährlich für uns, weil sie die Bombenangriffe ja auf wichtige Einrichtungen wie Verkehrsknotenpunkte, Brücken und Bahnhöfe durchführen. Gestern durften wir unseren Güterzug dann aber endlich verlassen, und deswegen kann ich Euch auch schreiben. Die Bahn braucht die Waggons plötzlich für etwas anderes, fragt mich nicht, für was. Wir wurden in der Aufbauschule in Cammin untergebracht, und ich kann Euch nicht sagen, wie gut es tat, wieder einmal in einem richtigen Bett zu schlafen. Man lernt die kleinen Dinge, die man immer als selbstverständlich erachtet hat, plötzlich zu schätzen. Allerdings mussten wir erst mal gründlich putzen, denn vor uns war hier ein Trupp vom Volkssturm untergebracht, es war ziemlich dreckig. Aber das haben wir gern gemacht. Wenn man so lange in einem Güterzug, zusammengepfercht mit unzähligen anderen Leuten, auf dem Boden liegen muss, dann gibt es nichts Schöneres, als gründlich sauber zu machen. Unsere Hauptaufgabe besteht momentan nicht darin, uns um die Verletzten zu kümmern, sondern wir müssen Wehrmachtssocken stopfen. Von morgens bis abends. Zum Essen gibt es meistens eine Suppe, und heute – wir konnten unser Glück kaum fassen – bekamen wir Pudding zum Nachtisch. Der war zwar angebrannt, aber wenigstens überhaupt mal wieder etwas Süßes! Und stellt Euch vor, am Sonntag durften wir sogar ins Kino! Nach allem, was wir erlebt haben!

An die eisige Kälte werde ich mich sicher nie gewöhnen, aber ich scheine nach meiner Scharlacherkrankung nun eine recht robuste Gesundheit zu haben: Ich habe mir bisher nur einen Schnupfen eingefangen, den ich einfach nicht loswerde. Ich hoffe, es geht Euch gut zu Hause, und ich freue mich auf ein baldiges Wiedersehen!

Eure Susette

»Es geht ihr also gut!«, rief Joséphine zutiefst erleichtert. »Ich hoffe nur, dass sie nicht doch noch in Gefahr gerät, wenn sie so viele Luftangriffe auf Bahnhöfe fliegen und sie in einem Güterzug lebt!«

Louise wünschte sich, Susette hätte die Luftangriffe verschwiegen. Dann hätte die arme Tante ihre Tochter zumindest für kurze Zeit in Sicherheit wähnen können. Es reichte doch schon, dass sie seit so vielen endlosen Monaten Angst um ihren Sohn Clément haben musste.

»Louise«, ertönte in dem Moment eine vertraute männliche Stimme von der Eingangstür her, die seltsamerweise genau klang wie die von …

Sie fuhr mit rasendem Herzen herum – und unterdrückte mit Mühe einen Schrei.

»Clément«, hauchte dessen Mutter fassungslos.

Louise sah in sein Gesicht, über das Freudentränen liefen.

Im nächsten Moment lag sie in seinen Armen, Joséphine, die sich halb von ihrem Stuhl erhoben hatte, schluchzte auf vor Erleichterung und begann zu torkeln. General Thompson fing sie fürsorglich auf.

Dann nahm Clément auch seine Mutter in die Arme und hielt sie, während sie an seiner Schulter weinte und Louise ihn mit Fragen bestürmte. Doch er wehrte ab. »Später. Ich muss zuerst … Wo sind denn Onkel Marcel und Tante Ruth?«

Joséphine, die den ernsten Klang seiner Stimme bemerkt hatte, ließ von ihm ab, und auch Louise war, trotz des berauschenden Glücks der Wiedersehensfreude, beunruhigt.

»Ist etwas geschehen?«, fragte Louise, während Joséphine murmelte: »Das weißt du ja noch gar nicht.«

»Was? Was weiß ich noch gar nicht?«, fragte er erschrocken. »Sind sie …«

Joséphine schüttelte den Kopf. »Es geht ihnen gut«, versicherte sie, »aber bei dem Bombenangriff, bei dem das Münster getroffen wurde, hat es auch die Patisserie Tritschler erwischt.«

»O nein!«, rief Clément. »Aber Hauptsache, alle sind wohlauf. Häuser kann man wiederaufbauen.«

Joséphine nickte. »Ebendas tun sie gerade. Heute ist es endlich wieder etwas wärmer, da können sie weitermachen. Und ich habe auch eine gute Nachricht für dich: Deine Grand-mère Ida und ihr Lucien sind wieder da.«

»Aber das ist ja wunderbar! Wo sind sie?«, fragte Clément erleichtert.

»Dein Grand-père ist in der Münsterbauhütte.«

»In der Münsterbauhütte? Was macht er denn da?«

»Ein freundlicher Steinmetz hat ihn bei sich versteckt, als die Deutschen wieder vorrückten.«

Er nickte. »Und Grand-mère?«

»Sie hilft beim Wiederaufbau.«

»In ihrem Alter?« Ida Picard war im November siebzig geworden.

»Sie ist unermüdlich.«

»Sie hat sich also nicht verändert«, sagte Clément und lächelte zärtlich. Dann wurde er jedoch wieder ernst. »Ich muss Ruth und Marcel etwas sagen.« Er wandte sich an seine Louise. »Und es betrifft leider auch dich.«

Alarmiert sah sie ihn an. »Etwas Schlimmes?«

Clément schloss die Augen, dann stieß er hervor: »Ich habe deinen Bruder gesehen.«

»François!«, rief Louise. »Wann? Wo? Geht es ihm gut?« Sie packte ihren Liebsten aufgeregt beim Arm.

»Vor zwei Monaten, als wir um Straßburg gekämpft haben. Wir waren in einem kleinen Dorf, da stand er mir plötzlich in Wehrmachtsuniform gegenüber. Wir haben uns ins Gesicht gesehen.«

Louise schlug die Hände vors Gesicht.

»Und dann?«, drängte Joséphine.

»Ich weiß es nicht«, sagte Clément. »Er ist mir sozusagen in den Lauf meiner Waffe gerannt. Ich habe ja auf der anderen Seite gekämpft.«

»Aber du hast doch nicht geschossen?«, fragte Louise, fassungslos vor Entsetzen.

»Ich nicht«, sagte Clément, »natürlich nicht, was denkst du denn? Ich habe sogar noch gerufen: Nicht schießen!« Er senkte den Blick und fuhr stockend fort: »Aber es war zu spät. Der Soldat neben mir hat gefeuert.«

»Er hat geschossen? Auf meinen kleinen Bruder?«, japste Louise.

»Das muss aber nicht heißen, dass er getroffen hat«, sagte Clément rasch. »Es wurde ununterbrochen auf die gegnerische Seite gefeuert. Und da war alles voller Rauch, darin war François schon verschwunden.«

»Also hast du nichts sehen können?«

»Nein«, räumte Clément ein. »Ich habe es versucht. Aber

dann war da ein Panzer zwischen uns, und mein Kamerad hat mich mit sich gezogen.«

Louise schluchzte auf, und er hatte plötzlich Hemmungen, sie tröstend zu berühren, so schuldig fühlte er sich. Auch wenn er nicht selbst geschossen hatte, so war er doch Teil der Armee gewesen, die seinen Cousin vielleicht das Leben gekostet hatte.

»Das müssen meine Eltern wirklich wissen«, murmelte Louise benommen.

Er sah verzweifelt zu seiner Mutter. »Kommst du mit, Maman?«

»Natürlich«, sagte Joséphine.

Kurz darauf erreichten sie den Münsterplatz. Clément konnte sein Entsetzen angesichts der zerstörten Patisserie nicht verbergen, obwohl sie mit dem Wiederaufbau schon ein gutes Stück vorangekommen waren.

»Onkel Marcel, Tante Ruth, Grand-mère!«, rief er schon von Weitem. Alle drei eilten ihm entgegen, um ihn, außer sich vor Freude und Glück, zu umarmen.

»Ich muss euch noch etwas sagen«, brach es aus ihm heraus, und dann war er gezwungen, die schreckliche Geschichte seiner Begegnung mit François erneut zu erzählen.

»O großer Gott«, schluchzte Ruth, als er geendet hatte, und Marcel nahm sie rasch in seine Arme. Auch er hatte Tränen in den Augen.

»Wir können machen, was wir wollen«, sagte Ida mit bebender Stimme. »Die Geschichte wiederholt sich immer wieder. Wir sind nur ihre Marionetten.«

»Du denkst an unsere Urgroßväter, nicht wahr?«, vergewisserte sich Clément.

Ida nickte. »Auch sie standen sich an der Front auf unterschiedlichen Seiten gegenüber. Daraus erwuchs eine jahrzehntelange Feindschaft, die beinahe unsere Familien zerstört hätte. Gebe Gott, dass sich das nicht wiederholt.«

»Das Wichtigste ist, dass François am Leben geblieben ist«, sagte Louise leise.

»Mein Junge«, wandte sich nun Ida an Clément. »Du solltest zur Münsterbauhütte gehen und deinem Großvater sagen, dass du wieder da bist.«

Clément nickte und ging kurz darauf Seite an Seite mit Louise über den Münsterplatz.

»Ich wollte dich auch noch um Verzeihung bitten, dass ich damals ohne Vorwarnung verschwunden bin«, sagte er unterwegs.

»Susette hat es mir erklärt«, beruhigte Louise ihn und drückte seine Hand. »Du wolltest kein Malgré-nous sein. Und ich wäre vor Angst bestimmt gestorben, wenn du dich von den Deutschen an der Ostfront hättest verheizen lassen.«

Er nickte. »Ich weiß schon, ich hätte mit dir darüber reden sollen. Aber ich hatte Angst, dass ich dann nicht die Kraft gehabt hätte zu gehen.«

»Verstehe ich. Und ich denke, Susette hatte auch damit recht: Ich hätte darauf bestanden mitzukommen, so weit wie möglich.«

»Ja, das war meine Befürchtung«, gab er zu. »Wären wir erwischt worden – du wärst als Komplizin dran gewesen.«

Stumm sahen sie einander an. Rechts von ihnen ragte das zerbombte Münster in den Märzhimmel, links die zerstörte Patisserie. Hand in Hand schritten sie in stillem Einvernehmen auf das Gotteshaus zu.

37

»Runter!«

Susette warf sich schützend auf einen Fünfjährigen. Ebenso wie sie und Fanny, die ihren ersten freien Tag nach ihrer Ankunft in Swinemünde genossen, hatte der Knabe gerade am Strand nach Bernstein und Muscheln gesucht. Der erschrockene Kleine weinte und wehrte sich, doch Susette hielt ihn erbarmungslos fest, während die russischen Tiefflieger so nahe über ihren Köpfen vorbeiflogen, dass sie die Piloten sehen konnte, die mit ihren Bordmaschinengewehren auf sie feuerten. Minuten später waren die Flugzeuge wieder verschwunden. Der Junge unter Susette schluchzte.

»Hier.« Sie öffnete die Hand, in der ein besonders großer Bernstein lag, den sie Minuten zuvor gefunden hatte. Wie erstarrt sah der Kleine sie an.

Stumm nahm sie seine Hand, legte den Bernstein hinein und schloss seine Finger darum.

In diesem Moment kam schreiend eine Frau auf sie zugestürzt. »Deine Mutter?«

Der Junge nickte.

»Na, dann lauf«, ermunterte Susette ihn, »und lass den Stein nie fallen, hörst du? Er wird dich beschützen.«

Der Kleine rannte auf seine Mutter zu.

»So nahe haben wir den Luftkrieg noch nie erlebt«, sagte Fanny, die sich gerade neben ihr in den Dünen wieder aufsetzte. Von ferne waren immer noch die Einschläge der Artillerie zu hören.

»Lass uns zurückgehen«, bat Susettes Kameradin, »mir ist die Lust auf einen Strandspaziergang vergangen. Und so schön haben wir schon lange nicht mehr gewohnt.«

Sie wies auf das Kurhotel, das direkt am Strand stand und aussah wie ein kleines Schlösschen.

Dort war das Lazarett seit gestern untergebracht.

Susette zögerte. »Meinst du nicht, dass wir uns lieber irgendwo in den Dünen verstecken sollten? Das Hotel ist doch ein hervorragendes Ziel für die Russen. Erstaunlich, dass es überhaupt noch steht.«

»Da hast du recht«, sagte Fanny, »aber wahrscheinlich müssen wir heute sowieso schon wieder aufbrechen. Was, wenn die anderen uns dann nicht finden und ohne uns gehen?«

»Stimmt. Wir sollten nachsehen.«

Sie hatten das Hotel gerade erreicht, als von draußen ein ohrenbetäubender Lärm zu hören war.

»Alarm!«, rief der diensthabende Arzt. »Alle in den Keller!«

Der Angriff auf Swinemünde war entsetzlich. Eine Welle folgte auf die nächste. Als Fanny und Susette sich schließlich nach draußen wagten, stand alles in Flammen: Häuser, Schiffe, Bäume, ganze Straßenzüge. Überall lagen Tote. Ein umherfahrender Lastwagen sammelte die Leichen auf. Entsetzt standen die beiden Rotkreuzschwestern nebeneinander, eng umschlungen, in einer brennenden Stadt und fernab der Heimat.

*

»Und Onkel Paul?«

»Irrte wohl lange Zeit durch den Schwarzwald und hielt sich dann unter falschem Namen in Konstanz auf. Irgendwann hat er sich den Besatzungstruppen gestellt, und die haben ihn dann begnadigt, weil er seine Hand über seinen Vater, den Halbjuden, gehalten hat.«

Louise und Clément saßen auf einem großen Stein vor der Patisserie Tritschler, deren Wiederaufbau hervorragend voranschritt.

Clément schnaubte: »Als ob er das wirklich für seinen Vater getan hätte!«

»Chéri, bitte«, sagte Louise leise.

»Tut mir leid«, erwiderte er mit bebender Stimme – ob vor Wut oder vor Trauer, konnte sie nicht einordnen. »Ich finde es einfach ungerecht, dass wir Vater nicht mal beerdigen durften. Ich kann es einfach nicht vergessen.«

»Gerecht ist das Universum wohl eher selten, aber Mamans Lebensmotto ist, dass wir Menschen versuchen sollten, es jeden Tag ein bisschen gerechter und schöner zu machen«, erinnerte sich Louise.

»Sonderlich weit ist sie damit aber noch nicht gekommen«, knurrte Clément.

Dann sah er auf und blinzelte erschrocken. Vor ihm, im hellen Sonnenlicht, stand: »François!«

Louise sprang auf und umarmte ihren Bruder überwältigt. Ida und Lucien kamen herbeigelaufen, um ihren Enkel zu begrüßen. »Oh, François, du bist zurück«, rief Louise und wollte ihn gar nicht mehr loslassen. Doch er blieb in ihrer Umarmung nur seltsam steif, schenkte auch seinen Großeltern keinen Blick, sondern starrte nur Clément an, und in seinen Augen stand blanker Hass.

»Du hast mir den Arm weggeschossen«, sagte er statt einer

Begrüßung. »Das verzeihe ich dir nie. Ich werde dich für immer hassen.«

»Es geht alles wieder von vorne los«, hauchte Ida noch, bevor sie in Luciens Armen zusammensackte.

*

Wieder einmal hatte sich die ganze Familie im Krankenhaus versammelt, wieder einmal bangten sie alle um das Leben eines Familienmitglieds, und wieder einmal war der behandelnde Arzt Dr. Favreau.

»Claude, ein Glück!«, rief Joséphine, als der Chirurg durch den langen Krankenhausgang auf sie zueilte. »Du kannst nur gute Nachrichten bringen. Ich weiß es.«

Er nickte lächelnd. »Deiner Mutter geht es gut«, sagte er und sah die Tritschler-Picard-Bouvier-Kupfers dann der Reihe nach streng an. »Allerdings hat sie die ganze Zeit über nach ihrem Vater und nach einem Jacques Picard gerufen. Und dann hat sie eure Namen genannt.« Er sah erst Clément und dann François an. »Und dass nun alles wieder von vorne losgeht. Man darf sie auf keinen Fall aufregen.« Es klang vorwurfsvoll.

»Können wir zu ihr?«, fragte Lucien beklommen.

»Die Schwester wird Sie informieren, wenn sie von sich aus erwacht«, erklärte der Arzt, »bitte, noch ein wenig Geduld.«

»Ich will euch erklären, was mit eurer Großmutter los ist«, sagte Lucien im Wartezimmer, »und ich spreche vor allem zu euch beiden.« Er sah seine Enkelsöhne an. »Zumal die anderen die Geschichte schon kennen.«

Clément nickte.

»Im vorletzten Krieg hat mein Vater Jacques seinen Arm verloren. So, wie du jetzt auch.« Er sah François an.

»Durch einen Irrtum glaubte er, dass Idas Vater, der auf der anderen Seite kämpfte, geschossen habe.«

»Unsere Urgroßväter standen sich an der Front gegenüber? Genauso wie wir neulich?«, staunte François.

Lucien nickte. »Ja. Wie sich viel später herausstellen sollte, hatte Idas Vater gar nicht geschossen, sondern Jacques Picard im Gegenteil später im Lazarett sogar das Leben gerettet. Aber bis das herauskam, wäre aufgrund des Hasses beinahe unser damals noch ganz kleiner Marcel in der Ill ertrunken – und außerdem wären Ida und ich fast nicht zusammengekommen. Dann wären wir jetzt alle nicht hier.«

»Ich habe auch nicht auf dich geschossen, François«, versicherte Clément seinem Cousin. »Das hätte ich nie getan, ich habe dich doch erkannt. Im Gegenteil, ich habe noch geschrien: Nicht schießen!«

»Aber trotzdem wurde ich getroffen«, erinnerte sich François voll Bitterkeit in der Stimme.

»Ja«, sagte Clément, »ein Kamerad hat meinen Schrei in dem Höllenlärm nicht gehört und abgedrückt. Ich habe nicht gesehen, dass die Kugel jemand erwischt hat.«

»Aber du hast versucht, mich zu retten«, erkannte François, und seine Knie begannen zu zittern.

Sofort war seine Mutter Ruth bei ihm, um ihn zu stützen. Sie nötigte ihn, sich zu setzen.

»Natürlich«, sagte Clément, »das habe ich dir doch versprochen.«

Da begann François zu weinen. »Verzeih mir. Das war zu viel. Es war alles zu viel. Diese grässlichen Schlachten. Immer wieder. Und dann haben wir nirgendwo dazugehört. Die Deutschen haben uns als Franzosen beschimpft, und wir kamen uns auch so fremd vor in diesen Uniformen. Aber wir konnten doch nichts dafür. Sie haben uns ja gezwungen.«

Marcel eilte nun ebenfalls zu seinem Sohn und zog ihn in seine Arme, aber François befreite sich und erzählte weiter: »Als der Krieg dann zu Ende war, haben uns die Franzosen gehasst und unterstellt, wir seien Überläufer gewesen. Ich gehöre nirgends mehr dazu. Dabei wollte ich immer bloß das.«

»Doch, du gehörst dazu«, sagte Clément leise, »zu unserer Familie.«

François sah auf und blickte seinem Cousin ins Gesicht.

»Verzeih mir«, sagte er wieder.

»Aber sicher doch.«

»Dann sollten wir vielleicht zu Grand-mère gehen. Arm in Arm«, schlug Clément vor.

Wie aufs Stichwort teilte ihnen nun die Krankenschwester mit, dass Ida erwacht war.

»Na, dann komm, Cousin.«

Clément legte seinen Arm um den Jüngeren, und sie öffneten die Tür zum Krankenzimmer.

Auf Idas Gesicht breitete sich ein Strahlen aus, als sie ihre beiden Enkelsöhne ins Zimmer treten sah.

»Diesmal wiederholt sich die Geschichte doch nicht, Grand-mère«, betonte Clément, »nicht in unserem Fall.«

In der nun einkehrenden allgemeinen Erleichterung hörte Louise ihren Bruder murmeln, dass er bald auch gern mal wieder Weghäusel besuchen wolle.

»Das musst du nicht«, raunte sie ihm wissend zu. »Esther und ihre ganze Familie sind inzwischen wieder zu Hause über ihrer Apotheke.«

François sah sie gleichzeitig erstaunt und erfreut an.

»Sie hat mir alles erzählt«, berichtete Louise lächelnd. »Ich gratuliere euch beiden zu eurem hervorragenden Geschmack.«

*

»Jetzt ist es wieder gewünscht, Französisch zu sprechen«, sagte Anne, als sie mit ihren Großeltern, Eltern und ihren beiden Töchtern sowie Clément durch das endgültig befreite Straßburg spazierte. Sie deutete auf die Plakate, die das Stadtbild dominierten und auf denen zu lesen stand: »Französisch sprechen ist schick! Deutsch ist verpönt.«

»Wie viele Wechsel wir schon mitgemacht haben, ma chère«, sagte Lucien und schlang seinen rechten Arm enger um seine Frau Ida.

»Wie viele waren es denn?«, fragte Noée neugierig, die an der Hand ihres Großvaters ging, während an Idas Hand Pascale auf ihren kleinen Beinchen über das Pflaster stolperte.

»Nun …«, Lucien lächelte, »meine Eltern sprachen in Straßburg noch französisch. Dann kam zwei Jahre vor meiner Geburt, 1870, der Krieg, und ein Jahr später wurde Straßburg deutsch.« Er lächelte versonnen und küsste seine Frau zärtlich auf den Mund. »Zum Glück wurde es das, denn sonst wäre dein Vater vermutlich nie hierhergekommen, wir hätten uns nie kennengelernt, und es gäbe euch alle nicht.«

»Mich auch nicht?«, fragte Noée besorgt.

»Dich auch nicht«, bestätigte Ida.

»Dann kam 1914 der nächste Krieg, und als der vier Jahre später zu Ende war, mussten wir alle wieder französisch sprechen«, fuhr Lucien fort.

»Das weiß ich«, sagte Noée. »Und dann war Maman mit meinem ersten Vater zusammen. Aber jetzt ist Walter mein Papa.«

Clément bemerkte, wie seine Großeltern Ida und Lucien einander einen wissenden Blick zuwarfen. Sicher dachten sie daran, dass sich auch hier die Geschichte wiederholte, schließlich hatten sie einst seinen Onkel Marcel adoptiert.

»Genau«, sagte Lucien, »dann kamen ja die Deutschen,

und wir mussten vier Jahre lang deutsch sprechen und nun wieder französisch.«

»Wie gut, dass wir beide Sprachen können«, sagte Noée nachdenklich, »dann ist es ja eigentlich egal.«

»Und wir können Elsässisch«, ergänzte Ida, »das ist die Hauptsache.«

»Ja«, stimmte Lucien zu, »das ist die Hauptsache.«

»Ob es je aufhören wird, dass Deutsche und Franzosen um ihre Grenzen kämpfen?«, fragte Ida beklommen.

»Das könnte tatsächlich bald der Fall sein«, mischte sich ihre Tochter Ruth ein. »Ich habe euch doch von dem Cognac-Händler aus meiner Heimatstadt erzählt.«

»Dieser Jean Monnet«, erinnerte sich Ida.

»Genau, er hat seinen Traum von einem vereinten Europa nie aufgegeben. Noch im Krieg wäre es ihm beinahe gelungen, dass die Politiker seiner Idee folgen und Großbritannien und Frankreich zu einem Staat zusammenfügen. Jetzt will er einige Politiker von einer Wirtschaftsunion überzeugen. Und diesmal soll auch Deutschland friedlicher Partner werden. Er hat mir geschrieben, dass ihm tatsächlich auf allen Seiten Politiker zuhören.«

Ida war erstaunt von dieser Idee. Statt Deutschland erneut in Reparationsforderungen hungern zu lassen, sollte das Land nun Partner in einer europäischen Wirtschaftsunion werden? Zusammenarbeit statt einer endlosen Schleife von Krieg und Racheforderungen? Konnte dieser Traum eines Alkoholhändlers aus Cognac wirklich wahr werden? Würden die deutschen und französischen Namen für die Straßen, Gässchen und Plätze in Straßburg irgendwann vielleicht friedlich untereinander auf den Schildern stehen?

Vor einem völlig zerstörten Hotel blieb die Familie beklommen stehen. Zwischen den Trümmern lag die Drehtür, durch die einst geschäftige Gäste und glückliche Liebespaare geschritten waren. Vielleicht auch Menschen mit schlechtem Gewissen, die sich dort heimlich einer Affäre hingegeben hatten. Gewiss waren auch zahllose Touristen durch diese Tür getreten und hatten sich gefreut, die Schönheiten der Elsass-Metropole zu besichtigen. Sie würde sich wohl nie wieder drehen. Oder doch? Plötzlich kam Clément eine etwas gewagte Idee. Er sah in das Gesicht seines Onkels und baldigen Schwiegervaters Marcel und las dort, dass dem dasselbe eingefallen war wie ihm.

»Genau von so einer Drehtür hat Louise immer geträumt.«

Die beiden Feinbäcker lächelten sich in stummem Einverständnis zu.

EPILOG

Eine elegante Dame, der man ihre einundneunzig Lebensjahre nicht ansah, ging eiligen Schrittes vom Gutenbergplatz aus in Richtung des beschädigten Straßburger Münsters. Ihr Ziel lag jedoch noch davor, auf der rechten Seite der Krämergasse – oder Rue Mercière, welchen Namen auch immer der politische Wind dem Sträßchen derzeit aufgezwungen haben mochte. Die hochmodische Kleidung der grazilen Seniorin spottete ihren Jahren und der kargen Nachkriegszeit. Claire Tritschler, geschiedene Picard, geborene Goldschmidt, war erstaunlich gut zu Fuß, doch als die Patisserie in ihr Gesichtsfeld kam, blieb sie gerührt stehen. So konnte ihr fast zwei Jahrzehnte jüngerer Ehemann, der pensionierte Rechtsanwalt Oskar Tritschler, sie einholen.

»Du hast es ja eilig, ma chère«, sagte er etwas außer Atem und griff nach ihrer Hand.

»Die Leckereien im Schaufenster haben mich schon immer so magisch angezogen wie das Hexenhaus die Kinder im Märchen«, sagte Claire lächelnd.

Auch jetzt waren die Auslagen wieder über und über mit verlockendem Zuckerwerk geschmückt. Es gab zahlreiche Bonbonnieren voller Süßigkeiten in allen Farben; gelbbraune Rührkuchen in Form eines Turbans – Kougelhopfs – lagen neben kleinen hellbeigen Gebäcktalern, die Anisbredle genannt wurden und an Champignonköpfe erinnerten. Dann waren noch mit Mandeln und kandierten Kirschen verzierte, dunkelbraun glänzende, rechteckige Lebkueche ausgestellt. Und ganz hinten Schnekekueche: glasierte, schneckenförmig gerollte Spiralen aus Hefeteig, welche mit gemahlenen Mandeln und Haselnüssen gefüllt waren, auf Etageren lockten Petit Fours und Puits d'amour. Daneben standen allerlei üppig verzierte Torten in verschiedenen Größen.

»Deine Befürchtung hat sich also Gott sei Dank nicht erfüllt«, sagte Oskar Tritschler bewegt, »die Patisserie wurde nicht zerstört.«

»Und sie verwenden wieder den Namen meines Vaters.«

Claire sah mit tränenverschleiertem Blick auf das fast siebeneinhalb Jahrzehnte alte Schild »Patisserie Goldschmidt« über der Ladenfront, die inzwischen golden gestrichen war und eine mondän wirkende Drehtür aufwies. Claire dachte zurück an jenen Tag vor vierundsiebzig Jahren, als ihr Vater Aaron hier den Vertrag zum Erhalt der Patisserie unterzeichnet hatte. Auch damals hatte die Familie unter dem Hass gegen die Juden zu leiden gehabt, auch damals war das Münster durch deutsches Feuer beschädigt gewesen. Unter dem alten Schild prangte nun ein kleineres mit dem Zusatz »Avec Fabrication des Bonbons Bouvier«. Claire lächelte gerührt. Hatten ihre Urenkel also ihren Traum verwirklicht.

In diesem Augenblick ging eine junge Frau, die ein petrolfarbenes Sommerkleid und ein goldgelbes Kopftuch über ihrem dunkelblonden, schulterlangen Haar trug, auf die Drehtür zu. Sie bemerkte Claires Blick und hielt ungläubig in ihrer Bewegung inne.

»Urgroßmutter?«, rief sie überrascht und erkannte dann ihren Großonkel an der Seite der alten Dame: »Oskar!«

Sie rannte auf die beiden zu und umarmte sie begeistert.

»Dass ihr es zu unserem Richtfest geschafft habt!«, sagte sie unter Tränen.

»Wir wissen gar nichts von einem Richtfest«, erklärte Oskar. »Claire wollte nur unbedingt so schnell wie möglich die Befreiung ihrer Heimatstadt von den Nazis mit eigenen Augen sehen.«

»Dass ich das noch erleben darf, ist mein Triumph über diese Schweine«, ergänzte die alte Claire mit einem zufriedenen Lächeln.

»Na, dann kommt mal mit um die Ecke zur Patisserie Tritschler«, sagte Louise voller Vorfreude. »Ich muss nur noch schnell ein paar Bonbons holen. Die Kleinen haben sich beschwert, dass die bei der Feier fehlen.«

Kurz darauf führte sie das alte Ehepaar zur Patisserie am Münsterplatz.

»Da vorne sind sie alle.« Louise deutete auf die festlich gedeckte Tafel, die vor der Patisserie Tritschler aufgebaut war.

Sie hatten das geschichtsträchtige weiße Tischtuch der alten Bernadette ausgebreitet, die Gläser funkelten in der Sonne.

Ida und Lucien sprangen beim Anblick von Claire und Oskar fassungslos auf, erneut kam es zu tränenreichen Umarmungen.

»Selbst Tante Susette ist zurück«, strahlte Noée eine halbe Stunde später, und dann fügte sie verschwörerisch hinzu: »Ich glaube, der Eric, der mir immer Schokolade schenkt, ist in Tante Joséphine verliebt.«

»Das, meine Süße, glaube ich auch«, sagte Anne. »Und ich glaube, deiner Tante geht es ganz ähnlich.«

»Es wäre ja schön, wenn unsere Joséphine ihr Glück finden würde – nach dem schrecklichen Tod ihres Mannes«, sagte Ida, die ihren Bruder Oskar und ihre Schwägerin Claire neben sich platziert und sie inzwischen auf den neuesten Stand gebracht hatte.

»Ich würde Maman ein bisschen Glück ebenfalls gönnen«, kommentierte Susette.

»Das wünsche ich dir aber auch, Susettchen«, meinte Louise liebevoll.

»Nicht nur Männer können für Glück im Leben einer Frau sorgen«, entgegnete Susette lächelnd. »Erstens habe ich erfahren, dass Lucienne Welschinger und noch viele weitere Mitglieder der Widerstandsgruppe überlebt haben. Außerdem bin ich endlich wieder zu Hause und durfte meinen Bruder, meinen Cousin und euch alle wieder in die Arme schließen.«

»Ich glaube wirklich, die furchtbaren Zeiten sind vorbei«, sagte der Patriarch Lucien Picard zuversichtlich. »Straßburg ist wieder frei.«

»Ja, das haben inzwischen auch meine Eltern in Stuttgart erfahren«, berichtete Ida. »Der alte Franz will tatsächlich so schnell wie möglich herkommen, hat meine Mutter geschrieben. Er besteht darauf, dass wir mit der ganzen Familie seinen fünfundneunzigsten Geburtstag nachfeiern – und das Jubiläum unserer Patisserie. Die wäre ja schon vor zwei Jahren fünfzig geworden. Er hat wohl gesagt: Des lass i mir von dem Hitler, dem alta Grasdackel, net au no kaputt macha.«

Marcel lachte: »Wie ich den alten Dickkopf kenne, packt der Franz die arme Elise wirklich bald in den Zug und kreuzt hier auf.«

»Wunderbar wäre das«, stimmte Ida glücklich lächelnd zu.

Inzwischen hatten auch die letzten Gäste an der Tafel Platz genommen – außer Eric waren noch François' Verlobte Esther Levy, der treue Steinmetz Rudolf Preuß sowie die Pächter des Forsthauses, Nicolas Rolland und dessen Schwester Emmanuelle, eingeladen worden.

Nun klopfte Lucien mit dem Löffel gegen sein Glas. Alle verstummten und sahen den Patriarchen erwartungsvoll an.

»Diese beiden Damen«, er deutete zuerst auf Noée, die rechts, und dann auf Ida, die links von ihm saß, »diese beiden Damen haben neulich ganz schlaue Dinge gesagt. Noée meinte: Da wir sowohl Deutsch als auch Französisch können, ist es ja eigentlich egal, zu welchem Land wir gehören. Und dann hat meine geliebte Ida noch etwas sehr Weises hinzugefügt: Und wir können Elsässisch.«

Er hob sein Glas und sagte: »In dieser Familie mussten wir allzu oft schmerzlich erleben, was es bedeutet, sich für das eine zu entscheiden und dem anderen den Rücken zu kehren. Freiwillig oder unfreiwillig. Schöpfen wir doch für die Zukunft die guten Dinge beider Nationen aus. Sprechen wir deutsch und französisch, lesen wir Schiller ebenso wie Montaigne und Rilke genauso wie Romain Rolland. Lieben wir beide Länder, beide Kulturen. Akzeptieren wir, dass sie beide einen Platz in uns und unseren Herzen haben.«

»Und natürlich in unserem Gebäck«, fügte Ida schmunzelnd hinzu, die sich nun ihrerseits erhob. »Möge unsere Patisserie am Münsterplatz durch unser aller Kraft wieder zu neuem Leben erwachen. Zu Ehren unseres lieben Trystan.«

»Zu Ehren unseres lieben Trystan«, wiederholten die anderen und hoben ebenfalls ihr Glas.

In diesem Augenblick schlug die alte Münsterturmuhr zwölf Mal. Und es war, als läuteten die Glocken für die Menschen am Tisch, für Frankreich, Europa und die Welt etwas Wunderbares ein: den Neuanfang.

ENDE

SPUREN DER REALITÄT

Das Leben schreibt bekanntermaßen die spannendsten Geschichten. Auch für unsere Straßburg-Saga fanden wir in Tagebüchern, Zeitungsartikeln und anderen Quellen die unglaublichsten Berichte. Da wir uns in allen unseren Romanen bemühen, nahe an der Realität zu bleiben, sind auch in der vorliegenden Trilogie sehr viele historische Ereignisse eingeflochten, die sich so oder ähnlich ereignet haben. Exemplarisch seien hier einige genannt:

Im ersten Band wollten wir die Belagerung Straßburgs im 1870er-Krieg sowohl aus französischer als auch aus deutscher Perspektive erzählen. Hierfür dienten uns die jeweiligen Kriegstagebücher von H. Maurice und Carl Bleibtreu (1859–1928) als wertvolle und detailreiche Quellen.

Im zweiten Teil der Saga haben wir uns erneut intensiv mit Schicksalen der Soldaten auf beiden Seiten auseinandergesetzt – diesmal ging es um jene im Ersten Weltkrieg. So beruhen zum Beispiel die Umstände der Verletzung von Paul Picard und deren Behandlung auf den Erzählungen des deutschen Soldaten Johannes Götzmann, Jahrgang 1894. Die traumatischen Kriegserlebnisse von Lucien Picard sind angelehnt an die Fronterfahrungen von Lazare Ponticelli (1897–2008).

Der Freund von Franz Tritschler Paul Siebler-Ferry und sein Geschäft »Schwowalada« sind ebenso realhistorisch wie die Geschichte des Jüdischen Krankenhauses mitsamt seinen Schwestern und dessen Oberin Julie Glaser, Jahrgang 1878.

Bei der Recherche für diesen dritten und letzten Band unserer Trilogie hat uns die Anekdote mit den Hakenkreuzfahnen besonders verblüfft: Die beiden ersten Soldaten, die nach Straßburg einmarschierten, hissten tatsächlich eine Tischdecke mit aufgemaltem Hakenkreuz auf der Plattform des Münsters. Dieses Tuch hatten sie sich zuvor in einem Restaurant besorgt. Und als später die Amerikaner einmarschierten, nähten auch in der Realität einige elsässische Frauen aus alten Hakenkreuzfahnen Trachten und ließen sich zusammen mit einem amerikanischen Offizier fotografieren. Das Foto erlangte Berühmtheit.

Auch die Widerstandskämpfer in diesem Band gab es wirklich, und ihre Namen, Geschichten und Organisationen sind größtenteils realhistorisch. Ihnen soll mit diesem Roman ein Denkmal gesetzt werden – für ihren Mut, ihre Entschlossenheit und ihren unerschütterlichen Glauben an mehr Menschlichkeit.

Wahr ist leider auch die entsetzliche Geschichte des homosexuellen KZ-Häftlings, der von den Hunden zerfleischt wurde, und von Pierre Seel, seinem Freund, der dabei zusehen musste. In Wirklichkeit hieß der ermordete Häftling Jo und war erst achtzehn Jahre alt.

Susettes Erlebnisse im Kriegsdienst und an der Front sind der Geschichte der Anneliese Helmer, Jahrgang 1922, nachempfunden.

Auch der Anruf, den die Amerikaner am Silvesterabend erhielten, ist realhistorisch – so wie unzählige Kleinigkeiten, die alle zu erwähnen hier den Rahmen sprengen würde.

DANKSAGUNG

Zuallererst gilt unser Dank einmal mehr Ihnen, liebe Leserinnen und Leser! Ihre Treue hat unsere vorangegangenen Bücher zu Bestsellern gemacht und damit das vorliegende Finale der Geschichte um die Kuchenkönigin von Straßburg ermöglicht.

Wie bei allen unseren gemeinsamen Werken bekamen wir beide jede Menge Rückendeckung:

Für Eva-Maria Bast waren die größte Stütze und Freude auch dieses Mal wieder insbesondere ihre fünf wunderbaren Kinder und ihre Eltern Lena und Alfred Bast. Es ist von großem Vorteil, eine Historikerin als Mutter zu haben, die scheinbar aus dem Nichts die wunderbarsten Quellen herbeizaubert.

Jørn Precht erhielt erneut Rückhalt von Erika Precht, Martina Sturm, Elias, Iris und Marlis Konradi, Familie Gurewitz-Mahler sowie Andreas Bühler.

Feedback und viele schöne Anregungen zum Roman gab es von Katia Tenholt und Martina Resch, beim Französischen half Odile Bauer.

Und was wären wir ohne unser »Recherche-Genie« Melanie Kunze? Wie immer hat sie das Buch mit ihrem unermüdlichen Fleiß und der Suche nach Quellen spannender gemacht und es obendrein vorab mehrfach gelesen. Merci beaucoup!

Auch bei diesem Band freuen wir uns über Johannes Wiebels wunderbare Covergestaltung sowie die mitreißenden Hörbuchaufnahmen von unserer »Sprecherin der Herzen«, Uta Simone, und Tontechniker Left Engelmann.

Sie alle erspüren den Geist unserer Bücher jedes Mal sehr genau und adaptieren diesen grandios. Chapeau!

Und schließlich danken wir einmal mehr von ganzem Herzen unserer wunderbaren Agentin Anna Mechler, den Lektorinnen Greta Frank und Kerstin von Dobschütz sowie der Programmleiterin des Piper Verlags, Andrea Müller, und von der Lizenzabteilung Sven Diedrich, ebenso dem Team von »Steinbach Sprechende Bücher« und Egmont/Saga. Inspirierend!

Liebe Leserin, lieber Leser, wir hoffen, Sie hatten viel Vergnügen bei der erneuten Zeitreise ins Elsass!

Herzlichst,
Eva-Maria Bast und Jørn Precht
alias Charlotte Jacobi

LITERATUR UND QUELLEN

Badisches Tagblatt: *Als die Elsässer zwischen alle Fronten gerieten.* URL: https://www.badisches-tagblatt.de/Nachrichten/Als-die-Elsaesser-zwischen-alle-Fronten-gerieten-23567.html. Abgerufen am 20. 1. 2021.

Badische Zeitung: *Kriegsende.* URL: http://media.badische-zeitung.de/pdf/kriegsende/krebs-wolfgang.pdf. Abgerufen am 10. 2. 2021.

Badische Zeitung: *Französische Zwangseingezogene.* URL: https://upgr.bv-opfer-ns-militaerjustiz.de/uploads/Dateien/Presseberichte/BadischeZeitung20170616franz-Zwangseingezogene*WK*2.pdf. Abgerufen am 13. 2. 2021.

Bonbonle-Shop. URL: https://www.bonbole-shop.de/Seite-/-Kategorie. Abgerufen am 13. 1. 2021.

Chronik 1940, Dortmund 1989.

Chronik 1941, Dortmund 1989.

Chronik 1942, Dortmund 1989.

Chronik 1943, Dortmund 1989.

Chronik 1944, Dortmund 1989.

Deisenroth, Karlheinz: *Elsass-Land zwischen den Fronten.* Kehl 2014.

Dictionnaire historique de la Résistance. *Sous la direction de François Marcot, avec la collaboration de Bruno Leroux et Christine Levisse-Touzé.* Paris 2006, S. 344 f.

DW: *Forschung und Verbrechen.* URL: https://www.dw.com/de/forschung-und-verbrechen/av-46778609. Abgerufen am 21.2.2021.

FemmesPaminaFrauen e.V.: *Frauen PORTRAITS des Femmes.* Zeitzeuginnen im *PAMINA*-Raum, Ubstadt-Weiher 2016.

Gedenkorte Europa 1939–1945. URL: https://www.gedenkorte-europa.eu/content/list/112/. Abgerufen am 12.2.2021.

Goethe, Johann Wolfgang von: *Gingo Biloba.* Poetische Werke. Berliner Ausgabe, Berlin 1960, S. 89–90.

Helmer, Anneliese: *Erlebnisse einer Medizinstudentin im Zweiten Weltkrieg.* Wanzleben 2019.

Hugues, Pascale: *Marthe & Mathilde. Eine Familie zwischen Frankreich und Deutschland.* Reinbek 2010.

Kretz, Regine: *2. Weltkrieg. Evakuiert, deportiert – es ist nicht lange her.* In: Journal21.ch. URL: https://www.journal21.ch/evakuiert-deportiert-es-ist-nicht-lange-her. Abgerufen am 26.1.2021.

Kriegskochbuch.de. URL: http://www.kriegskochbuch.de/u02.php. Abgerufen am 1.3.2021.

Kuchen backen in schwierigen Zeiten. URL: https://ewnor.de/rr/120_rr.php. Abgerufen am 8.2.2021.

Lexikon der Wehrmacht: *Gliederungen.* URL: http://www.lexikon-der-wehrmacht.de/Gliederungen/PanzerdivisionenSS/2SSPD.htm. Abgerufen am 18.1.2021.

Resteferwertung. URL: https://www.resteferwertung.de/resteferwertung.html. Abgerufen am 3.3.2021.

Saarbrücker Zeitung. URL: https://www.saarbruecker-zeitung.de/saarland/strassburg-gedenkt-befreiung-von-nazi-herrschaft_aid-383985. Abgerufen am 31.12.2020.

Schreiber, Hermann: *Das Elsaß und seine Geschichte.* Augsburg 1995.

Smoltczyk, Alexander: *Der letzte Mann.* In: Spiegel.de. URL: https://www.spiegel.de/spiegel/spiegelspecial/d-30300026.html. Abgerufen am 28.1.2021.

Straßburger neueste Nachrichten 1940 – 1944. In: Badische Landesbibliothek Karlsruhe. URL: https://digital.blb-Karlsruhe.de/topic/view/3755203.

SWR: *Straßburg und Kehl – Zwei Grenzstädte mit bewegender Geschichte.* URL: https://www.swr.de/geschichte/strassburg-und-kehl-zwei-grenzstaedte-mit-bewegender-geschichte/-/id=100754/did=18040066/nid=100754/1wi6wwg/index.html. Abgerufen am 18.1.2021.

SWR2 Wissen: *Das Elsass unter Naziherrschaft.* URL: https://www.swr.de/swr2/programm/download-swr-7404.pdf. Abgerufen am 18.2.2021.

Uni Passau: *Local Heroes.* URL: https://web.archive.org/web/20160726053215/http://www.uni-passau.de/local-heroes/artikel/messdiener/. Abgerufen am 7.2.2021.

Vogler, Bernhard: *Die Geschichte des Elsass.* Stuttgart 2012, S. 184 ff.

Waag, François: *Die Geschichte des Elsass – der Elsässische Standpunkt.* S. 235 ff.

Wemhoff, Sebastian: *Städtische Geschichtskultur zwischen Kontinuität und Wandel. Das Beispiel Straßburg 1871 bis 1988,* Münster 2014, S. 320 ff.

Wu, Helen: *Ein bisschen gruselig: Mein erstes Mal Präpkurs – Tag 1.* Auf: www.elsevier.com. Amsterdam 2014. URL: www.elsevier.com/de-de/connect/anatomie/ein-bisschen-gruselig-mein-erstes-mal-prapkurs-tag-1.